资本风云

叶百海 刘广福 ◎ 著

当代世界出版社
THE CONTEMPORARY WORLD PRESS

图书在版编目（CIP）数据

资本风云 / 叶百海, 刘广福著. —北京：当代世界出版社，2017.5
ISBN 978-7-5090-1200-0

Ⅰ.①资… Ⅱ.①叶… ②刘… Ⅲ.①长篇小说—中国—当代 Ⅳ.①I247.5

中国版本图书馆CIP数据核字（2017）第082300号

书　　名：	资本风云
出版发行：	当代世界出版社
地　　址：	北京市复兴路4号（100860）
网　　址：	http://www.worldpress.org.cn
编务电话：	（010）83908456
发行电话：	（010）83908409
	（010）83908455
	（010）83908377
	（010）83908423（邮购）
	（010）83908410（传真）
经　　销：	全国新华书店
印　　刷：	北京天宇万达印刷有限公司
开　　本：	710毫米×1000毫米　1/16
印　　张：	19
字　　数：	277千字
版　　次：	2017年5月第1版
印　　次：	2017年5月第1次
书　　号：	ISBN 978-7-5090-1200-0
定　　价：	39.00元

如发现印装质量问题，请与承印厂联系调换。
版权所有，翻印必究；未经许可，不得转载！

资本风云
ZIBEN FENGYUN

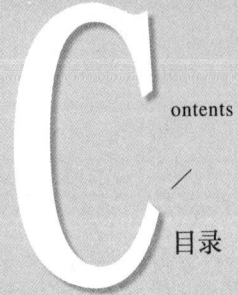

目录

引子	05	第二章 魔鬼救星	63	第四章 美人心计
01	第一章 王牌计划	35	第三章 神秘资金	91

ZIBEN FENGYUN

资本风云

| 122 | 第六章
毒丸计划 | 177 | 第八章
生死转机 | 233 | 第十章
收官之战 |

| | 第五章
借壳风云 | 150 | 第七章
复牌大战 | 202 | 第九章
血战神农 | 262 |

引子

金钱，对每个人而言，都至关重要。钱不是万能的，但没钱万万不能。

所以，赚钱几乎成为每个人必须面对的问题。对于赚钱的方法，无外乎三种：一种是靠自己的能力去赚钱，一种是利用别人的能力去赚钱，而另一种是让钱生钱。

靠自己能力赚钱的人十之七八，他们有的靠出卖体力，有的靠出卖脑力。那些所谓的蓝领、白领、黑领、金领都属于这类群体。

利用别人能力赚钱的人被称之为老板，他们通过雇佣更多人为自己工作，赚取剩余劳动价值。雇佣的人越多、被雇佣者的赚钱能力越强，他们就越有钱。

靠钱生钱的人被称之为投资人、投资家、银行家，以及投资银行家。这个群体处于人类社会的金字塔尖，是人中"财杰"。

投资银行，这个概念兴起于美国华尔街，诞生的历史约两百年，在国内的出现时间仅三十年不到。

投资银行业务，被视为世界上最赚钱的业务模式。从过去的借鸡生蛋，到现在的借蛋生鸡，都属于投资银行业务的一部分。传说中的资本运作，就是投资银行业务的核心，而资本运作则是世界上最顶级的赚钱手段。但凡大富者，除了极少部分因运气好中了大奖外，绝大部分都是靠资本运作成功的。登上世界百富榜的富豪们，无一例外都是靠资本运作成功。

投资银行家，一群高智商的人物。他们靠一颗聪明的脑袋，利用别人的钱为自己赚钱。绝大部分的投资银行家，眼中除了钱就是钱。他们普遍为了钱心狠手辣，杀人于无形中。投资银行家有一种最厉害的赚钱游戏叫作并购，这是在钱生钱游戏中最刺激的一种，也是速度最快的赚钱方式。

有一种观点认为，世界上只有两种人，一种叫坏人，一种叫好人。投资银行家很大一部分被人们认为是坏人，尤其对于受害者和仇富者而言。当然，世界上有坏人的地方往往会同时存在着好人。如果没有好人就无所谓坏人，投资银行界也不例外。

被称为"坏人"的投资银行家主要表现在通过吞并他人的企业，然后再以其专业技能将多家企业合并或者将一家企业拆分，然后按更高价格将那些企业卖掉，目的只是为了从中赚取更巨额的差价。被称为"好人"的投资银行家主要表现为，救企业于水火之中，投入资金帮助企业发展壮大，从而通过企业产生的红利赚取收益；或者帮助企业快速成长后，通过股东权益溢价获得最大化收益。

亿万富豪俱乐部的主要会员对象就是投资银行家。他们无所谓好坏，但必须都有钱。这个俱乐部的前身，就是投资银行家俱乐部。能够有资格成为俱乐部会员的首要条件是名下公司的人民币资产规模达十亿元以上，或者美元资产五亿元以上，每年营业规模不低于一亿元，个人资产一亿元以上，同时必须已具备提名会员资格满一年以上，并获得三名原始会员联名推荐，才有机会成为俱乐部正式会员。

成为亿万富豪俱乐部会员，需要一次性缴纳一百万元的入会费，还需每年缴纳二十万元的年费。尽管条件苛刻，门槛极高，但俱乐部才成立短短五年，目前已有五百多位来自世界各地的亿万富豪成为正式会员，目前排队候审的还有好几百人。

引 子

相传，亿万富豪俱乐部现有的五百位会员的资产总和是世界总财富的五分之一。这里发生的每一个决策，都有可能掀起全球市场的狂风巨浪。据说股市上的每一次大波动，股票市场面临的各种涨涨跌跌，绝大部分都由此开始。那些动辄上亿元乃至几十上百亿元的并购案，绝大部分指令都是从这里发出。这里就像作战司令部，各种杀戮全凭一个指令——德天高科、清河化工、经纬互联、溪南重工等等曾经的熊市牛股的覆灭，都是由此发出的指令所致。

值得一提的是德天高科，一只千亿市值的牛股，基本面很好、概念很好、盈利能力很强，年年有分红，年派息每股最高曾高达一元。无论大小股东，无不为自己持有该股票而感到庆幸，因此股价一直坚挺，上市五年一直都备受股民歌颂。然而就在半年前，天降横祸，各种负面消息、高压抛售……整只股票一落千丈，最终被人以六十亿元的价格收购。千亿市值公司顷刻之间灰飞烟灭，沦为他人上市的壳……

类似的事情层出不穷，清河化工、经纬互联等小盘股干脆被逼向破产清算，就连国字号的龙头企业溪南重工也被逼向ST。

据说，这些事情都是由一位年轻貌美的神秘女子操控。她以洗劫上市公司为快，被她"关照"过的上市公司九死一生，基本上只有三种命运，一种是被其他公司并购，另一种是进入ST，最后一种就是破产清算。此女心狠手辣、技艺高超，一年内操作了四五个项目无一失手。但此人为人极其低调，极少在公开场合露面，抑或从来不以真实面目在公众场合露面，尤其谢绝任何媒体采访，包括很多业界大哥想一睹她的芳容都见不到。她常常神龙见尾不见首，除了她直接指挥的十二位近身干将以外，几乎没人见过她的庐山真面目，她公司的其他员工也只闻其名从未见其尊容。

一时间，街头巷尾都在议论纷纷。

有传言，她被死于2008年金融海啸的厉鬼附身，专门来行报复之事。

还有传言，她是某国际金融大鳄的大陆代表，目的是通过洗劫股市来控制国家经济。

还有传言,她是某政治党派首脑的情人,洗劫股市是为了筹备政治本金。

　　千种传言,万种猜想。活生生的一个人就这么神龙见尾不见首,每天操控着巨量的资金,竟然没人见过她的庐山真面目——这事在整个神州大地被传得神乎其神,搞得各大上市公司老板人人自危,甚至惊动了高层。

第一章　王牌计划

春末，南方的气温已经高达三十五摄氏度，整座城市在烈日下冒着袅袅轻烟。摩天大厦就矗立在城市中央的袅袅轻烟中，傲视群楼，全球十大最奢华酒店之一的摩天大酒店就在此大厦中。这里拥有国内最豪华的千人会场，以及能同时接待千人入住的床位量。一年一度的国际投资银行家年度盛会就在摩天大酒店举行。此时，世界各地的投资银行家正纷沓而来。一楼大厅人山人海，热闹非凡。

投资银行，作为世界上最赚钱的行业。这行业的唯一权威组织——国际投资银行家协会的年会选址和规格要求之高令人汗颜。全世界将近八十万座城市中，只有五十座城市有举办该盛会的资格。这座城市能争取到今年的盛会举办权，实属不易。

今年盛会的承办方很给力，不但选择世界上最奢华的十大酒店之一的摩天大酒店作为会场，被邀请出席的明星和嘉宾也都是国际鼎鼎有名的大人物。值得一提的是，往年的来宾都是吃住自理，这次是所有来宾吃住行全包。承办方将整个摩天大酒店包了下来，只为盛会服务。其规格之高刷新了所有历史纪录，可谓盛况空前。来宾们都交口称赞："这个万三省不愧是大陆隐形首富，这么高规格的盛会，这么大手笔的投入，也只有他承受得起了！"

万三省，本次国际投资银行家年会承办方的负责人，国际投资银行家协会的轮值会长，投资银行界神话般的传奇人物。相传他十五岁那年，偶获一本犹太巨富梅耶·罗斯柴尔德（Mayer Amschel Rothschild）的发家笔记，随后开始闯荡江湖。他依葫芦画瓢地遵照犹太巨富的发家笔记，白手创业，短短五年时间就腰缠千万财富，成为当时最有钱的人之一。此时的万三省五十岁出头，生意如日中天——一家十六人的公司，每年创造三四百亿元的净利润，连续五年蝉联世界上最赚钱的十大公司之一。

此时，一辆白色加长版劳斯莱斯正朝着摩天大酒店飞驰而来。万三省和两位男子围坐在车内的红木桌前，一边品茶一边聊天。车子渐渐放缓车速，停在了摩天大酒店大堂门前。一位坐在靠边位置的长者先行下车，对着坐在中间位置的万三省做了个手势："万会长，请！"

"杨老哥甭客气，大海，来，一块走。"较万三省年长的"杨老哥"叫杨富林，国际投资银行家协会大陆代表处秘书长，天使财富的董事长，互联网金融界的新晋富豪。他靠一款互联网借贷APP短短三年时间，促成了两三千亿元的业务，成为红动全国的年度经济人物。

大海是三人当中比较年轻的一位，戴着眼镜，很斯文，是投行界很神秘的人物，人称"智多星"，主业是融资租赁，却在反并购领域功成名就。四年前帮助银声集团进行反并购，以少于对手百倍的资金，成功击败海外并购基金，被传为佳话。之后他又先后帮助近十家企业实现反并购，因此名声大噪。然而，其本人行事极为隐秘，尤其不喜欢凑热闹，所以很多人只闻其名，不识庐山真面目。正因为行事谨慎低调，深受万三省喜爱，时常带在身边帮自己出谋划策。

此时的摩天大酒店，人气爆棚，其热度不亚于当下的熊熊烈日。很多业界大腕早早就入住了酒店，包括投资银行界的泰斗级人物张北晨、风险投资界的一哥汪大富，以及私募大神赵文星……可见业界对本次盛会的重视程度。但凡与投资银行业务沾边的头面人物，几乎都出席了本次盛会，甚至与投资银行不沾边的很多商界大佬也都出现在了盛会现场。唯独只有一个人没有出现——万小红，这位谜一般的人物，身为投行界的影响力人物，却从来不在业界活动中抛头露面。对其容貌和事迹只有传说，不曾有业内人士目睹过其芳容。

本年度对于投行界而言是一个不平凡的年度，因为万小红的出现，几乎把整个资本市场闹翻了天。六七家业绩最好的上市公司在一年内竟然无一幸免地遭遇毒手，倒的倒，被收购的被收购，搞得整个二级市场人人自危。很多PE在这几次角逐中损失惨重，甚至有人因此被逼得家破人亡。而种种迹象显示，这一切都与万小红有着千丝万缕的关系。

"她完全不按游戏规则出牌，也不顾同行生死，整个投资银行生态圈就因为她万小红一个人，全乱套了！"

"可不是嘛，国有国法，家有家规。一个行业也有一个行业的游戏规则，怎能任凭她一个人肆意妄为，置我们这些老骨头于何处？简直逆天了！"

"没错！好好的一个生态，不能任由她万小红放肆！我们要团结起来，给她点颜色看看。"

"……"

为期三天的投资银行年度盛会一如既往地热闹，第一天的主题活动是"投资银行峰会"。千人会场内座无虚席，被提及最多的话题是关于声讨万小红。全场知情人士无一例外地要求讨伐万小红，声潮一浪接一浪。此时，万小红正在城北的高架桥上开着她的法拉利座驾，朝东园路方向一路飞驰。

烈日下，高架桥面的水泥板被晒得直冒轻烟。红色跑车在轻烟中飞驰，美如幻境。汽车突然转入匝道，驶向一条蜿蜒的村级水泥路。周边种满姿态各异的罗汉松，路旁两排被精心修整得犹如青龙入海的冬青绿化带，在五彩缤纷的野花妆点下，让人爽心悦目。此情此景，无比惬意。在这座寸土寸金的国际大都市里，有如此美景，除了公园和此处，再找不到别的地方。路的深处是一座大院，大门墩上写着"私人宅邸，游客止步"，门楣上写着"东园路78号"。院子很深，偌大的院中只有一栋四层别墅藏在绿荫中，从远处很难发现。整个院子更像一片森林，树荫中的别墅静得似无人烟。

万小红的红色跑车从远处迎风而至，没入水泥路尽头的林中。别墅侧墙突然打开一道暗门，车子缓缓从暗门驶去，刚打开的暗门又慢慢闭合。乍一看，那是一道完整的墙。

万小红优雅地从跑车上下来。她身材高挑婀娜，秀发飘逸，身着一袭大红色的曳地长裙，脚蹬一双典雅秀气的高跟鞋，连背影都是一道靓丽的风景。只见万小红从手提包中拿出手机，按了几个按键，旁边的一堵墙上渐渐打开一道暗门——准确地说，是一部电梯的入口，直达三楼一间很大的办公室。办公室外是一间更大的办公室，呈"凸"字形摆满座位，十二位整装待命的帅哥靓女正在座位上的电脑前忙碌着。

"Morning Madam！"看到里间办公室亮起灯光，外面的帅哥靓女们异口同声地打起了招呼。

"Morning！"万小红听到部下的问候，将包包放在办公桌上，转身走向一扇隔着纱帘的大门，往边上的一张大班椅坐了下去。人刚坐下，办公桌上的手机突然嗡嗡作响，万小红走过去一看，快速接通。一个沙哑低沉的男声在电话另一端发来指令："今天放水捕鱼。"

"收到！目标线呢？"

"345。"

"明白！"挂了电话，万小红走回原来的座位，望着门外的团队，激昂地说道，"伙伴们，经过两个月的准备，终于迎来放水捞鱼的关键时刻，Are you ready？"

"OK！"十几个人异口同声，一看就知道是训练有素的队伍。

"Good！目标线345。"

"收到，请发指令！"全员斗志昂扬。

"大家注意听指令！1号机买进100手，2号机卖出400手，3号机卖出700手，4号机买进200手，5号机卖出200手，6号机卖出1000手……10号机卖出100手……1号机买进300手，4号机卖出100手，2号机卖出100手，6号机卖出300手，3号机买进500手……买进，卖出！卖出！继续卖出！用第一套方案，继续加油……改用第四套方案！"

"老大，休市了！"

"放了多少？"

"马上见底了!"

"很好,今天要清仓,下午在目标线上把剩下的全部卖出。"

"老大,这么好的盘子现在抛了会不会太可惜了?这股票涨到60元应该没问题……"

"少问,也甭问,执行就是!"

十几位帅哥靓女在万小红发出的指令下忙得不亦乐乎。房间中,除了纱帘后发出的指令和团队的应答声,剩下的是颇有韵律感的敲击键盘声。

股市刚刚收盘,秘书捧着一份资料送到万小红办公室前。他隔着纱帘汇报:"老板,本周2100万股全部在既定基准线之上完成抛售,共套现8.7亿元,盈利3.21亿元……根据投研部数据,可能有新机构参与分蛋糕,要不要揪出来?"

"先静观其变,明天九点你过来,有新任务。"

"好!"秘书做完汇报原路回到了自己座位。

"时机已成熟,明天开始做空。"秘书离开后,万小红拨通一个号码,似乎在向什么人下达指令。

纱帘内的万小红不是别人,正是那位令上市公司老板闻风丧胆、在资本市场疯传得神乎其神、被投行界誉为"股市吸血鬼"的万小红。

相传万小红回国刚满一年,便以她狠、准、快,还有大手笔的控盘风格,掏空了四五只牛股。各种各样的传说也由此传开,她在投行界瞬间名气大噪。虽然褒贬不一,但更多的是惊叹和神化。她凭着自己在华尔街多年练就的本领,每天指挥着十几位操盘手。成千万上亿元的资金就这样通过几十万个账户悄无声息地侵向目标,又在她睿智的指挥下悄无声息地有序撤离。在广大股民还为买不到那只股票而破口大骂的时候,大家追捧的牛股老早已被掏空,剩下的是一触即崩的空盘子。

夜幕渐临,78号大院的所有员工都已离开,只剩下孤独的万小红埋首于大堆的文件和数据当中。她已经习惯了这样的状态,每天早九点到晚九点,除非出差外地，否则万小红无一例外地一个人待在78号别墅里，直到月半天际才不急不忙地离去。

此时，投资银行家年会的第一天会议在声讨万小红的声浪中结束。晚宴就设在摩天大酒店六十楼和六十一楼，主要嘉宾都集中在六十一楼，松茸八珍汤、虎翅佛跳墙、极品刺参羹、芝士焗蓝龙虾、醉鹅肝……晚宴菜品丰富程度仅次于国宴。

"就这么定，借壳上市！"

"嗯，这件事我会安排最好的团队帮你操作，确保万无一失。"

"您办事，我从来没担心过。"

"哈哈哈！承蒙兄弟抬爱，这件事包在我身上。"

"有件事想了很久，还是先和您商量一下。"

"还能有事让老弟你为难？"

"实不相瞒，这半年来公司的资金大部分都转移到海外了，现在可调度的资金最多不超过二十亿元。您看这次搞这么大动作，是不是……"

"啊，哈哈哈，钱的事情好说——我们成立一只并购基金，我来帮你募集和管理。这事情不难解决，别放心上。"

"有您这句话我就放心了！"

"那，老弟，咱这份合约是不是现在就把它给办了。"

"行，明天让秘书给您送支票过去。"

"不忙不忙，一周内随时可以。"晚宴现场热闹无比，敬酒的、交换名片的、泡妞泡仔的，所有人都在忙碌着。只有在走廊尽头休息室里，两个男人关着门在里面谈生意。他们刚把合约签完，年纪较大的电话响了起来："会长你好！"

"你跑哪儿去了？怎么上下楼都找不到你踪影啊？"是万三省打的电话。

"我就在六十一楼的休息室，这些天在吃药，喝不了酒，正和金明老弟在这聊天呢——我马上回来！"

第一章　王牌计划

晚宴一直持续到零点，人们才陆续散去。此时夜已渐深，行人渐少，喧嚣的城市渐渐变得冷清，偶有汽车呼啸而过留下长长的一串噪音……万小红正在与团队开视频会议："接下来的工作是，把胜天火电压到十元以内。"

"还是用老办法吗？"

"嗯，先用老办法。"

"没问题，我立刻部署，我需要媒体公关部全力配合。"

"好。"视频会议一直进行到凌晨两点，万小红看了看表，结束了会话。

夜之美，不在于风景，而在于夜里那些不甘寂寞的灵魂。很多隐秘的地方，很多人，就在这样夜深人静的时候，释放着青春与妩媚。摩天大酒店顶层旋转酒吧的包厢里，赵文星被一堆年轻貌美的姑娘簇拥着。十几个男人和大堆放浪形骸的女人正在释放着荷尔蒙。有几对男女已经有点坐不住，纷纷相拥而去。

"赵总，感谢您的美意，事情就这么定了。我投五千万，明天还有主题演讲，我先行告辞了！"率先离开的是一位年近花甲的胖男人。他紧紧地握住赵文星的手，示意自己和美女要急着去办事了。

"大哥，一定要尽兴！感谢对小弟的信任和支持！"赵文星会意地目送他离去。

"咱都多年交情了，啥也不说了。我认购一千万，随时可以到我办公室办理手续。"看到有人先离场，坐在角落的高个子也站了起来，走到赵文星身边握住赵文星的手，随之抱着美人道别离去。

"我也认购一千万。"

"我认购五百万。"

"我认购两千万。"

……

众人纷纷表示支持赵文星新发行的股权投资基金，各自搂着美女道别而去。这是赵文星推出的第三只基金，资金主要用于PE轮投资，募集规模十亿元，现场认购额就超过了一半。目送土豪们全部离去，赵文星哼着小曲朝停车场走去。一个靓丽的身影追了出来："星爷，你不带妹妹一起走吗？"

"爷这段时间有重要事情要做，不能近女色，等我开荤了一定带上你。"赵文星一边说话一边打开车门，像躲瘟疫一样开着车子呼啸而去。

"嗡…嗡…嗡……"万小红正在美美地享受清晨的舒爽，突然被手机的震动声吵醒。万小红懒懒地拿过手机一看，懒洋洋地说："早上好师哥！"

"还早上好？你知道现在几点吗？"

"几点啊？"万小红拿开手机看了看，"哦，都十一点了啊，我这是怎么了？"

"有大生意，你接不接？"

"接，肯定接！什么大生意？说来听听。"

"我在朋友的珠宝会所，你过来吧！我把地址发微信给你。"

"好，我中午一点左右到。"挂断电话，万小红伸了伸懒腰，爬了起来。她洗漱穿戴完毕，翻开手机看了看微信上的地址，只见"五原路252弄"几个字。她思忖片刻，开着爱车出发。

"是碧泓翡翠吗？"万小红通过导航系统到达指定地址。她看了看周边，最显眼的招牌上写着"碧泓翡翠"四字，便拨通电话询问。

"对，我在一楼。"

碧泓翡翠，一家经营收藏级翡翠的会所，地处著名漫画家《三毛》的作者张乐平故居边上，老远就能看到会所的招牌。万小红是资本玩家，对收藏毫无兴趣。她正对自己学长为什么约在这地方见面而纳闷，只见一位很帅气的男生从碧泓翡翠会所一楼走出来，在门口东张西望。万小红一眼就认出了对方，按了按喇叭，"喂！我在这呢。"

帅气男生转头看到万小红坐在一辆红色跑车上朝自己招手，便一路小跑到车旁，很绅士地拉开车门，挽着手把万小红接下车，"怎么睡起懒觉来了？"

"你还说！这段时间我都没好好休息，好不容易偷懒睡个懒觉都被你给拽来了。"没想到一个被誉为"股市吸血鬼"的女人，撒娇起来竟然如此妩媚惹人，帅气男生被电了一下，很享受地挽着万小红的手走进会所。

"Ansha，这就是你日思夜想的梦中情人吧？"一位风韵秀彻的阿姐捧着果盘走过来，绽放着甜蜜的笑容面向帅气男生问道。

帅气男生叫Ansha，是新富豪俱乐部的首席执行官，亚洲血统，却生得欧洲人的轮廓，帅到掉渣的小鲜肉。

"蔡总好，这是我学妹……"Ansha刚要说出"万小红"这三个字，就被万小红挡了回去，"蔡姐姐好，很抱歉，小妹工作性质比较特殊，对身份的保密程度要求较高，之后机会成熟了再向您自我介绍——来，难得相识，坐下一起喝茶。"

"啊，我差点忘了！我的工作间还有两件翡翠在抛光，必须得过去看看。你们先聊，稍后我过来，失陪了！"被Ansha称为蔡总的人正是碧泓翡翠的女主人，看到万小红很谨慎的样子，便找了个理由退到会所里间。

"能惊动师哥您，究竟是什么样的大生意呀？"万小红看到会所老板离去，便开门见山地问Ansha。

"真是拿你没办法，你那急性子的毛病什么时候才能改呐？咱俩都好久不见了，好歹先叙叙旧，拉点家常，寒暄寒暄嘛！"Ansha见万小红直入主题，义正词严地假装生气。

"哟！什么跟什么嘛？我们上周五不是还见面的吗，到今天才第四天，怎么就好久不见了呢？"万小红看着Ansha帅帅的脸，觉得他此时此刻的表情好可爱，忍不住扑哧一笑。

"是吗？才隔几天吗？我怎么觉得好几年了啊。"Ansha想说自己看不见万小红的日子是度日如年，但不好意思直说。

"好啦，言归正传，待会我还有事儿呢。"万小红意识到Ansha已经对自己动情，于是假装没有察觉，把话题直接扭了回来。

"好吧——是这样子，有位会员委托俱乐部帮他买一只壳，希望年底就把自己的资产装到上市公司里去，出手很阔绰。"

"唔！什么条件？"

"愿意花二十亿元，要求把壳资产剥离干净，尤其要确保不能有不良资产，这算是大生意吗？"

"二十亿元买只壳？大陆的？"

"对！"

"让他做梦去吧！"

"此话怎讲？"Ansha原本认为这是一笔很赚钱的大买卖，没承想万小红竟然是这般反应，有点丈二和尚摸不着头脑。

"现在壳资源这么紧缺，他那样的要求，没有三四十个亿甭想。"

"哦，原来是这样子啊，那就是说这生意没得做了？"Ansha听到万小红说得如此坚决，有点失落。

"等等，让我想想——这事情不是不可以操作，但对方得出点血。"

"你说。"

"我手上现在就有一只不错的标的，当然价格没这么低，最便宜最便宜也得三十亿元才能拿到控股权，但不是不可以操作，我有办法。"

"我就知道，借壳上市这种事情，没有难得住你的。"Ansha脸上又开始绽放笑容。

"这个客户是没有钱还是舍不得拿钱出来？"

"没有钱！原本是打算给他成立一只并购基金来操作的，但考虑到那样做时间周期太长，另外这么操作有可能会打草惊蛇而增加并购成本。"

"那是肯定的！"

"你的办法是？"

"很简单啊，他答应额外拿出两亿元作为我们的运作经费，钱的事情他就甭管了，总之能在二十亿元这个价位帮他拿到控股权就是。"

"好，这件事情就这么敲定了，我给对方回复。"

"嗯，事成之后，一个亿归你，之后师哥你多介绍些业务给我就行。"

"哈哈，师妹，你未免太大方了吧！感激不尽！感激不尽！"Ansha原本只想着有三两千万元的报酬就很开心了，没想到万小红给出的报酬竟然高出了自己预期好几倍，兴奋得差点失态。

"唉！谁叫我这么喜欢你呢，我那份也都给你了。"万小红美美地冲Ansha微笑，害得Ansha的血液立刻就沸腾了起来。万小红正想再说点什么，手提包里的手机嗡嗡地震动个不停。她拿出一看，是秘书的电话，"是什么事情？"

"跌停了！下午有什么安排？"

"Good，我一个小时左右就能回到，下午三点开项目组会议，四点半开投研部会议。"

"收悉！"

挂了电话，万小红笑朝Ansha使了个歉意的眼神，"我得回去了，我们网到了鱼，得回去教他们怎么烹调。等你好消息！"万小红轻轻地亲了一口Ansha，匆忙离去。刚走出几步，她又回过头，"你就说这是一只很好的壳，很干净，而且不起眼，所以会很安全。最为关键的是，这只壳的控股股东属于公司套公司的那种类型，隔了五层，完全可以悄无声息地做完控股权过户，也就是说这只壳风险很低。"

"好！那我不送你了。"Ansha目送万小红远去，有点失落地靠在沙发上，看着果盘发呆。

Ansha作为富豪圈的轴心人物，像投资银行家年会这样的大型活动自然不会被落下。Ansha是第二天圆桌会议六位嘉宾之一，其余五位分别是万三省、巴巴国际董事局主席冯云先生、千度搜索CEO严弘先生、万大集团董事长建霖先生、花伟控股董事长郑飞先生。会议主题围绕"投资银行生态圈建设"展开，各抒己见，场面极其热闹。

冯云作为电子商务界的代表性人物，同时也是投资银行界的大腕级人物，被点名回答了一个大家都很关心的问题："冯先生，万小红破坏了投资银行生态圈，被大家公认为公敌　对于这件事情，冯先生您怎样看？"

"我个人觉得，作为生态圈，就应该包罗万象，海纳百川，所以不应该将谁定义成敌人。国内的投资银行这潭水，过于平静，偶尔有人搅动一下也不见得是坏事。所谓生态圈的破坏者，说到这个话题，我突然想起一个广为流传的典故：话说，挪威人喜欢吃沙丁鱼，尤其是活的沙丁鱼。市场上活鱼的价格要比死鱼高许多。所以渔民总是想方设法地让沙丁鱼活着回到渔港。可是，渔民们虽然经过很多努力，结果绝大部分沙丁鱼还是在中途窒息而亡。有一天，有人发现有一条渔船大部分的沙丁鱼都活着回到渔港。人们在转移装满沙丁鱼的鱼槽时，发现那条船的鱼槽里有一条鲶鱼掺杂在沙丁鱼中。人们在想，这些鱼之所以活得好好的，会不会是因为这条鲶鱼起到的作用呢？为了求证，第二天，有渔民特意在沙丁鱼的槽里放入一条鲶鱼，结果到岸时发现，有鲶鱼的鱼槽大部分的沙丁鱼都活得好好的，没放鲶鱼的大部分都死了。从此，这些渔民找到了让沙丁鱼活着回港的办法，那就是，在沙丁鱼槽内放入一条鲶鱼。后来渔民们总结出鲶鱼之所能让沙丁鱼活着回港的原因，是因为鲶鱼专门猎食鱼类，见到沙丁鱼便不断追逐，沙丁鱼见了鲶鱼这个异类，十分紧张，左冲右突，四处躲避，在鱼槽中不断加速游动。沙丁鱼在奋力游动过程中吸入更多氧气，死亡率便大大降低了下来。后来人们将这种现象称之为'鲶鱼效应'。我觉得万小红就是投资银行圈中的鲶鱼，所以，我个人觉得应该感谢她的存在，而不是去消灭它。"冯云的回答赢得了满堂喝彩。

"谢谢冯先生！万会长，您是投资银行家协会的会长，您在业内德高望重，对于冯先生刚才的回答，您有不同意见吗？"主持人见冯云回答得很利落，便转头微笑着将第二个问题抛给万三省。

"如果，以投资银行家协会轮值主席的身份回答这个问题，我觉得冯先生讲得很有道理，也很客观。所谓的生态圈，应该是一个相互制衡的，敌我双方平衡发展的一种环境，和我们老祖宗所讲的阴阳关系是一个意思，阴盛则阳衰，阳盛则阴衰。这两者永远此消彼长，周而复始，只有平衡才有发展。换句话说，万小红之所以引起大家的注意，成为行业公敌，则说明，我们这个生态圈确实出问题了，要么是'阴'过剩了，要么是'阳'过剩了。除非这样子，否则我们很难看出问题所在。所以，我们不应该去树立或者讨伐什么'公敌'，而是从自身寻找问题，强大自我，平衡生态。"万三省铿锵有力地接过冯云的话题，中肯地发表了自己的观点。

"刚才您说的是以会长的身份是这个回答。那，如果以个人身份回答呢，您又是什么态度？"主持人不依不饶地追问万三省。

"昨天我已经发表过个人观点，既然主持人问了，那我就对昨天的话题做个总结吧。对于万小红这个事情，我本人不去评判她是好是坏，我只从当前国内的资本市场环境角度上评论。目前国内资本市场正处于变革的非常时期，在这过程中，杀出一个万小红，对于当前的市场无疑是雪上加霜，她的出现很不合时宜。我个人觉得，非常时期需要非常的政策和手段，才能让这个过渡期安全着陆。所以，像万小红这样的搅局者，我们有必要采取非常手段，以确保市场的稳定。"万三省已经不是第一次提出这样的观点，他始终强调，这是个人观点。但是，他忽略了一点，自从他成为国际投资银行家协会的轮值主席开始，他的一言一行就不再只仅仅代表他个人，而是代表着整个投资银行界。因此，万三省在第一天的峰会现场，提出这个观点后，引起了绝大部分人的共鸣，声讨万小红的声音一浪接一浪。此话题在圆桌会议上再次重复，更将声讨万小红的声浪推向高潮。

这几天，国际投资银行家协会年会相关的报道充斥着整个媒体圈，尤其关于万小红的各种报道最为突出。无论电视台、报纸、电台，还是网络，都纷纷对万小红进行了多角度的报道。万小红对这些关于自己的褒贬不一的，以及各种猜测性的报道熟视无睹，仍专心致志地继续自己的业务。

截至周五，胜天火电已经接连开出四个跌停板。很多人开始猜测，这只股票是不是被万小红盯上了？而股评人士却认为，胜天火电不是万小红的菜，因为历史数据显示，万小红只对高增长空间和高净值公司感兴趣，尤其对那些账面上有很多现金的股票感兴趣。像胜天火电这样的股票，要概念没概念，要钱没钱的股票，不可能入得了她的法眼。胜天火电就在各种猜测中继续下跌。转眼间，胜天火电接连开出了11个涨停板，股价已经跌破10元，甚至可能连9元关口都守不住。庆幸的是，股价跌至9.016元的时候，一股资金涌入，股价开始迎来震荡上扬走势，最终在收盘时守住了9.3元。

"明天按这几套方案执行，一定要注意火候！"万小红从大班椅上站起来，拿着一张写有作战方案的A4打印纸走到一位三十岁出头的男子身边，如是这般地交代了一番。

"明白！"

"这是绝密，泄密的后果很严重，切记！"万小红交代完工作转身走回自己办公室，从冰箱里拿出一盒牛奶。她想了想又放了回去，拿起电话拨了出去，"喂，师兄，那边情况怎样？半个月了都。"

"我正说晚上约你吃饭顺便聊聊这事情呢，你来电正好。对方答应了，FA协议也签。"

"恭喜！那他钱什么时候入账？"

"现场就给我开了20%的首付款支票。"

"那晚上咱俩庆贺一下？"

"哈哈，正有此意。原本是想晚上吃饭再给你个惊喜的，唉……"

"我请你吃法国菜吧，我发现了一个很地道的法国餐厅。我待会把地址发给你，六点见。"

"好，六点见！"万小红没想到事情进展得这么顺利，转身按了呼叫秘书的电话按键，"杭秘书，通知信研部十分钟后开会。"

"好。"

"等下，让刘总吃完午餐来我这里。"

"好！"

美其名曰"信研部",实际上是万小红培养的商业间谍团队,其信息灵通程度令人惊叹。当前三四千家上市公司,上至控股股东,下至各部门经理,信研部的人马都了如指掌。给他们十分钟时间,可以调出这些人中任何人的祖宗八代信息,包括他们的兴趣爱好、经常出入的场所、个人强项和弱点等。万小红之所以能在资本市场上如鱼得水,很大功劳要归功于信研部。有了他们提供的详尽信息,才使她做出的每一个决策都非常精准。

信研部是万小红的御用团队,他们只对万小红负责。每次会议都按高机密会议启用会议室,非特定参会人员不得接近。本次会议的核心内容是甄定新标的,信研部一共推荐了三只股票,神农控股、宏汉高科、中北航天。

"我个人建议选择神农控股,理由是,这只股票是农业题材,有足够的现金,账面现金高达十亿元。另外,这家公司董事长是个大老粗,不熟悉资本运作,操作的风险系数较低。同时,这家公司拥有庞大的散户支撑,机构参与较少,目前的散户总数是271.69万,这意味着我们可以轻而易举推动股价涨跌,并且有充足的套现空间。还有就是,大股东占股比例超过50%,而且数年未曾套现,由此可以判断出他对公司的感情。这样的大股东,拼死也不会让公司倒掉,也就是说他将会穷尽所有来接盘,所以,这只股票很适合我们。"一位精瘦的小伙子振振有词地介绍他跟踪的项目,同时打开手机投影,将这家公司的最近半年股价走势演示了一番,以相关数据佐证。

"我个人建议选择宏汉高科,理由是,这只股票拥有技术题材,有更大的可挖掘和想象空间。最为关键的是,大股东不是自然人,而且是六层法人股东,和胜天火电很相似,一层叠一层。这只股票炒作得好是不错的壳,因为可以通过第六层变更大股东,简化公告流程便可神不知鬼不觉地成为该上市公司的控制人。"坐在边上的黄头发女孩等瘦个子讲完,也拿出U盘,一面打开PPT一面讲解。

"我比较看好中北航天,理由是,这家公司拥有军工概念,主要业务是卫星定位,未来的市场增长会很可观,概念很好,所以容易推高股价。"坐中间位置的长发男把一本资料递给万小红，接过他们的话题，说出了自己的观点。

"神农控股有现金，宏汉高科有壳资源潜质，中北航天是军工概念，他们的劣势是什么？"万小红听完几个团队成员的汇报，一边翻看团队呈上来的报告，一边问。

"神农控股客户圈较窄，仅做军供。"

"宏汉高科业务太散，主营业务不突出。"

"中北航天盈利能力较差。"

"这几家公司的体量呢？"万小红环视了一圈，很纳闷为什么没有关于这些公司的体量介绍。

"三家公司体量相当，神农控股当前总股本13000万股，资产规模69亿元；宏汉高科当前总股本11500万股，资产规模42亿元；中北航天当前总股本8000万股，资产规模45亿元，这家公司无形资产占比较大，约为35%。"瘦个子一口气把三家公司的情况都做了汇报，然后静静地等待着万小红的反应。

"53.0769、36.5217、56.25，股价都还算适中。"万小红一边听脑子已经在一边计算。

"老大，股价不都计算到小数点后三位的吗，您好像算到了小数点后四位？"黄头发的小姑娘发现万小红多算了一位数，觉得很好奇。万小红扫了她一眼，没再理会她。她静思了几秒钟，就对着瘦个子说："就抓神农控股吧，我要进一步的分析材料。其他两家公司观察一段时间。"

万小红转头看着黄发女孩，"你也把宏汉高科的详细资料给我一份。"

"好的！"

"今天会议就到这里，大家辛苦了！重申一遍，我们从事的是高机密业务，守住嘴巴，切记！"

"明白！"

员工食堂在别墅四楼，除了食堂，还有健身房、桑拿房、斯诺克、壁球、乒乓球、咖啡吧、家庭影院、游泳池等。休息时间内，员工可免费尽情享用。从外面看起来静得似无人烟的78号别墅，里面别有洞天。此时正是每天最热闹的午餐时间。

"哥们，你们忙碌了这么久，是不是又有了新动作啊？"一位长得很胖很萌的男生凑到大办公室那位三十岁出头的男子身边，偷偷小声地问。

"什么新动作？"

"是不是又有新项目？透露点消息，让哥们赚点生活补贴呗。"

"我们除了周末，天天有新动作，天天有精彩，你说的是哪出啊？"

"路丰，透露点消息你能死啊！又不是赚你家的钱！"胖子见路丰守口如瓶，生气地瞪着他破口怒骂。

"韩飞，在老大手下干活，你最好本分点，否则陈开就是我们的先例。"路丰郑重其辞地提醒韩飞。

"哼！"韩飞很不爽地拿起自己的饭碗放进回收箱，甩手离去。

路丰，是万小红的得力干将、首席操盘手、金豹团队的新任负责人。由于严谨的做事风格和一丝不苟的习惯，尤其是他那密不透风的嘴，深得万小红喜爱和器重。胖子韩飞是信息工程部的装备员，刚刚从别的城市调到78号别墅不久。之前因为不小心听到金豹团队前负责人陈开的通话，得知公司即将炒作某股票，便偷偷建了老鼠仓，3元一股的股票买不到半年，后来涨了二十几倍，赚了三四十万元。自那尝到甜头，胖子韩飞就经常有意无意地刺探操盘团队的项目消息。陈开因为不小心被韩飞听到消息，并被韩飞到处告诉自己的亲戚朋友，最后差点导致公司在该项目上栽跟头。幸好陈开不想连累他人，所有事情自己全扛了下来，韩飞才得以幸免。陈开因此被公司永久除名，据说后来人间蒸发了。韩飞的行为引起路丰的警惕，有了陈开的前车之鉴，路丰做事更加谨小慎微了。

下午，股市刚开盘，万小红就安排团队循序渐进地吃进神农控股。五万个证券账户悄无声息地小量吃进，因此盘口并没有出现大幅度上涨，走势趋于平稳。万小红坐在电脑旁盯着盘口，顺手用内部邮箱给路丰发了封邮件，"明天开始，按B方案执行。"

　　五月，转眼就要结束。半个月时间内，万小红手上已经持有神农控股超过三分之一的流通股，一共投入二十万个证券账户，润物细无声般蚕食神农控股。虽然股价有所上扬，但并没有出现大幅度变化，一切如万小红所预料。未曾想，就在月底的最后一个交易日，三四股多头资金不约而同涌入神农控股，使得神农控股当天上午休市前就出现了涨停。

　　"这只股票会涨到180元以上，我们在150元开始撤离，争取在180元区间内全部套现。在完全离场之前，一定不能让股价下跌。"

　　"明白！"

　　"这几天我有事不在公司，有什么事情电话单线汇报。"万小红坐在大班椅上向路丰交代下一步的工作方案。等路丰离去，万小红拨了一个号码："准备就绪。"

　　"辛苦了！启动王牌计划。"电话那边传来一个带着沙哑、低沉的男人声音。

　　"明白！"万小红挂断电话，沉思了片刻拨了一个新号码，"启动王牌计划。"

　　国际农产品博览会现场，老早就挤满了记者，因为这是博览会有史以来最大的单笔对外贸易。国际农产品博览会所成交的不仅仅是订单，更赋予了一定的政治使命。贸易，从来都是国家与国家之间，建立友好合作的桥梁。此次签约双方是来自中东国家的皇室储备买办公司，和国内第一大农业上市公司神农控股。

　　这是一笔超级订单，三年的总订单额高达五亿美金，因此这笔订单被全国六百多家企业争得头破血流。但毕竟是国际贸易，而且是皇家储备物资，所以对所有的产品质量要求极高。不但要求无公害有机种植，对于种植作物的土地也要求至少十年内没有使用过化学肥料和农药。几轮考察筛选下来，六百家企业全军覆没，反倒是没参加竞选的神农控股被中东方面点名合作。意外的是，神农控股根本不领情，收到邀约函就当面做出了拒绝，让所有人百思不得其解。后来经多个重要政府部门做了不少工作，神农控股才向中东方面敞开合作的怀抱。

神农控股是一家军需专供企业，几乎所有产品都直供军用。它的绝大部分业务基本是固定的，由于产品质量无可挑剔，而且生产能力全国第一。几大军区的重要采购都交给了神农控股，就连驻外部队也只认神农控股。为此，这家公司根本没有对外销售的计划。所以接到中东方面以甲方的强势姿态发来的邀约，它直接就拒绝了。

这次合作神农控股完全占尽上风，神农控股提出的各条款几乎在没被修改的情况下就通过了中东方面的采购审议。神农控股以民族品牌的荣誉和使命，签下了这笔让所有人都垂涎三尺的超级对外订单。

签约仪式进展得很顺利，不但签订了合同，中东方面还很爽快地现场签了一千万美元的信誉金支票，如此成功的签约仪式可谓史无前例。过去博览会的贸易订单甭提现场支付信誉金，签完合同还得等三四个月考察期才可能走到支付定金这一步，很多订单往往在几个月内稍不留神就泡了汤。而此次的签约，甲方竟然当场支付信誉金，而且是一千万美金——这对于绝大部分国内供应商而言，简直不可思议。看到神农控股得到这样的订单，人人流着口水，羡慕嫉妒恨。全国媒体也没闲着，铺天盖地地报道本次交易成果。大部分媒体还将这条新闻作为头条，将这次签约传得无人不知，神农控股也由此变得家喻户晓。

这些天，由于受到跨国巨额订单的利好消息刺激，神农控股的股价一路高歌。短短两周时间，连拉了十个涨停板。就在订单签订后第八个交易日，下午收市，神农控股的股价翻了一大番，97元直线涨到了201元。股民们纷纷背着钱在银行排队开户，争相购买神农控股的股票。很多股民由于晚了半个小时开户，买进一股就要多花好几块钱。为了抢先开户买到一个好价格，有人不惜贿赂柜台人员，甚至毫无节操地野蛮插队。很多营业网点因此出现了股民争抢牌号而大打出手的情况，闹得银行工作人员和警察叫苦不迭。

"Madam，王牌计划已奏效，一切进展顺利。"万小红刚走进办公室，已等候多时的助手便向万小红汇报近日的工作进展。

"非常好！把消息放出去。让巨狮团队准备C方案！"

"收到！"助理收到指令后，转身走向一张巨幅海景油画，缓缓打开旁边的暗门。男子从暗门走进去，暗门又慢慢关闭，恢复了墙壁的原样。

这是另一间独立的办公室，四面墙上各挂着九面大尺寸的液晶显示屏，分别显示着纽约证券交易所、德国证券交易所、法兰克福证券交易所、巴黎证券交易所、纳斯达克证券交易所、新加坡证券交易所、上海证券交易所、深圳证券交易所、香港证券交易所等世界九大核心股票市场的交易信息。每个显示器墙对应由一位四十多岁的中年男子控制操作。

"准备启动C方案！"男助理走进房间，将万小红的指令传达到位便转身离去。四个人会意地点点头，立刻忙碌起来。巨狮团队是万小红稳操胜券不可或缺的六大团队之一。这支队伍虽然人数最少，能量之大却是其他团队所无法比拟的。他们是股市分析领域的四大金刚，全部名列股评界"十大最具影响力股评家"。他们的评论犹如圣旨，一句话就能让一只股票涨或者跌。监管部门时常要约见这几位，目的就是防止他们说错话。

第二天，几大财经媒体同时转载一篇来自博客"阳光下的黑暗"的文章，这篇文章深度剖析了神农控股近期股价疯涨存在的疑点，并预言神农控股泡沫不日将破。各大网站也纷纷跟进了报道，关于神农控股的不利评论也随之在各自媒体中大量出现。股市刚开盘，便出现大规模抛售神农控股的现象。股民开始慌了神，纷纷跟风抛售神农控股的股票，情况越来越严重，导致神农控股从一天一个涨停，戏剧性地变成一天一个跌停……

更为可怕的是，付迪、杭北雄、京凯、洪乐等四大著名股市评论员统一口径看空神农控股。这四大股市评论员是国内各大电视台的座上宾，各自的微博和公众号粉丝高达逾千万。被他们看空的股票就如同被法官判了死刑的人，基本上都死得很惨。

更甚者，竟然有人开始怀疑跨国巨额订单有可能是假消息。种种不利于神农控股的消息搅得整个股市乌烟瘴气，很多股票也受到这只曾经被誉为神股的股票影响，大盘一片绿油油。

这一天，沈强约了三两好友西湖泛舟。他正准备出门，窗外突然乌云密布，倾盆大雨随之而来，沈强只好躺在酒店里看球赛。

"董事长！不……不……不好了！我……我们……我们的股票出大事啦！"急促的电话和助手紧张的情绪将沈强吓了一跳。

"怎么回事？慢慢说。"

"这半个月来，我们的股票不断出现频繁交易，单次的交易量都不大，但买进卖出的交易频率极高，每天的总成交量高达数亿元……"

"这件事情，你在会议上已做过汇报，无须重复！"

"董……董事长，奇怪的是，这两天交易更频繁了，不断有人卖出……之前不断有卖出同时也有人买进。我们的市值管理团队并不需要动用太多的资金，但，但，但是，截至今天上午，已经第三个跌停，每天都是高压抛售，接盘的人越来越少，开盘就跌停，我们的市值管理团队动用完您授权的十亿元现金也没招架得住……我们已经没有可动用的资金了！"

"我们的股价涨得太厉害，跌一跌不是什么坏事。"

"董，董事长，问题是，各大媒体不断报道不利于我们的新闻，现在股民们都成了惊弓之鸟。"

"我已经看到新闻了，想办法查清楚消息来源！另外，我们的媒体公关团队干吗去了？"

"已……已经，安排下去了，董……董事长。还有一件重要的事，目前还有大量的资金通过融券做空我们的股票，现在市值管理团队已经招架不住了。"

"稳住！我马上回来！"

神农控股是沈强二十几年的心血，就像他自己的亲生儿子，谁动他的神农控股他会跟谁拼命。接完电话，沈强二话不说草草地收拾完东西叫上司机直奔神农控股总部飞驰而去。

沈强是个实干家，同时还是一名慈善家，一生所赚到的钱除了用在公司发展壮大上，其他的几乎全部用在慈善事业。他不买房，不结婚生子，所以无房、无妻、无子，常常自我戏称为"三无农夫"。他九十年代初从部队转业，一头扎进深山老林，开荒种树、养鸡、养牛，十年如一日地终于摸索出一整套生态循环种养殖技术。凭借部队的关系，和高品质的农副产品，这里很快成为军需专供种养殖基地。

二十年转眼即逝，沈强从无到有，农业项目越做越大，现在已是国内唯一规模达到万顷以上的生态农业基地。他的神农生态产业发展有限公司也变成了神农控股，业务板块从单纯的种养殖发展成涵盖旅游观光、冷链物流、农副产品深加工、种苗培育、养老地产等配套型产业链，并且在三年前顺利在主板上市。作为新农业板块的龙头企业，上市以来股价从16元一路上涨，一度涨到此前的200多元，被股民誉为神股。

沈强辛苦了大半辈子，将自己的时间和精力全部奉献给了公司。沈强为了这家公司，几乎没有休息日的概念。公司上市后，为了不辜负股民的期待，沈强给自己制定了很具有挑战性的业绩指标，常常废寝忘食地忙得不亦乐乎。几大股东和亲戚朋友看着都心疼，很担心这个"铁人"也有身体吃不消的时候。好说歹说，在众人的力劝下，当完成跨国超级订单的签约，股价涨到一百八十元的时候，沈强咬咬牙给自己放半个月假。虽然放假，但他始终放不下公司种种事务，所以没去太远，目的地选在了杭州。这天，沈强正打算和几个老战友到西湖游玩，这是他假期的第十天。而仅仅离开公司十天，公司就出了事，而且竟然是大事！

"到底怎么回事？"沈强冲进办公室第一句话就问迎面撞上的董秘。董秘还没来得及反应，他又补充了一句，"把各部门负责人全部叫到会议室，召开管理层紧急会议。"

会议一直开了六个多小时，沈强基本了解了整个事情的来龙去脉，并且了解到了事态的严重性。各部门负责人正在紧张讨论应对措施，突然几台手机几乎同时响起，几个部门负责人接完电话，都很沮丧。

"董事长，股票已跌破四十元！"

"董事长，新调度的五亿元现金已经耗尽，公司账户上已经没有能调用的现金了！"

"董事长，银行要求提高质押标的。"

"董事长，其他大股东说他们也无能为力了。"

"董事长，董事会要求临时召开董事会！"

"董事长……"

沈强，是干实业的，是位实干家。对于公司的运作管理，他有自己的办法。近千人的公司，在他的管理下有条不紊，团队斗志昂扬，业务蒸蒸日上。而面对资本市场，尤其面对突如其来的股市地震，他却不知所措。十几亿现金说没就没了，这在他实业生涯中，何曾有过的事？沈强怎么也想不明白，百亿的市值如何在数日之间蒸发殆尽。

神农控股只涨不跌的神话就此终结，巨量的抛售，财务赤字无力接盘，游资还在融券市场疯狂做空，神农控股可谓雪上加霜，跌跌不休。更不幸的是，财务赤字和银行要求提高质押标的的消息被媒体爆出，此时的神农控股已经成为股民的烫手山芋。在大盘不断下探的大环境下，神农控股已经回天无力。

"告诉董事会成员，临时董事会会议安排在下周一召开……如果大家没有什么事情，就先散会，有事情及时汇报。"一种未曾有过的恐惧和不祥之感油然而生。为了不让团队受到影响，沈强故作镇定撑着笑脸向董秘吩咐紧接下来的工作。

此时已经是十九点五十，距离下班时间已经过了两个多小时，办公室早已空无一人，各高管一一道别而去。沈强一个人在会议室的座位前站了许久，又慢慢地瘫坐在椅子上……

夜色渐深，沈强拨通了一个电话："老领导，我是阿强，神农控股遇到大麻烦了！您帮想想办法……"

"我已经收到消息，你来我家吧！"

车流、人流、喧嚣声在五彩缤纷的霓虹下继续谱写着繁华都市的乐章。面临灭顶之灾的神农控股，让沈强这位具有十几年军旅生涯的"铁人"变得没了定力，心渐迷乱。挂断老领导的电话，沈强长长地叹了口气。他在办公室的大班椅上深深地靠了下去，身心疲惫的他不知不觉被周公带进梦乡。

红人俱乐部位于城东，每当夜幕降临，这里便聚满了各种各样的人。此时，俱乐部正举办一场声势浩大的网红聚会。据主持人介绍，这是国内历史上规模最大的网红聚会，"网红100"榜单上的网红无一例外全部到齐。本次网红聚会不仅仅为了聚会，重头戏是为了庆祝由赵文星发起的文化基金的成立。这只基金共募集了三十亿元，主要投资网红IP。"网红100"榜单的网红之所以悉数到齐，是因为每个人都希望自己能成为这只新基金的被投资对象。

文化基金是赵文星的一次尝试，关注网红并非赶潮流，而是被网红经济所吸引。关于网红的很多传说，他听了很多，但没有深入了解。这个晚上赵文星决定好好深入了解。为了做好这只基金，赵文星花了很多时间和精力去研究网红，也见了不少网红，关于网红的吸金能力早有了解，但在这个晚上，还是被惊呆了——不是因为某些网红的另类举止，而是被他们所创造的吸金记录所震惊。

一位过气模特，借助网红风口重新回到大众视线，而且相比过去的影响力有过之而无不及，曾创下直播一个小时就获得两千万元的打赏记录。

同样的，一位过气的模特，从走T台改行做直播导购。在巴巴国际的电子商务平台上，仅仅11月11日光棍节当天，她的网店竟然卖了一点五亿元的衣服。

一位被称为"励志哥"的网红，借由网红风口，一周时间创造两亿元"励志零食"销售量。

一位穷山僻野的小孩，因为长得像马首富而红动全国，最终备受马首富关注。得知其家境贫寒，马首富二话不说决定资助这孩子从小学到大学毕业的所有费用，这孩子的命运由此发生惊天逆转。此事，被很多网友总结出一个真理："长得丑不要紧，关键要看长得像谁。"

还有一位网红，在直播现场拍卖自己穿过的内裤，半年时间卖了五百万元……

主持人滔滔不绝地在舞台上介绍过去一年发生的一些真实事迹，听得赵文星感慨万千，"时代变了，变得让人匪夷所思。"

这天晚上，赵文星成为所有网红的轴心。所有人都向星爷敬酒，赵文星就这样，高兴地喝了一杯又一杯，不知不觉就喝倒了。当赵文星迷迷糊糊醒来，发现自己一丝不挂地躺在床上，再左右一看，两边都睡着同样一丝不挂的美女。此景惊得他拼命爬起来，一看表，乖乖，已经是下午两点。当他坐起来环视周围，发现床边上竟然架着十几台手机。赵文星绕到手机前一看，大喊："靠！"

赵文星发现十几台手机竟然在现场直播，也就是说自己醉酒后被人带到酒店，还被剥得一丝不挂，而这一切有可能全部成了现场直播。这中间究竟还发生了什么？赵文星已经管不了许多。不管三七二十一，把手机都关了再说。就在他手忙脚乱地要将手机全部关掉时，其中一个美女揉着眼睛坐了起来，"没啥意义啦，已经直播了一晚，现在关掉有什么意义？"

"你是谁？这究竟是怎么回事？"赵文星被激怒了，他可以接受各种可能，唯独不能接受自己在不知觉的情况下，以这样的状态出现在别人的朋友圈中。

"我是谁？昨晚你睡我的时候，你干吗没问啊？怎么，做完事之后你急个屁啊！"那美女不依不饶，见赵文星怒了，也反讥道。

"星爷，你干吗呀？"另一位美女被两人给吵醒，抬头看见赵文星正在手机旁发愣，笑嘻嘻地问。

"姑奶奶们，你们究竟是谁？这到底是怎么回事？"赵文星头脑一片空白，想生气，却不敢生气，因为不知道这过程中究竟发生了什么事情。

"哎哟，星爷，你不会睡了我们姐妹，醒来就不认账了吧？几百万的粉丝都看见了哦，你是赖不了的！嘿嘿嘿！"刚醒来的美女看见赵文星木然在手机前，笑得很开心。

赵文星点开其中一台手机的直播回放功能，看到了自己醉酒后发生的一幕幕——两个美女被自己剥得精光，随后如干柴烈火般交织在一起。看着看着，赵文星被眼前的画面撩起了新的欲火，索性一不做二不休，把手机全部关掉，扑上床，任由欲火熊熊燃烧……

七月的正午，三伏天的太阳，堪比赵文星燃起的火。大地被炙烤得青烟袅袅，马路被晒得发烫，所有的绿植都垂着叶子作死的姿态。室外就像个偌大的烤炉，整座城市就像被置于烤炉中，无情地烘烤着。没人愿意走出舒适的空调房，更没人愿意在太阳底下活动——78号大院，一棵大树下，十几个年轻人正在烤着一只羊，一台大功率的户外冷风机朝着他们吹着凉爽的风。这群年轻人在烈日的树荫下一面享受着徐徐冷风，一面大块吃着羊肉，享受着地道的进口葡萄酒。他们有说有笑，好不惬意。路丰率先举起杯高呼："兄弟们！为这场漂亮的战役干一杯！"

"干杯！"所有人一起满满地干了一杯。

"老大实在太神了！她是怎么知道这只股票什么时候涨，什么时候跌的呢？每次都拿捏得那么准，股神巴菲特恐怕也不过如此吧？"

"可不是，就这三几个月时间，做了两三个这么漂亮的案子。若不是我们亲自操刀，这简直令人难以置信！"

"听说，我们只是老大的其中一个团队，外面还有其他团队在做我们一样的业务。"

"啊！"

"我粗略估算了一下，这个季度赚了十四五亿元。"

"何止十四五亿？手里那些股票不算钱啊？那都是赚来的钱买的。"

"是的呀！我怎么忘了呢？"

"如果连股票计算在内，绝对超过二十亿元。"

"哈哈，马上要发放季度奖金了，大家说，我们这次能分到多少奖金呢？"

一伙人七嘴八舌地一边喝酒一边大侃特侃战斗成果,聊得不亦乐乎。别墅侧面墙上的暗门渐渐打开,一辆红色法拉利跑车缓缓驶出来。所有人都收住声朝着跑车招手,车子没有停下来,只是闪了闪灯,然后如风一般飞驰而去。

此时的神农控股被散户当成了毒药股,因为割肉割不了,开盘就跌停,散户们根本没有卖出的机会;继续持有嘛,股价还在不断下跌,而且是不断地跌停板,股民们可谓痛苦不迭。尤其是两百元上下买进股票的散户,此时欲哭无泪,寝食难安。沈强被这突如其来的变故搞得焦头烂额,每天都有接不完的电话——大小股东都打电话问公司出了什么事,媒体也纷纷打电话问下一步的应对措施。更可恶的是,很多没到期的债权人竟然提前上门索债……各种各样的事情竟然都在同一时间发生……

沈强所面临的种种,正如邪恶的"墨菲法则"——一块涂有奶油的面包掉地上,总是有奶油的那面先着地,蛋糕没法吃就算了,奶油还弄脏你干净的地毯。沈强深知这道理,于是尽管内心相当愤怒,但还是耐着性子应对每个人、每件事。

"王总,请放心!神农控股没有任何问题,只是近期被游资恶意炒作才导致短时间的异常,我一定会处理好,请放心……"

"你让我怎么放心啊?我九位数的资产,这时候快缩水成七位数了,再控制不好,所有股票就要变成废纸了——如果一周内不能上涨,我就要采取措施了!"

"好好!王总请放心,沈某一定会给各大股东一个交代!"

各种各样的电话使得沈强心力交瘁。更可恶的是,很多股东纷纷逼宫沈强,要么让出董事长位置,要么补偿大家的损失,这使得沈强非常气愤。但沈强牢记老领导的教诲,这个非常时期稍有闪失,或者有哪件事没处理得当,都可能导致神农控股陷入更可怕的后果。为此,沈强不得不强压着愤怒和郁闷,强撑着笑脸对每一通来电加以耐心安抚。

大盘指数已经跌破2500点,神农控股也随之不断下跌,很快就跌破30元关口，而且股价还有继续下探的趋势。

　　天气依然热得不行，每一阵风刮过的都是热浪。一位美艳动人的美女哼着小曲，开着一辆红色跑车，顶着烈日在高速公路上飞驰。火辣辣的太阳，火红的车子，还有美女火一般的红色连衣裙，那样的风景简直无法用言语表达。

　　车在飞驰，车载电话响个不停。红衣美女打开蓝牙耳机，接通了电话："喂，是帅哥还是美女呀？"

　　"是，是Mini吗？"电话那头传来一个紧张又低沉的男声。

　　"啊！是连总吧？是我呀，亲爱的，你在哪儿呢？很久不见，想你了呢！"

　　"对对对！我是连成珏，能接通你电话着实不容易，我实在太兴奋了！"那头的声音一下子从低沉变得高亢，"我现在在海边，你能来吗？"

　　"看来我们还真有缘分呐！我也正在去海边的路上。"

　　"真的吗？我在游艇上，我们一起出海吧！如何？"

　　"好啊！上次关于收购神农控股借壳上市的提议，你考虑好了吗？"

　　"听你的！我们海上聊吧！"

　　"下午见。"

　　挂断电话，连成珏从游艇上走下来。他一个人躺在沙滩上，让侍应生将自己的身体埋进沙子里面。发烫的沙子烫得他黝黑的皮肤发红，他却很享受地闭着眼睛躺着不动。过了半个多小时，他才缓缓睁开眼，拿起电话拨了一串号码——

　　"本翔老弟吗？我是老连啊，连成珏。"

　　"下午好啊！老哥有何指教？"

　　"指教什么嘛，我约了美女出海，你有没有空啦，一起出海去啦？"天不怕地不怕，最怕香港佬说普通话。连成珏不是香港人，只是在香港待了五年，原来一口标准的普通话竟然变成了"港腔"。

　　"感谢大哥盛情，看来今天不行，已经安排有几波客人来访，得做三陪呐……老哥您玩得开心哈！"挂了电话，郝本翔眯上眼睛，又若有所思地打开手机，不停地翻看通信记录。

郝本翔，豹丰科技创始人兼董事长，白手起家。他从两台老式二手电脑开始，负债创业，六年时间做成百亿市值的上市公司。自从豹丰科技上市以后，郝本翔被董事会配备了三位助理和一位董秘，很多工作都被抢着做了。这阵子他正百无聊赖地躲在沪上第一高楼的顶层，吹着空调，鸟瞰四周矗立的高楼。他并非没时间出海，只是不想和连成珏一同出海。

连成珏和郝本翔从小一起长大，既是小学同学，也是中学同学。郝本翔若不是被保送海外留学，差点连大学两人还是同学。两人从小一起玩到中学，但由于两人的价值观不同，走向社会之后，两人选择的事业路线完全不一样。连成珏选择了金钱为导向的职业生涯路线，为了钱可以不择手段。郝本翔则选择寻求自我，探寻生命的意义，更重视社会使命感为导向的职业生涯路线。在理念上，连成珏主张弱肉强食，有钱能使鬼推磨；郝本翔则更重视理想，重视社会意义，损人利己的事情郝本翔打死都不干。所以，俩人虽是发小，而且郝本翔曾多次受恩于连成珏，但长大后关系却很微妙，说不上好，也说不上不好，犹如陌路却又因为种种原因藕断丝连，割舍不断。

如今两人都已经财务自由，有花不完的钱和忙不完的事。郝本翔手上控股的豹丰科技市值将近一百亿元。他作为创始人和实际控制人，上市的第二年套现了十几亿元，现在还占有公司55.1%股份。对于郝本翔而言，钱的多少也只不过是一个符号罢了。而连成珏也是钱多得没地方花的地步，但还凡事盯着钱看。他常挂嘴边的一句话是他在香港时学会的"有冇着数"，所有的话题要么围绕着钱，要么围绕着女人，俩人在一起聊不到一块。

郝本翔看着楼下如蚂蚁般川流不息的汽车，若有所思地叹了口气，回到座位上翻阅起各部门呈报上来的业务方案和费用方案。

挂断电话，连成珏回到游艇上冲了个澡，换了一身衣服，坐在甲板上看风景。远处一辆红色的跑车往游艇飞驰而至。连成珏看到Mini从车上下来，便"噔噔噔"从游艇上下来，张开双手，挺着大肚子满满地将Mini抱了个满怀。然后他迫不及待地拉着Mini的手,登上他的私人游艇。进入里舱,连成珏将一瓶老早就泡在冰桶的滴金打开,斟上两大半杯:"来,先润润喉。"

Mini接过酒杯,还没反应过来,"哐啷"的一声,连成珏已经将自己的酒杯碰上Mini的酒杯,喊了声:"干!"然后自己一饮而尽。

"亲爱的,这么好的酒,被你这么喝,实在是……"Mini轻轻抿了一口,然后将酒杯放回桌子上。她刚想批连成珏两句,连成珏顺势搂住了Mini,大嘴巴封住了她小嘴。她话没说完,两人已如干柴烈火般完全交融在了一起。

海上,风很大,一艘白色的游艇在蔚蓝的海面上漂荡,时而有海鸥落在甲板上,一条黄金大蟒蛇吐着信子,在游艇上优哉地自由穿梭。Mini光着身体躺在大沙发上睡得很香,黄金大蟒蛇从她身上缓慢游行。当游到她胸部的时候,黄金大蟒突然张开血盆大嘴,向她头部咬去……

"啊……"屋内传出一声刺耳的惨叫。

第二章　魔鬼救星

一声惨叫从游艇舱内传出,惊得落在甲板上的海鸥四处飞蹿。靠在甲板护栏上数着往来船只的连成珏被吓了一跳,一骨碌冲进船舱。Mini坐在床上喘着大气,全身冒着豆粒大的汗珠,惊魂失魄地扑到连成珏怀里,颤抖着身体狂喊:"蛇!好大的蟒蛇!"

"蟒蛇?在哪里?"连成珏完全被Mini的反应给震惊了,惊得四处张望。船舱里空空如也,门窗紧闭,没看到蛇的踪影。连成珏放心不下,电话叫船员四处搜寻。而他细问之后,原来Mini刚做了噩梦!连成珏紧紧地抱着Mini,捋着她的秀发抚慰,"亲爱的,只是做了一场恶梦,没事了,没事了……"

"吓死我了!吓死我了!"因为梦境太逼真,Mini还在发抖。

"根据周公解梦的学说,梦由心生,或许会预示着什么。亲爱的,你仔细回忆一下,哥帮你解梦。"连成珏在香港待了几年,被当地的文化影响很深,对于神说由衷地敬畏。听完Mini的描述,连成珏皱着眉头,陷入沉思,"你这个梦有三种预兆:一种可能是,你怀孕了!第二种可能是你近期将遇上桃花劫。另一种可能是,有小人接近,近期要多加防范。"

"不会是怀孕了吧——保护措施是不是被你动了手脚?"女人的第一反应,往往是男人难以猜测的。听连成珏那么一提,Mini的第一反应竟然是怀孕。连成珏看着Mini,诡异地"呵!呵!呵!"笑了起来。

"笑什么笑?如果你胆敢让我怀孕,我把你的宝贝给咔嚓了!"Mini由惊慌转为发怒。

"对了,上次你提出的方案,细节如何?"连成珏看到Mini脸色有点不对,岔开话题。

"你不提我差点都忘了，我们今天就把合同给签了吧。你没意见吧？"

"嗨！咱谁跟谁，怎么可以没意见！"

"什么？"Mini听到连成珏说"怎么可以没意见"后，瞪大眼睛盯着连成珏。

"啊，哈哈哈！被你搞懵了。我当然没有意见。"连成珏原本故意说错打探Mini的反应，看到Mini这么大反应，哈哈大笑。

"这还差不多！这是财务顾问合同，我们需要先签这个。"提到正事，Mini光着身体像泥鳅一样从连成珏怀抱中滑了下来，利落地穿上衣服，从手提包中拿出合同。

"冲着咱的感情，不管你叫哥干吗，哥都坚决从命。但哥哥始终还没弄明白，公司为什么非得要上市呢？我又不缺钱。"连成珏确实很茫然，别人上市是为了圈钱，但自己根本不缺钱。另外，既然自己可以借别人的壳上市，别人也可以将自己的公司当成壳。既然能够将别人上百亿市值的公司掏空做壳，别人不是也可以用同样的手段对付自己吗？上市要承受如此多风险，大量的公司究竟为什么非要去上市？自从Mini提出帮助运达储运借壳上市，连成珏就一直纠结于这些问题。

"你有没有想过，企业发展过程中如果说难免遇到什么瓶颈的话，会是什么瓶颈？"

"资金、人才、技术都是企业最容易遇上的瓶颈。"

"嗯，没错。之所以那么多公司抢破头地想上市，是因为上市公司比非上市公司多两条命。"

"哦，怎么就多两条命呢？"

"通俗点说吧，非上市公司，一旦遇上不好的经济环境，比如金融危机，可能就会因为拿不到银行贷款而资金链断裂倒闭；上市公司则很少遇到这样的事情，上市的过程就是资产证券化的过程。由于资产的流动性好，融资渠道比非上市公司多，融资能力也比非上市公司强，所以就算遇上经济环境不好，也要比非上市公司多一线活命的机会。另外，非上市公司一旦企业家犯事'进去了'，这家公司也就要随之终结了；上市公司则不然，因为上市公司有健全的法人治理结构和职业经理人，上市公司是董事会决策制，不是股东决策制，就算几大股东出了再大的事，企业照常能运转，国美不就是很好的例子嘛。所以说上市公司比非上市公司多两条命。还有，就算上市公司'死了'，仍然可以通过资产重组获得复活机会，现在的壳资源如此紧缺，你就可想而知了。"

"哇哦！有道理！"

"回到刚才你说到的几个问题，在上市公司面前根本不算问题。关于钱的问题，前面已经讲过。至于人才瓶颈和技术瓶颈，归根结底就是人才瓶颈，技术是人创造的嘛。之所以缺乏人才，很大原因是因为企业本身的影响力不够，或者说企业缺乏吸引人才的魅力——试想一下，两家条件相当的公司，竞争同一位人才，这两家公司一家是上市公司，一家没有上市。在同等待遇情况下，你觉得哪家更有可能争取到那位人才？"

"多半是上市公司！"

"那么，我还需要往下解释吗？"

"当然。"

"好吧，再比如，两家实力相当的公司，一家是上市公司，一家是非上市的公司，大家同时找你借钱。上市公司用股票来质押，非上市公司用股权来质押，假设你的钱只能给其中一家公司，你借给谁？"

"上市公司。"

"我还需要往下解释吗？"

"好吧！那我为什么借壳上市而不是IPO？"

"IPO？你觉得可能吗？目前你这行业的老大都没IPO成功，你排在行业第三，有可能吗？"

"难说！"

"不是难说，是根本不可能！哪怕可能，历史数据显示，一家有限责任公司从股改到实现IPO，至少需要经历三年，这是最快的速度了。排队五年以上被刷下来的公司大把，你觉得自己的公司多久能完成IPO？"

"那怎么办呢？"

"我们的操作经验，借壳最快九个月，长则一年多一点就能完成，所以借壳上市是目前最好的路。"

"我干吗非得马上上市？等几年何妨？"

"亲爱的，我开始对你的天真表示同情了！三五年，天知道这么长的时间会发生什么事情。很多公司三五年后可能早就不复存在了，也许你的不会，但你知道三五年世界会发生什么事情吗？你不知道，我也不知道。不过，摆在眼前的是，大量原本很牛逼的行业老大，都被'互联网+'给颠覆了。以出租车行业为例，一个需要特许经营牌照的行业，虽说不是垄断性行业，但也实行特许经营制度。结果出了一个XX专车、XX拼车的APP，现在情况怎么样？尽管有政策性保护，但现在的出租车行业牛不起来了吧？再比如，银行，在过去是绝对的强势，很多业务躺着都做不完，现在呢？互联网金融直接将这个行业搅得天翻地覆——有政府保护的行业尚且如此，你认为储运这个领域多久可能会被颠覆？也许就在明天或者后天，你真的有信心三五年还能保持现在的势头？"

"你太牛了亲爱的！口才好到我哑口无言，哈哈哈哈！"连成珏盯着很较真的Mini，哈哈大笑起来。

"我们投行领域有句话，我想可以免费送给你。"

"什么话？"

"别做隔夜梦，如果今天能赚到后天的钱，就别等明天再赚，因为没有人知道今天晚上会发生什么事情。"

"有道理！有道理啊！上个月钱多得没地方花的神农控股，现在却苟延残喘了。你说吧，我该怎么做？"连成珏看着Mini迷人的脸，还在陶醉中。

"来，先在这签上你的大名，盖上公司印章，然后本小姐正式以财务顾问的身份给你一系列的操作指导。"Mini将FA协议翻到签字页，将笔递给连成珏。

连成珏唰唰唰，看都不看就在上面签了字，然后从保险柜中拿出印章，哈了哈气，郑重其事地在合同上盖了下去。

"你现在就给沈强打个电话，就说你愿意帮他拯救神农控股。"Mini把协议收好，往游艇的顶层甲板走去。

"你好，哪位？"沈强刚处理完公司的文件，一个陌生电话打了进来。他看了看想挂掉，犹豫了一下，还是接通了电话。

"是沈总吗？"

"我是沈强！"

"沈总好啊！我是运达储运集团的连成珏，冒昧给沈总您电话，是受人相托和您谈笔生意。"

"实在很抱歉连先生，沈某人从来不与陌生人做生意。"接通电话上来就谈生意，沈强对这类电话莫名地感到厌恶和反感。

"哈哈哈！沈总不愧是军人出身，做生意都有这么多讲究！那我就不绕弯子了，两件事，一件是，有人通过分散持股的方式已经持有相当分量的神农控股股份，她想把股份转让给我，价格很合理，但为了慎重起见，还是想征得沈总您的首肯再做决定。另一件是，运达储运目前有一笔闲置资金，可以临时借调给沈总缓解当前压力，就是不知道沈总是否愿意给个合作的机会。今天冒昧电话打扰，就是想约个时间，聆听您的教诲。连某是真心敬佩沈总才打这通电话，还望不吝赐教。"

沈强总觉得"连成珏"这名字很耳熟，但怎么也想不起是在哪里听过还是见过面。虽然对连成珏这类陌生电话提不起什么兴趣，但事情涉及神农控股，对方似乎还算尊敬自己，所以沈强就答应了会面，"我现在深圳出差，你下周一下午三点一刻来我办公室吧。"

"他约我下周一下午到他办公室。"挂断电话，连成珏习惯性地打了个响指，然后冲着游艇顶层甲板的Mini大声喊。

Mini 拖着优雅的步伐从甲板上走下来，往连成珏方向走来。连成珏色眯眯地迎上去亲了一下，"Darling，一起去如何？"

"我就不去了，以免妨碍你发挥。"Mini 始终带着甜甜的微笑，嗲嗲地回亲了一下连成珏，然后往游艇里仓走去。

周一，天刚放亮，神农控股办公大楼一层已经挤满了各财经媒体的记者，大家都想抢到独家新闻。然而左等右等，直到十一点钟，所有应出席董事会的董事都纷纷离开，却怎么也等不到沈强的出现。

"不是开董事会吗，沈老板怎么没来呀？"

"不会想不开了吧？"

"我觉得，八成是倒下了。你想想啊，原来多神气的神农控股，现在顷刻间变成这样子，正常人保准吐血不起。"

"各位记者，实在对不住，公司出了这么大的事，怠慢各位了。沈总在三楼会议室接待各位，请跟我来吧。"正当各路记者议论纷纷，神农控股董秘从电梯走了出来，并一一邀请记者到楼上会议室。

"沈总在公司？"天刚微亮就到了神农控股的一位财经记者愕然。他来得这么早就是想抢在所有媒体之前采访到一手新闻。没想到等了大半天连个人影也没见着，这时候竟然说人已经在楼上，这位记者有点不敢相信。

记者们落座后，办公室行政人员给每位记者递上一份新闻通稿和一个信封。沈强慢步从外面走进会议室，环视了一圈在场的记者，然后深深鞠了一躬："各位辛苦了！"

"沈总不客气，能否给我们透露一下董事会的决议内容？"证券报的记者看到沈强，抢先直入主题。

"大家不用着急！上市公司的董事会决议是要披露的，内容有点多。既然各位记者问到了，我就拣重点的说吧：今天董事会做出了三项重要决议，第一项是，公司将引入新的战略投资者，预计将有十五亿元的资金注入；第二项是，公司将向证监会申请介入调查，寻找出股价异动背后的根源；第三项是，神农控股将聘任新的CFO，确保此后类似的问题少发生、不发生。神农控股走到今天很不容易，我们始终会竭尽全力维护每位股东的最大利益，所以希望各位记者能客观地报道，给神农控股减减压。拜托了！其他问题可以向我们的董秘提问，她会给大家一一解答。"沈强说完，又对着在场的记者深深鞠了一躬，退出会议室。

沈强回到办公室打开手机，几十条来电提醒搞得沈强很是郁闷。由于股价大跌，沈强每天都要接近百通电话。这不，开董事会关机这么一会，竟然这么多来电提醒。沈强大致浏览了一下短信，看到一个熟悉的号码。他正想回拨过去，对方已经拨了进来。

"沈总，我在你办公楼对面，现在方便过来坐坐吗？"

"你来我办公室嘛。"

"不是很方便，我在四楼的西餐厅，你来吧，现阶段最好不让外人见到我们的会面。"

"好，我这就过来。"挂完电话，沈强抓起钱包径直往外赶。

"沈总，下午三点一刻您约了运达储运公司的连总，需要提前电话提醒您吗？"看到沈强外出，秘书特意提醒。

"不用，我出去吃个饭就回来。"

"我在天字号。"沈强刚到楼下，手机收到一条短信。

"好，我马上到。"沈强回了条短信，快步走进电梯。

"沈总吗？"沈强刚到天字号包厢门口，后面走来一位三十出头很斯文的男子，"大海哥在前面福字号，您直接过去就好。"

"短信是你发的？"沈强被这种神秘的约见方式感到有点诧异。

"是的。很对不起沈总，老爷子一再叮嘱，不得不谨慎，还望您理解。"

"嗯。"沈强四处环视了一眼，径直往前走去。

福字号包厢在四楼的尽头处。这家西餐厅生意一直都很好，如果不提前一天预定包厢，根本不可能有空的包厢。可这阵子整个楼层竟然空空如也，看来是被整层包了下来。

"是沈总到了吗？里边请。"沈强刚走到福字号包厢门前，一个带着沙哑低沉的男声从包厢内传出。

沈强推开门，看到里面坐着一个和天字号包厢门口长相一模一样的男子，不由得有点吃惊。正想开口，对方抢先招呼："沈总请坐！"

"莫非阁下就是资本界的智多星，大海？"

"哈哈哈！江湖传闻！叔叔见笑了！"

"闻名不如见面啊！幸会！"沈强作了个揖，然后平静地看着对方。

"哈哈哈！小侄首先向叔叔道歉。老爷子交代，叔叔的项目很特殊，为了不打草惊蛇，只能以这种方式约见叔叔，实在很对不起！"大海请沈强入座后，一边说话一边起身给沈强斟了一杯茶。

沈强早有耳闻大海的情况，看到大海直入主题，也就没客套，直接将情况介绍了一遍，并提出了三个问题。大海听完沈强的讲述，胸有成竹地拍着胸脯："这事情好办，小侄来处理！"

两人各自交换了意见。大海给出了三个解决方案，沈强都觉得不错，于是，预约一周后再细谈具体操作方案。饭罢，沈强匆匆赶回办公室准备接待连成珏的到访。

连成珏掐着时间出门，路上没堵车，所以准时赶到神农控股办公的地方。可转了半天，他才找到一个合适的停车位。

"简直不可理喻！偌大的神农控股，搞这么个破地方办公，连个地下停车库都没有！下车还得走半天！"连成珏从劳斯莱斯上下来，才走两步，衣服已被汗水打湿。连成珏看了看，从露天停车场到神农控股大楼还要走两百多米。在炎炎酷夏里，毒辣的太阳让连成珏热得忍不住破口大骂。

"靠！市值百亿的公司，就这破寒酸样，钱都干吗去了？"连成珏一路走一路在心中暗骂。看着空旷的一楼大厅，简陋得除了三面刷白的墙壁和一面大大的镜子，再没其他东西。两个保安像卫士一样在电梯入口站岗，访客进出无一例外必须身份证件登记……董事长办公室在三楼，连成珏扫了一眼整个楼层，发现都是廉价的办公设备，却是军队般的团队面貌，陌生人进出竟没人搭理……连成珏对这样的公司都能上市觉得非常奇怪，越走心里越犯嘀咕，这办公条件相比他自己的办公环境，简直一个天堂，一个地狱。

左拐右拐，连成珏终于来到了沈强的办公室。四十平米不到的空间，除了一个大书架，一套基础办公设备，还有些绿植之类的基础点缀，再找不出多余的东西。连成珏刚与沈强照上面，就带着挖苦的口吻哈哈道："哎呀呀！沈总公司真是别致啊！难怪神农控股能做得这么大！让连某大开眼界——很荣幸见到您，沈总！"

"我老沈是个三无农夫，寒酸得让连大老总笑话了吧！"两人打着哈哈，很是客套地握了握手。未等连成珏回应，沈强接着说："我们还是到会议室吧，那里宽敞些……"

会议室，果然宽敞，三四百平米，一套廉价的组合会议桌，四周围着二十张椅子。偌大的空间，除了桌子和投影仪，还有张茶几，整间房子空空如也。连成珏看着心里有种莫名的无语。

"连总，现在没有外人，咱们就开门见山——你想要我老沈怎么做，直说。"沈强是军人出身，性格向来直爽，看见连成珏默不作声，就事先发话。

"成珏是不是有哪里做得不对，让沈总您误会了？似乎沈总对成珏不是很欢迎呢？"听到沈强的话有点不对味，连成珏毫不客气地问。

"误会，误会！我老沈在部队待久了，转业后又长期待在山里，话说得少，搞得连话都不会说了，切莫见怪！"

"哦，当过兵的都这样？哈哈哈……沈总是痛快人，那成珏就不拐弯抹角咯。"

"有话直说！"

"两年前，在美国认识一位做量化基金的朋友，前阵子她找到我，说手上有你的股票，希望我接她的盘。据了解，目前她们手上已经持有神农控股11.5%的股份。我估摸算了下，这么多股份如果集合起来应该可以做神农控股的第三大股东了。这么大一件事情，小弟我怎么也得先听听大哥您的意见。"看到沈强似乎带有敌意，连成珏不再客套，直接开门见山将事先准备好的台词讲了一遍。

"11.5%？不是个小数目啊！"

"所以成珏不敢轻举妄动啊。"

"神农控股被人操控的事情我虽有察觉，但没想到有这么大的比重。《证券法》明令禁止坐庄行为，你们就不担心？"

"沈总……不是'你们'，是'她们'，我这属于第三方。您可能有所不知，现在的操盘手法先进得很，不会触犯坐庄嫌疑。"

"是吧？那么，你按证监会要求该举牌举牌，接手了他们股票，我能有什么意见？"沈强对别人操纵自己公司股票的事情很生气，但知道被人控制了这么多股份时，内心还是颤抖了一下！连成珏看在眼里，嘴角掠过一丝笑意。

"沈总真会开玩笑，我连某人是生意人，对长期持有神农控股的股份兴趣并不大，所以举牌这样的事情肯定不是最佳方案。你也知道举牌要限售六个月，除非——"连成珏带着狡黠的微笑看着沈强，欲言又止。

"连总有话直说。"

"沈总您看哈，神农控股每年都有巨量的物流业务，我运达储运一直希望能为沈总您提供相关服务。运达储运在国内储运领域也是排得上位的，论实力和资质都是业界数一数二，但由于种种原因咱两家一直都没有合作成任何生意——如果沈总愿意将神农控股的部分储运业务由运达来做的话，小弟倒是很乐意的。"连成珏原本是想说，除非沈总愿意让出神农控股的控股权，但看到沈强此时的态度并不是很热情，就改口说成业务上的合作，借壳的事情打算由Mini隐蔽操作即可。

"哈哈哈！原来连总打的是这主意啊？您入股后就是一家人了，正所谓'肥水不流外人田'，这些都好商量。毕竟是公司的事情，并非我老沈一人说了不算，业务合作还得由业务部门具体对接。这样子，我现在就把负责物流的小何叫进来，之后物流方面的事情你安排对接人联络她便是。"沈强感觉到自己过于冷淡，毕竟人家是上门帮助自己解决问题的。不管是黄鼠狼给鸡拜年，还是真心实意找合作，来访都是客，不能给人太难看，所以转变了态度打了个哈哈圆场。

"小何，你到会议室一下，认识一下运达储运集团的连董事长。之后如果公司有相关业务又正好连总公司合适做，由你来对接。"沈强当着连成珏的面，打电话把物流部经理何小莲叫进办公室。他转头向连成珏，"连总，沈某没记错的话，你应该还有别的事情对吧？"

"哈！看我健忘得，若不是沈总提醒我这差点都忘了。是这样子，得知神农控股被人恶意炒作，沈总你作为控股股东，想必是需要资金做市值管理的，需要的资金应该不少。目前运达储运还有些现金闲置，放银行利息低，为了表示合作诚意，如果沈总用得上，运达储运可以临时借调。"

"啊哈哈，连总真够意思哈，非常感谢！神农控股目前资金充沛，短时间内暂时不需要外调资金——不过，如果成本合理的话，在别的项目上倒是可以考虑。"说这话时，沈强内心直发虚。连成珏看在眼里，内心在偷笑，因为他老早就掌握了神农控股的各项财务信息，只是不好捅破，于是给沈强找了个台阶，"沈总你就见外了，能交上沈总你这样的朋友，举手之劳的事情做老弟的怎么能谈成本呢？没啥成本，比银行利息高点就好，沈总需要随时借调。"

"那就先行谢过了，等需要的时候再向连总开口——对了，关于股份的事情，具体是……"

"对方建议我以最近二十日成交均价七折接手他们手上的股票。如果要举牌入股神农控股，成珏希望能有机会成为第二大股东，不知道大哥是否同意？"连成珏想试探一下沈强对董事席位的在乎程度。

"哈哈哈！这事情好像不是沈某人能说了算啊——神农总股本13000万股，目前流通股4000多万股，大部分都没上市流通。刚刚召开的临时董事会，各大股东都承诺不减持，所以连总的要求估计老沈很难满足呐。"

"哦，是这样子啊！"连成珏神秘地微微一笑。

"连总怎么突然对神农控股感兴趣了？"

"并非对神农控股感兴趣，而是对沈总您感兴趣。因为有您的关照，运达储运就有机会从行业第三往老大地位冲刺，咱两家的业务互补性强。若能达成合作，可以做到双赢。这样的生意连某人实在找不出拒绝的理由啊，大哥您说呢？"连成珏虽然言不由衷，但倒也在理。沈强正想说点什么，秘书从外面走近来，将一份资料递给沈强并耳语了几句。沈强点了点头，示意秘书先离开。转头向连成珏，带着歉意说道："连老弟，实在对不住！临时接到市委通知，四点钟有个政府考察团要过来，我们再约个时间谈具体的合作事宜如何？你想成为第二大股东的想法，我会和其他重要股东商议，下次面谈再给你答复，感谢你亲自来一趟。"尽管目前账上已经没有可周转的资金，拿下连成珏对于神农控股极其重要，但沈强毕竟是老军人，熟知战略和战术的重要性，所以对于第一次碰面，沈强决定来一次"欲擒故纵"。

连成珏头也不回走出神农控股办公楼，开着他的幻影飞驰而去。路上，放在后排座位上的手机不断嗡嗡作响。连成珏打开全息功能，接通了电话："哪位？"

"亲爱的，进展可顺利？"是Mini的电话。

"不好不坏，确认神农控股已经资金枯竭，不过今天什么事也没谈成。"

"嗨！你也忒猴急了，比干那事还急……第一次接触嘛，怎么可能马上谈出什么结果呢？换做是你，这么大事情，你会马上答应？"

"也对。今天试探了一下，沈强很在乎控股权。"

"意料中的事情——对了，我在Ansha这边，你来吗？"

Ansha，新富豪俱乐部首席执行官，人长得帅气，有钱有魅力，为人也豪爽，地道的中国人，却长着一副欧美人的外表，被誉为师奶杀手，没有几个女人能抗拒他的魅力。想到这个男人，连成珏就来醋意，因为多位自己心爱的美人最后发现都是他过去的玩物。这阵子Mini又跑他那里去了，连成珏二话不说调转车头飞一般地直奔俱乐部而去。

第二章　魔鬼救星

连成珏闯进Ansha办公室没见有人，正打算到处寻找，电话响了起来："我在美国。"Mini一个人呆在包厢里，似乎在盘算着什么。半个多小时了，她没见连成珏，于是又拨通了他电话。

连成珏是这家俱乐部的第一批会员，对俱乐部熟悉得不能再熟悉了。接到Mini电话，选了最近的路一分钟不到就出现在Mini眼前，让这位美丽动人的小可人惊讶不已。

俱乐部有六十间包厢，这些包厢和客房全部用各大国家的名字命名。每个包厢或者房间的装修风格完全按对应名称国家的风情来装修，连侍应生都是对应国家精挑细选来的，这使得各会员流连忘返。在俱乐部里，会员提出一切可能的要求，俱乐部都会尽一切可能满足。比如你想见到某人物，只要你愿意付钱，俱乐部就会想方设法帮你实现，这是俱乐部最吸引人的服务之一。虽然费用不菲，但这项服务是俱乐部收入最大来源。据说曾有会员提出要和美国总统吃饭，结果俱乐部在不到两年的时间内就为该会员安排了和总统的饭局。由于俱乐部超强的关系网，可以满足会员一切可能的要求，吸引了世界各地的名媛贵胄，会籍资格也随之连年上涨，从之前的二十万元入会费涨到了一百万元。

Mini亲了一下连成珏，就把他拉到沙发上缠绵起来。事罢，Mini将运达储运借壳神农控股的流程思路梳理了一遍，"这件事情按部就班操作就行，过程有什么变故我们再见招拆招。"

"老实讲，我不想借壳。因为成本太高，风险也很高。"连成珏说出了自己的心里话。

"怎么，后悔了？"

"倒不是后悔，只是想告诉你我的内心想法。之所以答应借壳上市，纯粹冲着咱俩的感情做出的决定。"

"你会为今天的决定感到骄傲的！"

"我在考虑一个问题，拿一只两百多亿的股票做壳，这是不是有点疯狂啊？"

"所以说这是一只好壳啊，干净，漂亮，后劲强！别人借壳上市要烧钱，本小姐的方法能让你借壳的过程就开始赚钱。完成借壳工作后，你投入的资金也差不多赚回来了。再说了，两百多亿元也只是历史记录，通过我们的运作，现在百亿市值都不到了。"

"借壳上市还能赚钱，有这等事？"连成珏只听说借壳上市很烧钱，却从来没听说过上市的过程就能开始赚钱的，Mini这话倒是激起了连成珏的好奇。

"你知道我们为什么选择神农控股吗？"

"真心话，不是很懂。"

"那是因为他是一只牛股，散户都称之为神股，他们有两百多万的股民基础。这样的股票做成壳，只赚不赔。"

"如你所说，你把这只股票市值做到四十亿以内，拿下控股权投入不超过二十五亿元，这个价格确实值得搏一搏。但是，就算我接手你手上持有的全部股票，我也只持有12%不到，能有什么话语权？要知道沈强持有这只股票的比例52%，话语权全在他手上。"

"这点你外行了吧？你现在就握着对方大量股票，那岂不是将自己陷入被动？这么高的股价，你持有越多投入的资金量就越大。万一稍有差池，你陪他玩？"

"你就这么有把握？"

"亲爱的，我们公司的成绩你不都看在眼里吗？我们现在只需动一动手指头，这只股票就撑不下去啦。"

"说点具体操作方案。"

"你先拿出五亿元，吃进部分正在被抛售的股票，我们会继续做空；你则不断吃进，在三十元左右满仓。然后按我们商议的价格接手我们手上的股票，在没暴露你之前已经持有巨量股票的基础上，我们会设法让沈强已经质押给银行的那一半股票给冻结起来。那时候你的投票权就和他相当了。"

第二章 魔鬼救星

"宝贝，我可动用的资金最多不超过十亿元，剩下的部分你给我啊？"

"亲爱的，钱不是问题，你想要多少有多少。咱都这关系了，我还能不帮你嘛。"

"代价是什么？我想说的是资金成本是多少？"

"亲爱的，我们的钱肯定没有你放的高利贷高，至少便宜一大半。"

"好吧，晚上回到邮轮开支票，你来操作。对了，那我要举牌吗？"

"不需要举牌。我们会动用两到三万个账户来吃进股票，到最后再用一两百个账户持有那些股票，最终这些账户密码修改成你自己的就好了。只有等到持股数达到预定量，才考虑举牌的事情，否则你的收购成本下不来。"

"这招果然高明！华尔街的手段果然非同凡响！哈哈哈哈！"

神农控股召开临时董事会后，对提振股价起到了效果。记者都很给沈强面子，第二天，各大媒体都大篇幅地分析神农控股临时董事会决议的利好面。分析称：神农控股作为国内第一大农业概念股，上市以来就一路涨多跌少；虽然近日受到全球经济下滑等因素的影响而有所下滑，这属于正常回归；目前其业绩始终保持坚挺，净利润仍然是行业第一，基本面和政策面都是利好的，尤其是十大股东的信心足以看出神农控股的前景值得期待。在媒体和股评师的作用下，神农控股交易活跃度明显放缓。很多股民看到新闻后都选择暂时观望，看过风向再决定抄底还是抛售，尾盘呈微涨走势。第三天神农控股上涨了五个百分点，第四天神农控股股价又上了一个台阶，比较前一个交易日上涨了八个百分点。压在散户心上的巨石终于卸了下来，有部分胆子大的开始抄底。第二周的第一个交易日，刚开盘神农控股就涨停了。

抄底风从散户开始，很多机构也开始参与抄底，神农控股在股价不断上涨的基础上，放出了欧洲最新达成的一项两亿元采购意向的利好消息，股价又迎来了之前的上涨势头。

"沈总，我们的股价企稳60元大关！"

"董事长，我们股价上涨到70元啦！"

"董事长，我们股价已经突破80元啦！"神农控股的股价每天上涨一个新台阶，各部门纷纷致电沈强汇报。就在临时董事会召开后的第十五个交易日，神农控股股价涨到了81.27元。

"不要掉以轻心，守稳一点！"沈强很严肃地叮嘱。

"放心吧，沈总！"就在神农控股市值管理团队拍着胸脯打包票。

"亲爱的，咱的菜涨价了，涨得很厉害呐！"连成珏盯着噌噌上涨的盘口，着急地打电话给Mini。

"淡定点，不上涨我们怎么套现啊？"

"套现？"连成珏听到"套现"两字觉得有点懵。

"没错！并购的最高境界不是自己砸钱去收购，而是用猪的油来炒猪的肉。低买高抛，用从中赚到的钱去收购就是我们的策略。"

"你说的完成借壳之前就已经赚钱就是这道理？"连成珏似懂非懂。

"这只是其中的一部分。"

神农控股盘口出现了急剧下探的走势，原来的多头资金纷纷离场。之后的一个多星期，神农控股又是新一波跌跌不休。刚调度到位的一亿元现金当天就被全部用于托盘，结果还是没托住盘口，股价还在直线下跌。

"董事长，财务部资金告急。"

"我已经在安排。"沈强接到市值管理团队来电，不得已撒了谎，挂断电话思虑了片刻，拨通连成珏电话，"连总吗？"

"你好，沈总。"连成珏看到是沈强电话，故意装出不冷不热的态度。

"连总最近忙不忙？不忙的话晚上一起吃个饭如何？顺便谈谈咱两家公司的合作事宜。"

"你现在过来嘛，小弟请客。"

"我现在人在北京，买的是下午两点十分的机票，估计得五点半才能到市区。"

"那只能改天了,晚上六点游艇会有要紧事要处理。"

"哦,这样子啊,看来是赶不及了。"沈强听连成珏要改天,心中一紧,暗暗怒骂:"要不是火烧眉毛了我能找你?再改天就要出事了。"

"大哥有啥事电话里直说便是,吃饭机会多的是,也不急于一时嘛。"连成珏早就知道沈强想干吗,只是假装糊涂。

"不瞒你说,确实是有紧急的事情——是这样子,近日北京这边有个项目占用了大笔资金,现在急需一笔钱。之前连总你有提过,近期有闲置资金,你看是不是可以先借调一点。"沈强想,不能死要面子,得开门见山。

"好说!多少,你说个数,我马上安排调度。"连成珏听沈强终于开口,心中暗喜,但却百般隐藏心中的喜悦,顺着兴奋点做出很痛快的样子。

"唔,如果方便的话,若能借调四个亿就差不多了。"

"没问题,公司账上还有十五个亿可以调度。如果不够可以随时开口。"连成珏听沈强开口就是四五个亿,心中窃喜。

"非常感谢连总帮救火。你看需要办理什么手续,我安排办公室先准备。"沈强听到一个认识不久的人竟能如此慷慨,内心开始泛起了嘀咕。

"嗨……手续嘛,不用搞得太复杂。你这是临时借调,又不是长期拆借。这样子吧,咱私底下签订一份股票质押协议,找个公证机构盖个戳。如果借调的时间不超过六个月,也不用做什么公告了,你看如何?"

"嗯,行,连总真不愧是做大生意的人,沈某回到给你电话。"如果不能及时借调资金,股价将一落千丈。之前股价下跌带来的连锁反应还未消除,如果这次再继续下跌,还不知道会发生什么事情。相比私底下质押点股票,先救股价要紧。听到连成珏这么要求,虽觉得有点意外,但沈强已经管不了许多了。挂断连成珏电话,沈强长长舒了一口气。他想了想,将电话打到机场要求更改航班。好不容易找到了一个提前两小时的航班,但只有头等舱的票,从来不坐头等舱的沈强咬咬牙还是认了。

郝本翔在京城——拜会豹丰科技上市前给过公司投资的几位投资人，一方面是叙叙旧，感激他们之前的知遇之恩，一方面是为了准备下一个项目做预告。因为之前的投资很成功，几位投资人在上市之后成功套现，最少的回报也有二十五倍之高，对郝本翔的到来都很重视，纷纷预约下一个项目的投资额度。此行，郝本翔满载而归。因为要赶飞机，郝本翔草草结束了午饭时间。机场客服一个电话接一个电话地提醒郝本翔，飞机起飞时间越来越逼近。郝本翔匆匆赶到机场，飞机已经马上起飞，机场内不断播放催促郝本翔登机的广播。第一次遇到这种情况，弄得郝本翔好不尴尬。一辆VIP专用的代步车已经在机场大厅等候。由于是VIP，所以可以走VIP通道，免去了排队安检的时间。通过安检后，车子便急速将郝本翔送上飞机。

因为郝本翔延误了两分钟，飞机错过预定的起飞时间，需要等待空管局的重新批准。有几个旅客也许是要赶时间，被这么一耽误，大吵大闹起来，沈强也如坐针毡地在头等舱上左顾右盼。见迟到的人竟然是自己座位边上的，一向寡言的沈强忍不住批评起郝本翔来，"年轻人，你这是怎么搞的？不能因为你一个人的原因，耽误了上百号人的行程，你看好多人的行程全被你打乱了！"

"对不起！实在对不起！路上堵车太厉害，司机已经很给力了，但是还是迟了几分钟，实在对不住！"郝本翔急急忙忙登机，刚到座位上就被人责备，心里很不爽，但确实是因为自己的原因耽误了别人，于是不断道歉。

"堵车？谁不知道京城堵车！明知道的事情为什么不早点出门？"沈强心里着实不痛快，因为公司的大堆事情压得透不过气，多花了几千元改个航班，原本想着可以早点回去解决资金问题，多花点钱也就算了。不曾想竟然因为郝本翔的延误造成起飞延误，这钱岂不是白花了嘛！他越想心里越不痛快，于是多责备了郝本翔几句。

"诶！您是神农控股的沈总吧？幸会啊！"郝本翔坐好后，定神一看，坐自己身边不断抱怨自己的竟是当红企业家沈强。

"啊哈，我是沈强，你是？"沈强没想到这年轻人竟然认识自己，也就不好

第二章 魔鬼救星

意思多说什么了。

"豹丰科技郝本翔,很荣幸认识沈总,您可是咱创业新生代的学习楷模呐!短短二十年时间,打造了令全国人民都为之骄傲的大企业,帮助近百万农民脱贫致富,大英雄!"郝本翔夸人的功夫从来都是如此之棒,夸得沈强有点不好意思,却又非常舒服。

"哪里哪里,郝总过奖了!过奖了!幸会!——郝总是从哪了解到沈某的?"萍水相逢的人竟然对自己了解得这么多,沈强有点诧异。

"沈总你还不知道吧,你可是互联网红人呢,企业界的大英雄,我们创业界的楷模!关于你的报道充斥着电视台、报纸、杂志和网络。本翔是干互联网的,想不了解都难啊!"

"如果没记错的话,豹丰科技应该是做智能机器人才对吧,怎么是互联网?"沈强虽然不认识郝本翔,但对于上市公司都略有了解,豹丰科技作为近几年最耀眼的股票之一,沈强大致有所了解。

"说得没错,豹丰科技确实是做机器人的,但机器人的智慧是建立在大数据基础上的,大数据离不开互联网啊。过去的机器人是靠芯片预设好的程序行动,那样的技术已经落伍啦。现在的机器人都是智能的,数据实施更新和匹配,连接大数据的机器人,可以思考问题,可以像人一样处理很多复杂的事情。未来的机器人,甚至可以有感情,有触觉、有嗅觉、有光感……"聊到机器人,郝本翔可以聊个十天半个月都聊不完。两人聊着聊着,不知不觉飞机已经到达目的地。两人互留了电话,互加了微信便道别离去。

沈强看了看时间,拨通连成珏电话:"连总,我是沈强,六点前你都方便吧?我改了航班,现在已经到机场,如果方便我这马上到你办公室。"

"嗯,看来沈总确实遇上紧急事情了。我是有个客户要来访,这样子吧,我把这个会面取消,我们四点半在公证处碰头。"连成珏见沈强这么着急,必定是火烧眉毛了,觉得是不错的时机,所以就变得相当痛快。

"感激不尽!好,我正好可以回办公室拿点东西。那我们四点半公证处见。"挂了电话，沈强开着车狂奔神农控股大厦而去。

公证处接到连成珏的电话，老早安排工作人员腾出接待室，专侯连成珏和沈强的到来。

"连总，很感谢你能帮助我老沈度过这次难关。"沈强见到连成珏，激动地握住他的手。

"甭客气，咱都是生意人，只要能互惠互利，那何乐而不为，是这道理吧？"连成珏见沈强的激动劲儿，就知道这是一个捡便宜的最好时机。

"话虽这么说，但一次性愿意这么大手笔帮助神农控股，除了银行也只有你连老弟了啊！"沈强说的确实不假，企业与企业之间的拆借，在老板之间非亲非故的情况下，能论亿元拆借的确实不多。

"沈总这次需要多少钱？"连成珏不想在人情方面过多纠缠，寒暄后直接进入主题。

"目标是四亿元，如果能拿到多一点最好，你开个条件。"沈强在赶回办公室路上，就一路盘算着紧接下来需要动银子的地方，粗略算下来至少需要三亿元。为了保险起见，沈强开出了四亿元这个数字。

"嗯，这个数字虽然不小，但对于运达储运而言，不是问题。这样子嘛，沈兄您愿意拿多少股票出来质押？抱歉哈，咱亲兄弟明算账，一切照章办事，您没意见吧？"连成珏知道沈强不会有意见，因为以神农控股现在的情况，要变现是件不容易的事情。

"一千万股，你看如何？"沈强有点不太好意思地做了个手势。

"沈兄，如果再倒回半年前，这个数字确实很有吸引力的数据，但目前不是很好办。"连成珏听到沈强报出的数字，差点笑了出来，笑沈强的无知。

"老弟你开条件，我接受就是。"沈强也抓不准主意，所以干脆把皮球踢给连成珏。

"以目前的股价，按照江湖惯例，咱来个折中，您看如何？"连成珏见沈强一脸迷糊，便建议以惯例行事。既然是惯例，沈强自然不好说什么。

"老弟，你开条件吧！"

"那我就不客气了，我估摸帮您计算了下，觉得四亿元不足以解决您的问题。这样子，两千五百万股，六亿元，您的意见呢？"连成珏比沈强还了解神农控股的财务状况，所以开出了一个让沈强很难拒绝的条件。但沈强觉得两千五百万股有点多，便围绕六亿元这个数字进行几轮磋商。最终两者达成共识，沈强出质两千万股神农控股的股票给运达储运，按两分利拿六亿元为期半年的短期融资。在标准条款上连成珏加了一条比较苛刻的条款：沈强质押的股票，在质押期间没有处置权，同时放弃该份额期间的投票权。为了缓解神农控股的危机，沈强考虑到这点股票也没影响自己第一大股东的地位，所以就答应了连成珏的要求。

"连老弟你的大恩大德，老沈我一定让神农控股上下员工都铭记，谢谢你了！"沈强接过连成珏的六亿元支票，内心无比激动，重重地握住连成珏的手。

神农控股的财务危机得到了暂时缓解，如期支付了上游的应付账款，下游预付了合同款的货物也得以按时发货，由于股价下跌造成的不良反应暂告一段落。

然而，股价并没有因为沈强提高市值管理资金池的数额而发生逆转，神农控股随着大盘的走低还在一路下探。单一的"资金托盘"市值管理策略明显无法解决神农控股的困局，神农控股仍需从长计议。

郝本翔和往常一样批阅完所有文件，喝了一大杯温开水，站到窗前享受着居高临下的快感。他站累了回到座位上，又继续处理其他公务。这时候，股票系统跳出消息："神农控股等五只股票跌停。"

郝本翔打开系统，将神农控股最近一个月的走势和半年走势浏览了一遍，眉头紧锁："看来，这位农民企业家也遇上麻烦了！"

他寻思了一会，拿起电话拨了出去："沈董事长好！"

"郝总好！"那边的声音有点消沉。

"刚刚看到神农控股跌停，我浏览了一下你的股票，觉得近期走势有点不对劲啊,是不是遇上什么麻烦了?"郝本翔关切地问。

"唉!树大招风呐!近期也不知道怎么了,好好的神农控股突然就变成这样子,着实想不明白!"沈强还是显得很消沉。

"没事的,股票涨跌是正常的事情,别太在意。如果有什么事情本翔帮得上忙的,您尽管开口。"郝本翔打从飞机上遇到沈强,就对这位农民企业家产生了强烈兴趣,总有一股力量推着他想要为沈强做点什么。

"感谢郝总的美意,目前还应付得了。听说豹丰科技有重大重组计划,已经申请停牌好一段时间了。有机会向郝总你讨教讨教资本运作的知识,还望不吝赐教。"沈强不想过多讨论神农控股,因为至今他自己还未弄清楚怎么回事。干脆话锋一转,和郝本翔打起哈哈来。

"太客气啦,有什么需要,本翔能帮上忙的您尽管开口。时间关系,先这样,有机会一起喝两杯。"郝本翔见沈强的热情不是很高,便草草结束通话。但这时候,郝本翔不知为何,怎样努力都集中不了精力在工作上,总是进不了工作状态。他大脑中莫名地泛起一些奇怪的问题——每个人都在为钱而疲于奔命,而由于出身、境遇、能力、思想、选择等诸多不对等,很多人穷极一生的努力,省吃俭用,到头来也没剩下几个钱。而有些人,整天无所事事,挥金如土,却有着花不完的钱。有些人学得一身本领,却领着可怜的工资,甚至穷困潦倒;而有的人资质平平,却因为有贵人相助,结果富甲一方。这几者之间的区别究竟是什么呢?郝本翔顺着思路想起了很多事情。郝本翔放任思绪,拿着笔在纸上随意写写画画,突然灵光一现:"如果搭建一个平台,帮助有能力却没贵人的人创业,会不会是一门生意呢?"

郝本翔环顾了一眼办公室,笑了笑自己奇怪的想法,然后拿起上半年的业绩报告。一个曾经多次困扰他的问题再次跳出来:"为什么公司的业务成本越来越高?业绩的上升速度这么慢?豹丰科技的这些团队之前可都是一等一的高手呐,究竟是市场竞争激烈了,还是团队的激情和能力下降了?"

郝本翔看着报告,百思不得其解。于是又翻开三年来的每个季度报告,郝本翔发现了一个有趣的问题：过去的三年，公司超过一半的业务由三四个人创造，而这半年来的业绩之所以不如之前，就是因为这几个人的业务量降低了，大量业务需要由更多的人去完成，结果保住了业绩，成本却节节攀升。

"这究竟是怎么回事呢？"郝本翔陷入沉思，却怎么也找不出缘由。可能是因为工作压力大的原因，在大量思考的情况下，他头有点发胀，隐隐地痛。郝本翔不得不眯上眼，靠在大班椅上，试图通过调整呼吸方式来达到缓解。不知不觉，他竟然迷糊地睡了过去。

"一个一个梦飞出了天窗，一次一次想穿梭旧时光，插上竹蜻蜓张开了翅膀飞到任何想要去的地方。一个一个梦写在日记上，一点一点靠近诺贝尔奖，只要你敢想就算没到达理想，至少，有回忆珍藏……"郝本翔放桌面的手机突然响了起来，反复响了不知多少遍郝本翔才渐渐苏醒。

"是我！"

"老大，你在干吗呢？怎么打你电话老半天都没人接？"

"这鬼天气能干吗呀，躲在办公室里吹空调呗，吹着吹着就睡着了……这不，被你给吵醒了！有事？"

"你申请加入新富豪俱乐部的事情有实际性进展了，评估小组十分钟就到你公司，你赶快安排准备接待吧……"新富豪俱乐部，那是郝本翔神往已久的名流组织。尽管自己控股着百亿资产的上市公司，老早满足了俱乐部的条件，也已经成为提名会员，同时获得了三位原始会员推荐，但入会申请资料已经递交老半年过去了始终没收到俱乐部入会邀请，也没见个说法。想到这事，郝本翔就觉得有点不爽。接到赵文星来电告知俱乐部的人要上门考察，一下子就来了精神。

赵文星是郝本翔创业初期的唯一员工，在豹丰科技日渐强大之际，他选择了离开豹丰科技。后来郝本翔才知道赵文星之所以离开，是因为不想让自己为难。因为赵文星本人只是初中毕业生，虽然对豹丰科技而言赵文星要论功劳有功劳，要轮苦劳有苦劳，但面对着越来越多高级人才的加入，赵文星总觉得自己有点碍眼，因为自己担任什么职位似乎都会令郝本翔为难。于是就在这家公司马上要飞黄腾达的时候，他选择离开。自从离开豹丰科技之后，赵文星一路追随King，刻苦钻研，花了一年时间反复研读所有关于投资银行的书籍和教材。经过King手把手的指导和实践，赵文星已今非昔比，在投行领域赚了不少钱，而且成了极其精干的投行高手，水平甚至超越了科班出身的人才。

赵文星始终感恩郝本翔的知遇之恩，虽然离开豹丰科技，但一直无偿地为豹丰科技处理各项力所能及的事务，郝本翔早已经把赵文星当成自己生命中不可或缺的死党。也正因为赵文星的关系，郝本翔才得以这么快成为新富豪俱乐部提名会员。此时，接到赵文星的通风报信，郝本翔血液开始翻腾。他知道俱乐部一旦派人上门考察，意味着离成为正式会员仅时间问题了，想着想着心中暗爽了起来。

郝本翔刚想要打电话给助理，助理的电话已经打进来了，"郝总，新富豪俱乐部的五位客人说要见您，但没有预约，您看如何安排？"

"你带他们上楼，我出来迎接！"挂完电话，郝本翔倒吸了一口气，不是说十分钟吗，这才几分钟呀？嘴上骂着，心中却兴奋难耐，三步并作两步冲向电梯。评估小组由三男两女组成，领头的叫姜有为，是俱乐部会籍部总经理。那是一位六十出头的精瘦男人，一头白得油亮的短头发，西装革履，一双炯炯有神似乎能把人看穿的大眼……其余都是三十出头的俊男靓女，清一色职业装，显得格外精干。郝本翔一一握手递名片后，示意助理先离开，自己一个人恭敬地忙着招呼贵客，就像星级酒店的服务员招待客人一样，毫无架子。

"咖啡、红牛、气泡水、可乐、绿茶、红茶，几位习惯喝点什么？"

"郝先生不必客气，来杯白开水就好！为了确保我们工作的客观性，俱乐部有严格规定，我们所到之处除了白开水之外什么都不能喝，更不能接受宴请之类的。"姜有为叫住郝本翔，顿了顿，"今天过来就是想了解下郝先生公司的经营状况，俱乐部对每位被推荐的准会员和会员都有严格的门槛，望先生谅解——方不方便一起参观参观贵公司？"

"当然！您看从哪开始比较好呢？"郝本翔恭敬地看着姜有为。

"就随便在公司各部门转转，啥也不用做，让咱几个开开眼界，顺便学习学习百亿资产的上市公司是怎样经营管理的。"

姜有为不是客套，虽然每天接触的都是亿万富豪，但绝大部分都是投行界的大牛，他们的运作方式和上市公司的运作方式有本质上的不同。这些大牛都是上市公司的常客，但姜有为本人很少接触上市公司。能这么近距离的深入上市公司内部的，此行算是头一回。

从108层参观到106层，三层楼下来，大家都快累趴了，尤其几位小美女，娇嫩的脚老早就磨出了水泡，疼得受不了。但为了保持形象，她们都强忍着。终于到了考察的最后一站员工餐厅，几个随行帅哥美女顾不了许多，看见没什么外人，直接往凳子上扑上去……

一行人刚坐下没一会儿，陆续有员工有序地来到餐厅，原来已是晚饭时间。豹丰科技不但为员工提供免费的午餐，连早餐晚餐都一并免费提供。平时没饭局的员工都选择在公司吃完饭再回家，此时正陆续来到餐厅。因为姜有为有言在先，不接受任何宴请，郝本翔便邀请一行人共同体验豹丰科技的工作餐。虽然俱乐部有规定不许接受宴请，但只是员工工作餐，所以姜有为也不好过分推托。盛情难却，他们半推半就接受了郝本翔共进工作餐的邀请。

四个大荤、八个小荤、八个素菜、四种主食、两个例汤……二十几个菜品相当丰富，菜做得很有讲究，荤素搭配得体，色香味形俱佳，就算新富豪俱乐部这样顶级会所的员工餐也没办法与此相提并论，搞得几位俱乐部的美女帅哥羡慕嫉妒恨。豹丰科技的员工餐是自助餐，员工可自由取餐，不限分量。唯一的条件是不能吃剩，不管剩多剩少都要接受罚款，而且罚得不轻，最低罚二十元，最高罚一千元，情节严重的还会被开除。

"不会吧？吃饭剩菜会被开除？这么严厉啊！"姜有为身边的几个助理看到豹丰科技的这些规定，目瞪口呆。在他们的工作环境里，不剩菜简直不能被容忍，单价几千元一例的菜肴，很多情况下客人只是象征性地尝了一口，根本没怎么动筷子，就被当成垃圾处理掉。那些把饭菜吃得一干二净的客人，往往会被人看扁，就连服务生都会看不起他们。看到郝本翔对浪费的惩罚规定，如果不是亲眼所见，几个年轻人简直难以置信。

"郝董事长，您制定的这些规定，有人触犯过吗？"一位小姑娘认为这只是摆设的条文，应该不会真的被执行。

"就在今天上午，有位部门经理，因为身体不适，打出来的饭菜只吃了几口就不吃了，结果根据规定被罚了一千元。如果一年内有三次以上被罚款一千元，将被无条件解雇。"郝本翔见小姑娘带着怀疑的眼光看自己，便讲出了上午刚发生的事例。

"不会吧，身体不舒服也不能例外？"随行的一位帅哥听完跳了起来。

"'光盘行动'在豹丰科技是一项铁的纪律，不管是身为董事长的我，还是最底层的员工，抑或病人。只要在这个餐厅吃饭，犯规都会被处罚——包括在座几位。如果你们吃剩饭菜，也是要被处罚的。"郝本翔盯着几位年轻人，从表情上看不像是开玩笑。

"不可思议！太不可思议了！"几个年轻人无不惊叹。

除了对郝本翔"光盘"规定感到震惊之外，几个年轻人更多的是感叹。他们虽身在奢华无比的俱乐部工作，各种排场，各种奢靡，各种高贵，早已司空见惯，对这几个年轻人而言，已无新鲜感。而此刻看到郝本翔公司所处的地势，绝无仅有的沪上第一高楼的顶上三层，各种优越毫不逊色于俱乐部。尤其在公司管理上，以及员工福利待遇上，令这几位见过各种大世面的年轻人嫉妒不已。

"郝董事长，今天姜某算是开眼界了！难怪豹丰科技能这么成功，这离不开你严明的管理啊！对了，这个'光盘行动'应该有什么故事吧？"姜有为觉得郝本翔制定这样的制度必定有其深意，但怎么也想不明白。

"故事还真没有，但确实有原因。豹丰科技的员工60%是90后、30%是80后、70年之前的只有10%左右。八九十年代的年轻人，没有挨饿的经历，所以常常糟蹋粮食。很多年轻人打一份饭吃两口不高兴就直接倒掉，形成巨大的浪费。这样不但浪费了粮食，还增加了厨房处理垃圾的成本。厨房提出制定'光盘行动'的想法，我当时觉得不错，所以就试行了一段时间。刚开始执行得很不顺利，后来多人被处罚，有两人被开除，其他同事发现这不是说着玩，公司是动真格的，大家慢慢地就形成'光盘'的习惯了，后来就变成现在这样子了。令我没想到的是，'光盘行动'执行后，公司员工的工作状态竟发生了很大的改善，很多规定执行起来都顺利了很多，事情就是这么回事。"郝本翔见姜有为对这事情感兴趣，便轻描淡写地做了一番介绍，不过所说的都是事实。几个人你一句我一句，欢快地吃着工作餐。

饭间，郝本翔接到一通电话，才说上两句，脸上就布满了阴云，然后草草说了声，"好，我知道了，九点半我准时给您电话。"然后他挂了电话。郝本翔脸部肌肉僵硬了几秒钟后，职业性地快速融入大家有说有笑的氛围。

"感谢几位花大半天时间来看我，尤其感谢几位与我共进工作餐，辛苦各位了！"

"郝董事长太客气了！今天之行，给我的人生带来了全新的认识。"姜有为平时话不多，临行时却口才相当地好。

"因为一会儿还有事，同时各位有任务在身，所以只能委屈各位一起吃工作餐。改天，另外请各位下馆子。"郝本翔笑着和新富豪俱乐部的几位工作人员一一握手。

"哈哈哈！甭客气，有机会再来向郝董事长学习。"几位美女帅哥也很礼貌地握手告别。

送走了姜有为一行，郝本翔重新回到自己办公室。立身在沪上之巅，整座城市尽收眼底，华灯初上的景色，美不胜收。然而，饭间的那通电话至今仍然让郝本翔忐忑不安。他挥手打开装在墙上的超感应巨幕全息投影，将当天的股票行情理顺了一遍，然后紧皱着眉头盯住自己公司的股票，长长地叹了口气，"怎么又涨了！"

豹丰科技上市以来，股价一路逆市上涨。虽偶有下跌，但跌幅都不大，单日涨幅也很少超过5%。然而，最近一个月，涨势出现了大异动。尤其最近半个月，股价从175元直线上涨，此时的收盘价已经高达470元。这段时间每天直逼涨停板的涨势，令郝本翔心惊胆战。目前的价格已经超过了发行价近百倍！

郝本翔打开自己编的分析系统，专心致志地盯着盘口。手机突然响起，看了一眼来电号码，大吃一惊——"坏了！我怎么给忘记了！"

第三章　神秘资金

"领导！我正要给您电话，您先打进来了。"

"我在你楼下。"

"好，我下来接您！"

"我就不上去了，以免被人闲话。你到我车里来吧，换个地方聊聊。"

"好，两三分钟后到。"

一辆黑色的小轿车停在了电梯口。郝本翔关好车门，汽车径直驶出外环高速。经过一片竹林，从一条隐蔽的林中小道七拐八拐地穿梭了数公里。到一处从外墙看近似荒芜的农家宅院前，车子停了下来。有节奏的几声喇叭响后，一道像篱笆墙似的门徐徐打开。车子驶进大院，眼前的景象让郝本翔大吃一惊——

这座农家宅院至少占地二十亩，从破旧不堪的外墙看，无论谁路过都不会放在眼里，更不会放在心上。尤其是隐藏在密密的竹林深处建筑，更是少有人问津，给人感觉是竹林主人为了采笋和看管竹林才建的房子。而映入眼帘的是七栋英式别墅依山傍水而建，中间是一片湖。湖的四周布有亭台楼阁，真是别有洞天。宅院中养着四头凶神恶煞的大藏獒，由四位保安各牵着一头成一队巡逻，安保工作堪比军事要地。

郝本翔一行两人来到1号别墅，别墅主人已经早早在大厅等候。大厅是中式装修，休息处是八件套的黄花梨桌椅。桌椅的正面摆放的是金丝楠茶艺根雕，周边由两组黄花梨圈椅茶几呼应点缀。墙角由铁木艺术花架点缀，正堂墙上挂着一幅近现代著名山水画家黄宾虹的《千壑图》，画下方是一条黄花梨案几。案几正中间摆放释迦牟尼金身雕塑，佛像前供着由各种奇石组成的满汉全席。大厅的装饰让人仿佛置身皇宫别院。

别墅主人将郝本翔等人领到二楼，三位美女侍从很优雅地递过微波炉消毒加温过的湿毛巾，同时送上一杯刚沏好的猴魁。三人落座后，别墅主人很礼貌地给郝本翔递上一张名片，"能邀请到领导和郝先生光临寒舍，令蓝倍感荣幸。这是我的名片，往后望郝先生能常来做客。"

郝本翔接过名片一看，乖乖，这名片是999纯金压制的，得有十克以上。名片上面写着"令蓝"二字和手机号码，除此再无别的内容。

"哎呀！令先生您太土豪了！您看这……本翔有点递不出手了呀……"郝本翔故作尴尬地将自认为已经很高档的十元钱一张的特质名片递给别墅主人。

"哈哈哈哈……"和郝本翔一同的领导见状，哈哈大笑起来。被令蓝和郝本翔称之为领导的人是这座城市的一把手——常运洪。郝本翔与常运洪的相识可谓是缘分不浅。那年郝本翔公司正在筹备上市，很多事情需要常常上京，几乎每个月都要来回京城一两趟。巧合的是，郝本翔每次从京城返程都和常运洪同一班机。而且第一次他们的座位挨在一起，第二次隔了个座位，第三次在同一排隔着通道……一回生二回熟，两人从陌生到眼熟到相识相交，最终成为肝胆兄弟。他之所以将郝本翔载来这地方，目的就是要帮郝本翔化解即将来临的股灾。

"郝先生乃性情中人嘛！令蓝隐居于此，平时难得贵客来访，所以一高兴就失礼了，实在抱歉啊，抱歉！"别墅主人见常运洪哈哈大笑，自己也淡然一笑。

"郝总呐！这位令先生是亚洲金王的继承人，他家除了黄金就啥也没有了。所以他把多得没地方使的黄金做成名片，送点朋友留念也是应该的嘛。今天在常某人的做媒下，往后就是朋友，自家兄弟，别客套！"常运洪看着两人过于拘谨，从中调和。三人对望，都哈哈哈大笑起来。

一位管家模样的中年男人踏着轻盈的步伐走进房间，看了一眼令蓝，然后轻声说道："夜宵已备好，请两位贵客和主人移步到餐厅。"

"这位是卢管家，以后两位过来有什么需要可以直接吩咐管家就是。"令蓝招手示意管家到自己身边，介绍给常运洪和郝本翔。

第三章 神秘资金

在管家的引路下,通过一条长长的回廊,一行人来到设在3号别墅的中餐厅。3号别墅的一楼是厨房,二楼是中餐厅,三楼是西餐厅。中餐厅全部是实木装饰,厅内就像一座博物馆。正厅中央摆放着一张金丝楠八仙桌和四张金丝楠官帽椅,左右两侧博古架上陈设着战国时期的青铜鼎、唐代的唐三彩、宋代的黑釉碗、明代的青花瓷、清代的珐琅彩、当代著名工艺大师的黄金雕饰摆件等。正堂墙上挂着一幅齐白石的四尺竖幅《斗虾》,画下是一张海南黄花梨做成的案几,案几上摆着一件种色俱佳的翡翠白菜。整间房子布置得古香古色,价值在亿元之上。令蓝邀请常运洪坐在主位上,两人似乎已经很熟,所以也没客套推诿,常运洪径直坐到主位上。令蓝招呼郝本翔座左边,自己则坐在右边。

"令蓝老弟怎么也开始收藏翡翠了吗?"常运洪盯着案几上的翡翠白菜许久,笑眯眯地问令蓝。

"哦,黄金价格每七八年一个涨跌轮回。近几年黄金价格已经冲顶,有可能将迎来大跌,而好的翡翠二十年来只涨没跌过,所以跟着玩玩——怎么?大哥您也喜欢翡翠?"令蓝看出常运洪对桌面的翡翠白菜很感兴趣,内心掠过一丝笑意,却假装询问。

"前阵子在某领导那看到一件和你这件品相近似的翡翠白菜,顺便请教学习了一番,目前正研究研究。你这棵白菜白色部分质地细腻通透,绿色部分完全是高冰种,正绿色而且通透得一点杂质都没有,品相要比领导家的还要高一个级别呐!看到好东西欣赏欣赏,随口问问,只是随口问问。"常运洪起身走到翡翠白菜前,一边欣赏一边应答。他刚回到座位上,管家走了进来。他从冰桶中拿出一瓶白雪黑钻,很娴熟地去掉酒瓶上的铁丝套,用白餐布盖在瓶塞上,轻轻转了几下。没有发出任何声音,酒塞就被轻易打开了。

管家给每人倒好香槟,站在一旁解说:"白雪是世界上三大顶级香槟品牌之一,黑钻系列是白雪中的上品。酒体透彻金黄,从杯中可以看到灿烂闪光的金色,并有绿色的反射光,泡沫丰富。闻起来最初有酸橙、马鞭草与野玫瑰等植物的芬芳,然后热情果、奇异果等热带水果的香味渐渐释放出来,并带有柔和的香料和白胡椒调子，随后香气中还会有甘草的气味。入口起初是泉水般的微妙感受，随后有菠萝、热情果风味口感。祝大家品鉴愉快。"管家介绍完刚倒下的酒，轻手轻脚地退出了餐厅。

"大哥，我有件礼物送给你。"令蓝待管家离开后，从黄花梨柜子内捧出一只盒子。令蓝小心翼翼地打开盒子，常运洪定神一看，眼睛瞪得雪亮，倒吸了一口冷气。

"绝世珍品呐！满色的老坑玻璃种！浓阳匀正的帝王绿！种质细腻温润，水头十足。整件作品集天地灵气，凝万物华美，通透纯澈如碧水化冰，纤尘不染，如菩提开悟，明心见性！真正的玉洁冰清，令人一见倾心！一见倾心呐！整块玉精雕细琢，万种风情，完美无瑕！人物造型圆润饱满，线条简洁而流畅。观音面相慈宁肃穆，面容丰腴，端坐莲台之上，手捏摩尼宝珠，大士慈悲为怀，怜悯救度众生之态，与清透如水，正绿如碧泉的材质融为一体，浑然天成！绝世佳品啊！"常运洪被眼前的翡翠观音挂件深深吸引，一边品鉴，一边赞不绝口！

"原来大哥是行家里手啊！竟然对这么小件玩意有如此深刻的见解，今天学习了！看来这件小玩意天生就是属于您的。"令蓝没想到常运洪对翡翠有这么深的理解，原本还担心他不识货，这下子可算放心了。

"令老弟，这么珍贵的宝贝，大哥我不能收。今生能有缘目睹这样的极品，没有遗憾矣！"常运洪嘴上这么说，却怎么也舍不得将宝贝放回盒子里，五味杂陈的滋味一下子就从内心深处涌了上来。

"嗨！大哥您甭客气。令蓝是个粗俗之人，根本不会这些东西，放我这简直是暴殄天物。您若是不收下，就是不认可我这小弟的为人啦！"

"好！那就借给大哥玩儿几天，大哥一定帮你保管得妥妥的，过些日子送回来。"常运洪实在不忍心把这件宝贝放回去，但碍于身份，不得不装模作样地推托。

"感谢大哥赏脸，您留身边玩儿，爱玩多久玩多久，您千万甭客气。"令蓝看在眼里，会意地为常运洪找了个台阶，心中暗暗窃喜。

第三章　神秘资金

"乖乖！这可是极品翡翠，行内流通价也得过千万呐！若是走到拍卖市场，没有五六千万根本拿不下来！这家伙送这么贵重的物品，究竟在打什么主意？"郝本翔看在眼里，心里暗暗估算这玻璃种的帝王绿翡翠观音的价值，猜测令蓝的行为目的。他看到常运洪和令蓝都在戏演，便一直没插嘴。直到常运洪一番推托后答应把东西借回家玩一会儿，郝本翔才插嘴问道："这宝贝是小弟有生以来见过的最好的翡翠了，本翔也对翡翠情有独钟，过去交了不少学费，有机会看到好东西也会做点小收藏，令先生是否方便透露从哪里能买到这么好的宝贝？"

"哦，一个EMBA圈子的同学开了一家翡翠会所。前些日子开业，我过去凑凑热闹，结果看上了两三件，就带了回来。他的会所叫什么来的？好像叫'碧泓翡翠'？哦对！是碧泓翡翠。"

几个人正在聊得欢，厨房送上每人一盅辽刺羹，随后又上了几个小菜，还有每人一盅的生滚河豚粥。就在大家用餐间，管家将香槟杯撤了下去，换上白葡萄酒杯，从冰桶上取出一瓶bin51，为大家匀上，然后站一旁简单介绍了酒的特点："bin51被誉为澳洲最好的白葡萄酒，出自奔富酒庄。这款酒刚开始品鉴，入口感受到的感觉犹如处女的那种羞涩，慢慢地，你会从中找到少妇的奔放感。这款酒和葛兰许拥有一样的历史和传奇，酒体从视觉、口感、味觉上都能给人回味无穷的享受，细细品鉴会收获更多……祝三位品鉴愉快。"

几杯酒下肚，常运洪环视了一圈，对着郝本翔开口说道："令蓝是我的好兄弟，多次帮我忙；和郝兄弟你一样，都曾在我危急时刻伸出援手，常某人感恩至极！我到这座城市六年了，最大的收获就是交了两位好兄弟。两位都是做大生意的人，常某人无以为报，所以就安排了这么一次会面，希望两位能看在常某人的面子上，能成为好朋友、好兄弟。"

郝本翔听得有点糊涂，正想说点什么，别墅主人接上了话题，"首先向郝先生道歉，此前不知道郝先生是领导的兄弟，所以多有冒犯——贵公司的股票之所以近半年常有异动，是我手下没经我同意私自介入造成的……原本退隐于此，就是想避开俗事烦恼。岂料这几年矿山出产黄金的量越来越少，公司业绩一日不如一日，迫于股东的业绩压力，为了底下兄弟的生计问题，最近成立了一只私募股权投资基金，主要做二级市场量化投资。这不，你家的股票概念好，基本面也很棒，还有着三四百万的散户追捧，不小心就动到了你的奶酪……"

至此，郝本翔才听明白是怎么回事。自己在公司管理上，在产品研发上，在市场运营上能够呼风唤雨，但对于资本运作却缺乏经验。自从公司上市半年多以来，股价一路上涨，股民们是高兴得不得了，但自己却是提心吊胆，如坐针毡。因为一味地上涨，意味着随时出现大暴跌。大量案例告诉郝本翔，天底下没有只涨不跌的股票，所以一看到自己公司的股价天天在涨，他就寝食难安。听了令蓝的介绍，才终于明白，原来公司股价异动是受眼前这个不怎么令人喜欢的男人搞的鬼。

"今天令蓝老弟正好在我办公室谈起基金运作的事情，听他说起目前重心炒作的股票是豹丰科技，而且先后已经投入六七亿元，掌控了相当于现在市值二十亿元的流通股，我当时听着就觉得哪不对……仔细回味才想起，那可是本翔你的公司呀，任由这么炒作，是要出大问题的！中午我才给你打了那通电话。"

郝本翔待在一旁，脸一阵红一阵白的，有点不知所措。

"本翔啊！本翔？"郝本翔着实惊呆了，常运洪叫了好几声他才回过神来。"你不用担心，你和令蓝都是我常某人的兄弟，我不会看着你们自相残杀的。也正因为如此，才把两位聚在一起，看看怎样化解这次误会——令蓝老弟，这点情面你还是可以给大哥的吧？"

"大哥，您这是哪里的话，小弟对大哥唯命是从，您叫小弟向东，小弟绝不会向西！豹丰科技这事情纯粹是误打误撞，正所谓'不打不相识'嘛，这事情好商量！"令蓝原本平静的神情掠过一丝淡淡的笑意，然后做出一副唯命是从的夸张动作，看着常运洪，似乎奴仆在等待主任的吩咐。

"你大致介绍一下目前的情况，你的九赋基金目前持有多少豹丰科技的股票来着？"常运洪扫了一眼令蓝，没理会他的表情。

"郝先生，我就大致介绍下九赋基金的运作情况吧，然后再听听你的意见，如何？"令蓝接过常运洪的话茬，看着郝本翔。

"还望不吝赐教！"郝本翔定了定神，朝令蓝做出个拱手礼。

"常书记的兄弟就是我令蓝的兄弟，兄弟间绝对不能相互残杀，你说是这道理吧？之前，是因为不知道，正所谓不打不相识，郝先生就原谅小弟这回犯下的错误，往后小弟自当找机会给您赔不是。"令蓝喝了口水，又滔滔不绝地说道："九赋基金是人民币基金，主要做量化投资，就是哥们几个没事做，所以凑了点钱玩玩，其实也没多少，三四百亿元嘛。没想到第一个项目，竟然是自家兄弟的，实在是惭愧啊！九赋基金大约调集了七八万个证券账户，之前最高纪录共持有豹丰科技大约40%的流通股。这一个月我们计划全部撤出，目前套现了十二亿元多一点，现在大约还持有豹丰科技17%左右的流通股，以今天的收盘价大约市值二十亿元……不瞒两位，九赋基金还同时联合三生集团、兆陆控股、青禾基金调集了两万个账户准备做空豹丰科技……这就是目前的基本情况。"

"做空？"常运洪听完，瞪了一眼令蓝。

"嗯，豹丰科技的股价已经顶天了，维持不了多久的。没有只涨不跌的股票，所以紧接下来九赋基金买空。"令蓝见常运洪表情有点惊讶，便解释道。

"本翔啊，你也不能怪人家令蓝老弟，他不这么做，也难保其他机构不这么做，是吧？幸好是自己人，这还有商量回旋的余地，要是换成别的机构，不是咱的资源，那情况更加糟糕，你看看应该怎样化解这个局才好？"常运洪帮助郝本翔套出了令蓝的想法，把目光投向郝本翔。

"哦，我这时候是出了一身冷汗呐！感谢领导的关照，同时恳请令先生高抬贵手——本翔有一事不明，不知能否请教一下？"郝本翔刚想说点什么，但一下子又不想往下说，像踢足球一样将一个问题踢给令蓝。

"嗨！不打不相识，兄弟一场，有话直说。"令蓝表现得非常大度和豪迈。

"令先生既然控制了这么多豹丰科技的流通股，何不举牌做豹丰科技的台面股东呢？"

"哎呀！郝先生您真会开玩笑。炒股炒成股东是散户干的事，九赋基金是量子对冲基金，以量进量出赚取差价，靠速度赚资金周转率利差。炒股炒成股东的事情哪怕令某乐意其他投资人也不乐意，做大股东不是我们的兴趣点。"令蓝说话的时候，眼睛偷偷瞄着常运洪，观察这位"大人"在打什么算盘。

"持有如此巨量的流通股，一旦全盘抛出，必然会造成豹丰科技全线崩盘，就算没这么严重也会造成股价大跌。看来令先生买进不在于涨势，而是为了做空做准备呀？令先生能否给本翔一条活路？"郝本翔老早发现，一股神秘资金在自己的盘口上暗流涌动，一直找不到源头，看来眼前之人就是源头呐。既然是来者不善，善者不来，就绝非嘴上说的"不小心碰到"这么简单。既然如此，你令蓝也就别想着全身而退了，郝本翔一直在默默观察和思索。眼前这位金王继承人完全有可能明知道自己和书记的关系，然后先将军，再利用书记牵红线，以股票作为要挟，以达到某种不可告人的目的。但在事情尚未明朗之前，不宜显山露水，因此郝本翔决定以"扮猪吃老虎"的招数来应对这场危机。

令蓝看到郝本翔被惊吓的样子，脸上掠过了一丝快意，但很快又恢复了平静。面对郝本翔的问题，他淡淡地说道："首先，郝先生是常书记常大哥的好兄弟，无论如何，令蓝我都不允许任何人伤害到郝先生——不过，不过确实还真被难住了。如此巨量的流通股，我们长时间持有是不行的，就算我肯，其他投资人也不肯，毕竟成立九赋基金之初就已经约定好，只赚快钱，不恋战。但短时间内抛出这么大量的股票，股价必然全线暴跌，弄不好还会影响到大盘走势，如此一来大家就都很被动了……何况，何况按原计划我们还打算做空豹丰科技，资源已经调度，箭在弦上不得不发啊，这该如何是好呢？"令蓝假装出很难为情的样子，看了看坐在中间的常运洪，又看了看郝本翔，似乎在期待着什么。看两人都没反应，令蓝又自言自语似地接着嘀咕："做空指令明天就要执行了，这帮兔崽子真不让我省心啊！"

"令先生，能否再请教最后一个问题？"郝本翔突然想起刚见面的时候，令蓝曾介绍过，自从豹丰科技上市之初就一直跟进，为什么后面又说只赚快钱，不能长期持有呢？

第三章 神秘资金

"嗨！郝兄弟还是这么见外，啥请教不请教的，有话直接说就是。"令蓝不知道郝本翔想问什么问题。他正想往下说，一串轻快的手机彩铃响起，"你是我的小呀小苹果儿，怎么爱你都不嫌多，红红的小脸儿温暖我的心窝，点亮我生命的火火火火火……"

"喂，晗晗啊，你还没睡呐？"常运洪看到是女儿的电话，才想起自己出门时忘了跟她说明自己可能很晚才能回去，于是丝毫不敢怠慢地接通电话，像哄小情人一样温柔似水，流露着无限的爱。

"爸爸，你在哪里？我想你，睡不着。"手机传来一个娇滴滴的甜美的声音。

"爸爸和郝叔叔现在还有事，还不能马上回来。你先睡觉，啊，爸爸明天早上和你一起吃早餐好不好？"常运洪心都被融化了，一脸的愧疚。

"快点回来，我等你一起睡……"

"好好，爸爸马上回来。"电话挂断了，常运洪的心早已飞到女儿身边，看了看令蓝和郝本翔，"这个孩子呀，我不在身边不肯睡——两位看看，都是自家兄弟，今晚先照个面，日后多联系，多沟通。对于当前的情况相互谅解，各退让一步，找出一个两家欢喜的方案来，如何？"

晗晗是常运洪的独生女，刚满五岁，由于仕途漫漫，常运洪结婚十二年了才生下这个宝贝女儿。在常运洪心中，女儿就是他的一切。这女儿也很懂事，特别黏着老爸，少一天看不见爸爸都吃不好睡不香，搞得她妈妈很是吃醋。她经常当着面向常运洪抱怨："我这女儿呀，好像不是我亲生的一样。我一把屎一把尿地把她带大，你这当爸的抱都没时间抱两回，可她心中就只有你，我说这算什么事儿嘛……天道不公啊！"

"好，既然领导有事儿，今晚先到此为止，希望令先生高抬贵手，给豹科技一条活路，同时也给本翔一条活路。很高兴能认识令先生，往后的路还望多多关照。"郝本翔借常运洪女儿来电的事，顺水推舟地找借口离开，心里着急着要寻个地儿冷静思考应对措施。

三人客套了一番，常运洪和郝本翔上车离开了竹林别墅。

子夜时分，云霾蔽月，偶有星光映现，竹林在这夜色下显得尤其黑暗。车子在林中穿梭，郝本翔感到了丝丝寒意。怎样打破局势？郝本翔驾着车子，万般头绪屡不清。于是他试探地向常运洪征求意见，"大哥，本翔虽然有本事把公司做上市，但对资本运作并没有经验，平日里还是全力以赴地做企业。如今摊上量子基金，这明显就是来抽血的。您看本翔该如何是好？能否给点建议？"

常运洪沉思了好久才答道："本翔呀，大哥之所以把你叫来，就是有心帮你渡过此次难关。应对官场的事情大哥我还略有心得，但对于资本运作，说实在的，纵观整个官场，真正懂的能有几个？大哥我有心无力呀！"

常运洪说的倒不是官话。官场中，懂得资本运作的的确找不出几个人，否则股票市场就不是这样子了。同时常运洪之所以有今天，郝本翔在背后给予了很大帮助。按理说郝本翔有大恩于常运洪，如果他能有什么好办法必定不会藏着掖着。

"要不这样子，我和股票交易所的老许关系不错，我带你去见见他，也许他能给些主意——我现在就给他电话！"

"都凌晨一点多了，这时候打电话是不是……"郝本翔看了下表，有点犹豫，但自己也实在没辙，内心还真希望能有人给个主意。他话没说完，就见常运洪已经拨通了老许的电话。

"老许吗？我是常运洪啊，这时候把你从梦中惊醒实在抱歉……你现在方便接电话吗？"

"领导您这是哪儿的话，能接到您的电话，高兴还来不及呢，怎样让您道歉啊……您有何指示？"

"我就不兜圈子了，我现在和豹丰科技的CEO郝本翔在一起。他这阵子公司股票被人盯上了，而且问题比较严重。本翔是我好兄弟，打你电话是想看看你能不能给他一些主意……据可靠消息，对方明天就要有大动作了！"

第三章 神秘资金

"你说个地方，我马上过来！"

"这时候好像也没什么地方好去的，安全起见，我们就在江边亭子上会面吧。夏天吹吹江边的风，应该挺凉快的……"常运洪就是常运洪，面对这么严峻的事情，还不忘幽默一番。

两辆车不约而同地在江边停下，三个人就地坐在亭子里的水泥凳上。彼此相互寒暄过后，由郝本翔一五一十地将事情来龙去脉说了一通。常运洪在旁边不时地点头表示印证。

老许刚好六十岁，常青藤双博士，在华尔街历练过整整十年，回来就受命组建股票交易所，可以称得上国内资本市场的泰斗级人物。听完郝本翔的介绍，他心中早已知道大概了。因为豹丰科技上市以来是一枝独秀，大家都看在眼里。半年来这公司的各种异动，老早就引起了这位泰斗重视，而且已经在不动声色地布置各项应对措施。这下子明确知道了幕后黑手是谁，他更加胸有成竹了。但这毕竟不是件小事，所以老许装作早有耳闻，但没有具体了解情况的样子。

"领导您主要担心发生什么事情？"老许不愧是老江湖，把自己隐藏起来，不露声色地把面子卖给常运洪。

"老许啊，之所以半夜将你叫到这来，纯粹是个人行为。但这件事情无论于公于私都是非常重要的。于私，本翔是我多年的兄弟，他的事业现在面临这么大的危机，只要不违反纪律，我是想帮他度过去。但你也知道我这个人，由于工作的关系，从来不涉足股票市场，在这种情况下我是使不上力帮不上实际的忙呐！唯一能帮的，也只能找些有办法的人给出出主意什么的……而于公方面，我作为这座城市的第一责任人，这座城市的经济稳定至关重要，尤其股票市场被定义为经济的晴雨表。一旦两市有什么异动，殃及的不仅仅是这座城市，而直接影响到全国经济走势和百姓的信心啊……现在整个大盘情况本来就不是很好，好不容易出现了一两只振奋人心的个股——如果这些股票突然暴跌，那必定牵动整个大盘的走势……所以，无论于公于私我们都应该做点事嘛。老许你说说，是不是这个道理？"常运洪虽位高权重，但两市的管理独立于地方的"两院一委"，而是直接由国家直属部门管辖。所以，找老许，常运洪习惯以私交的身份进行，这点老许觉得很舒服。

老许一支烟接一支烟地抽，看着河道上偶尔驶过的船，还有五光十色的夜景灯，陷入了深思……

大半个小时过去了，大家就坐在那一言不发。又过了许久，老许才将常运洪和郝本翔聚拢一起，如此这般地说了一番。两个人不断点头，用心地听着这位老江湖提出的方案。郝本翔的心渐渐放宽，虽然还是非常担心，但在没有别的办法情况下，觉得老许提出的是最佳的解决方案了。

几个人沟通了一个多小时，大家都觉得基本明朗了，才各自道别而去。郝本翔坚持自己一个人走路回办公室，一方面要思考问题，一方面避免被外人看到他们聚在一起而节外生枝。

路上，郝本翔想了很多，脑海中不断搜寻着令蓝这个人物，总觉得两人之间有似曾相识的感觉，但怎么样也想不出此人的具体来历。唯一知道的是常运洪介绍时说的"亚洲金王继承人"。郝本翔掏出手机，百度"亚洲金王"，能找到的信息很多，真真假假很难分辨。百度图片中和"亚洲金王继承人"关键词相关的人物，没有一个与"令"姓有关的信息，这更让郝本翔对这位"亚洲金王继承人"的身世感到疑雾重重。搜索"九赋基金"能找到的信息也极少，几乎没有一则信息是直接介绍"九赋基金"的。

尽管老许给出了三套可行性极高的应对方案，但目前自己所掌握的信息量来看，还只是皮毛而已。正所谓"知己知彼，百战不殆"，在没有掌握对手充分信息的情况下，做出任何的应对措施也许都是错的。为此，郝本翔一夜未眠。

天慢慢放亮，郝本翔毫无睡意，但身体却疲惫不堪。为了不影响紧接下来的工作，他换上运动服，沿着江边奔跑而去。

郝本翔是个钻石王老五。事业有成，自己的公司早早就挤进独角兽俱乐部，名车豪宅对他而言早不在话下。他数十亿的身家至今却孑然一身，使得大量的适婚女性围着身边转。尤其是郝妈妈，那真叫个忙，忙着挑选儿媳妇。郝本翔除了每周回家看望老人两趟以外，几乎所有的时间都泡在办公室和应酬上。以他自己的话说，如果用一个字形容自己的状况，那就是"忙"，用两个字形容的话"很忙"，用三个字形容是"非常忙"！而事实上，这只是对母亲的一种托词，因为好多说媒的整天围着郝妈妈转。为了儿子的婚姻大事，郝妈妈也乐此不疲，也伤透了脑筋。她介绍了无数女孩相亲，结果竟然没有一个能继续交往的。公司的未婚女性，更是想方设法和这位钻石王老五套近乎。人人都想钓到这条金龟，为了这事情竟然有人在办公室里争风吃醋大打出手，搞得郝本翔好不尴尬。

天很热，八九点钟的太阳就热得让人难耐，每个人都想快快躲进空调底下。五公里慢跑下来，郝本翔大汗淋漓，就像一个刚从河里爬起来的人，衣服湿漉漉的。就在郝本翔准备往回走的时候，他看到前方一个女孩子抱着腿在地上抽搐。他走近一看才发现，女孩大约十七八岁，大腿上有一道伤痕，正在流血不止，人已经接近半昏迷状态。郝本翔第一个下意识就是骗子，专业碰瓷的那种。但当他再接近一看，发现明显不像，因为除了大腿，其腹部也受了伤，似乎是利器捅伤的。碰瓷玩苦肉计，不可能如此玩命。郝本翔另一个下意识是抢劫行凶，于是不敢轻举妄动，掏出手机拨打了110和120。

女孩因为流血过度，120到来之前已经进入昏迷状态，最终因为抢救及时脱离了危险。郝本翔跟随警察到派出所录完口供，便赶回办公室。此时已经十一点多，刚踏入办公室门口，投行部、市值管理部、财务部等主要负责人早早在办公室外等候——股市刚开盘，豹丰科技就被放量抛售，股票开盘直接进入跌停板。

由于郝本翔已经事先知道股价会暴跌，所以并没有惊讶，微笑着让大家到会议室等候，并让助手通知董秘一起。

"各位，很抱歉，让大家担惊受怕了！今天股市开盘就暴跌，而且一下子就跌进了跌停板，这事情确实很令人震惊，但请保持信心——要知道，我们的股价一路上涨，如果不跌一跌，岂不是更可怕？大家说是吧？"郝本翔换了衣服，大步走进会议室，率先说了这么一通话安抚大家。几个部门的头头面面相觑，曾燕作为公司董秘，虽然也理解郝本翔的意思，但面对股价突发下挫，还是很担心地问："董事长，那接下来该怎么办？"

"申请停牌！而且马上申请，就说近期公司有重大重组计划，预计停牌时间为六个月。其他的不用做任何解释，交易所那边我已经打过招呼，你直接提交手续即可——投行部吕明到我办公室，其他伙伴如果没有别的事大家散会。"

会议是结束了，但对郝本翔的决策大家都不知所以然，尤其不能理解为何仅此一跌就安排停牌。吕明作为投行部总经理，也对郝本翔的决定有诸多不明白。走进董事长办公室，他第一句话便问："董事长，咱公司要进行资产重组吗？"

"哦，那件事情你先别管，有更重要的事情需要你亲自去办。你按照这个方案，和这几位老总沟通，争取得到他们的同意。这件事你一定要亲力亲为，除了当事人，不能向其他人透露半点消息，明白吗？"郝本翔没有给吕明想要的答案，而是拿出一沓资料交给他，一五一十地做了交代，督促吕明尽快完成。

"明白！"

"那就动身吧！你到财务部去预支五万块钱带过去，万一用得上。"郝本翔交代完工作，匆匆离开办公室，开着车直奔医院。他没有去看那位顺路救援的姑娘，而是找到主治医生探明伤情。知道那个姑娘已经没有生命危险，不日即可康复。他帮助结清了医药费，放心地走了。

下午股市刚开盘，豹丰科技发布停牌公告。各大股评在收市点评时，都对豹丰科技停牌公告做了猜测。多位资深股评家认为，豹丰科技有可能是收购国内第一大即时沟通软件，以完善豹丰科技的生态。如果这个猜测成立，那豹丰科技有可能在复牌后达到千亿市值，而股价有可能突破五百元大关。各大财经媒体也比较支持这个猜测，于是乎多版本的所谓第一手资料纷纷在网上曝光，总体上都是对豹丰科技利好消息。各大机构对豹丰科技复牌抱着极高的期望，散户们更是无比期待，都在后悔没有多买一点豹丰科技的股票。

虽然，"豹丰科技可能收购国内第一大即时沟通软件"只是坊间的猜测，但国内第一大即时沟通软件"爱聊"却因此成为媒体的焦点。各种各样的报道纷纷见于报端，这款软件因此捡了个大便宜，免费得到了全国性的全媒体报道，用户量也因此直线暴增。爱聊科技索性借势加了一把火，创始人兼CEO在电视采访中发表声明："爱聊科技正在筹备纳斯达克上市，所以拒绝豹丰科技的收购！"

爱聊科技的声明一出，随后的几天时间里，关于爱聊的优势、爱聊的前景、爱聊的未来等相关报道大篇幅大篇幅地充斥着网络和各大传统媒体，爱聊科技就此火了一把。郝本翔看着秘书送来的报纸，忍不住自己笑了起来："现在的年轻人真厉害！空穴来风也能做得像真的一样！用这样的方法自我炒作虽说不太道德，但倒也不失为一个好办法啊！佩服！"

豹丰科技停牌，很多人都寄予更多的期望，而九赋基金的整个操盘团队却慌了神。一方面是清仓套现方案刚刚启动，就撞上停牌六个月，意味着近二十亿元资金要躺在股市里动弹不得大半年！一方面是做空资金也刚刚通过融券市场投入了三四亿元，这么一停牌，二十几亿元的资金套在豹丰科技这个盘口上。这对于量化基金来说，是一个承受不起的致命打击。领头的负责人叫雷汀，看到公告后直冒冷汗，立刻拨通令蓝电话，"令总，豹丰科技发出公告，即刻起停牌六个月，号称有重大资产重组。"

"知道了！"令蓝挂断电话，倒吸了口冷气，咬牙切齿地在房间内踱来踱去，内心有种不祥的预感，暗暗叫骂："算你狠！"

九赋基金，与其说是一只量化基金，不如说是一群土豪凑了笔钱，企图通过坐庄从股市上捞外快。令蓝虽为亚洲金王继承人，对黄金市场了如指掌，对于操纵黄金价格拥有丰富的经验和资源。但在股票市场上，令蓝和他的整个团队都是新兵蛋，纯粹仗着有钱，试图沿用黄金市场的成功经验来操作股票市场。第一个项目选择了豹丰科技，一直进进出出已经赚了几个亿，尝到甜头后就一发不可收拾。原本计划从中可以捞个二三十亿，他千算万算，未曾想竟然疏忽了停牌这一招。

太阳依旧热情如火，所有人在这样的气温下都不想离开舒适的空调房。此时的连成珏，内心的欲火正在熊熊燃烧，其热度一点都不比当下的烈日逊色。把手头的事情交代清楚后，他拿起电话拨了出去："亲爱的Mini小姐！你今天忙不忙啊，我们出海去钓鱼如何？"

"很忙呢，但是，再忙也要陪你呀，你说对不对？"Mini正在忙着做美容，接到连成珏电话便俏皮地笑了笑。

"那就这么说定啦，我过来接你？"连成珏原本就欲火中烧，听到Mini嗲嗲的声音，更是被撩惹得快流鼻血，心早就飞到Mini身边。

"不用啦，你先到海边等我，我忙完自己过来。"Mini从电话中就能感觉到连成珏猴急的样子。但几千元一次的美容刚刚开始，她无论如何也得做完再走；同时也想着要让连成珏再难受一阵子，所以拒绝了连成珏的好意。

Mini到达海边已经是太阳西斜。连成珏泡了半天海水，刚刚起来冲淡水。他一个人光着身体从浴室走出来，Mini正好在这时候进门。连成珏"咻"地迎了上去，抱住Mini一阵狂吻……

每次满足连成珏后，Mini都要好好睡上一觉。连成珏一个人哼着小曲，抱着一大包花生和几瓶娘子酒，来到亲水甲板，装上鱼饵，躺在沙滩椅上一面喝着酒一面钓鱼。连成珏要么喝最贵的酒，要么只喝这种酵香醇厚、甘甜微苦的没有经过蒸馏的母酒——娘子酒。因为口感很好，他越喝越想喝，不知不觉乘着酒兴进了梦乡……鱼竿不断被拉扯，浮标在水中一浮一沉地，看来是有大鱼上钩了，然而连成珏却毫无知觉。当他睁开眼时，四周已经一片漆黑。

黑夜，对于不同的人而言，都有着不同的意义。对有的人而言，黑夜意味着一天的结束。而对于某些人而言，黑夜，意味着一天的开始。有些生意只能在白天做，而有些生意注定只能在夜里发生。对于连成珏来说，白天与黑夜他都有做不完的生意。白天他是运达储运集团董事长，夜里他是皇家壹号游轮俱乐部的董事局主席。

皇家壹号俱乐部，不可谓不闻名遐迩。不知道她存在的人基本上是那些还没有资格知道的人，要么没有足够多的钱，要么没有足够大的权力。普通老百姓根本成不了皇家壹号俱乐部的会员，也就无法知晓俱乐部的事情。

第三章　神秘资金

皇家壹号俱乐部以皇家1号邮轮为载体，专门为官商富贾提供烧钱游乐服务——皇家1号邮轮八层楼高，除了金碧辉煌的外表，还有耗资二十亿元的船上装备，充分烘托出皇家1号无与伦比的一面。她不仅仅外观耀眼，通体都用了军用防弹材料。据说船上的防弹玻璃能抵挡79式手持火箭的袭击，曾在公海上遭遇索马里海盗狙击而安然无恙。皇家1号也正因为此名声大噪。

邮轮内拥有两座四层楼高的标准体育场，还有可容纳两千人的司拉卡剧院、溜冰场、攀岩墙、搏击场。独一无二的观景厅高度堪比巴黎凯旋门，从最接近星光的位置到闪闪发亮的浪潮浮动，编织着一幅幅绚丽的美景。

皇家1号是一座完全用金钱堆叠出来的海上城堡，体形犹如巨无霸，却拥有着出色的航速和轻灵的航向能力，最高时速可高达三百海里。站在观景台上，飞一般的速度，一览无余的海景以及愿意为你任何心血来潮的念头提供服务的出色侍应生……能为每一位会员提供最极致的海上体验。

邮轮上不同区域安排有不同主题的娱乐和游乐活动，如歌舞秀、魔术秀、杂技、脱衣舞等，并有各式舞池及迪斯科舞厅让会员们尽情享乐。邮轮内顶级的设施，布置华丽的装潢，典雅的厅廊，豪华餐厅、夜总会、电影院、健身房、SPA、泳池、桑拿、美容院、图书馆、桥牌室(麻将室)、超级赌场、帝王宫殿等是皇家1号的标配，能满足每一位会员的各种欲望。

宏伟的中庭位于邮轮的心腹地带，闪耀着金属的光芒，让人不致错失任何美景的透明景观电梯，精美的大理石楼梯回旋蜿蜒而下，创造出时髦典雅的气氛。周围被精品店、奢侈品店以及休闲大厅所围绕。运动甲板上有两个大型游泳池、两个旋涡池和户外篮球场，会让人情不自禁地投入这迷人的怀抱中，也使得皇家1号成为一座名副其实的海上宫殿。

位于五楼的超级赌场设立的目的正是会员们登上邮轮的目的，这里将会带给会员难以忘怀且有趣的夜晚。人们在这里醉生梦死纵情享乐，无论名媛贵胄在这里除了寻欢作乐，就是忘情地挥霍……

再能伪装的人，到了五楼，人性最真实的一面都会在此暴露无遗。

每到夜幕十分,停靠在黄浦江6号码头的皇家1号邮轮就渐渐热闹起来。等待预约好的每位会员全部登上邮轮,她就会渐渐驶出码头,然后朝着大海深处,消失在夜色中。次日,天空微亮,游轮又缓缓驶回码头,若无其事地停靠在那里。

连成珏每天晚上十点到十二点,总是准时地在邮轮五楼与来自世界各地的会员一一握手问好,然后登上舞台抽出当晚十位幸运来宾。抽奖环节是整个晚上最令人期待的环节之一,因为成为当晚幸运来宾,将获得十万元不记名赌场筹码。这些筹码可以直接到服务台兑换成现金,也可以用于赌场内参与各种游乐。

Mini被连成珏邀请上台作为特邀嘉宾,抽出最前面的五位幸运来宾。这时候的Mini已经换上一袭白色轻纱晚礼服,在金碧辉煌的赌场内尤为耀眼。她走上舞台的那一霎,全场男女皆为这么一位陌生的大美人惊呼四起。

"第一位幸运来宾,手机尾号为7979的唐先生,恭喜唐先生!第二位幸运来宾是,手机尾号为2333的赵小姐……"随着主持人宣布Mini抽出的幸运来宾信息,场下欢呼声一浪高于一浪。在连成珏激情高昂的煽动下,场下早已沸腾……

Mini第一次登上皇家1号,对于邮轮上的种种传说早有耳闻。她早知道上面是极致奢靡之地,是男欢女爱的纵情场所,是人们烧钱斗富的场所,对这样的地方她从来都是嗤之以鼻,敬而远之。然而,盛情邀请之下,当自己身临其境,亲眼所见邮轮上的各种场景,她深深被震惊了。尤其在五楼赌场,各种疯狂烧钱游戏相比拉斯维加斯有过之而无不及。两千多平方的赌场,挤着近千人,几乎没有性别之分,也没有身份地位之分,只有庄家和赌徒,抑或说只有服务生和被服务的人。在金钱的魔幻作用下,所有人都流露着贪婪、放纵、肆意。

Mini看到有人抱着筹码狂笑,有人躲在墙角暗自神伤。看到这些场景,她开始反胃,感到极度恶心。她从小到大都讨厌弱智的贪婪,尤其讨厌输不起的人。所以,抽奖环节结束后,她一个人静静地乘着观光电梯直达八层。这层楼由高级红酒会所、雪茄房、静吧组成,在这楼层的人让她感觉到比较舒服。所以她找了个角落坐下,开了一瓶麦卡伦威士忌,一个人享受着威士忌灼烧喉咙的那种炙热感,回味着那些惊心动魄的过去。她喜欢这样的感觉,喜欢烈酒,更喜欢如烈酒般的男人。不知不觉中，酒过三分，她竟然迷糊了起来。

五楼依然灯火辉煌，人们依然忘我地疯狂。拐角处的休息区，一位看似大老板模样的中年男人已经输掉了所有筹码，就连俱乐部的授信额度也全部用完。看来他已经输钱输红了眼，拼命地向坐在旁边的一位银发老人请求："叔叔，您就帮帮忙，帮我一次！"

"志航啊，不是不想帮你，只是这不符合规矩，我也为难啊。"银发老人很和蔼很冷静。

"要不这样子，我把手上的股票全部压给你。如果半个月之内，不能把钱还给您，那胜天火电就是您的，这样可以吗？"

"唉！你这是要把自己推向绝路啊！这是何苦呢？我一直在劝你不要碰这玩意，你非不听。这半年，你看你都成了什么样了？你现在只剩下一家已经被掏空的胜天火电了！"

"是是是，叔叔您教训得是，可我已经没有救了。在这里，我已经输掉了十几个亿，我不能眼睁睁地就这么输掉啊……"说话间，他的泪水就落了一地。

魏志航，胜天火电董事长。公司上市以后，因为资本效应让魏志航感觉到钱来得太容易了，为此忘乎所以，多少次迷失在吃喝玩乐的世界中。他迷上赌博是因为半年前一次偶然的朋友聚会，大家吃喝玩乐之后意犹未尽，一个朋友便聊起皇家1号游艇俱乐部，将船上的种种说得天花乱坠。魏志航就很不服气，自己什么地方没去过？这座城市里竟然还有这么个自己没到过的地方！几个人乘着酒兴，也很想目睹一番巨轮上的世界。正好其中一位朋友认识有俱乐部的会员，于是就相约游艇一游。

一艘快艇将五六人接送上了皇家1号邮轮。巨轮上人声鼎沸，装饰富丽堂皇，果然别开生面！魏志航乘着酒兴，在朋友的怂恿下，当晚刷法人卡兑换了一千万元筹码分给几位朋友各自玩去了。魏志航自己留一半筹码自个玩。一开始他运气特别好，东玩一把西玩一把竟然赢了近千万。于是他越玩越起兴，越玩越大……

三四个小时过后，魏志航不但将赢的钱全部输光，本金也都输掉了。为了扳回本金，魏志航先后刷了三次卡，每次兑换一千万元筹码，结果一夜之间全部输得精光。

赌徒的最大特点是，赌赢了想多赢一点，赌输了想方设法扳回本钱，结果越陷越深，进而不能自拔。魏志航就是在这样的心理作用下，一发不可收拾。半年间，魏志航赢少输多，十几亿元就这样败在了赌博之上。银发老人叫唐世红，皇家1号俱乐部的幕后投资人，澳门赌王的首席助理，魏志航父亲的同学。作为长辈，唐世红已经不止一次规劝魏志航悬崖勒马，"世侄啊！知道叔叔为什么投资博彩业吗？"

"……"魏志航看着眼前慈眉善目的老人欲言又止。

"给你讲个真实的故事：一天，一位沙特王子入住葡京酒店。王子找到赌王说：'我和你赌一局，就和你玩一把掷硬币。出正面我给你五十亿美元，出反面你的赌场归我。'赌王呵呵一笑：'这个游戏固然公平，但不符合我们博彩业的行事法则。我们开赌场不做一锤子买卖，而是小刀锯大树。如果你真的想玩，我们就玩掷骰子，一千下定输赢。你赢了，可以把我的产业拿走；我赢了，只收你二十亿。'你猜结果怎样？"

"能怎样，沙特王子输了呗。"

"不，沙特王子放弃赌局！——这就是聪明人的赌博。"

"你究竟想说赌王聪明，还是沙特王子聪明？"

"我想告诉你的是，这是叔叔投资博彩业的根本原因。"唐世红知道魏志航能听明白自己说的话，所以没有直接回答，而是换了个角度间接告诉魏志航，任何赌博，主要建立在大数基础上，庄家有抽水优势——假设大数概率是五五平均的话，庄家是必赢的。因为赌徒每赢一次，庄家抽水10%。赌徒假设拿出100万元进行押注，五五输赢轮番进行的话，赌徒赢十次一百万元就差不多被庄家通过抽水的方式抽没了。

"叔叔，这些大道理如果一开始就告诉我，也许还奏效。但现在我已经陷入无底深渊，回不来了。你救帮帮忙吧！"魏志航何尝不想收手，但是公司已经被自己掏空，钱都输光了。如果最后一搏不能扳回生机，那自己只有一条路可走了，茫茫大海将是自己的葬身之地。因为，私自挪用上市公司的钱，数额如此巨大，后果是不堪设想的！与其他在大牢里痛苦地度过余生，不如早点解脱。

"唉！真心拿你没办法。这样子吧，我让人满足你的心愿吧。你知道叔叔只开赌场，但不碰其中任何业务的。何况股票质押这类业务也不是叔叔的业务范围，俱乐部做的是平台生意，经营钱的业务平台是不做的。"唐世红拗不过魏志航，也只能随缘了。于是他拿出手机拨通了一串号码："万会长吗？我是唐世红啊。"

"哎呀！是赌王特助唐总啊，有何关照？"万三省接到唐世红的电话有点意外，因为两人很少有业务往来，只是生意场上认识的朋友。彼此经常在各种场合碰面，一回生二回熟罢了。

"万会长公务繁忙，老弟我不好经常叨扰。若不是有紧急生意，不敢惊动会长您呐。"

"哈哈哈哈！这是哪里的话，唐总一切可好？"万三省听到唐世红说到"紧急生意"一下子有点懵。

"啊哈，我一切都好——胜天火力会长应该有所了解吧？这只股票现在是什么状况？"

"哦……好像听手下提到过，属于二三流股票，我很少关注这类股票。"万三省听到"胜天火力"几个字，心里一震，但很快就应付过去了。

"胜天火力董事长是我世侄，同学的公子。现在想质押法人股融通一下，会长你那边有没有合适的金主？"

"哦……是这样子啊。这事情急不急？"万三省听完唐世红后面的话，心里暗暗偷笑，却装着什么也不了解。

"很急，最好能马上。"

"哎呀呀！这有点难办啊！好吧，唐总您的事情就是我万三省的事情，我马上打电话问问,半个小时左右给你回复。"唐世红刚要挂断电话,听到万三省那边又紧张地喊道,"唐总稍等!"

"怎样?"

"这么急的生意,往往代价都很高,这点是可以理解的吧?另外,需要多少现金?如果资金量较大,哪怕有现金银行转账也是有限额的呀。"

"嗯,先找到感兴趣的金主,再商量如何?"

等待的时间是漫长的,尤其对于魏志航,简直是在痛苦煎熬,来回在唐世红面前踱步。终于等来了万三省的电话,"唐总吗?这件事情有点难办啊,胜天火力近期的股价一落千丈,很不稳定啊。"

"那这件事情没法继续了?"

"倒也没这么悲观,有一位小哥还是肯给面子的,只是条件有点苛刻。"万三省语气显得很难为情。

"我这个世侄啊,现在就想拿到钱,条件好说——现在方不方便面谈?"

"你唐总的事情,三省不敢怠慢,你来安排。"万三省一向以豪迈盛名,凡事都以急他人所急,故而深受业界爱戴。

"嗯,正好我今天开专机过来,我让手下开直升机过去接你们,具体地址你发我手机上。"

"好!"

一架超美洲豹332缓缓停在皇家1号邮轮停机坪甲板上,魏志航已经在停机坪边上等待多时。唐世红看在眼里心中暗暗骂道:"真是没得救了!"

四个人就魏志航质押法人股的事情进行了两个多小时的磋商。唐世红尽最大努力帮助魏志航赢得更多的资金,只能尽人事听天命——"6000万股全部质押,3个亿是不是有点少啊万总?根据最近20个交易日的均价是9.52元,哪怕打六折至少3.43亿元才对嘛。"

"唐总,这可是江湖救急。万一魏总到时候不赎回,我们还得找人处理这些股票,现在的中间费用没有10%根本搞不定。"

第三章　神秘资金

"我这都是全流通了。"魏志航基本上是任人宰割的状态，听到唐世红发话，想着能争取多少算多少，反正没打算赎回。

"是全流通没得错，问题是这么多法人股我们还能在二级市场全抛了？除非找到合适的大卖家进行大宗交易，后果可想而知啊。"万三省声称的小哥不是别人，正是他的左膀右臂互联网金融界的新晋富豪杨富林。杨富林作为买家却待在一旁很少说话，全由万三省和唐世红进行磋商。听到魏志航提到全流通，他便插嘴说了两句。

"老弟啊，近期胜天火力的股价很不稳定，我们也得防范风险嘛。再说，我们这不是没有做任何尽职调查，还不知道胜天火力目前的债务情况——要不这样子，看在唐总的面子上，你现在按2.5亿元进行质押。如果到时候你不赎回了，无论出于什么原因不赎回，我们都另外支付你1亿元的安家费用，那么到时候胜天火力的控制权就由我们处置了，你看这样子行不行？"万三省一方面是卖唐世红的面子，一方面是看中了胜天火力这只壳的价值。他笃定魏志航必定赎不回股票，到时候可以将胜天火力当壳卖掉，按目前的行情至少可以卖到10亿元。所以在几个小时的反复磋商无果后，他提出了另外的方案。

魏志航看了看唐世红，唐世红微微点了下头，表示可以考虑。魏志航便做出了最终表态："万总，杨总，小弟着实是急需要现金。你们都是做大生意的人，应该可以看出，胜天火力无论如何，哪怕是千疮百孔，经过资产剥离之后，以现在的行情当成壳卖，十个八个亿根本不是问题。若不是江湖救急，也不至于如此贱卖——2.8亿元，吉祥的数字。后期如果小弟无力赎回，再给我1亿元安家费。无论如何，两位都吃不了亏。"

"唉！"万三省听到魏志航提到壳的事情，心中不禁为之一振——想不到魏志航能想到这一层，于是暗示杨富林答应魏志航的请求。

"唉！你看，一边是万会长的面子，一边是唐总的面子，就算这笔生意是亏本生意，小弟也得接了不是。好吧！"杨富林装出很无奈的样子。

"我还有一点小补充。资金不进入公司账户和我的个人账户，这是我在A国利用他人护照开的账户，钱进入这个账户。另外，万一，我说万一——万一小弟我真的赎不回质押标的，我希望那一个亿的安家费打到这个账户。"魏志航拿出一张纸，在上面快速写了两串号码，名字不是魏志航。

"这不是问题。"杨富林轻快就答应了。

"老弟，你下载这个APP填写融资需求，并按要求上传相关证明材料，我这就安排人给你通过审核并给你账户打款。"杨富林拿出手机，打开自己公司的APP二维码让魏志航扫。

"OK！"

午夜，海上风很大，四下一片漆黑，皇家1号邮轮就像一巨无霸在海面上稳稳地缓慢前进。四个人在顶层甲板上品着红酒，等待资金入账。约莫过了一个半小时，魏志航的借贷账户上就陆续收到资金汇入，五十万、一百万、五百万……大约过了两三个小时，两亿八千万元的借款全部到账。唐世红带着万三省一行从顶层到底层全部游了一遍，万三省等人被亲眼所见的一切震惊了。

送走了万三省，唐世红也将乘自己的专机趁着夜色离开邮轮。魏志航拉住唐世红，"叔叔，小侄还需要您帮个忙。"

"哦！还有什么事情吗？"

"实不相瞒，今晚将是我赌博终结日。这笔资金我是为自己留下后路的，我需要到境外处理，叔叔是否能载小侄一程？"

"这个嘛……是有点难度啊！我这出入境都是需要报备的，包括乘载人数，需要在指定机场降落检查。"协助他人非法偷渡这样的事情，以唐世红现在的身份，是不肯冒险的，所以魏志航的要求着实让唐世红为难。

"叔叔能否这样子，你载我过境，然后找个偏僻的地方让我跳伞下去。小侄已经实现准备有多个身份的境外护照，过了境我会用别的身份与您会和，不会给叔叔带来任何麻烦。"魏志航知道唐世红的顾虑，所以提出了一个几乎让唐世红无法拒绝的方案。

"除此之外，叔叔还可以为你做点什么？"虽然有风险，但风险并不大，唐世红已经没办法拒绝，只好答应。

"我到澳门需要借您在赌场的便利，帮我把钱运作出来——我上个月准备了六十几个账户，我希望能把今晚这笔钱转到赌场买筹码，然后再用这几十个账户把筹码兑现。这件事情，小侄愿意提20%让叔叔拿去打点，叔叔无论如何帮我一把！"魏志航一边恳求唐世红，一边黯然落泪。

"那就这么办吧！你自己注意安全。"

"嘟嘟嘟……嘟嘟嘟……"一阵有节奏的敲门声，Mini睁开眼发现自己竟然一丝不挂地躺在床上。她不由下意识地摸了下自己的私密处，又看了看周遭，房间内只有自己一人，衣服散落了一地……"我怎么会在这里？我不是在酒吧吗？"Mini头有点发胀，怎么也想不起自己是怎么回到房间的，尤其想不起自己怎么会一丝不挂地躺在床上。

"尊敬的客人，邮轮马上要靠岸了。"

"哦，谢谢！"侍应生敲了一阵门，听到里面有了动静，很礼貌地提醒。Mini慵懒地爬了起来，利索地穿上衣服。她看了看门锁，是从里面反锁的。她打开门，侍应生早已走向下一扇门。

清晨的江边，风很凉爽，连成珏已经早早地站在岸边迎接Mini下船。

"亲爱的，很抱歉，昨晚临时有事，所以没有向你道别就离开了。"连成珏伸手将Mini从邮轮的侧梯上抱了下来。

"是你把我送回房间的吗？"Mini听到连成珏说他自己老早离开了邮轮，感觉很诧异，自言自语地问，"那我究竟怎么回到床上的呢？"

"想吃点什么？"连成珏没有接Mini的话，而是直接岔开话题。

"不想吃东西，头有点胀。"

"要不我带你去一个特别的地方吧，保证你没吃过那样的早餐。"

"你决定好了！"Mini正在拼命地回忆自己昨晚是怎么一丝不挂地躺床上的，根本没怎么在意早餐的问题。Mini迷糊的记忆中似乎有人把自己扶到房间，而且对方还抱起了自己，两个人缠绵了好久，得到了未曾得到过的满足。可怎么醒来的什么也记不得了，似乎房间也没有人靠近过，究竟是怎么回事呢？Mini拼命地回忆，却怎么也想不起昨晚发生的事情。连成珏看见Mini想事情想得发呆，微微一笑。他看了看还伸手不见五指的四周，深深地踩下油门，车子迎着渐渐放亮的东方飞驰而去。

连成珏每天晚上都会准时出现在邮轮上，但十二点之后他总是悄无声息地乘着自己的游艇离开邮轮，从来不在邮轮上面过夜。但这举动除了几个贴身助理以外，几乎没有几个人会知道。没有人知道连成珏为什么不在邮轮上过夜，也从来没有人在意过他是否在邮轮上过夜，抑或有人在意却无从知道其中原因。

太阳已经冉冉升起，一辆黑色幻影驶进一条小巷，在一个很不起眼的早餐铺前停了下来。只见铺子门前挂着一块锈迹斑斑的老招牌，上面写着"粗粮制造"，一对老夫妻模样的人正在忙碌着。

"连先生，你来啦，很久没见到你了。今早吃什么？"一个正往外走的老头一见到连成珏便很热情地招呼。

"老板好，两只八两重的大闸蟹、两份鳕鱼、两碗小米粥、两份素炒。"连成珏很熟练地报上菜名，挽着Mini走进门。

进门一看，Mini被惊呆了！从门外看近似于破烂不堪的档口，里面却别有洞天——四五百平米的空间由上下两层阁楼组成，整个装修全部是铁艺焊接，喷着树木的色彩，古香古色，情调非凡。门口冷冷清清，室内竟人山人海，六七十张桌子几乎座无虚席。Mini不禁惊呼："哇！这生意怎么这么好！从外面看不出来啊！"

"这家是百年老字号，老板是地道的本帮厨师世家，之所以把档口做得那么不堪，是因为这边的生意都是老熟客，仅此就已经忙不过来。招牌如果再惹眼一点，这边接待不来会影响老熟客的体验。所以店家故意把招牌做得不堪入目，吓退陌生游客的。"连成珏很自豪地介绍。

第三章 神秘资金

"诶！这又不是你的生意，人家生意好，你兴奋个啥？"Mini看到连成珏兴奋的样子，觉得很奇怪。

"呵呵呵，你知道这每天营业额有多少吗？"连成珏故意岔开话题。

"七八十张桌子，估计万把元吧。"Mini扫视了一遍，粗略估算了下。

"这数字怎么来的？"连成珏笑眯眯地看着Mini。

"以我天才的大脑估算出来的，怎样，说对了吧？"Mini认为自己说对了，正得意地等待连成珏的夸奖。没想到连成珏不但没有夸，反倒冷冷地瞪了她自己一眼，"天才的大脑！只说对个零头。"

"不会吧！怎么可能？这铺子一天能有过十万的营收？"Mini简直不敢相信。

"你还记得咱刚才点的单吗？那是中等消费。"

"两只八两重的大闸蟹、两份鳕鱼、两碗小米粥、两份素炒。"

"你猜多少钱？"

"不就三四百元咯，难不成过千啊？"Mini想这么旮旯的小馆子，虽然装修得还行，消费总不能和五星级酒店相提并论吧？

"呵呵，八两重的大闸蟹这里是1680元一对，鳕鱼是280元一份，素炒68元一份，小米粥28元一碗。咱这只是中等消费，三四个人消费万把元的都很正常。"连成珏如数家珍般向Mini完报价，笑眯眯地看着Mini。

Mini咋了咋舌，"这是黑店啊？这价格也贵得太离谱了吧？"

"贵不贵，你吃过之后再评价。"连成珏知道说出价格肯定会吓坏小姑娘，尽管Mini是个资本玩家不缺钱。

这地方的菜品真不一样，Mini几乎吃遍了整座城市的高档餐馆，但从来没吃过如此美味的美食。蟹是葱姜酒清蒸的，原汁原味没有任何多余东西。肥硕的个头，肉质细嫩，膏似凝脂，味道鲜美无比。鳕鱼是半焖半扒的方法做的，配料除了藏红花，没有任何多余的佐料。肉质熟得刚好到位，鲜嫩得入口即化，这种感觉是Mini未曾有过的。Mini一面吃一面赞不绝口,"果然不同凡响!你是怎么发现这家店的?"

"哩个系秘密!"连成珏用粤语说"这是个秘密",并神秘地笑着看Mini。

就在两个人你一句我一句地聊天时,远处突然有人大喊:"连成珏!你个混蛋!"

第四章　美人心计

连成珏和Mini在"粗粮制造"享受早餐，正打算离去，突然远处扑来一个女人，吓得连成珏魂飞魄散。来者是连成珏家隔壁邻居，从小就迷恋连成珏，以至于长大后看不见连成珏就不能自拔。连成珏真心提不起对这位邻居的爱意，但左邻右舍的，不忍心伤害人家的心，于是看到这厮的身影就远远地躲着。不幸的是，连成珏无论做什么，都打消不了大姑娘的执着。更可怕的是，连成珏越不忍心伤害人家大姑娘，人家越觉得受伤。这不，连成珏躲了大半年，大姑娘大半年看不见自己心仪的人，心中痛苦得死去活来。这下可好，她竟然撞上连成珏和别的女人幽会，便不管三七二十一就扑了过来。

"喂，这是什么人啊？"连成珏看到邻家大姑娘扑上来，拉起Mini的手朝另一条通道拼命逃跑。Mini看到连成珏狼狈的样子，以及那大姑娘的架势，大脑中闪现了各种联想，带着大堆疑问瞪着连成珏。

"来不及解释了，快走！"连成珏看到Mini要停下来弄个究竟的意思，心中十分着急。

"到底怎么回事啊？"Mini一边走一边回头。

"甭提了！一时半会说不清。"连成珏几乎以拖的方式将Mini拽到车上，猛踩油门呼哨而去。

"唉！简单地说，她是我从小到大一起长大的邻居，死活要嫁给我，看到我就毫无节操地粘着，我只能到处躲，连家都不好回，郁闷死了。"车子开出了好远，看见Mini还疑问重重，连成珏叹着气解释。大姑娘还在穷追不舍地扑上来。大姑娘跑了几十米，汽车已然远去。看着自己心爱的人和别的女人在一起，大姑娘一下子瘫坐在地上，哭得一塌糊涂，"你个混蛋……这到底是为什么？"

"嘿嘿嘿嘿！"Mini看到连成珏惊魂失魄的样子，搞笑至极，忍不住怪笑起来。

"幸灾乐祸是不？"连成珏看到Mini幸灾乐祸，心中气不打一处来。

"我们要去哪儿？"Mini见连成珏脸色不对，就没沿着话题聊下去。看到车子在朝陌生的地方开，她便问连成珏打算干吗。

"找个地方躲两天，顺便好好睡一觉。"

"喂，你躲你的，我干吗陪着你啊。我还有事儿呢。"

"今天陪我一天。"

"真不行，昨天中午就和你一起到现在了，我手头上真的有要紧事情要处理。再说了，你公司借壳上市的事情，我还得回总部做报告呢。"

"再和我说说借壳的事情呗。"

"行，你把我送到公寓，路上给哥哥你说说。"

"好……"连成珏原本打算带着Mini去见自己父母，但看到Mini似乎真有急事的样子，只能调转车头朝市区飞驰而去。

"你想知道啥？"

"都想知道，你说什么都行。"

"好吧！简单讲下你需要配合的事情。首先，你得先把首笔费用给到公司，公司会专门为你这个项目成立一只并购基金。然后，我们开始分散吃进神农控股的流通股，这过程我们会多次打压和抬高股价，目的只有三个，第一个目的是赚钱，第二个目的是让散户们有个适应期，第三个目的是让沈强烧光所有可调度的钱。记住，一旦我们的计划开始启动，你就不能再借钱给他，不管你找什么理由。"Mini拧开专用水瓶，喝了口水接着说道："目前，神农控股有一笔两亿元的银行质押贷款马上到期，我们会设法让神农控股违约。银行会天天逼神农控股还贷款，沈强会在这非常时期焦头烂额。人在这样的状态下，最容易做出错误的决策，那时候，咱就有机可乘了。"

第四章 美人心计

"就这么简单?"

"简单吗?"

"这好像很简单啊!"连成珏怎么都觉得这操作手法似乎没啥高明之处,所以总觉得很简单。

"要让沈强借不到钱,还不起银行贷款,股价一路下跌,你知道这些事情需要多少人,得动用多少资金才能实现吗?"

"多少?"

"五十亿元!得耗上十个人的团队!所以,你需要马上转十亿元到公司指定的账户上。一旦错过这次机会,难免夜长梦多。"

"好好好!今天下午就安排银行处理这件事情。"

"就停这儿吧,我自己上去。下次再请你上去,我给你做饭吃——记得转账哈!"也许是因为一路聊天的原因,Mini家很快就到了。Mini亲了一口连成珏,留下一股迷人的体香随风而去。

杨富林笃定魏志航还不起钱,所以回到办公室立刻安排人手准备接手胜天火电的业务,并且安排投资银行部、行政部、法务部、人力资源部草拟新董事会名单和高层管理名单。与此同时,杨富林还安排业务部开始以拓展各种业务的名誉接触胜天火电的十大股东,安排公关部开始接触证监部门要害人物,以期到时候拿下胜天火电无后遗症。万三省帮杨富林设计好,只要魏志航触发事先签订的系列股份质押协议,天使财富将以迅雷不及掩耳之势入主胜天火电,然后借壳胜天火电让天使财富顺利上市。

杨富林安排完工作,一个人打开一瓶八二年的拉菲,哼着小曲享受着顶级美酒,畅想着自己成为上市公司老板后的美妙生活。他突然拿起电话拨了出去,"安排你的团队,马上到我办公室开紧急会议。"

"笃,笃,笃!"五人敲开杨富林办公室大门。杨富林指了指面前的沙发,示意他们坐过来,然后绕过办公桌,拿起桌面的一沓资料坐到五人面前,"今天安排一个很重要的秘密任务。"

"什么任务？董事长请吩咐！"五人异口同声地应答。

"你们先看一下这份材料，变通一下。我们要用这笔业务杠杆融资二十亿元。"杨富林将材料分别各给五人。

"董事长，您是要通过债权转让的方式套现是吗？"五人小组年纪较大的男人先看完材料，抬头探寻杨富林的意见。

"说说你的方案。"杨富林点点头。

"问题是，这个标的的债务总额只有两亿八千万元，要想拆散融入二十亿元，似乎难以操作。"

"所以让你们设法变通啊，这事情做成，给你们每人发两百万元奖金。"杨富林没有正面回答手下的问题，反而许下巨额奖金承诺。

"咱能不能这么操作？把扫描件PS处理以下。"坐在角落的小个子老早就看完材料，但一直默不出声装作没看完。听到杨富林许下每人两百万元奖金的承诺，他两眼直放亮，推了推掉得很低的眼镜，怯懦着提出自己的方案。几个人听到小个子竟然提出这样的方案，有点吃惊，正想说点什么，但话到嘴边又咽了回去。

"只要能融入二十亿元就行，你们想办法变通！事成当天到我办公室领支票。记住，这是秘密任务！"

"明白！"

第二天，天使财富的APP平台便推出某上市公司股票质押融资标的。质押合同已经公证处公正，所有手续相当完备，质押价值四十五亿元的股票仅融资二十亿元，而且有担保公司担保兜底，同时有大股东回购承诺，还有国有资产管理公司劣后，由证券公司全程监管，足额抵押！五重风控！可谓零风险。更诱人的是，这个标的给客户的年化利率竟然高达24%，内部融资顾问的提成高达10%，全公司三百多号人倾全力推广新融资标的。

二十亿元的融资计划被拆分成四十个标的，在网络推广团队、电话营销团队、线下募资团队的疯狂推广下，融资标的推出当天，四十个标的中便有五个标的满标，其他标的的融资状态在分秒变化中，客户疯狂地追加投资。

78号大院，所有人也都在紧张忙碌中。自从Ansha应承新富豪俱乐部会员金明的借壳上市请求，万小红就一直紧张布局。她的团队已经通过各种手段深层次地侵入胜天火电的内部，而且悄无声息地在二级市场上不断吃进胜天火电的股票。

这天大早，不知什么原因，刚开盘胜天火电就出现暴跌，中午收市差点跌入跌停板。有分析师在中盘点评时，爆出胜天火电董事长魏志航有亏空公司财务嫌疑，理由是上半年财务报告中存在多处漏洞，前后矛盾很严重，这种现象多数是因为资金被亏空而欲盖弥彰所致。下午刚刚开市，胜天火电就跌入了跌停板，价格定格在8.12元。

"老大，经过一周的努力，按既定计划我们已经掌控胜天火电3000万股流通股，占总股本26.5%。下一步怎么走？"

"几大重要股东的转让协议拿下来了吗？"

"第二大股东已经将转让协议签了，只要我们的资金按时到账，就是铁板钉钉的事情了。其他股东还在进一步沟通。"

"加快其他股东协议进度。根据他们披露的公司章程，我们必须持有34%以上的股票量才能拥有一票否决权。"

"明白！还有，没有人能联系上魏志航，据内线说，已经很多天没见人影了。"

"哦！知道了。信研部负责三天之内将魏志航的情况和行踪弄清楚。他手上掌握着公司超过一半的股票，是个关键人物，搞不定他我们的业务就要受阻。"

"收到！"

万小红刚布置好工作，放案头上的手机响了起来。她拿起来一看，没有名字，备注显示是"重要电话"。

"喂！"

"你立刻过来一下，魏志航跑路了！他亏空了公司十几个亿，知道自己免不了要坐穿牢底，已经通过黑市将他手上的股票全部质押套现走人。"

"收到！"还是那个熟悉的，低沉沙哑的声音。万小红知道魏志航跑路的事，先是为之震惊，随后心情反倒轻松了不少。因为万小红清楚知道，根据两市最新规定：上市公司大股东股权质押以及可能由此引发的上市公司控制权频繁变更、触及平仓线对二级市场交易造成冲击等潜在风险，处于质押、冻结状态的股份累计总额占上市公司总股本的比例达到5％，或者解质、解冻股份的累计发生额占上市公司总股本的比例达到5％时，股东及其一致行动人应按格式指引履行信息披露义务。控股股东或者法定代表人未经董事会批准，私自转让、质押、担保行为的，视情节可裁定为无效行为。如此一来，黑市的不合规操作完全可以被否定。挂断电话，万小红拨通秘书电话，"召集投行部会议。"

"今天会议主题是讨论胜天火电的并购计划。刚刚接到消息，胜天火电董事长魏志航亏空财务十几亿元，他手上所持有的股票目前已全部通过黑市质押套现，估计已经逃到国外。"万小红喝了一口水接着讲，"以眼前所掌握的信息上看，胜天火电已经成为自生自灭的残壳，不再有市值管理。现在是最好的时机，大家谈谈自己的观点。"

"我觉得，这只股票风险太大，不应作为我们的目标。"投行部无敌帅哥腾超敏率先发表自己观点。

"我也赞成放弃这个标的，这个标的已经被我们掏了一遍，现在又没了市值管理，很快就会迎来大群的壳资源竞争者，那样的成本会很高。"眼镜美眉章吴艳翻了一下笔记，表示认同腾超敏的观点。

"质权人会不会和我们有同样目的？"技术男方泰则更关心与技术相关的制约因素。会议间，信研部给万小红打了通电话，"已经查到，质权人是天使财富的杨富林。一共支付了魏志航两亿八千万元，还有一个亿作为后期费用。"

"好！知道了。继续跟进，了解杨富林的动作。"

第四章 美人心计

"根据天使财富目前的动作，杨富林有可能想利用这次机会借壳上市。"

"嗯。你十一点半到我办公室。"万小红挂断电话，心中已经有了主意。于是向投行部交代工作任务，"这个项目我们势在必得，大家开始着手并购准备。唐山，你负责毒丸战术预案；腾超敏，你负责焦土战术预案；章吴艳，你负责审计组协调工作；方泰，你负责法务组协调工作；刘强，你负责并购方案，要有完整的紧急预案。好，今天的会议结束。"

"通知公关部，马上到会议室开会。"开完投行部的会议，万小红拨通秘书电话，安排公关部紧急会议。

"今天下达一个重要任务，这个任务只许成功不许失败。"公关部六人小组还没完全落座好，万小红就开始了话题。

"保证完成任务！"公关部的团队士气历来都是最好的，而且团队意识也是最强的。

"三件事，第一件事情是关于胜天火电十大股东的公关工作，第二件事情是监管部门的公关工作，第三件事是国际投资银行协会会长万三省的公关工作。两人一组，你们先自己分，两分钟后给我答案。"万小红虽然是个强势的人，但对于公关部，历来都是民主管理。

"我和金美美负责监管部门，因为这块我们长期跟进有基础。"

"我刘氏姐妹搭档吧，负责投资银行家协会那边，我想挑战一下新领域。"

"那我们就去会会胜天火电的股东吧。"六个人自主分成三小组，各自承担不同任务。

"OK！监管口的Team主要做两件事情，重点是要确保他们不轻易对胜天火电下手，在我们的运作过程中给予一定的方便；另一件事情就是，让他们时刻关注魏志航名下的股票动向，尤其不能让他们轻易过户。"

"你们姐妹一直搭档得亲密无间，这次投资银行家协会那边要多费心。目前所掌握的信息反映，胜天火电的控股人将名下全部股票质押给了天使财富，连股票转让协议都已经签好；一旦债务方到期不履行责任义务，胜天火电52%的股票将成为天使财富的，而整件事情的幕后操盘手是国际投资银行家协会轮值主席万三省。他是厉害人物，被称为'隐形首富'。所以，对付他需要动之以情晓之以理，同时给予合适的利益，才可能打动得了此人。公关目的是让他设法说服杨富林将手上的股份转让给我们。至于胜天火电口的Team重点做好十大股东的关系，一方面为之后的资产重组铺路，一方面要预防天使财富的债权生效。"万小红一口气将工作交代下去。

"保证完成任务！"三个小组异口同声应答。

"另外，投资银行家协会那边要格外留心一个人，这个人是万三省的外脑，人称'智多星'，是个极其聪明而且很擅长并购和反并购战略战术的神秘人物。还有，大家对外统一打图牛基金的旗号，不能透露我们的背景情况。关于图牛基金的资料，待会会发到各位的邮箱。"

"老大，能否提供万三省的相关资料？"

"可以！相关人物的资料待会儿会分别发到大家邮箱。大家要发挥好Team spirit，按时保质完成任务，加油！"会议结束，整个公关部忙了起来。

初秋，早上的风很凉爽，空气干燥得紧。沈强一如既往地寅时起床，卯时出门，天没亮就到办公室处理各种报告和待批示的文件。他总是习惯性地把头一天秘书呈放在桌面上的文件在天亮之前处理完，然后将白天的时间用在会议和接见客人上。当沈强习惯性地打开自己办公室大门，一股浓浓的烟味呛得他作呕，咳了好一阵子才缓过神来。沈强定神一看，自己采用军方九级加密技术加密的电脑竟然被人打开了，自己座位上还趴着一个陌生人，不由大惊，冲着陌生人大吼："是谁？！"

沈强转而大怒——他的座位，从来不允许任何人坐，更不允许任何人在自己办公室抽烟。这规矩是全公司的人都知道，甚至上下游客户都知道的，所以从来不会有人去为此冒犯这位长得像死神一样的沈大老板。这下可好，竟然有人不知天高地厚地触碰了沈强的全部底线。

第四章 美人心计

"吵死了！刚睡下，吵什么吵！"趴桌面上的人头也不抬，懒洋洋地抱怨。

沈强拨通保安室电话，打了半天没人接，最后拨通了110。约莫二十分钟，110民警赶到了现场……

一个十七八岁的小伙子，一脸不耐烦地被民警从沈强座位上拽起来。经过盘问才知道，小子叫庞秀明，是保安室老庞的儿子，天生的网虫。庞秀明从三岁开始就对电脑莫名地痴迷，无论到哪里，只要看到电脑，庞秀明就千方百计地要玩上一把。从读小学开始，他天天逃课玩网络游戏，老庞的所有收入几乎都被他用在网络游戏上。老庞就这么个独生子，虽然是个败家子，但也无可奈何。这天老庞因为老伴半夜哮喘发作，不得不赶回去送医院看医生。为了不麻烦其他同事，临时让儿子顶替自己值半个晚上的班，出门前一再叮嘱不能碰公司保安室以外的任何东西。可小子天生是个叛逆，从来不把老子的话听进耳里。庞秀明一个人待着值夜百无聊赖，忍不住就打开公司电脑玩游戏。可所有电脑都开了一遍，但全部配置太低玩不好大型游戏，只有沈强的电脑玩起来够爽，所以就发生了前面的一幕……

"我电脑上了军方的超级密码，你是怎样打得开的？"沈强已经极其愤怒，但又带着好奇怒问庞秀明。

"哼，超级密码？军方的超级密码就这等雕虫小技吗？就算你用上最先进的X-Te防黑客加密技术也难不倒小爷我。何况你用这么落后的加密方法呢。"庞秀明得意扬扬地，不屑一顾地瞟了一眼沈强。

"你是从哪学的黑客技术？"公安民警看到庞秀明傲慢的样子，不由得有点生气。

"什么黑客技术？破译密码只是网络玩家最基础的本能，这也算得上黑客技术？"

"放老实点！你可知道自己已经触犯了刑法？"公安民警看到小子不识好歹，不得不搬出法律。民警正在盘问庞秀明，突然听到"咚"的一声，所有人迎声望去，看到一个人倒在通道的地上。

老庞知道沈强的工作习惯，所以天未亮就从医院赶回到办公室，想在沈强到达之前把儿子替换回家。可没想到，他还是来晚了一步。一进门看到保安室没人，反倒是董事长办公室灯火通明，而且有警察在走动，老庞心中隐隐泛起了不祥的预感。走近董事长办公室，远远看到自己儿子正在被警察盘问，老庞也许因为太劳累，也许因为太着急，两眼一黑，倒下了。

看到有人躺在地上，大家一下子把庞秀明的事情给抛之脑后，冲向老庞的身边——120拨打了半天，竟然没人接。人们折腾了大半个早上，终于把老庞送到了医院。这一连串的事弄得沈强很是郁闷，却有气无处发。

沈强将办公室所有能通风透气的地方都打开，然后又是开空调，又是抽风机，但室内的烟味还是让他很难受，心里也越发生气。但看着大堆的文件，他还是很快迷在了工作上。

不知不觉，已经是上班时间，各岗位的人陆续上班。老庞儿子的事情不知由谁传出，竟然一下子在全公司传开了。每个人都在为老庞捏了把冷汗，都觉得他的职业生涯到尽头了。果不其然，午休前人事部在人事公告栏贴出了老庞请长假的告示，老庞的工作将暂由其中一位保安顶替。

初秋晌午，风和日丽，原本枝繁叶茂的梧桐开始稀疏凋零，繁华的都市秋意渐浓。一辆劳斯莱斯驶入沪上第一高楼的地下停车场，两位英式管家打开车门将郝本翔迎上车，然后径直驶出大楼，直奔国际金融大厦。大厦共99层，80层至88层是新富豪俱乐部会址。大厦共十部电梯，俱乐部独享四部。电梯从地下专属车库直达80层至88层，进出需会员刷脸和声音验证，从电梯开始就能让人感受到俱乐部的私密性和高档程度。俱乐部的奢华则从进入电梯的第一眼就能如见一斑——纯白金打造的楼层按钮板，顶级黄水晶做成的按钮。电梯宛若置于鱼缸之中，四壁皆是湛蓝的海水，世界各国的名贵鱼儿在海里穿梭游戏，让人仿佛置身海底世界。

"郝先生好！欢迎光临新富豪俱乐部！"一路迎来的侍应生见到郝本翔，都恭谨地称呼其"郝先生"。相传新富豪俱乐部的所有服务人员,上到总经理,下到扫地阿姨,都能准确叫出每位二次光顾的客人名字和兴趣爱好,看来这点并非传说。郝本翔是第三次来到俱乐部,而且与上一次间隔已经大半年。常人再好的记忆也很难记住偶尔来访的客人的面孔,记住姓名更困难,他们是怎么做到的呢?郝本翔一边走一边在思考俱乐部用什么方法让这些侍应生的记性变得这般好,却始终没有想明白。郝本翔一面在回味被别人记住名字的美妙感,一面在琢磨着俱乐部的这种记忆能力能不能系统化,复制到各行各业,帮助更多企业提高客户服务体验。思绪还未得到充分发挥,他人已经来到了俱乐部的接待厅。

80层是俱乐部接待大厅,所有会员和准会员办理业务都是在这楼层办理。大厅被装潢得古香古色,犹如偌大的博物馆。走出电梯映入眼帘的是一尊纯金打造的三足巨鼎,象征着一言九鼎;侧面摆放着一匹秦代青铜战马,象征着马到成功;左侧是俱乐部的接待台,接待台的背景墙上挂着一幅张大千的《江山万里图》,象征宏图万里。

88层是鸟瞰黄浦江两岸美景的最佳位置,可以做到360度环视。这里有这座城市最奢华也是最昂贵的餐厅,还有四十套七星级标准的卧室,每晚收费五千至两万美元不等。由于豪华无比而且楼层又高,这里看起来就像天堂。

郝本翔第一次光顾新富豪俱乐部是两年前的一个晚上。他突然接到好友邀请,参加一个神秘的酒会。那晚,他被宣布成为俱乐部提名会员。第二次是半年前申请成为正式会员时来过,这是第三次。几千平米的大厅,常常被布局成六至八个主题艺术品展,古玩、字画、珠宝、玉石、名家艺术品等,内容丰富多彩。每个不同主题的展区根据内容,错落地围绕在各种名贵红木家私周边,如同无数个风格各异的贵宾室。这里每天都有一个展区更替新的主题内容。郝本翔第一次来看到的主题是英国皇室珍宝展;第二次来看到的主题是战国器皿展;这次的主题是收藏级翡翠展。郝本翔是骨灰级翡翠玩家,看到如此盛大的顶级翡翠展出,忍禁不住走向展区。入眼的是本次主题展出的主办方简介,一个熟悉的名字映入眼帘——碧泓翡翠!这是之前令蓝提过的名字,不承想竟能在俱乐部看到他们的展览。整个翡翠主题展区分为四个内容：最靠近接待台的是顶级翡翠首饰，手镯、戒指、耳坠、项链、胸针……两百多件皆是高冰种至玻璃种级别的翡翠作品，件件九分水以上，每件都有着独一无二的特质，可谓收藏级中的精品；左边是名家翡翠精雕摆件，有郭石林的梅兰菊竹四大摆件、高祥的百鸟朝凤、刘林阁的荷塘秋景、刘国兰的百花争艳……五十多件每件都是名家大作，材质全部选用水种色俱佳的翡翠原石精雕细琢而成。右边是手把玩件及玉牌佩饰，玉质之精皆是万中挑一，手工之细皆是丝毫讲究。正前方是赌石区，大大小小的翡翠原石摆于展架之上，有绿得让人尖叫的开窗件，有通透得仿佛清水的对开，还有让人看了爱不释手的剥皮件。近百件原石一直延伸展示到走廊深处，郝本翔一件一件地端详。侍应生看到郝本翔专注于欣赏展品，就站立在远处，没有打扰他。郝本翔走到走廊深处的时候，听到包厢里一男一女的对话，感觉好生耳熟。

"基金募集顺利吗？"

"非常顺利，四十亿元的目标已经提前完成。我们通过反复炒作已经获得将近两亿元的盈利，这只是二十个交易日的时间。"

"我们的目的不是盈利，而是拿下对方的控股权。"

"当然！这点我们绝对专业无须提醒。"

"嗯，不是提醒，是着急。我这边已经投入了十二个亿，既然要做就速战速决！"

"哥哥，你又猴急了吧？我们这么做有这么做的道理，时机没到还不能告诉你全部缘由。从表面上你至少可以看出，这么做有两个好处：一个是赚到更多的钱，满足投资人的高回报期望；另一个好处是，反复炒作可以让股民和监管层习惯这种涨涨跌跌，进而让习惯变成自然，这样会对我们后期的运作有很大的好处。"

"亲爱的，你们是专家，这点我深信不疑。只是第一次做这样的事情，心里没底气嘛。"

"你放心，我们保证能在预定的时间内将你的公司装到那只壳里面，帮助你完成借壳上市。"

"好好好！我们很久没有那个了，是不是……"

"你呀，成天就想占我便宜！"

"哎呀呀！怎么变成我占你便宜啦？情侣嘛，当然要经常增进感情啦。"

"讨厌……"

"丁零零丁零零……"郝本翔不由自主地一步步接近包厢，想偷偷探头看清聊天的人是谁。包厢内的人突然有手机响起，惊得郝本翔快速倒退了好几步。一串甜美的声音和高跟鞋拖地的声音越来越接近包厢门口，郝本翔便转身轻轻走开。正好赶上姜有为朝他招手，示意到大厅办理指纹录入。此时，一阵"乒里乓啷"刺耳的声音和女人"啊……"的尖叫声，打破了整个楼层的安静，声音还在空间中回荡。原来包厢内的女人接到电话，可能是不便让男人听到，所以一面接着电话一面走出包厢，不小心撞上了门口的艺术品展架，将一件19世纪的欧洲皇室水晶花瓶摔落，碎了一地……刚到大厅转角的郝本翔闻声望去——那不是自己的梦中情人Miss Wan吗？一道靓丽的身影好生熟悉！

"Miss Wan！"郝本翔脱口而出，随后以闪电般的速度冲向吓得躲在角落的美女。

"您是在叫我吗？"那美女听到有人好像在向自己打招呼，惊魂未定地缓缓转过头。原来包厢内对话的女人是Mini！

"Miss Wan？"郝本翔看到对方似乎很诧异，觉得有可能认错人了，又带着询问的口吻唤了一声Mini。

"啊……"Mini定神一看，乖乖！竟然是一位帅得令人尖叫的美男子。一股莫名的激动使得她想站起来，这时候才发现自己惊吓过度扭伤了脚，这么一动脚疼得厉害。

"你还好吗？"郝本翔敏捷地扶住Mini，心疼地问。

"Miss Wan？你刚才是在叫我吗？"被大帅哥搀扶，可能是肾上腺的作用，刚疼得要命的脚竟然不那么疼了。

"抱歉，可能是认错人了。"郝本翔很难相信，世界上会有两个长得一模一样的人，但眼前的人似乎并不是自己的梦中情人Miss Wan，否则怎么会对自己这样的称呼感到诧异呢？

"Nice to meet you！我是Mini，米倪，大米的'米'，人儿'倪'。"

"Nice to meet you！"郝本翔见到Mini做出握手的姿势，便伸手迎了上去，两人紧紧地握住了手。Mini感受到一股如电流般的暖流从眼前这位美男子的手迅速传遍自己的整个身体，整个人被电木了一般变得好迟钝。郝本翔就像握住了自己的梦中情人的手，久久不舍得松开。

"你弄疼我啦！"Mini木了一会儿反应过来，很不好意思地提醒郝本翔。

"Oh Sorry！"郝本翔发现自己的失礼，快速松开了Mini的手。两人的脸唰地红得发烫。

Miss Wan是郝本翔在哈佛攻读博士时遇上的女孩，当时即将毕业，导师为了更直观地帮助学生了解企业运营与资本运营的利害关系，特意通过自己的人际关系，邀请到了曾就读于哈佛，现已成为华尔街资本巨子的Mr Hong到学校演讲。不巧的是，Mr Hong在国外赶不回来，只能安排他的得意门生Miss Wan"代师出征"。就是这么一次机缘，郝本翔莫名其妙地疯狂爱上了身材高挑、美艳动人的Miss Wan。在很长一段时间里，郝本翔的脑海里，只有Miss Wan的一颦一笑和讲课时优雅的举手投足。郝本翔的整个世界充斥着Miss Wan的身影。一种说不清、道不明的爱，化成隐隐作痛的单相思，无时无刻地侵蚀着郝本翔脆弱的心灵，导致原本学习成绩遥遥领先的学霸瞬间跌入倒数。没有人知道郝本翔的世界发生了什么，也没有人真正在意过郝本翔的退步。要命的单相思让郝本翔茶饭不思，乃至后来毕业论文重复了三次答辩才勉强毕业。

毕业三年，对于很多人而言，只是一晃而过。然而对于郝本翔而言，却是一段痛苦且漫长的岁月。因为思念，所以度日如年。

三年间，为了创造与Miss Wan再次碰面的机会，郝本翔想方设法面试十几次Miss Wan公司的工作，结果全因为专业不对口被拒绝了。不死心的郝本翔最

第四章 美人心计

后在华尔街的一个报刊亭找了一份工作，期待这某年某月某日的偶遇。然而老天并没有眷顾过他，郝本翔花了整整三年时间创造与Miss Wan相遇的机会，结果熬了三年连Miss Wan的影子都没见着，也没有丝毫关于Miss Wan的消息。郝本翔曾冒充快递员送快递到Miss Wan的公司、通过邮寄快递的方式试图把自己的联系方式和爱慕之意传递给Miss Wan，结果都以"查无此人"无疾而终。一个活生生的人，似乎就从那次给郝本翔等人讲了课之后便人间蒸发，任凭郝本翔伤透了脑筋也无从联系上Miss Wan。

颓废了三年，郝本翔带着无尽的伤感和失落，决定忘记那个令自己发疯的女人，回国创业。

然而，尽管身为世界名牌大学的管理学博士，但回到离开了数年的城市，还是显得无所适从。短短十年不到的时间，这座城市早已物是人非。儿时的玩伴以及中学时的同学因工作、家庭、事业等种种原因，要么人各天涯，要么无法再玩到一块。走在既熟悉又陌生的城市里，郝本翔一片茫然。

连成珏是郝本翔回国以来，给过他最多帮助的人，可以说是掏了心窝地帮助郝本翔的哥们。他一直不离不弃，既鞭策又处处仗义维护，甚至无条件砸下百万现金帮助郝本翔创业，这种情谊连手足都难以做到。用郝本翔的话说就是："连成珏就是我生命中的贵人和恩人"。

虽然华尔街是一个遍地黄金的地方，全球最有钱的人几乎都与华尔街有着千丝万缕的关系，但郝本翔在华尔街卖了三年的报纸，积蓄却极其有限。因为郝本翔将更多的时间用于打探Miss Wan的消息，在赚钱方面投入太少。此时，虽立志回国创业，但少得可怜的积蓄没等郝本翔确定创业项目就已经见底，仅有的积蓄已经无法支撑他继续消耗。而一起长大的好哥们连成珏，此时已经是亿元身家之人，他的运达储运年利润好几千万元。看到自己的发小竟然身处水深火热之中，连成珏主动伸出援手，不断帮助郝本翔解决各种困难，并出谋划策、推荐资源，只为帮助这病得不轻的"海龟"尽快脱离苦海，重获新生。

"兄弟，你知道你出国留学，一去就是七年，这让多少人嫉妒你吗？"

"谁嫉妒？包括你吗？"

"我想说的是，你现在简直让人失望至极！"

"你什么意思？看不起我了是吧！"

"堂堂常青藤博士，竟然为一个女人搞得自己失魂落魄。看到你现在颓废的样子，我好想狠狠揍你！"

"来，你就狠狠地揍吧！——话说，你是怎么发达的？"

"我运气好呗。想学不？"

"学不来，但很好奇。"

"哈哈！话说当年，老哥我没钱做生意，好不容易凑了一万多元，让人帮忙垫资搞了一家贸易公司。刚开始贸易量很小，每次发货为了节省点物流费用，都是求爷爷告奶奶地，像孙子一般求那群物流公司王八蛋，没少受他们的气。我当时就想，哪天老子发达了杀入这个行业，把你们这群龟孙的全灭了，看你还牛不牛。可能是老天开了眼，我遇上了你嫂子。她家有几个钱，他老爸非常看不起我这穷小子，而他女儿非我不嫁。他老子气得不行，所以就私底下甩下五十万元现金给我，让我离他女儿远一点。那么多钱，我当然不介意啦，结果拿着他的钱去做了现在这家公司，然后偷偷地继续和他家女儿交往。后来我做大了，他女儿肚子也大了，他也就只能一个人咬牙切齿地干发飙……哈哈哈！"

"哈哈哈！结果就完事了？"

"要不然还能怎样？"

"唉！真是造化弄人啊！"

"这话从何说起？"

"当时的捣蛋鬼，校里的最最差生，现在竟然变成腰缠亿万的土豪了。而我，自命不凡的所谓尖子生，堂堂常青藤博士毕业，现在不但情场失意，还前途未卜，这不是造化弄人是什么？"

"你确实很不像话！枉费了哥哥当年对你羡慕嫉妒恨！"

"唉！"

第四章 美人心计

"别他妈老是这样子唉声叹气的,晦气!我告诉你,你要是男人,就拿出点男人的气魄来!目前你至少有三条路可以选择,一条是滚回那该死的美国去;一条是到我公司来做事,你想坐什么位置都行,包括我的位置,至于收入嘛,我给你空白支票,数字你自己填,这样够诚意了吧?"连成珏盯着郝本翔,欲言又止。

"那第三条路呢?"

"第三条路是,你来创业!大哥我无条件支持你!要人、要地、要钱,还是要资源,只要你需要,大哥我决不说个'不'字。当然,机会只有一次哦!"

"我回国,确实是想自己创业。不过我花了一个多月做调研,根本没有适合我的创业项目。"

"不是没有适合你的创业项目,是你没有放下身段,没有放低眼界。我们的国家现在处于高速发展期,可谓遍地黄金,机会遍地都是。"

"我真心没什么身段,就是想好好找个能托付终身的事情来做。"

"托付终身?笑话!这个时代还有这样的事?"

"怎么没有啦?"

"怎么有啦?你举个例子给我看看。我就说嘛,问题在你身上!无论就业还是创业,首先得从自己力所能及的事情开始,从微不足道的事情开始,然后再去考虑发展壮大的事情,再谈托付终身的事情。连对象都还没找着,就想着白头偕老,未免有点——唉!不说你了,总之,只有等到你有了扎实稳定的经济基础,你那些伟大的理想才有实现的机会,否则那只是空想。"

"没头绪!"

"诶,不然玩点刺激的呗!"

"什么刺激的?"

"你以前不是爱捣鼓一些创新发明吗?敢不敢尝试一些未来科技,就是科幻片里的那些技术?"

"未来科技?科幻片?你傻啦?"郝本翔听到从连成珏嘴里蹦出这么个想

法，觉得很是意外。

"我没傻！倒是你，白在美国混了七年！你回想一下，十年前科幻片上出现的技术，现在是不是有很多都变成现实了？也就是说，现在科幻片上的技术，也许在未来的十年甚至三五年就真的都实现了。如果将这些科幻技术变成现实的人是你，那该多牛逼啊！"

"哦！被你这么一说，似乎真有点意思哈。"

"当下的大片里面出现最多的画面是什么？"

"机器人！"几乎异口同声地，两人脱口而出这样一个答案，然后对视了一眼，哈哈大笑起来。

"对，这肯定是未来的大趋势！博士，开干吧？"

"只是……"郝本翔大笑过后支支吾吾地欲言又止。

"怎么，是担心创业本钱吗？我借你一百万元创业本金，亏了算我的，赚了你看着办就行。如果不够的话，我再想想办法。"连成珏看出郝本翔心中的顾虑，于是主动提出了这么个方案。

"那不行，我得算你股份，如若这样子，你就是我的天使投资人，咱四六分，你六我四。"

"别，你把股份留着给合适的人，哥俩不谈这个。你若执意给股份，我这钱就不借了。"

这一次谈话过后，郝本翔豁然开朗，因为从任何角度分析，机器人项目都前途无量，于是决定从机器人入手做自己的创业项目。而当时的所有创业者还停留在电子商务和门户网创富狂欢上，对于这种虚无缥缈的项目，根本没人看好。郝本翔约见了三四百人，结果没有一个人愿意跟他一起干。因为郝本翔不是科班出身，学的是管理学，对机器人，甚至对互联网的理解都是很浅显的。没有人相信这样的人能够做出科幻片那样的机器人，更不相信这样的人能在机器人项目上获得成功。

最后，郝本翔连哄带骗地好不容易弄了两个学弟加入了他的创业项目。

第四章 美人心计

为了节省开支,郝本翔租了一间很偏僻的民宅,买了两台二手台式电脑和一批从废旧市场淘来的汽车零配件,敲敲打打、点点焊焊地折腾了半年多,费尽九牛二虎之力终于弄出了一款类似于变形金刚的机器人来。然后,他熬了六七个通宵,做了一套机器人解说图,重新启动合伙人招新计划。结果所有人看到郝本翔的办公室和机器人都嗤之以鼻,因为郝本翔折腾出来的所谓机器人,只能简单做几个动作,和装饰摆件相差无几。和电影中的机器人相比,他做的简直可以让人笑掉大牙。

郝本翔也知道自己的机器人只有其形,还很难做到替代人做事的程度。之所以做这么一尊机器人,目的是想告诉大家"我是认真的",但绝大多数人只相信自己的眼睛,对于没看到的东西基本都是保持怀疑的态度。无奈,郝本翔带着满腔的激情,却屡屡碰壁,连找个员工都如此难,不免内心开始泛起了一丝凄凉。

周末,经历了无数拒绝后的郝本翔带着无限沮丧的心情,百无聊赖地翻阅招聘网上求职者投递来的简历,郝本翔逐个电话邀约。结果,打了近百通电话都约不来一个人。因为大部分求职者都是通过"一键群发简历"功能投递的简历,很多人根本没了解过郝本翔的豹丰科技。当电话中了解到豹丰科技只是一家初创期的企业,而且在一个偏僻的地方,公司只有两三人时,这些求职者都直接挂断郝本翔的电话。好不容易约了两三个答应面试的求职者,结果令郝本翔气愤不已,因为答应来面试的人后来竟然全部爽约……郝本翔耐着性子反复地打电话,向那些求职者描述豹丰科技的蓝图,并且提出了股权激励等优厚待遇。没承想,求职者们无一例外地拒绝了郝本翔,有的甚至把郝本翔的号码给拉入黑名单。在那些求职者眼中,郝本翔的豹丰科技生死未卜,股权对于他们而言一文不值。

历经各种拒绝后,郝本翔已沮丧到了极点,不经意地翻开那些由于匹配度极低而被列入不予面试的求职者的简历库,唯一的一个初中文凭的简历跳进郝本翔眼帘——所有求职者都是本科以上学历,唯一有这么一位求职者只有初中文化。郝本翔觉得有点好笑,出于好奇,忍不住点开简历看了看,果然没啥文化,简历简单到只有"本人初中毕业,学历低,但能力强,可以做高学历做不了的事。如果给我机会，我会给你意想不到的惊喜！我的电话138……"寥寥几句话和一个联系电话。郝本翔越看越觉得有趣，于是尝试性地打了对方电话，对方很爽快地马上前来面试。

让郝本翔跌破眼镜的是，眼前的初中毕业生竟然对机器人如数家珍，而且和其他面试者一样，将郝本翔的机器人批得一无是处，批评的内容竟然还很在理，不差于那些高材生。小子滔滔不绝说个不停："我个人认为，人之所以能够这么厉害，是因为人有一个发达的大脑。所以机器人要想成为像人一样的机器，首先得做一个像人一样的大脑，而不是像人一样造型的机器……"

"你被录取了！"郝本翔和眼前这位名字叫赵文星的半文盲越聊越觉得有趣。虽然话很毛躁，所讲的东西没有那些高才生那样华丽，但都很实在。更为关键的是，无论这小子文化水平怎样，人是很机灵，而且有很多天马行空的想法，有些看似瞎扯淡的话却能给郝本翔醍醐灌顶的感觉。再说，公司也正好需要一个能吃苦的人帮跑跑腿，于是当场拍板留下了赵文星。

"机器人要想成为像人一样聪明的机器，首先得做一个像人一样的大脑。"这句话让郝本翔重新反省了自己，发现自己太浮躁，竟然忘了最基础的物理常识。那么，机器人的大脑应该是什么样的大脑呢？反复分析研究后，郝本翔发现，机器人要想拥有像人一样的智慧，数据和运算能力是关键。而在有限的空间内实现人类大脑一般的运算能力，当前的芯片技术水平根本无法实现。

郝本翔终于理清了自己的事业重心，要发展机器人事业，首先要解决数据储存和数据运算能力的问题。这是机器人项目成败的关键，而不是硬件和外在造型。为此，郝本翔将所有关于人脑的书籍、报道、学术资料，能找到的全部反复研读，试图找到解决问题的新方案。

一年时间转瞬即逝，连成珏借给郝本翔的一百万元创业资本金已所剩无几，而机器人项目除了在数据储存方面有所突破以外，其他毫无进展。项目若要生存下去，还需要至少200万现金来支撑。在经费极其紧张的关键时刻，连哄带骗来的两位学弟决定放弃这个项目，不愿意陪郝本翔继续冒风险。虽然他一再挽留，最终还是没留住共同奋斗了整整一年的合作伙伴。

"郝总，在技术方面，我实在帮不上任何忙。但我这人有个优点，那就是喜欢结交五湖四海的朋友，所以也认识一些创业投资界的朋友。要不您写个方案，我去找人投资，兴许能成。"赵文星看到郝本翔被资金所困，又被合作伙伴抛弃，作为公司的一份子，如果不主动做点什么，公司可能就这么倒掉了，赵文星希望自己能帮助公司渡过这次难关。

"你去？好吧，试试也好。"郝本翔看了赵文星好一阵子，心里笑想，"就凭你，能帮我融到资？"转念又想到现状，看来也只能死马当活马医了。于是郝本翔花了两个晚上，做了一份融资方案。赵文星拿到方案后，看了又看，把全部内容倒背如流。遇到理解不透的内容，他一再求教郝本翔和上网查。直到完全理解了郝本翔想要表达的意思后，他便天天早出晚归跑写字楼地毯式扫写字楼。各种拒绝和冷眼如若是外人早就受不了，而赵文星竟然能屡败屡战，越挫越勇地帮助郝本翔找投资。

赵文星虽然只有初中文化，却是一个骨灰级的游戏玩家，是多款游戏的玩家元老。很多新推出的游戏都会主动邀请赵文星帮忙内测，因此很多刚面世的游戏已经被赵文星玩得很溜。正因为赵文星过于沉迷网络游戏，瞒着父母将学费全部用来玩游戏，结果因为拖欠了学校两年的学费。直到学校找到家长才知道这事，父母一气之下赵文星就这么辍学了。

为了继续玩游戏，赵文星不得不找工作赚钱。所以每天除了玩游戏就是拼命地投递简历，但是半年多了竟然连个通知面试的单位都没有。那天接到郝本翔的面试通知，赵文星简直兴奋得要中风。他到郝本翔的办公室，看到有一台几乎闲置的电脑，便来了精神。心里在想："只要老板答应让我在下班时间使用公司的这台电脑玩游戏，就算一分钱工资不给，我也干了。"也许是冥冥中注定，一个哈佛博士，一个初中毕业生，鲜明的反差，最终成为研发机器人的搭档。这样的安排，若不是缘分所致，实在找不出更好的理由解释了。正所谓无巧不成书，两个学历背景相差十万八千里的人，走到了一起，而且创业融资这么高大上的高难度技术活，竟然被这么一个半文盲人士给做成了，这是后话。

赵文星入职以来，郝本翔就没期望他能做点什么，所以没安排过任何有关机器人的工作，只是让他帮自己跑跑腿、买外卖、搞搞卫生什么的，工资也低得可怜。从某个角度说，赵文星只是豹丰科技的边缘人。但赵文星极其珍惜这次机会，因为老板同意在他每天下午四点至九点这个时间段使用公司电脑，但不能碰与工作相关的任何文件。赵文星一口应承了下来，郝本翔也没在意过赵文星平时用电脑来干什么，就这样一晃竟然过了一年。

赵文星拿着郝本翔临时赶出来的融资方案，见人就拉着介绍，很多人认为他在搞传销或者集资诈骗，都离他远远的。凑巧的是，赵文星在网络游戏上偶遇一位同样是骨灰级游戏玩家King，对方说自己对豹丰科技很感兴趣，希望能见面细谈。赵文星简直乐坏了："择日不如撞日，不如就现在吧。我过去，或者你过来都可以。你觉得怎样合适？"

"要不这样子吧，我们找个距离你我都比较中心的地方，静一点的咖啡厅见面好了。"

"你说了算！"

"好，待会我发地址给你。"

"OK！"有人能对豹丰科技感兴趣，赵文星兴奋得手舞足蹈。他挂了电话立马找到一家文印店重新打印了一份计划书，并且进行胶装，然后冲向地铁站。

King，一位资深投行掮客，此次约见赵文星其实不是对赵文星的方案真感兴趣，而是对赵文星刚刚赢得的一件游戏装备感兴趣，那是King梦寐以求的。他见赵文星的真正目的是想套近乎，然后凭借三寸不烂之舌说服赵文星以更低的价格卖给自己。所以King借口说对方案感兴趣，争取见面机会。

两人相约在一家五星级大酒店的一楼咖啡厅见面，King声明必须由自己买单，否则就不见赵文星。赵文星感到很意外，有投资人请客当然很开心。两人见面相谈甚欢，从网络游戏谈到人生、从人生谈到机器人、从机器人谈到未来世界……赵文星虽然文化程度不高，但天生对这些东西着迷，有时间就钻进这些信息里去，所以聊起这些东西显得极其专业，让King觉得很意外。

King见到赵文星，满心思就是想着怎样说服赵文星把装备给自己，所以King不断设法把话题拉回游戏；而赵文星满脑子想着怎样帮助郝本翔争取到投资，所以见缝插针地不断提起融资方案。要是往常见的融资需求者这样子，赵文星肯定会找借口尽快离开，但这次醉翁之意不在酒，所以就耐着性子聊了很多。赵文星对郝本翔的忠诚和负责任让King出乎意料，不得已，他只好从头到尾将郝本翔的方案看了一遍。King越看眉头越皱得紧，让坐在一旁的赵文星直冒汗。

"这是你老板写的？要不是看在兄弟你的份上，这么垃圾的融资计划书实在令人不忍目睹！简直烂透了！"King翻了两页就破口大骂。

"请不吝赐教！"谈起计划书，无论别人怎么评价，赵文星都很恭敬地起身鞠躬。

"不如我们来谈个交易如何？"King看到赵文星的表情，心里打起了新主意。

"您大方说，只要能融到钱，您让我干什么都成。"赵文星听到King谈交易，觉得有戏唱，眼前一亮又起身鞠了一躬。

"别搞得这么夸张，我们都是同款游戏的玩家，而且你的级别比我高，在这方面你是我前辈。那么，在融资这件事情上，我看得出来，你是什么都不懂，你老板也不懂，而我恰恰是这方面的专家。看来，我们可以这么合作——你甭鞠躬，我受不了，我讨厌这种奴性文化。"看到赵文星又准备给自己鞠躬，King拉住赵文星的手，挡了回去。

"好，那我要做点什么？"

"那我就不拐弯子了哈。"

"直说。"

"这份计划书不可能融到资金的。要想融资，得做一份像样的商业计划书，这是融资最基本的工作，这点我能帮上忙。不过，我这个人从来不做亏本的买卖。"

"老实讲,我们已经断粮一个多月了,要钱的话,公司肯定拿不出钱来。"

"这点我早就看出来了!所以,我说可以做一笔交易呀。"

"什么交易?"

"这样子,我先说价码。我一般做一份商业计划书收费是二十万元起,像你们这状况,不但要做计划书还得做项目策划包装,需要投入大量精力才可能做好,这种情况我的收费至少五十万元。明显你们现在拿不出这么多钱。但是,看在咱俩的缘分上,我们可以这么合作——方案我先做,暂时不收钱,但是融资成功后,我要提融资总额的10%作为我的回报;另外,你刚刚打下来的那件游戏装备免费送给我,这算是定金。你看,这两个条件可以接受吗?"

"哈哈!原来你打的是这个主意啊!嗯……算了!"

"你什么意思?"King盯着赵文星,看他有什么反应。原本King内心是想先提出一个过分的条件,然后再慢慢砍价,直到以最低的代价拿到赵文星手上的装备。听到赵文星蹦出一个"嗯,算了",他心一紧,认为自己的计划泡汤了。King正打算主动降低条件,赵文星竟然又蹦出了后面一句话:"为了融资,豁出去了,装备免费送给你没问题,但10%的提成我得请示一下。"

赵文星起身离开座位,拨通了郝本翔电话,将事情大致讲述了一番。郝本翔原本就没怎么抱希望,所以就答应了10%提成的条件。King看到赵文星脸上的微笑,知道事情比自己想象的还顺利,嘴角不由地掠过了一丝笑意。

"虽然10%对我们而言确实是一笔不少的钱,但在目前状态下,能融到资金更为重要,所以我们就这么说定了。我免费把刚打下来的装备送你,你帮做一份专业的商业计划书。融资成功后,提融资总额的10%给你。"

"OK!"两人口头达成了协议。

King如约准时来到豹丰科技办公室,看着三十多平米的小房间,只有两台电脑和乱七八糟的工具,眉头皱了起来,心凉了半截。幸好郝本翔没有像往常一样,对别人爱理不理的,对于这位融资中介竟然还算热情,King对郝本翔的印象还不错。原本打算敷衍了事的King和郝本翔聊天过程中，目光不断搜寻眼前这家创业公司有没有包装的亮点。如果有可能融到钱他就下点功夫，如果没什么亮点就糊弄一份计划书敷衍了事。郝本翔哈佛大学博士生的身份让King打起了精神，而且实实在在投入了一百万元做了事，机器人属于未来的东西……还真有可挖掘的亮点，说不定这次的不经意运气好的话能赚个百来万辛苦费。King在心里不断盘算，评估自己的付出划不划算。

"郝总，我很敬佩你的勇气和毅力，同时觉得你是个做实事的人。但是，目前的情况确实很不利于你融资。尤其是，你的办公环境很难让投资人提起信心。"King在本子上计算了一大串数字后，看着郝本翔。

"感谢！你看我这里要怎样调整才能获得融资呢？"郝本翔心里在想，谁不想搞个高大上的办公环境？老子这不是没钱嘛，有钱还找你个屁啊。但嘴里却说得很恭敬。

"我刚才反复研究了你这边的情况，你这边不仅仅缺一份像样的融资计划书，更缺一份商业计划书。"

"融资计划书和商业计划书有什么区别吗？"

"很多创业者认为这两者没区别，其实区别很大。从某个角度讲，融资计划书只是商业计划书的一部分。商业计划书概括面更广，至少包括项目的技术模式、经营模式、合作模式、盈利模式、财务计划、战略规划等。而融资计划只是针对融资，项目本身阐述要点，重点在于融资内容。这么说能理解吗？"

"嗯，我需要怎么做？"郝本翔并没有对King抱太大希望，只不过对方既然是事后收费，做做也无妨。融不到资金他没损失，所以就耐心地陪着King。

"你大致讲一下你的创业计划，我帮你理顺理顺。重点讲述几点：你在做一件什么样的事情，你为什么做这件事情，你打算怎样去做这件事情，你的产品/服务的受益者是谁，谁为这些产品/服务买单。换句话说即是，你打算通过一个什么样的产品/服务去赚钱，以什么样的形式或方式将你的产品/服务变成钱。这些你必须要搞清楚。

"另外，讲讲你的发展计划，你还要有一个看起来比较靠谱的发展计划。比如，你未来一年能做成什么，三年能做成什么，五年能做成什么，你打算怎样来实现这些目标。

"再者，你要讲明白你打算融多少钱，这些钱打算怎么用，用完这些钱能做成什么，投资人什么时候开始从你的项目中赚到钱，能赚多少。差不多就这些。"King一口气把商业计划书涉及的系列核心问题讲给郝本翔听。郝本翔全然傻眼了，因为绝大部分的问题他连想都没想过。被King这么一提，他觉得自己确实需要冷静下来仔细分析一下了。

整整一周时间，郝本翔完全配合King，将整个项目详细理顺了一遍。在King的指导下，重新制定战略、重新制定目标、重新制定计划、重新制定执行方案，终于理顺出一套清晰的创业思路，King做起商业计划书来也变得轻松了很多。当郝本翔看完King呈交的一份简化版的商业计划书和一份两万字的详细版商业计划时，不由惊叹："不愧是专业人士啊！这么专业、系统、简单明了的文案，就算给我一年也做不出来，你这才一周时间竟然就搞定了，佩服佩服！"

郝本翔完全改变了自己对King的态度。此前，郝本翔一直觉得掮客都是一群骗子，凭借三寸不烂之舌，到处忽悠，笨一点的就被上当受骗。而King的专业程度，绝对是靠实力吃饭的，这使得郝本翔刮目相看。

"房总，什么样的条件才能吸引到像你这样的人才加盟豹丰科技？"郝本翔反复看了又看简化版的商业计划书，竟然打起了King的主意。

"哈哈哈，感谢郝总抬爱！我这个人懒散惯了，而且喜欢到处漂泊，创业不适合我。"King倒不是托词，他本人确实是一个喜欢到处飞的人，五湖四海到处都留有他的脚印和种子。

"房总，加盟豹丰科技吧！我们真的很需要你！虽然我们现在条件很差，但一定会好起来的。经过一年多的研究，我已经掌握了机器人的核心技术，此次融资到位就能转化成产品——什么条件你开，我照单全收，加盟我们吧！"郝本翔很有诚意地盯着King，心里暗想："无论如何，得想办法将此人拿下。"

第四章 美人心计

"再次感谢郝总的盛情,但我还不想将自己绑定在项目上。看在咱们的缘分上,为了顺利融资,你可以将我写进你的团队里去,挂名充当你的团队成员,但我暂时不能接受你的邀请,实在很抱歉!"King把话说得很白,郝本翔也不好再强人所难,只好暗自叹息。

"既然如此,本翔也不好强人所难。豹丰科技的大门随时为房总敞开,希望某一天我们缘分所致,能得到房总你这样的合伙人加盟。"

"好,哪天我不想漂泊了,再来投靠郝总,希望到时候你不要嫌弃哈!"

"一言为定!"两人对视了一眼,哈哈大笑起来。

"能有幸认识郝总是我房某的荣幸,你这个朋友我交定了,我这个人到处漂泊,今天一别也不知道什么时候才有时间和机会再碰面。有一套模式能让豹丰科技快速发展壮大,临别前想送给郝总,不知郝总是否感兴趣?"

"当然!求之不得啊!"

"还是给你分享一个案例吧,这样子可能更容易理解一点。某项目公司创业技术团队拥有一项核心技术,经评估该项技术的无形资产价值50万元。首次融资200万元风险资金,公司总市值为250万元。创业团队将项目公司总股本分为1000股,每股市价是2500元。股权分配比例:创业团队占股20%,首轮投资人占股80%。

"随着公司业务的发展,产品已经进入市场,但公司尚未盈利。第一次融资的200万元几乎用完,于是公司面临二次融资。项目公司在原来1000股的基础上另发行600股售给新加入的投资者,每股价格1万元,即在原来2500元每股的基础上溢价4倍,于是引入培育资金600万元。二次融资之后,公司的总股本从1000股增加到1600股,按1万元的股价总市值增至1600万元。培育资金进入之后,原股东的股权比例分别被稀释了,股权重新分配的比例:创业团队占股12.5%,风首轮投资人占股50%,第二轮投资人占股37.5%。

"第二轮融资的资金给项目的市场开拓注入了活力,产品已经牢固地站稳了当地的市场,项目开始盈利。项目公司下一步需要扩大生产规模,将市场拓展到全国，于是公司面临第三次融资。项目公司在原来1600股的基础上再发行500股售给新加入的投资者。由于公司已经盈利，每股价格在原来1万元的基础上溢价10倍，每股10万元，于是引入第三轮投资5000万元。公司的总股本从1600股增加到2100股，按10万元的股价总市值增至2.1亿元。第三轮融资的资金进入之后，原股东的股权比例再一次被稀释了，股权重新分配后的比例：创业团队占股9.5%，首轮投资人占股38.1%，第二轮投资人占股28.6%，第三轮投资人占股23.8%。

"经过三轮融资后，项目公司通过资产兼并迅速扩张，并创出了公司的品牌。公司上市的时机已经成熟。在上市之前，项目公司需要做一个小小的'手术'，把公司的总股本细拆1万倍，从原来的2100股变为2100万股，股价相应从原来的每股10万元变为每股10元。这个手术主要是为了增加股票的绝对数量，并降低每股价格，以适应对千百万股民的售购。上市之后，项目公司另发行900万股给股民，发行股价比原来的10元/股溢价5倍，每股50元，共筹集公募资金4.5亿元。公司上市之后，原来各家发起的股东股权分别被稀释了，股权重新分配后的比例：创业团队占股6.6%，第一轮投资人占股26.7%，第二轮投资人占股20%，第三轮投资人占股16.7%，上市后的流通股占30%，即全体股民占股30%。

"创业团队以50万元无形资产起家，上市之后其拥有的股本总市值为1亿元，增值了200倍。

"第一轮投资者投入资金200万元，上市之后其拥有的股本总市值为4亿元，也增值了200倍。

"第二轮投资者投入资金600万元，上市之后其拥有的股本总市值为3亿元，增值了50倍。

"第三轮投资者投入资金5000万元，上市之后其拥有的股本市值为2.5亿元，增值了5倍……

"这就是一家创业公司从零开始做到上市的全过程，这也是一套屡试不爽的创业模式,希望能对豹丰科技的发展有所帮助。"

"实在太感谢你了,我一定要好好领悟其中要领!"郝本翔重重地握住King的手,久久不舍得放开。

创业融资,是一件相当辛苦的事情,融不到钱是常态,融到钱是运气。赵文星几乎把所有能找到的投资公司全部拜访了一遍,结果全部吃了闭门羹。

King虽然没有加盟豹丰科技,但在融资过程中帮了不少忙,掏心掏肺地把自己手上的投资人都介绍给了赵文星。功夫不负有心人,历尽千辛万苦后,终有一位投资人对项目有兴趣,在King的帮助下,促成了500万元的天使轮投资。

成功引入风险投资后,郝本翔几乎将二十四小时全部贡献给了豹丰科技,组建团队、研发产品、拓展业务,马不停蹄没日没夜地干。终于,全国首例具有完全自主知识产权、能识别人类语音命令的机器人宣告诞生!在多个国际博览会上,豹丰科技的机器人项目先后拿下了六项金奖,史无前例成为获得最多国际博览会金奖的明星公司。豹丰科技历经三年,终于一炮而红。赵文星赶在豹丰科技业务蒸蒸日上,人才济济的爆炸式成长阶段"功成身退",把位置和机会留给了专业人士。在郝本翔再三挽留下,最终还是选择追随King而去……赵文星从零开始认识资本,在King指导和不懈努力下,凭借着坚韧的性格和社交能力,几年时间历练成为一位资深的投行高手,才有了开篇时的故事。

郝本翔也因豹丰科技的成功而备受关注,从一个技术男屌丝,从失意的单相思世界中蜕变成"黄金海龟"。努力了六七年,Miss Wan终于渐渐从郝本翔的情感世界中淡去,她的身影已经越来越模糊,郝本翔已经不再有那种莫名心痛的想念。但数年间,郝本翔也说不明白,为什么没有一个女人能走进自己的世界。这或许是心中有花无心恋花,抑或是过度的免疫导致了"百毒不侵"。总之自从遇见Miss Wan以来,无数的美女围着他转,却从没有谁能够走近他的情感世界。

此次在俱乐部与Mini的相遇,让郝本翔既兴奋又失落。就在两人眼睛目光焦距在一起触电的那刻,连成珏冲了上来,直接搂住Mini关切地问:"亲爱的,没伤着吧？"Mini下意识地像泥鳅一般从连成珏的怀中溜了出来。这时候，连成珏才看清眼前的男人竟然是自己的郝本翔，然后重重地摇了一拳："臭小子！怎么是你啊？"

"哈哈哈！连大哥！真是巧啊！我还认为您约美女出海泡澡被鲸鱼吃了呢，想不到在这地方碰面，世界真是小啊！"郝本翔回过神来发现竟然是连成珏。

"来，我介绍一下，这是著名上市公司豹丰科技的CEO郝本翔郝董事长，我的好兄弟，从小一块玩小弟弟长大的好哥们——本翔。这是我女朋友，我公司的特别财务顾问Mini……看样子好像你们认识啊？"连成珏是个八面玲珑极其擅长逢场作戏的高手，在这种特殊的奇遇场合中，他最能发挥自己的特长。

郝本翔带着几分失落，笑了笑，"很抱歉！但真的像极了Miss Wan——哥，你还记得我刚回国的状况吗？我为之颓废的梦中情人，和Mini长得一模一样！"

"哦！亲爱的，你是不是还有孪生姐妹呀？"连成珏听郝本翔这么一说也有点吃惊，转头看着Mini。

"你是说，你认识有一位和我长得一模一样的人？"Mini听到两个大男人的话，很吃惊地看着郝本翔。

"唉！别提了！"郝本翔点了点头，又摇了摇头，叹着气暗自伤感。

"难怪！Ansha之前和我说那堆莫名其妙的话了。"Mini一个人喃喃自语。

郝本翔无论如何都想不到，曾经让他神魂颠倒的Miss Wan就是现在大名鼎鼎的万小红，资本市场的"吸血鬼"。之所以，郝本翔在华尔街守了三年也找不到Miss Wan，是因为当年万小红的演讲太出众，掩盖了老美的风头，还因此过上了演说的瘾，最后惹怒了老美而被公司除名。幸得一暴发户赏识，资助她回国闯荡。没想到，凭借暴发户资助的一千万美金，万小红竟然能在一年多的时间内将国内多只股票掏了个空，暴发户因此赚了百倍的回报，而万小红则变成了投资银行界无人不知的"大魔头"。

姜有为站在一旁，仔细察言观色，却一言不发。看到几个人话变少了，便招呼闻声赶来的侍应生尽快收拾碎了一地的水晶碎片。然后他转身面向郝本翔，"郝先生，您的欢迎午宴马上就要开始了，麻烦您移步宴会厅……连总是我们的原始会员，Mini小姐是我们老板的好朋友，以后会有很多时间和机会聊天。那边还有几位贵客，让他们等久了不是很礼貌，不如先过去如何？"

"好的！那我先行一步，很高兴能遇见你！"郝本翔定了定神，将飘荡的魂魄拉了回来，伸手向Mini示意握手道别。

"Me too！"Mini很高兴地再次握住郝本翔的手，脸上洋溢着甜蜜的微笑。这看似再正常不过的动作，却被姜有为看出了别的内容。一丝笑意快速从他的脸上掠过，转身带着郝本翔走向宴会厅。

欢迎午宴到场的人数不多，二十二人，加上郝本翔的几个推荐人和俱乐部的核心领导人，刚好坐满迎宾厅的二十八座大圆桌。大桌被满满地围坐一圈，郝本翔见主次座位上竟然坐着两个人，定神一看，吓得直冒汗。

第五章　借壳风云

二十多人围坐在一张偌大的圆桌上，主次位置上竟分别坐着主管上市公司的部级正副领导，旁边还坐着互联网巨头巴巴国际的董事局主席冯云先生，这是郝本翔一直想见却无从见到的重要人物。新富豪俱乐部果然名不虚传，竟然知道自己想见这些人，而且能够在这特殊的日子里，将他们邀请出席同桌共饮，这使得郝本翔即惊又喜。

"首先，作为在座各位的首席服务生，我谨代表新富豪俱乐部欢迎各位的到来，欢迎和祝贺郝本翔郝董事长成为我们俱乐部的正式会员！"Ansha见人都到齐了，作为俱乐部首席执行官，事先发言。全场顿时掌声如雷，顿了顿，Ansha又接着说："今天，我们很荣幸，能邀请到两位领导和冯先生，感谢三位能拨冗出席！接下来，请部长为今天的午宴致辞剪彩！"

"今天主角不是我，而且大部分都是老熟人了，我就不多说了。我代表我自己感谢郝董事长为我们国家的科技事业做出巨大贡献！同时祝贺郝董事长成为新富豪俱乐部正式会员！来，干杯！"主位上的胖个子站起身，草草说了几句，便将大家带入就餐氛围。

酒过三巡，巴巴国际董事局主席冯云说出了自己出席本次宴请的目的，"郝先生，你是一位很了不起的CEO！你有超前的眼光和胆识！我的投行团队多次向我推荐你的豹丰科技，希望巴巴国际能入股豹丰科技，所以今天我来了。希望郝先生能给冯某一次机会，同时也是给豹丰科技一次飞跃的机会。"

"非常感谢！承冯先生蒙错爱！巴巴国际作为全球最大的电子商务公司，能得到您的赏识，本翔受宠若惊啊——不过，机器人与电子商务业务间还很难嫁

第五章 借壳风云

接,不知冯先生是如何考虑的?"郝本翔被冯云的投资意向感到不解,因为巴巴国际向来只投资与自己业务高度互补的企业,机器人与电子商务可以说没有任何交叉点。

"郝董事长可能有所不知,电子商务只是巴巴国际的一个前端项目,大数据才是他们的大生意,之前的'DT时代'的概念还是冯先生提出来的呢。我觉得啊,冯先生是想在大数据领域与你寻求合作点。"主管上市公司的领导见郝本翔和冯云私下在谈两家公司之间的交叉点,提起酒杯冲郝本翔笑了笑。郝本翔会意地拿起杯子碰了一下:"领导随意,我干杯!"

"很好!年轻就应该这样子,体谅我们这些老骨头。"那位领导哈哈笑了起来。

"来!本翔敬各位一杯!还望各位领导、前辈、同仁不吝赐教!多多关照!"郝本翔举起杯来了个满堂红。欢迎宴在Ansha的穿针引线下,气氛融洽,在场的每一位都其乐融融。

万小红派出的公关团队正在按部就班地推进工作,负责公关万三省的刘氏姐妹早早就赶到国际投资银行家协会中国分会。俩人因为到得太早,大家都还在午休,于是到楼下的咖啡厅小憩。刚落座,她们听到角落的包厢里传出一组对话。

"听说杨富林是个铁公鸡,所以这个项目我们只能干辛苦了,不会有太多油水的。"

"我也听说了,也不知道会长帮助他做这个案子有什么好处。"

"领导的事情咱管不着,不过借壳这个业务很繁杂。如果老杨不舍得出点血,那咱哥们只能当练手了。人家做这类业务,一个项目团队成员最少的也能拿到十几万奖金呢。"

"那算少的了,我女朋友在K基金那里,每年最多做两个项目,年终奖金最少也得一百万元,这样做并购才有乐趣嘛。"

"唉!咱没这命呐!"

"你们知道吗？听说杨富林为了做好这个项目，安排了一个团队做募资，半个月时间一共募集了三十亿元，结果每人拿到了多少奖金，你们猜猜！"

"多少？"

"不是铁公鸡嘛，万把块总是有的吧？"

"再猜猜。"

"不猜，这爷们抠门出了名，肯定不好猜。"

"好吧，揭露谜底！人均三千元！"

"哈哈哈哈！不是吧！"

"我怎么听说有人拿了两百万呢？"

"听谁说的？"

"我也是道听途说，也许你才是对的。"有八卦、有埋怨、有期待、有失落、有欢笑……三个人你一句我一句聊得挺嗨。刘氏姐妹心里偷乐，因为万三省团队越不想帮杨万林，自己的任务就越好完成。两人对视了一眼，看了看表时间差不多了，于是比包厢里的人提前离开了咖啡馆。

"下午好！我们是图牛基金的刘氏姐妹，和万会长约好下午两点半见面，麻烦帮通报一声。"国际投资银行家俱乐部在大楼的十七楼，刘氏姐妹进门的时候前台接待人员刚好上班。

"好的，两位稍等！"前台工作人员拿起电话拨到万三省办公室秘书处："图牛基金的刘氏姐妹说和会长约好两点半见面，会长现在方便吗？"

"带她们进来吧！"秘书那边向万三省确认后，告诉前台带刘氏姐妹直接到万三省办公室。此时万三省还在和一位客人喝茶聊天，见到刘氏姐妹到来，很热情地招呼入座，然后转头向原来的客人，"老弟，今天先这样好吧？你看这两位上周就预约好的，你的事情我们改天再议如何？"

"好，感谢会长，耽误您时间了。"那位客人虽有所不舍，却只能带着歉意起身握手离去。

"两位有何贵干？"万三省送走原来的客人，走到自己的座位上。

第五章 借壳风云

"会长好!真是闻名不如见面。早听说会长热情好客,果然!对咱晚辈都能毫无架子,真是令我等晚辈感激涕零呐!"刘氏姐妹异口同声地恭维万三省。

"哈哈哈哈!莫非两位所见之人都喜欢摆架子吗?"万三省哈哈大笑。

"像您这样地位的大人物,基本都会对着陌生来客摆着臭架子。唯独会长您,不但没摆架子,还很和蔼很热情,我们姐妹真是很激动。"

"哈哈哈哈,会长是干吗的?就是会员推选出来为协会服务的,服务员而已嘛,怎能摆什么架子嘛,是这道理吧?——对了,两位此行想实现什么目标?"万三省嘴上说得很好听,心里却想着怎样尽快结束会客。

"晚辈这次拜访会长,是为了胜天火力而来的。希望在这个项目上,能够得到会长的鼎力支持。"刘四姐妹见恭维得差不多了,便顺着万三省的话直接进入主题。

"说说具体的,看看万某能帮上什么忙。"万三省微笑地看着刘氏姐妹。

"据我们了解,目前胜天火力董事长魏志航将自己手上的全部股票质押给了天使财富的杨富林,拿了2.8亿元从澳门逃到了瑞士,目前这只股票是群龙无首。实不相瞒,这只股票我们三四个月前就开始陆续着手并购。截至昨天收盘,我们已经掌握了超过35%的股票,也就是说我们已经获得了这只股票的一票否决权。"刘氏姐妹年纪较小的一口气把情况大致做了个介绍。

"我们知道,杨富林——杨总,是靠您的帮助才有的今天,他最听您的话。我们也知道,杨总他想利用这次机会,借胜天火力的壳将天使财富做上市。但是,如果晚辈没记错的话,天使财富有几大硬伤,想要借壳上市也不是一件容易的事情。前阵子久丙偷渡成功就已经引起了当局管理高度重视,所以接下来P2P企业要想偷渡上市,资产重组环节肯定会受到一系列障碍。也就是说,天使财富想要借壳胜天火力,或许会因为监管的阻挠而流产。"刘氏姐妹年纪较长的接过年轻小妹的话,继续补充。

"哟!你们消息还挺灵通的嘛!这样的事情都被你们所掌握,佩服!嗯,你们的话有几分道理。看来两位做了不少工作啊。"

"所以，如果会长帮助我们这边，说服杨富林老总放弃借壳胜天火力，我们这边愿意以合理的价格接手他手上的股票。事成之后，会长手上那张一直闲置的支付牌照，我们愿意以5亿元收购。您可以选择现金或者选择我们打算装进上市公司的标的股权。"

"喔！"万三省快速在心里盘算，目前市面上的支付牌照价格普遍在2亿元至4亿元之间，而自己手上的这张牌照一直闲置。一张空牌照的价格最高不会超过3亿元，也就是说如果帮助图牛基金拿下胜天火力，这个项目至少能拿到2亿元的回报。不，应该是4.5亿元的钱！因为当时办理这张牌照、后期的维护投入以及资金成本等，大约花销5000万元左右。当时拿下这张牌照纯粹是为了占坑，没打算用来经营，没想后来这么值钱。但万三省是只老狐狸，不会轻易表露出自己的心声："问题是，万某并没有出售牌照的打算啊。"

"这点咱姐妹是知道的，同时，相信会长您也知道，一张支付牌照闲置得太久，是会有麻烦的，搞不好还会被取消资格。广东不是就有一家公司因为闲置不用而被吊销了支付牌照嘛？后来陆续还有好几张牌照被吊销，虽然会长您关系到顶层，但是要保住这么一张闲置的牌照大费周章也会是得不偿失啊，您说呢？"刘氏姐妹年纪较长的看到万三省没有接胜天火力的话题，而是说起自己还没有出售牌照的计划，便捕捉到了万三省内心动摇的信号，于是拿出一些让万三省下定决心的案例来。

"看来胜天火力你们是势在必得呐？"万三省试探性地看着刘氏姐妹。

"是势在必得，我们知道杨富林老总已经募集了30亿元准备用于运作这次借壳。不过晚辈斗胆说一句，这点钱进去只够塞胜天火力的牙缝，甚至很快会打水漂。会长您也知道，魏志航亏空了上市公司将近20亿元，现在他私下质押控股权，如果有任何一个股东提起上诉，或者上市公司的监事会向检察院举报，公检法和监管部门必定介入稽查。如此一来魏志航再大的本领，逃得再远，也会被抓回来。更为关键的是，他未经董事会批准就私下质押股票的协议完全有可能被定为无效。那么天使财富私下与魏志航的合约就有点麻烦了，搞不好杨富林老总还会被扣上协助嫌犯出逃的罪名。那时候甭说借壳上市,能保住自己就很不错了。天使财富好不容易做到今天,在当局严管P2P的大政策下,稍有不慎就会被查。会长您应该清楚,目前还没有哪家P2P公司业务干净到查不出问题的。所以晚辈斗胆这么说,杨富林老总是在刀刃上跳舞,风险很大。"

"没错!据我们了解,胜天火力监事会已经在做内部审查,并搜集魏志航亏空公司财务和畏罪出逃的证据,目前已经动用经侦方面的资源暗查天使财富。"刘氏姐妹像唱戏一样一唱一和地,完全把问题挖了出来。这些问题也正是万三省近期极为费神的事情。刘氏姐妹招招点中要害,使得万三省开始对图牛基金重视起来。原本只是礼貌性接待刘氏姐妹,但经两人这番话,他的态度开始出现了转变。

"图牛基金我这是第一次听说,从两位的谈吐和专业水平上看,这应该是一只很厉害的基金才对,怎么万某听都没听说过呢?"万三省需要时间思考问题,所以抛出与问题无关的问题争取更多的时间自我思考。

"哦,忘了介绍。图牛基金原本是一只创业孵化基金,但管理团队没有管理好,现在我们拿过来重新规划,将作为一只专注于并购的基金。基金规模不大,我们是根据项目需要来决定基金规模的。"刘氏姐妹浅浅地简单介绍了一下,转脸看着万三省问,"会长,您看这个项目,是不是可以考虑帮助我们一把?"

"两位可能有所不知,这个杨富林我并不是很熟,只是略有了解,并不像两位说的那样,凡事都听我的。这样子,容我两天时间,我发动一下协会的力量,看能不能帮得上忙。如果能帮上忙,我万三省绝不说半个不字。"

"那行,今天周四了,我们下周一再碰个面,顺便向会长学习学习。咱约定的一个小时已经到了,不能再耽误会长您的其他工作——您看周一上午还是下午比较方便,不如我们现在就约定一个时间如何?"刘氏姐妹已经看出万三省动摇的信号,但人家毕竟不是普通老百姓,做个决断是需要时间慎重考虑的,于是微笑着请辞。

"三四天后的事情现在把握不了,为协会服务就得二十四小时随时为广大会员服务。你们周一上午十点再打电话来，我们再确定时间好不好？"万三省倒没有说假话，协会确实忙碌得不得了。就在刘氏姐妹来访的这一个小时里，已经来了六七拨客人，还有两拨客人在门外等着非要面见万三省呢。

"那好，下周一准时给会长电话。"刘氏姐妹握手离去。

豹丰科技申请停牌后，郝本翔就像卸掉了担子，不用再为只涨不跌的股价绷着神经关注股价变动。这时候他坐在办公室里，享受着钢琴曲，审阅秘书送来的市场方案。他看着看着眉头皱得越来越紧——他发现，最近半年，市场经费一个月比一个月高，而且临时工作人员的增速也空前高，但业绩并没有发生太大的变化，这究竟是怎么回事呢？难道是出现了新的竞争对手？还是原来的竞争对手研发了更具挑战的产品？还是管理上出了问题？郝本翔决定从内部开始排查，拿起电话拨给公司秘书："通知各地市场督导一个小时后开电视会议，无论现在身在哪里必须全部参加，否则按旷工处理。"

"收到！"

"郝总，汪氏财团董事局主席汪先生求见。"郝本翔正在和公司秘书通电话，董事长秘书敲门走了进来，呈上一张名片。郝本翔瞟了一眼，用手比画了一下，示意让客人到会客室稍等。

会客室集约了豹丰科技的技术精华，里面的所有设备全部以声控和光感控制。只需挥挥手或者大声说指令词，机器人就按着指令完成相应的服务。

"安娜，给客人泡茶。"

"红茶、绿茶、普洱茶，请问客人喝点什么？"

"红茶吧！"

"尊贵的客人，您稍等，安娜马上为您呈上。"约莫一分钟，机器人将一杯热腾腾的红茶送到汪胜北面前。秘书一挥手，在空中点了点，墙壁上渐渐隐现一面显示屏，豹丰科技的宣传片闪了出来。

"汪先生您稍等片刻，郝总刚才在接电话，马上会过来。"秘书招呼完客人就退出了会客室。

汪胜北身为国际财阀的总代表,投资过不少物联网项目,见过各种先进科技,但豹丰科技将机器人和物联网技术结合并发挥到如此智能化的境地,还是深深受到了震惊。

"很抱歉!怠慢汪主席了!"郝本翔挂完电话,快步走进会客室,远远就伸出右手做握手的姿态。

"不介意!相传豹丰科技掌握了世界上最先进的机器人技术,果然不假。你这儿的机器人都能替代人了!"汪胜北见到郝本翔,起身迎上去握住了郝本翔的手,"没预约就冒昧来访,还望郝总不要见怪!"

"哈哈哈!能得贵客上门,豹丰科技蓬荜生辉啊!欢迎汪主席莅临指导。"郝本翔朝汪胜北作了作揖。

"我这是慕名而来,没想到没有预约也能见到郝总,意外!意外!哈哈哈哈!"汪胜北盯着郝本翔哈哈大笑。

"汪主席见笑了!"

"诶!什么主席不主席的,我年纪比你长,不介意的话喊我汪大哥!"汪胜北是个爽快人,尤其见到好的项目就会流口水,所以对郝本翔尤其友好。

"好!汪大哥!那您就叫我本翔吧,也别老是'总'来'总'去的了。"郝本翔看到汪胜北这么豪放,也哈哈大笑起来。

"老弟呀,大哥就不绕弯子了。今天来,一方面是看看你这个超级CEO能不能深交,一方面看看还有没有投资机会。我老早就关注你啦,一直想找个机会好好合作一把,但碍于手上有两个项目要推出,一直忙着没时间,所以错过了很多机会啊。"汪胜北果然像传说中的那样,直爽!

"不瞒大哥,豹丰科技现在资金很充沛,不过近期被人盯上了,看来是颗肿瘤,目前正在找解决之道。如果大哥不嫌弃,这次'削瘤'行动可以一起合作。"郝本翔看到汪胜北是个直爽的人,说起话来就没必要装。

"啊,哈!这件事情我也早有耳闻,没想到对方这么隐秘的行动竟然被你给识破了啊。老弟呀,你真实令大哥刮目相看啊!后生可畏!后生可畏啊!"

"大哥夸奖了!这事小弟也是受恩于人,否则我这个电脑虫怎么能发现呢。"

"看来业内还是谬传了啊,谁说咱本翔老弟不近人情的?咱哥俩第一次见面就一见如故啊。"汪胜北故意绕开话题,又哈哈大笑起来,眼睛却死死地盯着郝本翔好一会儿,然后看了看腕表,"哟!都十二点了呀?听说豹丰科技的员工餐很棒,老弟你不会连个工作餐都不打算请大哥吃吧?"

"哈哈哈!大哥果然像坊间传言,有趣!请——"郝本翔看着眼前这中年男人,越来越觉得有意思。

"老弟啊,管理上市公司不容易吧?"饭间,汪胜北突然蹦出这么一句,不知何意。

"确实不容易!股价涨嘛担心会下跌,下跌嘛得想办法稳住。这还没完,还得花十二分精力来做业绩……"郝本翔回忆了一下这几年的经历,感触良多。

"大哥我真心喜欢豹丰科技啊。我刚推出两个项目,账上大笔现金,老弟你看看是不是可以考虑让我投资一点?"

"如果本翔没记错的话,汪氏财团应不投资二级市场才对呀,莫非信息有误?"郝本翔见到汪胜北已经提出多次投资意愿,想必是真喜欢。

"以前确实只投一级市场,不过作为家族信托基金,为了保证资产的保值增值,不能只做风险投资嘛,对于一些好的个股也得考虑做些长期投资。"

"非常感谢大哥的盛情!这样子嘛,这次'削瘤'行动至少需要六七十个亿,本翔是考虑成立一只反并购基金,不如大哥先从这一步开始介入,您意下如何?"

"可以!大哥先预定十五亿元。项目结束,让大哥列席十大股东,这个要求不过分吧?"汪胜北大脑中快速地盘算,一心想着怎样快速把资金投资到靠谱的项目上去。对于豹丰科技的成长,汪胜北看在眼里,整个团队已经跟进了三四年。豹丰科技A轮融资的时候,汪胜北觉得机器人项目概念虽好,但绝大部分走

第五章　借壳风云

在前沿的项目往往都成为先烈，成功的往往属于那些后起之秀，所以直到豹丰科技B轮融资的时候还是没把握住机会。没想到豹丰科技能有这么大的成就，A轮和B轮的投资者在上市之际，通过这个项目整整赚了近千倍的回报。对于这件事情，汪胜北后来一直后悔。这次了解到豹丰科技被人恶意炒作，觉得应该是介入的大好机会，于是厚着脸皮主动找上门。虽然通过二级市场吃进流通股可以实现列席十大股东的目标，但是那样代价太高，风险太大，不是汪氏财团的首选，只有定向增发才是汪氏的首选。郝本翔的反并购正是汪氏介入豹丰科技的最佳机会，于是便与郝本翔定下了口头协议。

"能不能列席十大股东本翔不敢保证，但本翔是知恩图报的人，对豹丰科技有恩的人就是对本翔有恩。所以如果在'削瘤'行动上咱哥俩能达成合作，本翔必定对大哥感激不尽。"

"好！那就一言为定！"汪胜北满意而归。

郝本翔送走汪胜北，一个人在办公室琢磨怎样把九赋基金这只毒瘤削掉，于是拿起电话给赵文星拨了过去，"文星吗，我是郝本翔啊。有时间来我这坐坐吗？"

"哎哟哟！郝大哥！郝总，小弟随时为您鞍前马后，半小时内一定赶到。"赵文星这些年成熟了很多，经过King的点拨和发奋图强，整个人完全脱胎换骨，从一个半文盲人士蜕变成为私募界的明星。而这一切都是与郝本翔结缘后才发生的，所以赵文星一直感恩郝本翔的知遇之恩。因此，只要是郝本翔的事情，赵文星就会当成自己的事情来对待。这次接到郝本翔电话，想必是有什么重要的事情，否则不会这样约自己。

郝本翔正在处理财务部送来的报销申请，赵文星气喘吁吁地就从外面闯了进来，"大哥！有何吩咐？"

"哎呀呀！你小子，发达了是吧！一身名牌啊，虽然没有标签，但这肯定出自X公司，这身行头得五六十万吧？了不得了不得！"郝本翔已经习惯了赵文星进门不敲门的坏毛病，所以并没有介意他直接闯进门，而是拿他的一身名牌打趣。

"大哥见笑了！哪有财发啊，小弟帮那群土豪打理财务，赚点车马费罢了。话说大哥您有何吩咐？"

"豹丰科技被人盯上了，我想成立一只反并购基金。这事情你是专家，帮帮哥。"

"你是说有人想吃掉豹丰科技？是谁这么大狗胆！"虽然豹丰科技已经与赵文星没有半毛钱关系，但赵文星对豹丰科技的情感莫名地割舍不下。听到有人想吞并豹丰科技，他的火一下子就冒了上来。

"说来话长，公众公司嘛，人家有能耐想吞并就吞并，轮不到咱乐不乐意，所以也不怪他们。但我们也可以做一些让他们怪不得咱们的事情，你说呢。"

"好，大哥有什么计划？"听到有人要搞豹丰科技，而郝本翔想搞对方，这使得赵文星一下子就来了劲。

"相传，对方是亚洲金王继承人，不差钱，所以要做成这件事情，我们得筹备至少50亿元，我的估计是六七十亿元。当然，仅仅有钱还是不行，还要做点别的事情。"

"数目是不小啊。基金的事情我来想办法，其他事情大哥您就另请高人了，您小弟我有几斤几两您是懂的。"

"嗯，有你这句话，哥就放心了。知道你本事大，这些年认识不少土豪。"

"嗨！瞎折腾呗。"见到郝本翔夸自己，赵文星有点不自在。

"我想狠狠地把对方打趴下，让他们的资金有来无回！"郝本翔痛恨恶意并购，尤其痛恨以谋取短期暴利为目的的并购，所以对于令蓝的九赋基金的入侵，表面上无所谓，内心却恨不得把对方连骨头一并吞掉。

"行！大哥的事，就是我赵文星的事，这件事情赴汤蹈火在所不辞。"两人聊了半天，待所有问题整清楚后，赵文星接了个电话匆匆离去。

九赋基金遭遇标的公司停牌，两个月以来，整个团队也没闲着，而是按令蓝的计划进行一系列的大举收购准备。九赋基金盯上豹丰科技的目的并非令蓝嘴上说的那样,只是为了赚点快钱,而是有计划地吞并豹丰科技,然后将一家做稀土开发的公司装进豹丰科技曲线上市。之所以选择"妖股"豹丰科技,一方面是看到这只股票有着很好的概念,业绩很好,拿下就能进行现金增发;一方面高成长的公司在收购的过程中可以不断炒作赚钱。而介入股票市场,是因为令蓝的公司在黄金期货市场上亏了几百亿元。他发现近些年股票市场在2008年金融海啸之后逐渐复苏,应该是介入的最好时机。所以他仗着有钱,成立了九赋基金,计划通过资本市场赚回黄金市场上的损失。

　　令蓝认为自己的计划天衣无缝,认为那次演戏已经骗过了郝本翔。殊不知,郝本翔回到公司就马不停蹄地安排人手调查令蓝的背景和九赋基金的情况。通过综合种种信息,郝本翔得出结论,令蓝想通过九赋基金炒作豹丰科技,想通过炒作赚到钱吃掉豹丰科技。让令蓝失算的是,他没有料想到常运洪竟然与郝本翔有着如此深的交情,甚至超越了与自己的交情,才有了竹林别墅会面的一幕。

　　郝本翔笃定令蓝会大举吞并豹丰科技,只是时间未到罢了,因此早早就设立反并购基金,打算与令蓝来一次短兵相接。但五十亿元的首期私募不是小数目,虽然赵文星已今非昔比,认识的有钱人不下千人,但费尽了九牛二虎之力,基金还是没能如预期完成,差距近三成。虽然汪胜北如约认购了十五亿元的基金份额,赵文星马不停蹄逐个拜访每位金主,得到了二十亿元的支持。但用完了全部资源,距离首期募集五十亿元的既定目标还相差十五亿元。而此时,距离豹丰科技复牌时间仅剩十天。如果不能按时完成私募,很有可能复牌后就要遭遇重创。赵文星想起了一个人——大海!那是反并购领域鼎鼎有名的人物。虽然大海行事低调,两人未曾谋面,但赵文星的关系网经过三四年的发展维护,已经无所不及,找到大海并不是太难的事情。经过一番构思,赵文星决定求助资本界的"智多星",于是打了几通电话,终于和大海约好了一个见面的时间。

　　"三天后,在海边,带上你的钓具。他说,'如果他钓的鱼能比我多,我就帮他这个忙,反之亦然!'"朋友学着大海的原话转给赵文星。

"没问题！"赵文星根本不懂得钓鱼，但听到对方要求通过比赛钓鱼来决定是否合作，赵文星还是满口答应了对方的要求。

挂完电话，赵文星打开电脑，大致了解了一下海钓最大的挑战和注意事项，然后给一位玩潜水的朋友打了一通电话，如此一般地拜托了对方。挂完电话，赵文星来到郝本翔办公室，大致汇报了一下基金的进展情况和紧接下来的计划，急忙离开了大厦。

大海与赵文星约定在人工岛屿上会面，两个人到达后都支开手下，开始确定比赛规则："我知道你不会钓鱼，但我相信缘分，如果你一个不会钓鱼的人能钓赢我，说明咱俩有缘分，注定我要帮你这个忙，那么我将会倾全力帮助你。"

"这很公平！那么有什么比赛规则吗？"赵文星听大海这么说，心中偷乐。

"唯一的规则是，我们分开，我在这边钓，你在那边钓。"大海指了指远处的一个石头堆，示意赵文星在那里钓鱼。

"没问题！那么是钓到什么鱼都算呢，还是只限定某种鱼？"

"都算！"

"您看，您是钓鱼高手，我是菜鸟，这点我能不能限定一下？"赵文星微笑着等待大海的答复。

"你说说看。"

"我也不知道这片海域都有什么鱼，但我觉得鲈鱼很好吃，所以我们比赛钓鲈鱼怎么样？其他鱼不算，只有钓到鲈鱼才作为比赛统计的数量。另外，我们以四个小时为限，如何？"

"成，这样公平。"大海想都没想就答应了赵文星。

时间分秒流逝，大海陆续钓到鱼上来。赵文星将鱼饵换了又换，但连只虾都没钓到。两个多小时后，赵文星的渔线开始有了动静，紧接着钓上了一尾小鱼，但不是鲈鱼。

又过了半个多小时，赵文星钓到了第二尾鱼，是鲈鱼！

第五章　借壳风云

大海不断有鱼钓上来，但似乎没钓到鲈鱼。而赵文星自从钓到了第一尾鲈鱼开始，一发不可收拾，一个小时内竟然钓上了五六尾鲈鱼，同时有三四尾其他的鱼类。

四个小时的钓鱼比赛很快结束，大海钓到了一百多尾鱼，其中两尾鲈鱼。赵文星钓到了十二尾鱼，其中七尾鲈鱼。因为有言在先，钓到最多鲈鱼者胜出，所以赵文星胜。

"虽然我知道你作弊，但愿赌服输，这个忙我帮。"大海瞟了一眼赵文星鱼篓中的鱼，笑了笑。

"哦！何出此言？"赵文星心中一惊，自己可谓安排得天衣无缝，怎么就被发现了呢。

"哈哈！不是说了嘛，我是海钓高手，你是菜鸟嘛。那么，作为高手，如果这点本领都没有，岂不是愧对高手之称号，是不？"

"实在很抱歉！我不应该使诈！"赵文星脸唰地就烧了起来。原以为安排人偷偷潜在水里把鱼挂到自己的鱼钩上，然后自己再钓起来，这样子的方案能瞒过大海，没想到竟然还是被识破了。

"怪我事先没有说好规则，算我输。"

"惭愧！实在惭愧啊！"

"其实，我之前并没有想到你会来这一手，不过兵不厌诈，我认了！"

"那你怎样断定我使诈呢？"

"是你的鱼出卖了你。野生的鲈鱼和人工饲养的鲈鱼，有一点经验的人一眼就能区分开来。你自己对比一下看看，我的和你的是不是有很明显的区别？"大海笑呵呵地盯着赵文星。

"啊，果然有很明显的区别啊！真是丢人现眼啊！作个弊都做不好。"赵文星看到大海鱼篓中的鲈鱼鳞片鲜艳油亮，通体色彩分明，而且从鱼的精神状态上看，大海的明显比自己的要有神。对比之下，赵文星十分惭愧。

"今天到此为止吧，你回去后把能给的资料全部发到我邮箱一份，我先了解一下情况。你重点注明希望我做哪些事情。"大海递给赵文星一张名片,然后背着自己的装备登上快艇朝岸边破浪而去。

"起床!懒虫!起床!懒虫!"庞秀明翻了个身,想继续睡,但阳台上的鹦鹉不停地叫了起来。

"吵什么吵?再吵我把你给炖了!"庞秀明郁闷得大吼。

"不好吃!不好吃!"鹦鹉听到庞秀明说要炖了自己,拼命地抖着翅膀,然后怯懦地说着"不好吃!不好吃"。庞秀明被逗得乐了起来。

这只鹦鹉是他基友出国时送的礼物,一直养了两年都没说过话,突然在这么个大清早说起话来,庞秀明觉得很意外。于是他就爬了起来,拿了瓶水走到阳台,给鹦鹉添水,并添加了新的粮食,还特意喂了几条黄粉虫。

突然,掉在床底下的手机响了起来,是老庞从医院打来的。

"阿明啊,你妈妈已经走了……"电话那头早已泣不成声。

听到妈妈的丧讯,叛逆的庞秀明一下子全懵了,大颗泪珠止不住地滚了下来。庞秀明快速穿上衣服,顾不上洗漱就冲下楼,拦了辆的士直奔医院而去。

老伴的离世,让原本坚强的老庞一下子蔫了,几天时间整个人憔悴得只剩下皮包骨,精神全然崩溃。

老庞跟随沈强十年,一直兢兢业业,开始是业务骨干,神农控股的顶梁柱之一,后来老了实在干不动销售了,难舍难分地又干起了保卫室值夜的工作。自从上次庞秀明私自闯入沈强办公电脑,触犯了沈强不可饶恕的规定后,老庞当场晕倒。后来沈强了解了事情的前因后果,原谅了老庞的过错,没有深究,还让人事部特批了老庞三个月的带薪假期。

这天,老庞拖着虚弱的身体来到沈强办公室。老庞的憔悴程度使得沈强大吃一惊,原来可以顶天立地的老庞,此时已然成为糟老头。看到曾经与自己并肩打天下的老搭档、老同事,变成这般模样,沈强心中泛起了阵痛。他见到老庞进门便快速地绕过办公桌,紧紧扶住:"好大哥,您要节哀顺变啊!嫂子如果知道你变成现在这般模样，她能安息吗？唉！给您放了三个月假，您要好好休息才是啊！"沈强扶着老庞慢慢走到沙发前坐下。

"沈总，我这次过来是有两件事求你。"老庞坐下来后，上气不接下气，有气无力地看着沈强，声音弱如蚁声。

"嗨！咱俩谁跟谁，有什么事直接说就是，一定会想尽办法满足您，怎么能说是求我呢？"沈强不知道老庞所说的两件事是什么事情，但对这位死心塌地的元老，只要能实现的沈强决定都应允了。

"首先第一件事，我想就此退休回到乡下去住……希望公司能安排一辆车送一下我这老骨头，一方面实在坐不动大巴了，另一方面想让父老乡亲看到一个衣锦还乡的老头，农村人都在乎这个。"说话间，泪水早涌在他的眼框中打滚。老庞强忍着，声音开始变得有点颤抖接着说："最令我放心不下的是我那不成才的犬子，唉……想求沈总您随便给他安排一份差事，只要能养活他自己就好。给他个机会，能不能待下去，就看他造化了！"老庞此时泪水已经忍禁不住，扑簌簌地落了一地。

沈强这时候眼圈也红了起来，再大的要求他都得应允了老庞。于是他坚决地点了点头，"庞老哥您放心，我下午会安排下去，您还有什么难处或者要求尽管提出来。"

"有您这么一句话，我老头就算死也瞑目了，谢谢您，沈总！能有幸与您共事，深感荣幸！再见了！你也要保重身体，全公司的人都靠着您呐！"看到沈强已经应允，老庞颤巍巍地起身，用力地握住了沈强的手，许久方渐渐松开，走出神农大厦。

"沈总，我是运达储运的连成珏啊，您现在方便通电话吗？"沈强送走了老庞，刚回到办公室，放在桌面上的手机正在嗡嗡作响。他接通一听，是运达储运的连成珏。

"嗯，哦，还好。"沈强还没有从老庞的事情上收回情绪。

"沈总，就上次咱会面谈的事情，也没个结果。这两天再安排时间谈具体的呗，您看什么时间比较合适？"连成珏始终保持着爽朗主动，似乎毫不在意沈强的态度。

"哦，是这样啊。你如果方便的话，下午过来嘛。"

"行，我让秘书把下午的事给往后推一推，我下午四点到你办公室。"

"你来吧。"沈强挂完电话，重重地靠在大班椅上，陷入深思。

连成珏如约出现在神农控股停车场，这次连成珏不再只身一人，而是带着一男一女。男的是连成珏的死党，皇宫1号邮轮俱乐部的核心资金合伙人，女的是连成珏的贴身助理。三人一路上有说有笑，车子刚驶入神农控股露天停车场，一场倾盆大雨不约而至。三人被闷在车里，索性又彩排了一遍即将逼沈强就范的台词。

"你唱红脸，我们两个唱黑脸。"连成珏的死党提议。

"成，我们的目的是打乱沈强的方寸，不是来抢劫的，所以要把握好分寸。"连成珏虽然要收购神农控股，但不希望让沈强将自己当成敌人。因为连成珏深知，神农控股那摊子事情牵扯了太多人的利益，惹恼了沈强不是什么好事情。

"还是让我来唱黑脸吧，有什么事情可以推在我身上。我只是公司聘用的员工，做错什么事情最终可以开除了之。而你们两位是公司老板，你们说的话就代表了公司的态度，一旦话说了出去，就不好回旋了。"连成珏助理觉得这是一次不错的表现机会，希望由此讨得老板的欢心，所以积极地站了出来。

三人正谈得起兴，一位保安拿着三把伞出现在连成珏的劳斯莱斯前。这使得连成珏很是惊讶，因为他无论如何也无法相信，客户体验差得出奇的神农控股竟突然有这么周到的服务，真是破天荒了。连成珏忍不住问保安："你是怎么知道我们三个人没雨伞的？"

"您是沈总的客人，几天前曾经来过。我们神农管家系统已经记录了你的信息，刚刚你进门时，系统已经给我们汇报了全部情况。这么突如其来的大雨，很

第五章 借壳风云

少有人准备有雨伞。同时看见你们这么久没下车，进一步说明你们应该没有雨伞，所以，就给三位送雨伞来了。"

连成珏听得有点不敢相信自己的耳朵，看了看保安，又环视了一圈四周，一时无语。神农控股在他心目中简直不堪一提，想不到竟然有如此高精技术的系统，自己的皇宫1号烧了几十个亿也没这么牛逼的系统呐。这使得连成珏对沈强有了不可轻视的感觉。

会面地点还是在那间宽敞得只有一张会议桌和十来张椅子的会议室，几个人简单寒暄过后就直奔主题。

"沈兄啊，近日神农控股的股票跌得很厉害呀，此前质押的股票已经贬值一半了呢。"连成珏开门见山直入主题。

"连总可以放心，下一个交易日，股价一定会上涨。神农控股的底子你是了解的，我们拥有稳定的客户，每年利润都在上升，尤其今年，我们打破了过去的定位，正式接受海外优质客户，目前已经完成将近二十亿元的海外贸易，这将会迎来空前的涨势。这么好的业绩，股民无论如何都不会放弃神农控股的，所以股价波动只是短期现象。"沈强一直坚信，一家蒸蒸日上的企业，股价必定坏不了。

"看来沈总并不了解资本市场呐！"连成珏贴身助理听到沈强那么自信，却似乎并不了解资本市场与商品市场的差异，忍不住觉得有点好笑。

沈强听到一个小小秘书竟敢随意插嘴老板之间的话题，脸色一下暗了下来："哦！何出此言？不知小妹妹有何指教？"

"沈总大人大量，切莫见怪，我只是实话实说，指教是不敢的！"小姑娘因为深得连成珏宠溺，一直都很任性。面对即将要成为碗里的菜，她根本没把沈强放眼里，于是又继续补充道："沈总可否知道现在我们正在喝的这瓶水昨天的销量是多少？上个月又是多少？"

"这事情与今天的话题有关系？"沈强不明白小姑娘用意，觉得没必要和她继续浪费时间。

"如果沈总作为上市公司老总，资源、信息、能力都比那些散户高出几百几千乃至数万倍。这样的情况下，你都不知道这款水最近的销量，那么股民更无从得知了。既然上个月的销量都不懂，凭什么知道今天的股价？凭什么知道明天的股价？股民们的股价判断依据又是什么呢？——我想说的是，神农控股现在的业绩怎样需要半年后，乃至一年后才公布。而股民现在所买卖的股票是今天的，那么，你的业绩再好，也是半年以后的事情，凭什么能左右近期的股价呢？"

"连总身边果然人才济济呐！"沈强似乎听出了点什么味道了，觉得自己好像误解了小姑娘的意思，所以阴沉的脸释放出了微笑。

"魏总助说得没错，神农控股业绩虽然好，但是股民并不知道。事实上，资本市场和商品市场是两个处在平行线上的市场，两者的走势表面上有关联，但资本市场的走势并不受商品市场业绩情况直接影响。两个市场是平行的，看起来是相互关联，但事实上却没有直接交叉。所以，要维持股价，并不能仅仅靠创造业绩就能实现。"连成珏的合伙人坐在一旁，见到沈强对小姑娘不放眼里，有点看不惯，所以通过补充自己的观点和肯定来提醒沈强。

"我们愿意帮助神农控股再次渡过难关。"连成珏看到气氛有点不对，把话题拉了回来。

"感谢连总！能否谈谈您的计划？"沈强瞟了一眼三人，没有说话，而是转身示意投行部经理先打头阵。

"按目前情况看，神农控股至少面临30亿元的资金压力。据我们了解，当时神农控股质押给银行的股票是按85元计价的，而今股价已经跌到30元，银行很快将要求神农控股加大质押标的物，或者提前偿还贷款。仅此项，神农控股已经没有足够股票可以质押，如果要提前偿还贷款，至少需要15亿元。同时，神农控股和运达储运的短期拆借也存在相似问题，当时是按60元计价的，现在的价格只是当时的一半。按行规，沈总还得向我们提高一倍的质押标的。就算我们连总不介意，不要求提高质押标的，其他股东也会介意。还有就是，神农控股目前流通股4000多万股，若想托住股价，至少需要五六亿元，甚至10个亿。加上其他供

第五章 借壳风云

应商的应付账款，神农控股如果没有30亿元可调度的资金，或将遇到空前的麻烦……"看到投行经理事先发话，连成珏也示意助理来应付。

"哦！不知魏总助这些数据是从何得来，我怎么听不懂呢？"神农控股投行经理见对方对自己公司了如指掌，额头开始冒汗，大脑快速转动搜索应对的词来掩饰。

"信息来源不重要，因为我们不是上门讨债的，我们是来帮助神农控股渡过难关的。之所以提到这些数据，只是出于对当前状况的分析。"

"虽然数据与实际出入较大，但大致脉络是相似的。神农控股确实需要一笔资金来解决当前的问题，不过情况并没有魏总助说的这么严重。"做投行的就是要临危不乱，懂得演戏。这点，这位投行部经理很擅长。

"我们谈点具体的！"沈强坐不住了，拦住了两人继续谈话。

"如果我们正式入股神农控股，事情会有所改观。因为，我们的入股可以提振股民的信心，同时空头游资所掌握的股份我们可以悉数吃进，利空因素消除，市场情况就有希望重新好转。如果沈总能重视我们的合作，之前的提议依然有效，但不知神农控股方面做何决定？"连成珏也不再绕圈子，直击主题。

"哈哈哈！连总可能是有什么误会了，我沈某人一直都很重视与连总你的合作事宜。至于怎么合作，到目前为止还没有了解到连总你的想法，是不是先介绍一下你的计划？"沈强此时的内心是五味杂陈，原本是想套住运达储运的资金，然后吃掉运达储运，没想到这时候似乎自己处于下风。

"运达储运已经召开股会，大家一致同意与神农控股合作，条件还是一样，我们希望做第二大股东。如果沈总能按最近二十个交易日的均价作价七折向运达储运定向增发，我们可以考虑注资20亿元解决神农控股燃眉之急。"

"还有别的要求吗？"

"另外，我们希望能承接到神农控股出口贸易板块的储运业务，沈总您看这两个要求不过分吧？"

"哈哈哈！感谢抬举，不过分！不过这两项决定都必须征得董事会同意才行。所以请容我几天，等召开董事会后给连总你答复。"

"嗯，那么，我们先把质押合同改一改吧！"连成珏见沈强又拿出董事会说事，想踢足球，心里很是不爽。

"质押合同？"听见连成珏要改质押合同，沈强有点愕然。

"没错，之前质押的股票已经掉价，目前已经不足以担保债务。"连成珏的助理在一旁附和。

"连老弟，这事情是不是……"

"没有商量，连总同意我也不能同意！"连成珏的合伙人一直坐在一旁不出声，见沈强有求情的动机，斩钉截铁地打断沈强的话和念想。

"怎么，大哥是不是有什么难处啊？"连成珏看到随行黑脸唱得差不多了就开始演红脸。

"没难处，没难处！不过，多等几天嘛，三天为限，如果股价不上去，我就增加质押标的物。"沈强见连成珏一行动机不纯，便想方设法结束谈话，为自己争取足够的思考和解决方案的时间。

"行，那就以三天为限，股东们那边我设法安抚安抚。"连成珏见此行的目的已经达到，便结束了谈话。

万三省深思熟虑后，侧面了解了图牛基金的一些情况，觉得有必要和刘氏姐妹进一步深入沟通。接到刘氏姐妹来电，当天便安排了再次会面。

"很高兴能再次见面！"刘氏姐妹见到万三省，笑吟吟地伸出手。

"欢迎两位，就你们上次的提案，能否可以再具体一些。"万三省直入主题。

"会长您还有哪方面的问题还未清楚？"刘氏姐妹猜想万三省可能不满意自己提出的回报方案，但假装听不明白。

"比如说，在这件事情里面，我万某人需要做些什么事情，工作难度如何？风险系数如何？"万三省其实是想证实，帮助图牛基金得到的回报大，还是帮助杨富林得到的回报大，但不好直言，便换了个角度提问。

"在这件事情里面，万会长只需做一件事情，就是说服杨富林放弃胜天火电。其他事情，由我们来处理。"刘氏姐妹淡淡一笑，接着说，"而且之前约定的报酬方式没变。"

"嗯，冒昧问一下，这件事情两位说了算吗？"万三省很怪异地看着刘氏姐妹。

"当然！我们是获得了全部授权，只要您同意合作，相关协议会有人专门送来。"

"那好，你们回去准备准备。如果真如两位所说，万某人愿意尝试合作合作。"万三省倒是很爽快。送走刘氏姐妹后，万三省约了杨富林深谈了一个晚上，"杨老弟，这个项目当时大哥大意了，情况比我们了解的糟糕，运作起来风险极大，看来我们只得放弃这次计划，将胜天火力作价卖了吧。"

"卖了？为了这个项目，天使财富已经发起基金募集了20亿元，现在就差最后一步了。"杨富林通过APP平台以各种名誉发布虚假融资标的，实际已经融到了将近40亿元的资金，资金使用期限从半年到一年半不等。但听到万三省要放弃这个项目，故意隐瞒了一部分。

"这个项目远没有这么简单。据协会最新掌握的消息，目前胜天火力至少有三大危险在等咱们：一个是魏志航亏空上市公司巨额财产并携款潜逃，一旦有媒体揭露，完全有可能引起大崩盘，同时会引起司法介入，到那时候咱手上的协议有可能会被判无效，甚至有协助魏志航潜逃的嫌疑风险。一个是上市公司被亏空的这些钱，如果不想出问题，就必须得设法找钱填补。这样子的话，成本就远远超出了之前的预期好几倍，得不偿失。另外，目前有三四家投机机构已经采取行动，就等咱的资金流入拉高股价。一旦我们把股价推上去了，他们必定会大举抛售，那时候我们得拿出大量资金来托盘。以数据部门的统计显示，现在至少有3000万股在做空机构手上。一旦他们守住机会，天使财富砸进去的钱有可能就会打水漂，甚至有可能会被胜天火力给拖垮……"万三省并非只是为了私欲，确实也是为了天使财富。因为当前的市场情况对天使财富并不是很有利，稍有差池就有可能陷入万劫不复的深渊。更为关键的是，天使财富获得资金的方式是见不得光的。一旦被查，可能会被判为非法集资和金融诈骗，牵扯几十亿元的金额。一旦被数罪并罚，不被判无期徒刑也少不了十年八年，但万三省没点破。

"唉！实在太可惜了！这么好的机会，就这样放弃，于心不忍啊！既然大哥说不做，那就听大哥您的吧。"杨富林觉得万三省的话虽然很在理，但似乎有点危言耸听，因为一切都是万一，并不一定会发生。难得这么一个大便宜，两三个亿就能拿到一只壳，岂能轻易放弃？于是他嘴上答应万三省，心里却在暗自盘算着怎样瞒着万三省继续自己的借壳之路。

"目前有只基金，好像叫图牛基金还是叫什么来的，他们正在二级市场吸入筹码。如果老弟你有意将手上的债权出让，我发动协会的力量和他们沟通沟通，兴许能卖个四五亿元。如果行得通的话，短短两个月就有一个多亿的利润，这生意也不亏！这么操作风险很低，咱没必要去趟魏志航的浑水，你看要不要试试？"万三省见杨富林答应放弃，试探杨富林愿不愿意转让手上的债权，心仪的转让价是多少。没承想，杨富林并没有出让的打算。他觉得这个项目的价值远超原来的估计，万三省之所以劝自己放弃，一定是收了别人更大的好处。于是，他打定主意，先找个借口稳住万三省，自己私底下加快借壳计划步伐。他应付式地回应万三省："大哥可以先对接看看，这个项目就算放弃，咱也没必要急于出让手上的债权嘛！先等一段时间，兴许更值钱。"

万三省已经从杨富林的回应中意识到，自己的话已经对他没有作用，既然他杨富林阳奉阴违，那就让他自生自灭。

好长一段事件，杨富林都没再联系万三省，而是紧锣密鼓地加快收购胜天火电。他安排投行团队陆续吃进流通股，一方面安排公关团队向司法部门提前活动，以期到时候能暗箱操作，顺利将债权转成股权。同时，持续通过债权分拆的方式，在自己的P2P平台上进行债权反复转让融资，没到最终圈到了50亿元的资金。

第五章　借壳风云

周一，股市刚开盘，胜天火力便有人举牌，整个盘口受到刺激，当天竟然跳进了涨停板。紧接下来的四五个交易日，陆续有两三个人举牌，胜天火力天天涨停。周五收盘，已经有三人通过二级市场持有胜天火力超过5%股票，整个盘口的大部分流通股已经流向四五个股民的手。

杨富林正在得意地翻阅操盘团队成上来的报告，公文包中的手机响了起来，是一个国际长途电话，"董事长，人已经找到了。"

"很好！"

"人在南非，我们的人一直在跟踪。下一步工作是什么？"

"演一场戏，找人假扮经侦的人追捕他，让他躲起来。总之，在这边事情没有了结之前，不要让他冒头。"

"收到！"电话来自杨富林的私人保镖。自从魏志航拿了钱，杨富林就一直让人秘密追踪魏志航，目的只有一个，让魏志航不能如约还钱，进而触发股权转让协议。让杨富林没有意料到的是，魏志航根本没打算还钱，人家一开始就是为了套现而做的质押融资。而恰巧的是，杨富林一开始就铁了心吃掉魏志航的公司，根本没打算让魏志航有机会还钱。两个心怀鬼胎的人阴差阳错地交集在一起，结果一切都进展得出奇地顺利。

魏志航自从套出将近三亿元的现金，从澳门辗转到达欧洲多个国家，然后又到达南非的一个偏僻小镇，花了很少的钱买下了几千亩地，隐姓埋名过起了惬意的农耕生活。而杨富林一直当成心腹的私人保镖出现在澳门赌场时，被魏志航的叔叔发现。在赌王遍布全球的势力威逼和重金引诱下，最终臣服于魏志航，明里帮着杨富林跟踪魏志航，暗地里却在保护着魏志航，以至于后来在几个人之间发生了很多戏剧性的事情。

万小红看到胜天火力盘口的异动，觉得很有意思，心里好笑不知哪个菜鸟用了这么恶劣的手段来做收购。正想给信研部电话，电话已经打了进来，"老大，全部是杨富林操作的账户。"

"好，知道了！"

"下　步工作怎么安排？"

"先别理他，继续跟进。"万小红挂断电话，从抽屉中拿出一沓资料，很投入地翻阅起来。过了半个多小时，她拿起手机拨通刘氏姐妹的电话："告诉万三省，杨富林没有听他的话，私底下安排几个手下举牌，已经把大部分流通股全部控制在手里了。"

"明白！"

万三省接到刘氏姐妹电话后，冷冷地笑了笑，然后给杨富林打了个电话，"杨老弟吗？最近很忙吧？"

"哦，是有点忙，刚接了几笔大业务，正在消化呢，等这阵子忙完再去探望大哥。"杨富林正在为自己的杰作得意扬扬，没想到这时候接到万三省的电话。

"听底下人说，这几天胜天火力竟然有几个人举牌，这事情你也知道了吧？"万三省想试探一下杨富林的忠诚，故意没有点破。

"我也是刚听说，也不知道谁干的？"杨富林已经决定好，这次的借壳不让万三省介入，自己来操作。于是，他对万三省做了保留。

"不是老弟你安排的就好，这样做风险很大，搞不好会被退市的！"万三省彻底对杨富林失望了，想不到杨富林会对自己阳奉阴违。但出于过往交情，万三省还是冷冷地提醒杨富林。

"退市？没这么严重吧！"杨富林听到"退市"两字腿一下子就软了。杨富林虽然在金融业发迹，但几年时间里更多是在互联网金融方面混，对于资本市场只是一知半解，更多的知识还是跟上万三省后才学会的。他怎么也不会想到，一旦上市公司的流通股集中到极少数人的手里，万一董事会通过退市申请，这家公司就有可能被以私有化的形式退市。而此时虽然魏志航的股份质押在杨富林手里，但左右董事会的仍然是原来的董事会成员，完全有可能落下退市的风险。

"大哥也只能帮你到这步了，你好自为之！"万三省平生最痛恨的就是背叛。他认为杨富林的私自运作已经背叛了两人的友情，所以决定放弃杨富林。

新的一周开始了,整座城市繁华依旧,似乎一切都没有发生变化,唯独胜天火力不断逆势上涨。由于多头资金涌入,股价自开盘便一路上涨。融资融券市场上不断有人通过融资交易拉抬胜天火力,接近尾盘,胜天火力直接跳入涨停板,收企11.53元。

第二天,胜天火力持续上涨,不断有人买进胜天火力,融资交易空前活跃,股价直线上涨。而杨富林志在必得,只要有人卖出就不假思索地安排资金吃进,结果导致胜天火力持续一周陷入空涨。

万小红的操盘团队乐得不行,因为通过这么几轮的运作,已经从胜天火力上赚了五亿多元。就这么个项目,年底拿七位数奖金已经不成悬念了。

Ansha了解到万小红全部抛售了胜天火力一下子就跳了起来,"你说什么?你全部套现了!"

"这么容易就赚了几个亿,你应该高兴才对呀,你紧张个啥?"万小红笑吟吟地看着Ansha。

"你还笑得出来?人家客户打钱进来是让咱帮他借壳的,你倒好,拿别人的钱炒股,全然忘了借壳的事情了。"Ansha已经急得不行了,因为和金明签订合同的是自己名下的公司,说好三个月内拿下壳,九个月内帮助完成借壳。这下可好,钱收了,收购款也进账了,折腾了将近两个月,壳公司的股票竟然被万小红给套现了!这算怎么一回事嘛?Ansha越听越上火。

"哎呀,我说大帅哥,你着急个啥子哟?"

"我能不着急?"

"当然能!不就买只壳嘛,多大一点事儿?莫着急,莫着急!"

"哎哟哟!我的祖宗唉,这究竟是怎么一回事啊?"Ansha看到万小红一直笑吟吟的,根本不把借壳上市的事情放心上似的,整个人都快疯掉了。

"这么说吧,你这点事情包在我身上啦。同时,现在赚钱不容易,有钱赚就必须先赚钱。总之,能帮你做好这次借壳业务就是,别着急。"

"真的没问题?"Ansha看到万小红似乎胸有成竹的样子,没那么着急了,但还是放心不下。

"你觉得我像是开玩笑吗？我想提醒你的是，我们现在赚了四五亿元，而你签的那个合同违约金也就一亿元。就算做不成，咱不是还照样赚钱吗？生意必须这么做才可以的。"万小红笑得很邪恶，使得Ansha提心吊胆的。

"赚钱！赚钱！你那么缺钱吗？这事情搞砸了，赚那点钱有屁意义啊！我们俱乐部损失的信誉价值不是用钱可以衡量的！"这才是Ansha担心的。因为接到这业务是因为俱乐部的信誉在那儿，才这么顺利拿下的。而做这项目有和俱乐部没半毛钱关系，一旦因为自己的私事将俱乐部的信誉搞砸了，那自己的下场将很难看。到时候，再多的钱也无法挽回损失。

"帅哥，你见我失手过吗？"万小红还是笑着看Ansha。

"能讲讲你的计划吗？我心里确实没底，后背直冒汗呐！"

"得得得，你继续冒汗好了！干咱这行的，那一分钟不刺激？你呀，是时候享受这样的刺激啦，否则整天闷在俱乐部低声下气的，迟早会变成老年痴呆。"

"唉！"Ansha正想说点什么，电话骤然响起，是俱乐部打来的。有美国政要来访，指明要下榻俱乐部，Ansha必须马上回去部署。

杨富林哼着小曲正得意地沉醉于自己的杰作当中，秘书拿着一份报纸闯了进来："董事长，大事不好啦！"

"什么事情大呼小叫的？大清早的，董事长怎么就不好了！"杨富林对这位冒冒失失的秘书颇为不满，但短时间内招不到合适的只得将就着用。这大清早的被她这么一来，原本很好的心情一下子全没了，他很是生气。

"董事长你看！"秘书将一份早报递给杨富林。

"到底是什么情况？"杨富林接过报纸一看，一篇题为《天使财富或涉嫌诈骗》的文章跃然于报纸封面，标题用超粗黑字，拿在手上尤其扎眼。他原本要大发雷霆，发泄一下对秘书的不满，但看了报纸标题后气上不来了。杨富林脸色变得很难看，然后瘫在了椅子上。秘书看到老板铁青的面色，悄悄退出了办公室。

第五章 借壳风云

　　杨富林拿着报纸发呆了几分钟，回过神后逐字逐句读完文章，越读脸色越难看——记者根据天使财富P2P平台上最近两个月发生的交易进行了深度报道。文章提出了三个质疑：第一个质疑是，为什么胜天火力作为上市公司，没有发布任何公告，就能在天使财富平台上获得融资？第二个质疑是，胜天火力在天使财富平台上总融资额15亿元，然后债权人又将该债权进行债权转让，15亿元的债权竟然有35亿元的债权转让标的，这是为什么？第三个质疑是，胜天火力质押的股票总价不超过6亿元，但在天使财富平台上竟然能够融资15亿元，理由何在？正常情况下，融资额度无论如何都会比质押标的总价要低，而胜天火力从天使财富平台获得的融资额远远高于质押标的价值的数倍，这点有悖常理。杨富林看到这些质疑，胡子都被气直了。一方面气底下的人做事不用脑子，这么显而易见的愚蠢错误都出，简直不可饶恕。一方面气写该文章的记者和媒体，因为自己每年给这些媒体投入的广告费不菲。换个角度理解，是他杨富林在供养这些记者和媒体。而在天使财富崛起的关键时期，竟然来了这么一出报道，简直无法原谅！

　　当天，胜天火力未经董事会审批，没有做任何公告，就通过天使财富平台融资15亿元的事情传开后，股民都快炸开了。各种猜测四起，胜天火力一度跌入跌停板。杨富林恨得直咬牙，而更糟的事情才刚刚开始。就在杨富林准备安排人找出写文章的人好好给他点教训的时候，办公室大门被敲开。当看到四五个人走进办公室的时候，杨富林瘫在了座位上。

第六章　毒丸战术

　　天使财富遇上了大麻烦！税务稽查部门查封了天使财富的所有电脑，财务部也被查封了，说是有人实名举报天使财富偷税漏税，而且金额巨大，据说已经掌握了充分证据。随后，税务稽查工作小组便联合审计人员入驻天使财富现场办公，天使财富处于业务停滞状态。而这一切，就在稽查科科长带着几个人敲开杨富林办公室时同时发生的，可以说毫无征兆地闪电般发生。杨富林被要求配合调查，在毫无防备下整个人濒临崩溃。

　　杨富林怕的并不是税务问题，因为就算偷税漏税，补缴并交点罚金就没什么大问题。最令杨富林害怕的是，报纸刚刚报道的问题被人深究，操作这几笔大资金确实存在很大的漏洞。他还没来得及善后，万一被发现必定会招来经侦部门的介入。一旦走到这一步，麻烦就不可收拾了。而且，这几笔账肯定逃不过稽查部门的法眼。想到这些，杨富林无论如何得想办法把税务稽查的工作人员撤走。等税务稽查的人出示公告后，回过神后立马起身请税务人员入座，表示全力配合稽查工作。然后借由给几人倒茶的空档，他伸手到口袋拨打了一个号码，拨了几秒挂机，又拨通几秒然后挂机。这样的反复两三次后，杨富林端着茶送到几位税务人员面前。

　　杨富林正在给几位税务人员端茶，口袋里的手机响了起来。他很抱歉地拿出手机，表示自己接个电话。然后他退到窗户旁，面向窗外接通了电话，"喂！哦，是大哥啊！对对对……哦，是这么回事啊……大哥，公司来了几位贵客，我这正在接待呢。嗯嗯，税务稽查部门的几位公干，说是接到实名举报，并且掌握了天使财富偷税漏税的证据……是是是，领导说的是，富林一定会全力配合。如果公司真有问题，一定要改进。是是，请领导放心，天使财富一直遵纪守法，不会有偷税漏税的事情发生……"

几位税务人员看着杨富林的背影，通过言语，仿佛隐约听出是市委某领导的声音，几个人面面相觑。杨富林挂了电话，一副很歉意的样子走到稽查人员面前，"真的很对不起，刚刚市委秘书长打来电话，影响几位的工作进度了。我需要做些什么事情，请吩咐，富林一定全力配合。"

"杨董事长不必担心，我们只是例行公务。因为接到实名举报，而且提交了很明细的材料作为证据，我们不得不过来一探究竟。给你带来困扰了，实在很抱歉。"税务稽查科科长见市委秘书长亲自致电杨富林，不由得心中打起了鼓。

"没事儿，不过，我们的平台运营团队是不是可以不要查封他们的电脑，否则，平台停滞，投资人和融资人的投融资提现等没人审核，等于革了我们的命啊？"杨富林说的倒不是假话。一旦平台的融资申请没人审核，投资人无法提现，一天时间就有可能引起市场大乱。

"按正常办公流程，我们必须查封所有电脑。不过，考虑到你们业务的特殊性，可以不查封业务审核部门的电脑。但是，所有的操作必须在我们的监督下进行。杨董事长，你看这样可以了吧，我们也是奉命行事啊。"稽查科科长摆出了自己的难处，并且给了杨富林台阶下。这一方面是为自己留条后路，一方面是考虑到天使财富业务的特殊性。

"感谢！非常感谢几位的体谅！"杨富林一一握手，目的是拖延时间，等待着奇迹发生。果不其然，过了十分钟左右，稽查科科长便接到顶头上司电话，要求在没有充分证据的情况下，暂时不能影响到企业的正常运转，以免造成社会不和谐意外事件的发生。天使财富平台涉及用户高达百万之众，一旦发生意外，或将引发不可收拾的意外事件。为了保险起见，办案过程必须避免节外生枝，尽量速战速决。

接完电话，稽查科科长已经明白上头领导的意思，于是安排人员象征性地过了一遍账本和银行流水，然后拿着两本可疑的账本便撤走了全部人员。杨富林被这么突如其来的稽查吓出了一身冷汗，看到人员撤走了，他终于松了一口气。

然而，噩梦才刚刚开始！稽查部门虽然撤走了，但是员工却坐不住了，各种各样的猜想严重扰乱了每位员工的状态。尤其是那几位操作胜天火力融资的负责人都坐不住了。因为他们心里清楚，一旦融资标的造假这件事情被曝光，自己将难免牢狱之灾。于是他们不约而同地跑到杨富林办公室，"董事长，这件事万一被曝光怎么办？"

"你们慌什么慌！他们是税局的，又不是公检法部门的，能有你们什么事？再说了，他们这不是半天就撤走了嘛。"

"可是，万一……"

"别他妈的添乱！我们现在是一条船上的，谁背叛我我就给谁好看！当时拿奖金的时候怎么就没有害怕？给我顶住了，把你们的屁股擦干净，看你们做的蠢事，差点把我也害了！"杨富林不容其他人说话，便以强势的口吻压了回去。

"董事长，我们可是家里的顶梁柱，一旦我们出事了，家里的妻儿老小都要挨饿的啊，您千万保住我们哦。"几个人见杨富林正在气头上，估计也没啥可谈的，只好退出办公室。

世界上很多事情就这么奇怪，你越害怕发生的事情就越会发生。一件事情，一旦出现了问题，总是向着最坏的方向发展，直到极点。杨富林没有逃过"墨菲定律"的诅咒。第二天，市政府金融办的相关负责人便以媒体曝光的事情作为由头，约谈杨富林。

随后，经侦队正式介入，以涉嫌非法融资为由着手调查天使财富的交易数据。杨富林最担心的几笔资金很快就被发现……

随着调查的深入，天使财富业务已经完全陷入瘫痪状态。借款人的标的得不到及时审核，出借人到期应兑付的钱无法取现，陆续有大量的出借人聚集到天使财富公司讨债，事情已经开始恶化。

杨富林或将面临多项指控，包括非法集资罪、挪用资金罪、金融诈骗罪等数项罪名，而且金额巨大，任何一项罪名成立都能让杨富林坐穿牢底。杨富林越想越后怕，睡不着吃不香，整个人完全崩溃。他突然想到关系到顶层的万三省，试图求助他，看能不能缓和一下现状。可是他打座机没人接，打手机关机，上门找也不见踪影，急得杨富林如同热锅上的蚂蚁。杨富林越来越后悔自己违背万三省，对自己私底下发布虚假融资标的的行为后悔不迭，但一切都为时已晚。

经过将近半个月的排查，经侦部门已经充分掌握了杨富林的犯罪证据，法院正式批捕杨富林。与此同时，天使财富与魏志航私底下签订的质押合同也被宣告无效，魏志航亏空上市公司财产的事情也被查了出来，股票被强制停牌。

杨富林因为伪造合同，发布虚假融资信息，以非法占有为目的向社会大众募集资金等事实证据确凿，正式被以非法集资罪、金融诈骗罪、合同欺诈罪等罪名提起公诉。由于涉嫌金额巨大，被判有期徒刑十年，没收全部非法所得，并罚款一千万元。相关人员也因为此案判处一年至五年不等的有期徒刑。

魏志航按自己设计的逃跑路线一路顺风顺水，先从天使财富获得2.8亿元融资，然后分别转到四个他人名下的账户，借助自己父亲生前的关系网将钱流入澳门赌场，通过赌场筹码不记名的特性，兑换成筹码，然后分成六十几份兑换成现金，将钱转到事先准备好的几十个以他人名字在海外设立的账户中。整个策划在魏志航眼里已经是天衣无缝，就算公检法追查也无从查到资金下落。魏志航之所以如此大费周章，是因为自己心里很清楚，以当前的法律，一旦自己被抓捕，应该会被判无期徒刑，就算逃到天涯海角，被抓捕也只是迟早的事情。把钱隐藏起来，就是为了自己万一被抓捕刑满后还有本钱可东山再起。而通过赌场，是魏志航能想到的唯一能隐瞒资金去向的最好途径。假如被抓捕追查赃款下落，自己只需一口咬定已全部赌输了，基本上就没有然后了。

魏志航将大部分钱安顿好后，辗转六七个国家，利用五六个假护照，最终隐姓埋名藏匿在非洲某小国，过起了农场主的生活。

令魏志航没有想到的是，自己会这么快被抓捕到。杨富林被捕后，魏志航亏空上市公司的事败露，胜天火力股东大会要求董事会联合监事会以非法挪用上市公司巨额资金、非法侵占上市公司巨额资产等数项罪名向检察院举报,同时向法院提起诉讼。经过调查取证,在证据确凿的情况下,结合魏志航转移资产逃匿的事实清楚,法院最终认定魏志航非法侵占上市公司资产、非法挪用上市公司资金、金融诈骗等罪名成立,而且情节严重,属于恶意行为,数罪并罚判处魏志航无期徒刑,剥夺政治权利20年,限时退回全部非法所得,并罚款9000万元。由于,魏志航失联,法院判决无法执行,最终被列入"猎狐榜",悬赏50万元面向全球通缉。在一次偶然的机会里,魏志航农场的员工看到"猎狐榜"的通缉名单,发现上面的一个人长相和自己的老板几乎一模一样,所以偷偷发了一封邮件给"猎狐行动"行动组。经相貌匹配,两者的吻合度达到了99.91%,警方锁定化名为KiTom的男子就是魏志航,于是展开了国际围捕,不日魏志航便被缉拿归案。这是后话。

胜天火力由于被魏志航亏空了17亿元,共欠下外债9.5亿元、拖欠货款0.7亿元、拖欠员工工资0.12亿元。在股价一落千丈的背景下,胜天火力已经严重资不抵债。银行以及其他债权人不约而同地将胜天火力起诉到法院。由于资不抵债,而且缺口巨大,胜天火力被法院宣告破产。

经过将近三个月的沟通协调,胜天火力与债权人达成和解协议,债权人同意胜天火力以全部资产抵偿全部债务,抵偿后胜天火力净资产为零。在原告和被告的申请下,法院裁定认可和解协议并发布公告,中止破产程序的审理。胜天火力应债权人要求,将全部资产变现。所获资产在法院监管下,按和解协议依法清偿债务。如果和解协议未能按期履行,债权人有权申请法院强制执行或者申请法院恢复破产程序,届时胜天火力将被法院宣告破产。

胜天火力结局之所以出现如此大的逆转,得益于重新组成的临时董事会聘请图牛基金作为财务顾问。财务顾问团队将破产清算和庭外和解的利弊列举给胜天火力的十大股东,"如果走破产清算,那在座各位的全部利益将烟消云散,甚至要承担一定的债务义务;更关键的是,好好的一家上市公司就这么没了。而如果能与债权人达成和解,以全部资产作价清偿,虽然胜天火力的净资产变成了零,但是,只要还有办法置入新的资产,上市公司的位置照样还能保住。在这种情况下,在座各位至少还可以在对价操作中获得合理的回报。这两个结局,不用深入解释,相信大家也能心里有数。"

"问题是,在这种特殊的背景下,谁有办法说服债权人选择第二个方案呢?另外,置入什么样的资产?"十大股东听了财务顾问的意见,都表示选择庭外和解是最佳的方案。

"既然图牛基金作为胜天火力的财务顾问,就有责任与义务为在座各位善始善终。如果各位没有意见的话,请董事会授权,这件事情我们想办法解决。不过……"

"不过如何?"几大股东心情刚有所缓和,听到"不过"二字从顾问团队嘴里蹦出来,心中不由紧张起来。

"做成这件事情绝非易事,是需要成本的。事成之后,顾问费是不是应该考虑适当地提高那么一点点呢?"

"提高多大幅度?"其中一个股东听到"不过"两个字就猜想到是"趁火打劫",果不其然,顾问团队真的提出了提高顾问费。股东们心里虽有不爽,但还是压住了怒气。

"按惯例,我们作顾问的,只出解决方案,执行由甲方安排人执行。而这次情况特别,我们不但要出解决方案,执行还得咱自己来,工作难度不仅仅是增加一倍。正常情况下,至少翻一番才合理。不过胜天火力当前的情况特殊,咱就在原有基础提高50%吧。"

"是是,工作量是加大了,酬劳也应当相应提高,事成之后才收费的话,一切好说。"第二大股东一直不发话,但看到其他股东有抵触情绪,担心事情没法继续,所以就抢先做了表态。其他股东也不好多说什么。在图牛基金团队的提议下,重新草拟了新的顾问合同,增加了新的条款,提高了价码。

负责公关债权人的团队是刘氏姐妹,俩人如约见到了第一债权人——城市商业银行的相关负责人。见面寒暄了两句，刘氏姐妹便直奔主题，"行长，让胜天火力破产清算，虽说有可能拿到更多的钱，但也完全有可能拿到更少的钱。原因很简单，胜天火力的大部分资产在估值上都动了手脚，任何一项资产的估值都虚高。这些资产在公司没事的时候暴露不出什么大问题，但是一旦进入清算，那么号称价值两亿元的资产，实际能变现的不到一半。比如他们的几项发明专利，当时估值是7500万元，你真的有信心卖出这么高价格还有人傻到接手的程度？还有就是，这些资产要想完全变现，没有两年根本搞不定，这可是一笔巨大的损失啊。"

"你说这番话不无道理。但是，不走清算，银行的这笔烂账就无法处理啊。"行长见两个小姑娘竟然能够一言中的，先是一惊，随后心情沉重了不少。

"我们姐妹之所以来找您，是因为受胜天火力股东会和董事会委托，向您推荐一套能让彼此都皆大欢喜的方案。"

"哦！有此等好事？说来听听。"

"传达股东会处理方案之前，我有一事想先请教行长，银行对待不良资产是怎么处理的？如果投资烂掉的项目，我们投行机构的处理思路是，只要是现金，能收回多少算多少，少收好过没的收。银行也是这样子吗？"

"差不多吧！"

"也就是说，我们还可以有第三个方案咯。"

"你们先说说看。"

"胜天火力临时股东会提出的方案是，终止法院破产流程，通过庭外和解，以胜天火力的全部资产作为抵债。我们的方案是，进行债务重组，我们谈一个合理的价位收购你们的债权，条件是价格得合理。"刘氏姐妹的方案是临时自己想出来的，并没有通过万小红的同意。但她深信，价格合适的话，这个方案肯定能获得通过，于是自作主张提出了这个方案。

"如果是债权转让，什么价格你们能接受？"

"当然是低于胜天火力能偿还你们的价格啦。"

"那，银行为什么不选择股东会提出的方案而是选择你们的方案呢？"

"事实上，行长您最终选择哪个方案，对我们而言都是一样的，我们只是赚顾问费。而不管结果如何，顾问费我们是必须收的。之所以提出另一套方案，是出于为行长您考虑的。"

"哦，此话怎讲？"

"行长是聪明人，肯定知道个中道理的。无论是破产清算还是股东会提出的方案，在时间上都会很漫长——短则大半年，慢的话有可能三五年都很难变现。那么，很多现在还值点钱的资产，放上一两年就一文不值了，到那时候债权人会得不偿失！您觉得我说的是不是事实？"刘氏姐妹看到行长听完两个方案后陷入沉思，笃定此行会比预料中顺利，所以加快促成速度。

"从时间成本和风险角度看，银行接受我们提出的债权重组方案是明智的。"自从进门，较年幼的刘氏小妹就没说过话。她看到火候差不多了，进一步做了补充说明。

"两位的意思是，你们愿意拿出现金来收购我们手上的债权？"

"准确地说，是收购你手上的烂账，如果价格合适的话。"

"嗯，看来两位确实是来找解决方案的，这件事情容我向总行汇报之后再见面详细谈。今天还有别的安排，只能接待两位这么久了。"说话间，预约好的客户已经到了门口，于是行长毫不客气地结束谈话。

天使财富被查封后，近50万出借人成为受害者，近百亿已经完成的交易无人监督管理，意味着50万人的投资将因此打水漂。而这么个摊子因董事长杨富林被捕，暴露出大量坏账烂账，坏账率严重超过平台公布的1.3%，实际达到17.1%。天使财富留下的一地鸡毛引发了蝴蝶效应，疯狂的P2P市场受此影响不断爆出各种问题，整个金融市场也因此风波迭起。

杨富林始终没有想明白，自己是怎么陷入如此境地的。但他不后悔做出选择借壳上市的这次决定，因为这是天使财富的唯一出路。由于大量的坏账烂账，为了保住平台，必须不能让出借人收到损失，否则平台很快就会出问题。解决这样的难题，只有平台兜底可以实现，而由平台垫资赔付坏账烂账，需要大量资金，平台的收益仅有4%，而坏账率竟高达17.1%，严重超出收益额四倍多。在每天近亿元的交易基础上，这样的逆差黑洞犹如无底洞。杨富林为了让人觉得天使财富是一个很了不起的平台，业务蒸蒸日上，风控做得很好，坏账率全行业最低，只能通过发布虚拟项目进行融资，拆东墙补西墙。在严密的管理下，这样的做法倒也没出现什么篓子。

然而，一年多形成的逆差黑洞，已经是一个巨大的窟窿。20亿元填补黑洞的钱由于还款日期不断到来，需要不断融入更多的资金来滚动。在巨额的财务窟窿的压力下，将包袱包装好丢到资本市场去消化成为杨富林唯一的出路。而又恰巧撞上魏志航急于套现，借壳胜天火力的机会对于杨富林而言简直是天赐良机。因此，从万三省处得知魏志航有意以控股权低价质押的消息后，杨富林连夜启程满足了魏志航的需求。

杨富林拿到魏志航的质押合同后，就没想过让魏志航还钱，而恰巧魏志航正好也没想过要还钱。种种巧合，使得杨富林快马加鞭地启动天使财富借壳上市的程序。让杨富林始料未及的是，竟然有人先他一步盯上胜天火力。更为可怕的是，那个人是令上市公司老总闻风丧胆的万小红。杨富林千算万算，唯一失算的是低估了万小红的智慧和力量。

高手与高手过招，其乐无穷。而菜鸟与高手过招，会死无葬身之地。这点是杨富林一辈子也不会明白的道理，以至于深陷囹圄后，只能捶胸顿足而总结不出失败原因。

同样要把胜天火力当成壳资源的两股力量，以杨富林为代表的力量因无知而全军覆没；另一股一直潜伏的力量，代表人物万小红则优哉地躺在沙发上看电视台对杨富林被捕的新闻报道，很没趣地嗑着瓜子。此时，落在卫生间的电话突然响起，万小红慵懒地走进卫生间拿起手机一看，是新富豪俱乐部的Ansha打来的电话。万小红一边接电话，一边重重地整个人摔在弹性极好的进口沙发上，"什

第六章 毒丸战术

么事吗？"

"你看到新闻了吗？举牌炒作胜天火力的天使财富垮了！董事长被判了十年。"

"这有什么奇怪的，意料之中的事。"

"意料中的事？"Ansha听万小红这么一说，觉得有点奇怪。

"可不是嘛，否则你当我傻了，就差临门一脚了还抛售他们的股票套现。"

"什么情况？你是说上次套现是因为你知道会发生这档子事情？"Ansha有点不敢相信自己的耳朵。

"除了这件事情，还有什么事吗？"万小红不想谈胜天火力。

"咱们一起吃个晚饭呗？"虽然觉得很奇怪，但是感觉到万小红似乎不太愿意深入胜天火力的话题，Ansha不得已转换话题。

"今晚呀？没空！很久没好好休息了，我得睡个懒觉，否则过几天又要忙到半死了。"万小红慵懒地伸了个腰。

"好吧，那改天再约。"Ansha已经不能自拔地爱上万小红了，这种爱来得不知不觉。每当见不到万小红的身影就觉得莫名地焦虑不安，每当约见万小红被拒绝而感到无比痛苦，Ansha终于察觉到自己不可救药地爱上了神秘的万小红。

杨富林被捕，魏志航也被捕，两个曾经踌躇满志的男人，双双沦陷囹圄。天使财富完蛋了，但是作为公众公司的胜天火力还得继续。在临时董事会以及图牛基金团队的多方撮合下，债权人最终选择了庭外和解。胜天火力原有的全部资产将通过司法程序进行评估拍卖，全部拍卖所得用于偿还债权人，债权债务关系由此清零。而拍下胜天火力资产的企业则获得胜天火力的全部未流通股份，原本千疮百孔的胜天火力由于此次风波，反倒变成了一只干干净净的壳。

青岩生物，一家资产极好的非上市公司，一直从事疾病预防技术研究，主要产品为乙肝疫苗，全国10%的乙肝疫苗产自这家公司。但由于绝大部分业务都是定向销售，很少有老百姓对其了解。此次成功借壳胜天火力上市，使得青岩生物

资本风云

成为新闻热点，各大报纸都大篇幅地对青岩生物进行深度报道。

最令媒体津津乐道的是，借壳上市需要投入的资金往往高达数十亿乃至百亿，而青岩生物借壳胜天火力总投入不足十亿元。参与胜天火力竞拍的企业虽然有数十家之多，但经过二十几轮竞拍，价格冲到6亿元的时候，其他竞拍者纷纷放弃竞拍，青岩生物以势在必得之势拿下胜天火力。含拍卖佣金及相关手续费在内，青岩生物最终以6.75亿元赢得拍卖——胜天火力61.99%的非上市流通股全部收归囊中，成为上市公司最大控股股东。经过系列重组工作，青岩生物百分之百资产全部注入胜天火力。在法院、工商、证监等多部门的协同推动下，胜天火力更名为青岩生物。

从此，证券市场上，一只业绩极好，利润极高的优质股票闪耀登场。青岩生物与胜天火力重组，无论对于股民还是对于监管当局而言，这都是一个完美的结局。同时，对于青岩生物而言，更是一次完美的开始。而对于万小红团队而言，这是一个比预期还赚钱的案例。从着手炒作胜天火力到帮助青岩生物借壳上市完成，先后从这个项目获得高达二十多亿元的收益，整个运作周期仅仅十个月。

庆功宴在位于国际金融大厦86层的新富豪俱乐部综合宴会厅进行，青岩生物董事长金明成为当晚的明星，社会名流纷纷向金明表示祝贺。万三省作为投资银行家协会的当家人，作为特别嘉宾被邀请出席。没有几个人知道，其实在这场借壳盛宴中，万三省充当了什么样的角色；更鲜有人知道，多方受益者中万三省也是其中之一。这天晚上，所有受益者都以各种不同的身份出席了庆功宴。唯独万小红的整个团队缺席，因为事先有约定，无论在任何情况下，图牛基金只作为幕后团队，胜天火力、青岩生物、新富豪俱乐部、投资银行家俱乐部都不能透露任何关于图牛基金的信息。因此万小红团队在完成任务后，迅速在当事人视线中消失得无影无踪。

青岩生物成功借壳上市，成为经典案例，对于媒体是这样、对于投行界是这样、对于证券市场也是这样。因此，庆功宴上，无论监管当局，还是媒体，抑或股票玩家，各种啧啧称赞不绝于耳，每个人都乐在其中。78号大院，热闹程度与

第六章 毒丸战术

青岩生物借壳上市庆功宴现场相比不相上下——3000万元现金摆在领奖台上，所有参与此次项目的人都将论功行赏，每个人面对如此巨款无不兴奋难耐。

"公关部作为本次业务的关键部门，荣膺最大贡献团队奖！团队总奖金400万元！"主持人热情洋溢地宣布第一个获奖队伍。公关部全体成员在如雷般的掌声中被推上舞台，按照部门事先拟定的分成规则，分别提着属于自己的奖金。

"你的80万元，再接再厉！加油！"

"你的65万元，继续加油！"

"你的60万元，继续加油！"

"……"

公关部全体团队成员在主持人的祝贺鼓励下，在众人的羡慕妒忌恨下，提着沉甸甸的大包小包现金回到自己的座位。

"投行部在本次项目中，作为最辛苦的执行团队，荣膺最具执行力奖，团队总奖金为500万元！恭喜投行部！"

"信研部作为本次项目的幕后英雄，他们的精准信息是本次项目得以顺利进行的关键，荣膺超级英雄奖，团队总奖金500万元！恭喜信研部！"

"在本次项目中，离不开巨狮、金骑士、蓝豹等队伍优秀的操盘经验，他们分别获得300万、450万、480万元的团队奖金……"

万小红之所以能所向披靡，得益于优秀的团队。而这些出类拔萃的人才之所以愿意死心塌地追随万小红，原因在于万小红的褒奖机制。在万小红的队伍里，不会有人被埋没，不会有人付出了没有回报。每操作一个项目结束，万小红就会拨出专款奖励这些为自己忘记白天黑夜的团队成员，而且是即时的现金奖励。比如，这次帮助青岩生物借壳上市，换做别投资银行公司，这时候整个团队应该在青岩生物的庆功宴上醉生梦死。万小红则例外，做完项目，整个团队要立刻在项目中消失于无影无踪，然后在自己的世界里举行自己的庆功宴。分钱的庆功宴无论如何都要比吃吃喝喝的庆功宴更吸引人，更能让人兴奋。虽然总奖金只是整个项目利润的10%不到，但是，一次性拿出几千万，每人直接分得几十乃至上百万元现金奖励，在项目结束当天就能拿到，这样的事情只有万小红做得出。所以，无论是多么艰巨的任务，无论是多累的项目，都不会有人说半个不字。因为付出得越多，总是必然地获得更多的奖励。在如此巨额利益的驱使下，每个人每天都像打了鸡血般无怨无悔、斗志昂扬。

此时，团队在分钱，万小红则在地球的另一边进行她从业以来最大的一次私募。万小红要成立一只全球并购基金，总规模400亿美元，首期募集100亿美元。首轮募集酒会在法国来菲堡进行，嘉宾及相关节目安排由新富豪俱乐部国际运营部负责邀请和全程操办。

被邀请的富豪包括来菲堡主人Roths、钢铁大王Moc、航运大亨Laed、空气能巨子Kite、互联网寡头Amwat，以及新富豪俱乐部海外会员团等共计123人。万小红作为东方投资银行界最具传奇的新秀，不到两年的时间竟然名声早已在外。西方世界的富豪和银行家们虽未见过其人，但都早闻其名。一直神龙见尾不见首的万小红竟然破天荒地要来到来菲堡分享东方经验，还带来了分享东方蛋糕的机会，被邀请的人无一缺席。

酒会如期举行，主持人热情似火地介绍着万小红的事迹，一个比一个精彩绝伦，一次比一次赚钱，使得早已习惯了每年不超过20%投资回报的老外们连连惊呼。虽然有少部分质疑的声音，但绝大部分都是惊叹和羡慕，恨不得早点参与到分蛋糕活动中。精彩的故事、火辣的艳舞、主持人热情似火的煽情，人们突然发现似乎有什么不对劲，但一时半会儿想不出问题出在哪儿。终于有人提出来："Where's Miss Wan？"

是的，酒会已经进行了一个多小时，各种节目已经表演得差不多了，富豪们发现万小红一直没露面。直到有人发问万小红在哪里，大家才想明白，原来酒会的主角竟然还没到场。此刻，场下骤然静了下来，所有人都带着疑问看着主持人，等待主持人给自己一个交代。

"嘭！"巨大的爆炸声划破场内的安静，不明情况的富豪们认为是恐怖袭击，一下子骚乱了起来。就在大家马上要冲出酒会门口时，一位全副迷彩军装的

第六章 毒丸战术

美少女从刚刚传来爆炸声的方向破墙而入:"Stop!"

清脆的声音回荡在偌大的宴会厅上方,所有人被这突如其来的叫停震住了脚步。

"I'm sorry! Give everybody a little excitement! Are you all right?"军装美女如飞人一般,乘着钢丝绳一边招呼一边飘至舞台之上。

"Welcome Miss Wan!"主持人大声巨吼。

"Oh,My God!"全场被万小红的出场式所震惊,同时找到一种未曾有过的新鲜感和刺激感。随之爆起如雷般的掌声。在场的人无论是富豪还是政客,对于万小红别开生面的登场方式都惊叹不已。

万小红看到酒会恢复了应有的秩序,笑吟吟地用美式英文和大家打招呼,并为自己这样的登场方式道歉。

万小红振振有词地解释:"世间万物无不瞬息万变,资本市场却一直处于几种大家熟知的规律中运转。而要想在这个已经极度成熟的市场中有所突破,需要与众不同的战略和战术,只有这样才有可能发挥出自己的优势,创造出让人惊叹的成绩。我正是以这样的思维方式,结合大量实操经验,结合创新式的战略战术,才得以在短暂的两年时间内鹤立鸡群,从一个无名小卒赢得在座各位的赏识。

"所以,今晚的第一次见面,我想以一种大家未曾经历过的见面方式让大家记住。虽然有点唐突,有点失礼,但我相信大家一定都记住了我,Miss Wan,对吗?"

全场无不被眼前这位女子所折服,不但因为人长得秀色可餐,更因为她出色的口才和过人的胆识。大部分人都表示,资本市场确实需要令人意想不到的战略战术,否则大家只能在原有的模式中转圈圈。

这一夜,由于主持人精彩的主持,万小红别开生面的见面方式,以及出众的演说水平,赢得了富豪们的认可。此前新富豪俱乐部就做了足够多的宣传推广,富豪们已经对万小红有所了解,并且对其能力深信不疑。在此背景下,当晚100

亿美元的募集计划被超额认购。万小红海外之行获得了意想不到的成功。

第二天，万小红成了全球数十家著名财经报纸及期刊头条新闻，国内媒体更是如获至宝般争相报道。一位被资本市场又爱又恨的神秘人物终于现形，万小红的相片被各大媒体放大作为封面报道……

郝本翔正在办公室查阅邮件，秘书送来一沓报纸和杂志："董事长，今天的新闻你一定要看看哦。"

"唔！"听到秘书特别强调，郝本翔好奇地瞟了一眼报纸，带着疑问看了看秘书。刚想要问点什么，万小红的大照片映入郝本翔眼帘，是她！真的是她！郝本翔大脑"嗡"的一下，兴奋！震惊！悲愤！五味杂陈，整个人快疯了。看见秘书已经退出办公室，郝本翔一把将所有报纸和杂志全部抱到面前，泪水止不住地淌了出来……

风很大，大海如约来到豹丰科技办公室，赵文星和郝本翔已经等候多时。大海的事迹郝本翔早有耳闻，所以没太多寒暄就直奔主题，探寻豹丰科技反并购策略。

"大海！投资银行界的传奇人物！闻名不如见面，果然人如其名，有着大海的气度和深邃的智慧！久仰久仰！"郝本翔创业数年，终于学会了恭维，但对大海说的这番话并非虚伪的恭维，而是由衷的感叹。

"郝董事长见笑了！能得到企业界朋友的信任，是大海的福分，希望此行不会让郝董事长您失望才好啊！"大海向来爽直，无论对别人的恭维还是带味的言语都能直面，对郝本翔的此番赞叹倒也习以为常了。

"想当年你在银声集团上使出的'毒丸战术'真的干得很漂亮！能不能先分享一下你当时境况，让本翔过过瘾？"

"哈哈！都是陈年往事了，没想到郝董事长还能记得，非常感谢！"

"我也听说了，据说当年那一仗干得很凶，一直想找机会听听当年的故事哦。"赵文星坐在一旁见郝本翔提到"毒丸战术"，也来了兴致。

第六章 毒丸战术

"其实，当年是不得已而为之啦！银声集团已经被砸得稀巴烂，可以说完全失去了招架的能力。我不使点狠招就完蛋了，所以只能采取非常手段。"

"嗯，也听说了。"

"毒丸战术是要有前提条件的，十大股东之间必须团结，如果各怀鬼胎就很难实现。尤其是，事先没有制定毒丸约定的情况下，执行起来会很麻烦。当年银声集团就属于后者，十大股东中，有三位是站在海外并购基金那边的，而且上市之初没有毒丸约定。幸好有一位重要的债权人的附件上有相关'提前赎回'约定，才得以实行。"

"具体点！具体点！"赵文星见大海草草地说点皮毛，有点急。

"其实毒丸计划有两种情况，一种是提高并购者的并购成本，一种是摊薄并购者的权益。两种手段都是为了让并购者比预期投入更多的资金，以致吓退他们。而提高并购成本常见的方法是以高溢价回购优先股，致使大大提高并购者的并购成本。一旦通过并购无利可图，很多并购者就会知难而退。摊薄权益最常见的方法就是增发新股，一旦增发的量较大，那么并购者的持股比例就会被同步稀释。并购者若想获得更高的话语权，就需要投入比预期更多的钱收购更多的股票才得以实现。在这种情况下，很多并购者也会知难而退。当时银声集团这两个条件都不具备，幸好有一笔巨额外债，在附件上有约定'一旦公司经营状况发生逆转，如经营权发生变化的可能，或者股价出现大幅度下跌，债权人有权要求债务人无条件提前偿还欠款'，就是这么一个条款拯救了银声集团。"

"债权人主动申请提前还款！还是你们找人唆使债权人这么干的？"赵文星觉得很有意思，但没弄明白怎么回事。

"你觉得呢？当然是我们找债权人要求提前还款的啊。当时银声集团欠了这个债权人4.2亿元，这位债权人申请提前还款后，董事会立马批准了他们的要求。但是银声集团当时已经弹尽粮绝，如果要提前还款，要么由并购者先确认还，要么由债权人向法院申请执行，要么以极低的价格与债权人进行债转股。而这其中的任何一项都是并购者不愿意接受的。"

"区区4.2亿元的债务就吓退恶意并购者了？"

"呵呵，这只是开端。有个开头了，很多事情就好办多了。"

"继续！"

"债权人要求提前偿还，那只并购基金并没有因此动摇继续吃进银声集团的打算。我们又启动了第一套方案，一个技术核心团队集体向董事会递交辞呈——如果恶意并购不终止，或者实现了并购目标，那个团队将整体辞职。一旦这个团队离职，银声集团的核心项目就无法进行。那个被我们称之为'冠珠'的项目如果停下来，银声集团至少会失去一半的价值。"

"哇靠！这么损的招数你都想得出来？实在听不下去了！"赵文星坐在一旁喷喷地笑得极其诡异。

"唉！要不然说当时启动毒丸战术是一个不得已而为之的手段呢。事实上，这套反并购战术在国际上也是被使用得最多的一种反并购手段。"

"哦，好像有听说过。后来呢？"

"银声集团的'冠珠'项目团队集体提出辞呈后，并购方不得已主动找我们坐下来谈判了呀，原本牛逼哄哄的气势全没了。他们已经砸了七八亿元在银声集团上面，一旦'冠珠'没了，整只股票估计要跌得很惨。因为团队才提交辞呈，股价就跌入了跌停板。"

"嗯，那是必然。"

"事实上我们还准备了三个后续方案，如果第二步没有应验，我们会投出更毒的毒丸。没想到他们这么快就顶不住了。"

"呀，说说你当时还准备了什么菜等他们上桌啊？"赵文星很好奇，还能有什么更狠的招数。

"哈哈！没用上的招数是不能说的。"大海故弄玄虚地哈哈笑起来。

"大海师傅，别那么小气嘛。"

"别，别乱称呼——当时只走到第二步，对方就撑不下去了。4.2亿元债务如果他们不帮垫付，债权人就会上诉法庭，要求强制执行。在公司财政为负数的情

第六章 毒丸战术

况下，无法现金增发，董事会又不会通过其他融资方式。万一真出现法院强制执行，银声集团因为资不抵债可能就要走破产流程了。就算不破产，也会被停牌好长一段时间。同时又出现'冠珠'项目团队集体辞职的情况，股价一泻千里。如果并购方不主动退出，结果只有陪葬的份。那只海外并购基金介入银声集团目的是要赚快钱，洗劫完一只股票，再继续洗劫下一只。而以当时的情况，至少有办法申请停牌半年以上。如此一来，他们就坐不住了。"

"嗯，后来呢？"

"后来就像传说中的那样呀，手上没钱对干，借力毒丸逼迫对方知难而退。"

"他们手上的股票呢？"

"折价转让。"

"银声集团不是没钱了吗？"

"大股东担保回购。"

"虽然只是蜻蜓点水，但很有意思！"郝本翔听出了味道。三个大男人，你一句，我一句，整整聊了一个上午。此次大海的到来，主要是了解豹丰科技的情况，以及郝本翔的意愿。他知道郝本翔已经做了很多准备，而且清晰地知道对方的基本情况，很欣慰地离开了豹丰科技办公室。双方约定三天后再次会面，到时候商议具体的合作方案。

庞秀明自从母亲去世，父亲退休回老家后，成为神农控股的一员。人事部考虑到庞秀明作为董事长特殊关照的人，及其在电脑方面的特长，特意安排他到计算机工程部挂了个闲职。他平时没啥事情，有事情也没人敢叫他干。一个人老半年了，没被安排干过一件重要的事情，整天就玩网络游戏打发时间。这一天，正是中午时分，所有员工刚吃过饭打算稍事休息，财务部、市场部、产品部，以及副总经理以上级别的办公室电脑全部进不去了。计算机工程部忙了大半天都找不到原因，庞秀明看见部门的人都无能为力了，便凑上去瞄了一眼，"别折腾了，这些电脑全部被黑了。目前黑客正在将里面数据取走，再不采取措施，这些电脑里面的信息就会全部被偷走的。"

"什么？黑客！"

"没错，这是一种最近两天刚被传开的新型病毒，电脑黑屏，关不了机，但对方正在远程复制里面的信息。"

"赶快报警！向网警求助！"沈强知道电脑中病毒后大吼。

"没用的，网警能处理的话，像我这类高手就没有存在的意义了！"庞秀明因为长期不被重视，所以看到整个公司的人都束手无策了，一个人乐呵呵地在那，似乎事不关己的样子。沈强很想大发雷霆，但想到老庞临别时的嘱托，便调整了一下情绪，不冷不热地问："你能处理？"

"笑话！这点雕虫小技都处理不了，我好意思在计算机工程部待着？"庞秀明想趁机骂部门的那群人废物，只是不好说得太明显。

"你还愣着干吗？！"看见庞秀明似乎爱理不理的状态，沈强来气了。

"好吧！既然董事长发话了，小爷我就勉为其难吧——还不赶快拔掉网线！"庞秀明从慵懒的状态一下子大吼，吓得所有人赶快把电脑网线拔掉。他不紧不慢地走到一台电脑旁，噼里啪啦敲了一会儿，并让人插上网线。他又折腾了两三分钟，电脑恢复正常了。庞秀明如法炮制，约莫半小时，十几台电脑全部恢复了正常。

"报警，并查处原因。"沈强见庞秀明很快就把所有电脑处理好了，心中有了几分欣慰，重新对庞秀明打了分。

"报不报警你们看着办，原因嘛，其实很明显，有人刚才登录了不该登录的网站。是谁我就不说了，主动站出来吧。"庞秀明扫视了一眼在场的人，也没指明是谁。

"究竟是怎么一回事？"沈强听庞秀明说"有人上了不该上的网站"，认为是有人在上班时间上色情网站，就阴沉着脸问。

"怎么，有人怀疑我的智慧？"庞秀明见没人主动站出来，环视了一圈中毒

第六章 毒丸战术

的几台电脑，补充道，"你们的电脑之所以中毒，别的电脑没中毒，是因为公司的电脑由十组IP群搭成的网络。你们这组有人的登录了海外间谍网站了，而你们的原始登录信息在我刚才处理的时候已经完全掌握了。是谁就主动站出来吧，不要搞得太难看！"

"什么？间谍网站！？"全场哗然。

"没错！是海外间谍网站！这类网站绝对不可能是偶然登上去的，而是故意的。之所以在中午用餐时间，是因为这时候大家都不用电脑，不容易被发现。但是对方太贪心了，没有按时撤离。原始病毒是从三号机蔓延的，三号机是谁用的？"庞秀明见没人主动承认，便指了出来。

"人呢？"人事部听到庞秀明指出源头，却发现三号机的员工不见了。原来就在庞秀明表示自己已经掌握了始作俑者的证据时，使用三号机的一个女孩便趁着大家不注意逃离了现场。

"还不赶快报警！无论如何，一定要把她给我抓回来！"沈强意识到问题的严重性。他隐约明白，最近半年自己公司的信息为什么总是能被人了如指掌，原来是有内鬼——这是不可饶恕的罪。

由于报案及时，当天下午民警便从一家酒店客房内抓到莫某敏，同时被带回派出所的还有莫某敏的上线，同居两年多的男友。莫某敏两年前认识该男子，俩人一见钟情，很快便发展成同居关系。男方自称是某大学的研究生，正在做毕业前准备，每天都在电脑旁处理大堆的数据。两人同居后不久，男方便以课题需要为由，让莫某敏提供点公司的数据。因为不知道男友要哪些数据有用，便利用上班空闲之余通过远程控制的方式，由男友自己筛选复制自己电脑上的资料。这样的事情每周都会发生一次，每次远程控制电脑后男友都特别温柔体贴。而且每次事后他都特意请莫某敏上馆子，还经常给莫某敏几千元乃至万元的"生活费"，说是做研究得到的奖金。这使得莫某敏糊里糊涂地成了间谍的帮凶，且无法自拔。

这天，莫某敏男友又提出要点资料，让莫某敏在午饭时间点开一个链接。他解释说该链接点开后电脑会黑屏一段时间，那是正常现象不用着急，事情办好电脑会自动恢复。没想到此次黑屏的不仅仅是自己的电脑，竟然导致十余台电脑全部黑屏。更没想到的是，这一天大家吃饭的时间这么快，而且没休息就上电脑。更关键的是公司竟然来了这么一位高人，一会儿就能将电脑修好，同时发现了问题的根源。当时，莫某敏并不知道发生了什么事情。就在庞秀明紧逼三号机使用者站出来的关键时刻，莫某敏收到男友短信："有麻烦，立刻到X酒店XX房间，要悄无声息。"莫某敏看完短信，悄悄溜出神农控股大厦，直奔男友定好的房间。

"到底发生了什么事！你对我的电脑做了什么？"莫某敏进入房间见男友正在紧张地传输数据，便大声质问。男子没有回答而是紧紧地抱住莫某敏，不一会儿莫某敏便倒在了男子怀里。

随后，男子又回到电脑旁，紧张地发送数据。在数据即将传送完成之际，民警闯进了房间，将躺在床上的莫某敏和男子全部带回派出所。经过反复审问，一桩海外商业间谍案东窗事发。

男子是海外VT间谍组织的大陆代表，其职责是对四家军供企业进行信息收集，神农控股只是其中之一，莫某敏也只是其女友之一。男子自称胡柏川，但身上同时持有的四本美国护照中，只有一本是这个名字，其他护照头像皆为同一个人，但名字都不一样。之所以与莫某敏同居，是因为以男女关系相处更容易取得对方信任。在"感情"和金钱的作用下，女孩子往往招架不住，糊里糊涂就变成其帮凶。选择莫某敏，是因为姑娘长相平常，不容易招惹关注。同时该女孩正在寻找对象，两人就是通过婚恋活动认识的。因为男方是海外身份，并自称在大陆读研究生，人也长得不赖，出手又阔绰，两人在一起说不定还可以随夫移民，可怜的姑娘就这么上钩了。这方法屡试不爽，四家公司都是这样被攻破的。四家公司四朵鲜花同时被这个自称为在读研究生的间谍给拿下，在两年多的时间内都顺利地拿到了很多有价值的资料。

经警方联合国际刑警深度调查，自称胡柏川的男子乃无国籍人士，其所持有

第六章 毒丸战术

的四本护照皆为伪造。胡柏川涉嫌商业间谍罪、侵犯商业秘密罪、非法侵入计算机信息系统罪、伪造证件罪等,被人民法院判处无期徒刑,并处没收财产和罚金人民币两百万元。莫某敏及其他三位姑娘由于利用职务之便收受贿赂、泄漏商业秘密、协助间谍活动等数罪并罚,判处有期徒刑八年至十二年不等。

庞秀明由于技术超群,具有极高的反黑客能力,被公安局网络警察局特招,并报送某军事学校进修网络安全专业,成为保护一方清静的黑客天敌,这是后话。

豹丰科技停牌后,已经第三次申请延迟复牌。原则上,上市公司停牌时间累计不能超过九十天。而豹丰科技以并购重组为由,已经一而再再而三地申请延迟复牌,至今未公布任何有关于重组的信息。因此,这将是最后一次延迟复牌申请资格,期满必须复牌。而这已经是特批。如果豹丰科技没有实际进展的并购重组活动,那么留给郝本翔的反击时间只剩下最后的三十天。

在大海的支持下,豹丰科技的反并购基金募集还在继续,距离预定五十亿元的募集目标仅差最后五亿元的差额。这一天,郝本翔受邀请出席新富豪俱乐部的会员活动。虽然已经成为新富豪俱乐部的会员,但郝本翔很少到俱乐部参加活动。这次是俱乐部的年度活动,作为新加入的会员,除非天塌下来,否则都应当无条件出席。郝本翔如约出席,在活动现场转悠了一圈,看到的都是陌生的面孔,现场热闹非常。郝本翔是一个不喜欢凑热闹的人,在这种闹哄哄的环境里,无论怎样都觉得浑身不自在。于是,一个人从八十层一路溜达,带着消遣的心情一层一层地溜达到八十八层。在世界名酒窖入口处,一道靓丽的熟悉的身影将郝本翔吸引到酒窖深处——

"Glad to meet again."

"Glad to meet again."

"没想到你也是这里的会员,地球真小呐!"走到近前,听到包厢内传出一个熟悉的女子声音,在和一个说着一口生硬国语的男子对话。郝本翔收住了脚步，在最靠近包厢的地方找了个位置坐下来。侍应生很礼貌地为郝本翔递上一杯饮料，并递上菜单询问需要点什么。

"猫屎咖啡！超浓缩的！"郝本翔扫了一眼菜单，递上会员卡。

"非常感谢你对基金的支持，希望第二期募集仍然能得到Roths家族的支持！"熟悉！很熟悉的声音！

"第二期募集什么时候开始？"英式中文，莫非是来菲堡的掌门人Roths？郝本翔坐在角落的位置上静静地品着咖啡，大脑中莫名地浮现出一个人的身影。这个身体曾经占据了郝本翔全部心田，好不容易渐渐淡去，此时此刻，竟然又重新出现，而且比过往更加强烈，更加让人撕心裂肺！

"三个月后，必须将第一期的基金全部消化才能启动第二期。"

"Should be so！"

"I can help on this trip？"

"No need！我只是来参加会员年会，没有其他事务。"

"OK！"

郝本翔惊讶地发现，自己越来越过分了。偷听他人的谈话，在富豪圈内是一种极不礼貌的行为，也是自己一直痛恨的行为。然而此时此刻，自己竟然莫名其妙地变成了"偷窥狂"。包厢内的交流虽然很小声，但郝本翔的耳朵却异常灵光，完全能听得一清二楚。声音越听越觉得熟悉，这个曾折磨了自己好几年的时间——是她！肯定是她！

包厢的谈话终于结束，一道靓丽的身影从包厢内飘出："Miss Wan！"

"Hello。"万小红听到有人在唤自己，下意识应了一声。她回头一看，一位帅得令人梦游的陌生男子正木讷地看着自己。

"真的是你！"郝本翔欣喜过望，径直冲向万小红。

"你是……？"万小红看到陌生帅哥冲向自己，一脸茫然。因为国内极少有人见过自己，认识自己的都是熟人，而这位在自己的脑海里毫无印象。她猜想有可能是海外来客，便停下了脚步。

第六章 毒丸战术

"哦！你肯定不记得我！但我曾经是你的学生。"郝本翔有点尴尬，回过神才想到自己暗恋别人，不是别人恋上自己。自己的单相思完全是自作多情，所以对方对自己可能根本毫无印象，想到这点脸不由自主唰地红得发烫。

"哦？"

"还记得，七八年前，你在哈佛给一群学生讲过一堂课吗？"郝本翔收回激动的思绪，很不好意思地提示。

"Oh! What's your name? very pleased to meet you!"万小红当然记得，那是自己生平第一次演讲，也正因为那次的演讲改变了自己的命运，所以引以为傲又刻骨铭心。

"郝本翔！Bising! very pleased to meet you!"郝本翔见万小红似乎想到了，内心兴奋至极，伸出握手的姿势。万小红犹豫了一下，带着怯生生的神情和郝本翔两手握在了一起。这一刻，是郝本翔将近十年来经常出现的梦境，没想到真的可以梦想成真！

由于万小红还有紧急事务，两人只是简单地寒暄几句，连联系方式都没来得及交换，万小红便匆匆而去，留下一脸紧张和遗憾的郝本翔，久久回不过神。

"郝总，你怎么躲酒窖喝咖啡啊？找了你半天。"赵文星拉着一位大肚子男人进来，打破了郝本翔的思绪。

"你知道我不喜欢凑热闹的嘛。"郝本翔见到赵文星带有别的人，淡淡地应了一声。

"郝总，这位是爱梦集团的艾总，这次反并购基金艾总认购了两亿元。"赵文星把身边的胖子介绍给郝本翔，转身向胖子介绍道，"艾总，这就是豹丰科技的董事长，郝本翔。"

"幸会！闻名不如见面，郝总年轻有为，往后艾某就跟着郝总吃香的喝辣的。"来人很热情，上来就要握郝本翔的手。

"幸会！感谢艾总对豹丰科技的支持和关照！谢谢！"郝本翔听赵文星介绍

眼前的人是反并购基金的LP，伸手应了上去。

"据手下介绍，郝总是厉害人物呐！"

"谬赞了！还望艾总多多关照！"

"关照啥，有钱一起挣。像这次募集的基金，如果真像赵老弟说得那么好，下次再募集我加码一倍。哈哈哈！"

"承蒙关照！来来，坐下聊，别光忙着说话。"郝本翔做了个请坐的手势，招手示意侍应生过来。

三个人落座，点了壶冰酒，一碟手撕牛肉、一碟凉拌刺参、一碟Baked Brie、一碟干贝丝，且饮且聊，"郝总，艾总之所以来找您，是因为他有一个不错的项目，希望能被豹丰科技收了。因为他是基金的合伙人，所以就带他来了。具体你们谈谈，看看有没有合作的可能。"

"嗯，是这样子，爱梦集团两三年前开始进军智能家居领域，我们研发了一种能通过人体血液循环的变化情况识别行为目标。这个项目进展得很好，拿了十六项发明专利，产品已经成型，测试效果也比预期的好很多。不过艾某对这领域是门外汉，技术是开发出来了，但是没办法商业化，到目前为止每年还要烧几千万元。这项技术稍作改动就能运用于豹丰科技的智能机器人，所以希望把这个项目卖掉，不想再这么累死累活了。"

"能否大致讲一下项目的细节。"郝本翔听了大致介绍，确实觉得这类技术与智能机器人能够融合得很好，可以考虑深入。

"他这项技术我见过，确实有过人之处，它可以通过光感、触感、温差等判断出相应物质的变化。比如，一个人坐在那儿，这项技术可以判断出这个人现在是生气的还是高兴的，能够感应出人的七情六欲。"赵文星见郝本翔对技术感兴趣，就做了简单补充。

"对对，我一下子想不出哪个词来。没错，就是通过体表温差和体表光感等判断出人的当前情绪，喜、怒、忧、思、悲、恐、惊都能准确判断得出，出错率大约是十万分之一。当时之所以研究这项技术，是想开发一款能根据使用者情绪变化做出对应服务措施的家居用品。结果因为公司找不到能做好这方面产品的人才，只能和复旦大学达成校企联盟。最后核心技术是开发出来了，但是产品却迟迟出不来，害得我白白烧了六七千万。我是个粗人，玩不起精细活，耐心也不够，所以只能卖掉项目了。因为留着要么继续烧钱，要么只能烂掉。但我还是希望这项倾注着十几位科研人员心血，耗时近三年研发的项目能持续下去，发挥它应有的价值。"

"嗯，抽时间去看看这项目。"郝本翔看了看赵文星，示意安排时间。

"这个项目确实需要现场感受，用语言描述太抽象。艾总，不如你大致讲一下你的价码以及并购方式和前提。这样子郝总心里有数，我们再安排个时间到研发室去考察。"赵文星收到郝本翔信号，便催促项目方讲点具体的。此时，郝本翔正在自己的手机上查询技术相关的报道和学术资料。

"这项目是个好项目，但不适合我这种大老粗，我更适合投资像你介绍的基金什么的。钱来得快，回报也不低，我又不用做事，省心、省事、省力！做实业太辛苦了！尤其是做科研性的企业，回报太漫长，烧钱于无形，心里直发慌！"

"哈哈哈哈哈！艾总幽默！够幽默哈！不过确实是这个道理。想当年郝总为机器人项目每天废寝忘食，节衣缩食，融了一次钱又一次，五六年过去了才搞出了点名堂。你才三年不到，当然现在只有不断烧钱的份咯，否则岂不是侮辱了咱郝总的智慧啊，哈哈哈！"赵文星对老艾的话深有感触。

"这样子嘛，我也是想让这个项目能发扬光大。虽然我不是科研人员，但我倾注在内的精力和感情绝不比他们少。所以，我还是希望这个项目能继续下去。经过分析，觉得这个项目只有豹丰科技最适合，也只有豹丰科技这样具有社会责任感的企业才可能珍惜这项技术，所以价格好说话。我先后投入了1.3亿元，费尽了将近三年的时间，本钱和利息全算上1.5亿元应该是有的。如果能按这个价格收了，那我就很高兴了。"

"艾总啊，项目的价值不在于你投了多少钱，而是在于这个项目能赚多少钱，所以你这样的计算方式估计有点问题。"赵文星听艾成都用本钱加利息的方式计算自己的项目，觉得很好笑，但没笑出来，所以就打住了他的话。

"我是个粗人，做项目都是这么计算收益的。"艾成都很坦诚地补充说明。

"现在谈价格为时尚早，不如这样子，等我们豹丰科技的科研团队和投行团队到现场考察后再谈价格好不好？说不定我们的团队觉得项目真的很好，商业价值很高，那估值就有可能是你想要的高出几倍，所以我们还是考察过后再谈价格的事情可好？"郝本翔坐在一旁一面查阅资料，一面听两个人谈话内容，竟然是围绕着价格，便打断了两人的谈话。

"郝总言之有理，还是等现场考察过后再细谈。艾某真心诚意想和郝总您有所合作。我先在这承诺，不管这个项目成不成，只要基金的收益真有赵总介绍的那么好，第二期募集我认购五亿元。"艾成都虽第一次见郝本翔，但相关事迹听了不少，这次见面感觉人如传言，靠得住。见时间差不多了，他表了心意便独自离开酒窖。

郝本翔和赵文星目送艾成都离开后，正打算商讨下一步的募资计划时，郝本翔的电话突然响起，一个急促的声音传来："郝总，你人在哪里呀？你忘记今天的安排了吗？"

"哎呀！完蛋了！我还真忘了！要不取消吧？"郝本翔听完电话一惊，心都凉了半截。

"不行，已经马上到点了，临时改变不了，你马上赶来。"

"好！"挂了电话，郝本翔冲出酒窖。

第七章 复牌大战

郝本翔接到姜有为电话，提醒他马上轮到他代表新晋会员上台演讲。俱乐部每次年会都有三名新晋会员上台演讲的环节，这是一个非常难得的机会。因为通过一次演讲直接将自己和公司介绍给数百位顶级富豪，很多人打破头都想争取到这机会。而作为新晋会员中的佼佼者，俱乐部特意把机会给了郝本翔。郝本翔也深知这次演讲的重要性，但是，一个月前接到俱乐部工作人员的沟通电话，当时手上正忙着别的事情，应允后没做记录便投入到其他工作上，紧接着又张罗反并购基金的事情，全然忘记了这次演讲。此时此刻马上要上台了，郝本翔着急得像热锅上的蚂蚁。他一边打电话一边冲出酒窖，直奔八十一层。

郝本翔匆匆赶到大礼堂，偷偷把姜有为拉到一旁，大致说明了情况。姜有为笑眯眯地从口袋中掏出一份讲稿："就知道您大忙人会忘事，所以我特意让人帮你准备了一份应急讲稿。你看下，如果没问题，你按这个讲也行。"

"姜总！你的服务实在太周到了，非常感谢！"对姜有为这么贴心的服务，郝本翔感激得不得了。他一面感谢一面看了一遍讲稿，然后伸出手重重地握住姜有为的手，"写得非常棒！就按这内容讲吧。案例部分我讲点自己经历的，那样子不容易出错。我去准备一下，非常感谢！"

"郝总客气了，这是我们俱乐部为会员应尽的义务。"姜有为淡淡一笑。

郝本翔一个人躲到休息间用最快的速度看了两遍讲稿，然后闭着眼睛靠在沙发上，默念了一遍。他觉得八九不离十了，便把讲稿收起来。这时候主持人已经开始介绍豹丰科技，紧接下来即将到郝本翔上台。虽然，郝本翔经常开几百人以上的会议，对于舞台并无恐惧，可此时豆大的汗珠竟不断地冒出来，从额头流到脸颊，滴在他一身帅气的西服上……

"先生们、女士们、下午好！很荣幸，得到俱乐部推荐，成为本次年会的新会员代表，非常荣幸！谢谢！六年前，我有幸接触机器人，并在机器人事业上获得了一点点成绩，终于有机会站在这里告诉全世界，中国并不落后于美国、也不落后于德国。在新型工业世界里，在工业4.0的时代里，中国走在了前沿。豹丰科技有幸领先一步，与工业4.0同步，现在已经建立起全球最具竞争力的研发基地。我们投入了一百位在人类行为研究、人类意识研究、人类脑科研究、人类进化研究、人类道德研究等具有突出贡献的科学家，以及四百位网络工程师、三百位机械工程师、两百位工业设计师。豹丰科技不打算做全球最大的公司，也不打算做全球最强的公司，但我们要争做全球最伟大的机器人公司。朝着这个目标，我们正在努力……古人常说'树大招风'，果不其然，豹丰科技通过六七年的努力，终于有了一点点成绩，赢得了广大股民和投资者的信任，以至于两年以来公司股票几乎只涨不跌。就在这种非常的状态下，我们迎来了第一次'滑铁卢'。而发生这一切，主要因为有人仗着钱多，正在试图恶意打压并购豹丰科技。无论站在豹丰科技自己的立场，还是站在保护中小股东利益的立场，我们欢迎任何正当的投资，但谢绝一切以谋取短期暴利为目的的投机。我们是干技术的，实实在在的实业，不是资本游戏的载体，这一点豹丰科技始终如一。所以我们成立了豹丰科技有史以来第一只反并购基金，目前正在募集资金，欢迎每一位正义的老总一起，将'门口的野蛮人'干掉。让他们开着轿车来，光着屁股爬回去……最后再次感谢新富豪俱乐部给予我这次展现的机会，感谢在座各位对豹丰科技的鼓励，感谢大家愿意花时间聆听本翔的汇报，谢谢！"郝本翔热情洋溢的演讲，赢得了满堂喝彩，尤其引起了几大投行巨头兴趣，私底下拉住郝本翔询问反并购的合作事宜。

赵文星作为豹丰科技反并购基金的主要募集人，见到一圈暴发户围着郝本翔探讨投资事项，乐呵呵地将一直带身上的基金合同逐一发了一份，"几位老总，这是反并购基金的首轮募资材料，认可的话直接把它签了吧！"

四五个人接过合同扫视了一眼,"郝总你说句话,这事情成不成?成的话不用这合同,咱一起上。"

"这件事需要向我的律师和顾问咨询再议如何?如若我能一言堂,相信大家也不放心嘛,对不对?毕竟豹丰科技现在已经是公众公司,没办法不按流程办事。感谢几位前辈的关照与信任,这件事我会及时给大家回复。"赵文星听郝本翔和几个人这么说,一头雾水。他不知道究竟之前聊了什么,所以也不好插话,只好待在一旁看热闹。

"成,这件事情就这么定了。郝总如果能按我们的思路操作,你这次反并购的事情就全包我们身上了。我们拿一百亿元出来陪他们玩儿。"一个身材魁梧的男子重重地握着郝本翔的手,带着一口京腔表态。

"没错,我们这次过来就是希望能找到一两个合适的项目,我本人非常痛恨那些牛气的狗屁黑武士。既然他们来黑的,咱就以白的身份与他真刀真枪干上一架,看谁能笑到最后!"一个精瘦的花白头发的男人操着一口东北腔附和。

"三天之内给大家答复,感谢几位前辈对小弟的信任和关照!只要合情合法,本翔向来主张有钱大家分,所以我本人不会有意见。由于事先安排有会议,小弟先行告辞!"郝本翔早听过"燕郊六子"的传说。根据传言,这六人都是狠角色,因为是大人物的手眼,所以没有什么事情做不出来。相传两三年前,他们被一老和尚点化,后来弃恶从善,改行做"白武士"。"白武士"手上握着近千亿元的资金,全国横冲直撞,遇到有上市公司被恶意收购,就想方设法凑上去,帮助企业收拾恶意收购方,撞上他们的并购结果都惨不忍睹。他们若不把对方搞得弹尽粮绝誓不罢休,如果对方过度强势,甚至采用非常手段,让这些他们人间蒸发。从某个角度而言,他们是好人;而从另一个角度而言,他们只是披着羊皮的狼。因为他们会向所帮助的企业收取巨额的报酬,或者要求赠予一定量的股票。企业虽然击退了恶意并购方,但也要为此剥层皮。郝本翔向来对这类人物敬而远之,没承想在这场合撞上。对方还缠上了豹丰科技,他只得想方设法避开他们。

既然是苍蝇，必然会无孔不入，一旦嗅到味儿就会穷追不舍。换成别人，得到如此巨大的资金支持，高兴都来不及。但郝本翔与别人不一样，他将豹丰科技视作自己的孩子，计划将此作为一辈子的事业来做，不希望因对抗令蓝而将企业陷入被动的局面。

离开新富豪俱乐部，郝本翔的心情变得很凝重。赵文星坐在一旁，见郝本翔这种神情，忍不住问："大哥，刚才那几个土豪什么来路？好像是帮着你的呀，你怎么愁眉不展的？"

"唉！甭提了！和他们合作，就像赶走了饿狼引来了猛虎，这种事情我能高兴得了嘛！"郝本翔以为赵文星会知道"燕郊六子"，没想到号称熟悉半个投行圈的人竟然比自己还孤陋寡闻。

"他们是什么人物？有这么危险啊？"赵文星从来不信邪，自己凭着努力上争，几年时间不也脱胎换骨所向披靡？再厉害的人物他都会过，似乎没什么了不起的。他听郝本翔这么说，觉得有点无病呻吟。

"'燕郊六子'这称号你不陌生吧？"郝本翔见赵文星那副申请，便说出了对方的来路。

"什么？他们就是'燕郊六子'！如果真是这样，我们真得从长计议了。"赵文星对这个称谓何止熟悉，自己还差点栽在他们手上，只是之前从来不曾谋面。在互联网和媒体上找不到他们的照片，"燕郊六子"的称谓一直只是个传说，没想到豹丰科技会被他们给缠上。

"唉！看来这是个劫数啊！前有饿狼，后有恶虎，这盘棋太有挑战性了！"郝本翔对这样的局面只有哀叹的份。就在一门心思想着如何解开这个局时，他的脑海中突然掠过一个人影——Miss Wan。曾经的梦中情人，有缘再度相遇，竟然没把握好机会，连对方联系方式也没留，郝本翔的心中非常懊恼。

巧合的是，万小红此时也在想郝本翔，原本心如止水的感情世界因为郝本翔的出现而泛起了涟漪。万小红回到办公室安排完各项事务，一个人靠在大班椅上闭目养神，脑海里总是浮现郝本翔迷人的笑，折磨得万小红意乱情迷。她忍不住拿起手机拨通了Ansha的电话:"学长好呀!"

"今天怎么没见你呀?"

"我去了啊,后来临时有事情离开了。方便打听个人不?"

"嗯,你先说说看。"

"郝本翔,你们俱乐部的新晋会员。今天在会所偶遇,他说我曾经给他讲过课,但我一点印象都没有了,想了解下情况。"

"怎么?见到人家帅得掉渣你动心了?"

"咳!都一把年纪了,还动什么心。"

"好吧,过两天老地方见,你想知道什么我就告诉你什么。"

"OK!"万小红挂了电话,忍不住流下了泪水。回想自己为这份事业打拼了近十年,钱是赚了不少,但年过三十了仍孑然一身。虽然也有不少优秀男生的追求,但始终找不到恋爱的感觉。她也感觉到Ansha对自己的那份情谊,但对于这位学长虽有暧昧,却无法找到要和他在一起的冲动。十年来两人走得很近,一个未嫁一个未娶,也不知道所为何因。老人常说,人一旦成功,或者变得很富有后,那时候的谈婚论嫁是利益的交集,很难有真爱。这样的说法始终影响着万小红对追求者的评价。在每个追求者身上都能嗅到势利的味道,或多或少总能感觉到对方对自己身份地位收入的关注,这使得万小红非常反感,甚至极力去躲藏。

万小红摇了摇头,自我嘲讽:"唉!什么超级富婆?没有公,哪儿来的婆?真是造化弄人啊!"

万小红终于明白,世间很多东西都可以通过努力争取而获得,唯独感情不能。当你到达一定的社会高度,要么别人无法企及,要么是自己不愿意去承受。因为,爱是一种付出,真正的爱是无所求的爱。真爱,需要缘分,只有缘分可以让两个原本毫不相关的人相互牵肠挂肚。而这样的感觉,万小红未曾遇到,抑或遇到了却没有留意。万小红能感受到郝本翔异样的激动,也能感受到面对他时加速的心跳。她想让这样的感受继续……

每到冬天，京城的最大特色就是白雪皑皑。此时，寒风萧瑟，漫天飞雪。大街上行人稀疏，汽车被大雪掩埋。赵文星一个人咬着牙赶路，他必须在一个小时内徒步五公里赶到一位意向投资人的办公室。这是投资人对赵文星的考验，如果途中作弊偷偷乘车，那六亿元的认购意向书将作废。这位投资人是一位官后代，祖辈六代为官，到了他父辈放弃仕途，隐藏起身份经营祖辈留下的遗产。有钱人总是很任性，经常将基金管理人玩得团团转。大家都对他又爱又恨，爱是爱他的钱，爱他出手阔绰，恨是恨他变态。想要从他手上获得投资，必须完全通过他的种种考验，然后才有资格得到真金白银的投资。这是大海给赵文星介绍的第二位金主，每位金主都很有钱，但性格都很奇怪。每一笔交易都带有各种考验，只有考验通过交易才能进行。此次的交易标的是六亿元，赵文星已经通过前面五次考验，这是最后一次。一旦通过考验，将有机会获得很多人几辈子都赚不来的投资。赵文星从半文盲起步，一步一个脚印走到今天，各种苦头都没少挨，所以这紧要关头，他无论如何也会咬牙走到最后。

话说赵文星七八年前因为沉溺于网络游戏，中学未毕业就辍学。因为学历太低，他一直苦于找不到工作，后被郝本翔阴差阳错录用；又因为能玩游戏的原因赢得了一套牛X装备，因而引起另一位骨灰级玩家的注意而帮助豹丰科技引进了第一轮风险投资。赵文星从此知道这世界上有一种生意叫风险投资，同时还知道风险投资是一项以钱生钱的大生意。自此，赵文星铁了心追随那位骨灰级网游玩家King。最终在King的不吝赐教，以及他不分昼夜地自学下，经过两年的发奋成为极其专业的投行的行家里手。尤其在不良资产处理领域成为无人能及的牛人，各大商业银行都将其奉为座上宾。

在此之前，赵文星经历过半年的非人生活。因为沉溺于网络游戏，每天需要花四五十元上网。没有了父母的经济支持，没有文凭找不到固定工作，赵文星只能到处找苦力活维持生活和获得上网的钱，每天干着又脏又累的活。为了省下钱打网游节衣缩食，啃干馒头吃素捞面成为赵文星的日常温饱方案。赵文星常常戏谑道："我吃过的面条，一条一条接起来，大约可以围绕地球二十圈！"半年的

第七章 复牌大战

苦日子让赵文星深深体会到，钱太重要了！因此，被郝本翔录用后一直很珍惜很感恩。这次为了帮助郝本翔完成反并购基金的募集，他可以上刀山下火海。虽然这位金主穷尽手段地玩儿，但最终赵文星通过全部考验——第一关是在第一次碰面的时候，这位金主约赵文星一起逛街，车钥匙就挂在手指上转圈圈，一不小心车钥匙掉进了下水道，于是他停下了脚步："我正好还有六亿元没有地方安排，赵总，你的基金我可以考虑，但有个不情之请，如果你满足了我的条件，我就将钱交给你去打理。"

"什么条件但说无妨！"赵文星心里想，上刀山下火海，都会争取到这笔资金。

"我钥匙刚刚掉进下水道了。"那位金主蹲下来看着下水道。

"我找人帮您开锁，并换一套全新的锁？"赵文星知道这金主出了名的会刁难人，见对方这么说，认为是要自己帮跑腿解决车门的事情。

"不！我要你亲自下去帮我把钥匙捞上来，因为那个钥匙扣是我初恋情人送的，我一定要把它找回来。"

"啊，我，亲自……下去……把钥匙找回来，然后您就答应签合同？"赵文星没想到看起来文质彬彬的金主能提出这么过分的要求。不过攻不下这位大牛，基金将不可能按时完成预期的募集计划。他听见金主提出了条件，先是一惊然后便回归主题。

"不！那要看你想要多少钱。"

"六亿元全要！"

"OK，六亿元要进行六次考验。这算是第一次考验，你把钥匙弄回来我就给你签合同。"

"好！为表诚意，这趟浑水我趟了，那咱一言为定！"赵文星觉得这金主真的很过分，不过要真的能争取到这笔资金，不但解决了豹丰科技的问题，还同时解决了自己的问题。因为就算按百分之一收取管理费，那这交易每年也有六七百万元的管理费，赵文星咬咬牙豁出去了。

"很好，我在旁边的咖啡厅等你一个小时，拿到了洗完澡送过来。一小时之内不能过来，咱就算没缘分。"

"好！一言为定！"赵文星目送金主离去，拿出电话拨了出去，"哥们，火线救援，请帮我送一套潜水服过来，要带氧气罐那种。我只有半小时的时间，要快！"

"靠！你当我是飞人啊！行吧，我马上找辆摩托车飞过。"

赵文星挂了电话，蹲在路边玩起手游。正玩得起兴，一辆摩托车"唰"地停在他身边，一个包裹丢下便"轰轰"而去。赵文星打开包裹，快速穿上衣服，打开井盖一个人一边诅咒金主，一边往井底努力地爬下去。

这是赵文星一辈子都不会忘记的经历。这段路的下水道不深，但肮脏无比，一层厚厚的淤泥，稍微划动水面就会四处扩散；水底下根本看不到任何东西，而且钥匙完全有可能没入了淤泥之中。赵文星只能一寸一厘地摸着。虽然隔着面罩，但下水道的恶心程度仍然让他一阵阵反胃……时间已经过去了五十分钟，赵文星在水底暗无目的地渐渐绝望，整段下水道摸了一遍又一遍，连车钥匙的影子都没有碰着。时间就剩下最后三分钟了，赵文星决定退回井口垂直处准备离开，稍不留神踩到一个硬物打滑摔了一跤。他郁闷的心情此时怒火中烧，伸手把绊脚的东西摸来一看——"啊！钥匙！"

赵文星赶到咖啡厅，金主正要离去。见到气喘吁吁的赵文星，他便笑呵呵地又坐了下来，"年轻人，好样的！其实这电子钥匙掉进水里，就用不了了。不过之所以要你这么做，是想要看看你的诚意。很好呐！"

"那，咱俩的约定算数吧？"赵文星内心觉得很冤屈。

"当然！合同拿过来，我给你签了。"

"好，谢谢！"赵文星赶忙从随身的公文包内，拿出事先准备好的合同和笔，送到金主的面前。金主"唰唰唰"一口气把名字签了。

"字我签了，但是，你要的是六亿元，我觉得一次考验不足以证明你的诚意，你必须通过我的六次考验，才能把这六亿元放心给你。今天算是第一次考验。"金主签好字,把投资意向书递给赵文星,笑眯眯地盯着他。

"好吧!我赵文星天生贱命,只为金主而活。只要有幸能为您服务,上刀山下火海在所不辞。"赵文星违心地作了个揖。

"哈哈哈!好小子,真有你的!"金主看到赵文星一副奴态,哈哈大笑。他和赵文星握了握手,便离开咖啡厅。

第二次考验,夜黑风高。赵文星刚刚躺下,突然收到一条短信,"快来,我在天上人间901包厢,四个女人今晚非要一起伺候我。我必须马上脱身,因为我女友正在酒店等着,你赶快来帮我……"

"奶奶的!"赵文星看完短信很是郁闷,但还是麻利地拿起钥匙和钱包冲出房门。帮助金主寻欢作乐的事情赵文星做了不少,但帮助金主逃离女人纠缠,这是第一次。赵文星一边加快油门,一边思索着对策。

赵文星气喘吁吁地冲进901包厢,大声喊:"老板!老板!出大事了你赶快回办公室看看。"

"小赵,出什么事?"

"甭问了!你赶快去吧,我在这等你!"

"来来来!这是我助理赵总,圈子都称他'星爷'。你们等我一会儿,我去去就来。"金主见到赵文星大呼小叫,先是愣了一下,转而心领神会地走出包厢。

"星爷,老板他到底出什么事了?"几个美女见赵文星着急的样子,纷纷拥簇过来。

"甭提了!喔!这是公司机密,不能说!不能说!"赵文星神秘兮兮地拿出手机和几位美女合了个影,然后拿起一个空杯子倒满酒,"来来!美女们,很荣幸认识几位。"

"到底出了什么事儿嘛?"

"是好事!"

"那你神经兮兮的干吗？"

"我告诉你，老板让我在圣海楼帮开了间房，让你去那儿等他。房卡我已经偷偷放你包里了，小声点，别让她们几个知道。"赵文星拉过其中一位美女，耳语了一番。美女用手触摸了一下自己口袋，果然发现有一张卡，于是笑眯眯地点点头，亲了一下赵文星，然后找了个借口离开了包厢。

"喂！你跟我姐妹说了啥？怎么一个人跑了？"三人见其中一个姐妹独自离去，又围了过来，缠着赵文星问。

"我告诉她，我爱上她了。"

"什么！你老板的女人你敢？"

"哎呀，要不然咱试试？"赵文星笑眯眯地盯着三位。

"讨厌！"

"老板让我在京城大酒店开了一间房，房卡我刚刚塞在你包包了，别让她们发现。"赵文星转身抱住了一位美女，在耳边窃窃私语。

"嗯！"又一个美女乐呵呵地找借口离去。

"到底是怎么一回事？为什么你一来她们就都走了？！"剩下的两位美女坐不住了，左一个右一个围上来抓住赵文星的耳朵。

"喂喂喂！少安毋躁！来，喝一杯再告诉你们。"赵文星诡异地看着两人，拿起酒杯"当啷"逐一碰了碰两人的杯子。

"什么情况啊？赶快打电话看看你老板快来没？"

"她们两个帮老板办事情去了。"赵文星搂住其中一个美女，拉到一旁，"我刚刚塞了一张房卡在你包包里面，那是老板让我为你准备的，让你去那等你，他办完事情就过来。"

"你和她们两个也是这么说的吗？"

"怎么可能！我答应给她们1000元帮我跑腿办一件很重要的事情，她们就去了。就这么一张房卡哈，最好别让她们知道，否则后果你懂得……"赵文星刚开始笑眯眯，进而变得尤其严肃。美女听了半信半疑，但私心包围了她，虽有疑虑但还是找个借口离开了。

"到底怎么回事啊?"剩下最后一个美女了。看到自己的三个姐妹都违背了初期的约定,一个个离开了,她就揪着赵文星不放。

"亲,不把他们支开,我没办法把房卡给你啊!这是老板叫我帮开的房,让你在那儿等他,他办完事情就过去。"赵文星笑眯眯地拿出一张房卡递给剩下的美女。

"这是真的吗?我爱死你了!"美女看了一眼房卡,环球大酒店,客房号707。她竟然紧紧抱住赵文星,重重地亲了一口,然后乐呵呵地走了。

赵文星见四个人都被忽悠离开后,丢下一沓钱迅速跑到自己的车上,呼啸而去。第二天,天没亮,赵文星就接到一条短信:"虽有点损,但还不是最损的,算你过关!"

转眼一周就要结束,赵文星一个人待在办公室里无所事事,突然接到一个电话,"文星啊,快下班了吧?我刚喝酒开车出来,现在被交警给拦住了,你能不能过来帮我顶一下包?"

"啊!——你这是在哪儿呢?"赵文星遇到过刁难人的金主,但没遇到过这么刁难人的,竟然叫自己去顶包!赵文星听完不由得心拔凉拔凉的,但还是咬牙应承了。

"环西路东城路交叉路口!"

"你想办法拖延时间,我二十分钟后到。"赵文星下楼,从车库里推出好久不骑的摩托车,直奔目的地而去。此时正好是下班高峰期,只能骑摩托车。别的车甭说二十分钟,就算两个小时都很难到达。赵文星一直抄小路和近路走,很快便出现在金主说的路口。他找了个角落把摩托车停下,天降神兵似的出现在金主面前。

这次完全是一个插曲,一般酒驾都是在晚上查,这位金主没想到会在下午被查,尤其在下班时间查酒驾是史无前例的。这么突然的情况,使得金主措手不及，自己已经因为闯红灯被扣了好多分了。这次若被查，哪怕不被刑拘，至少得扣十二分。有钱人一旦失去驾驶权利，好比老虎失去双足。为此，无论如何不能让这样的事情发生。

"这是我司机，刚才他上厕所去了。我等得无聊，跑到他座位上放音乐，没想到就被警官您给查了个正着。"见到赵文星已经赶到，金主把查车的警察拉到一边，点头哈腰地请求放过。

"真的很对不起，把车停在直行道上是我不对，我认罚！真的很对不起！"赵文星接过金主的话，拉住查车的警官不断道歉，态度十分诚恳。警察挥挥手："这次是警告，下次注意点！不能把车子停在路中间！停车要有警示。"说完，便填了一张乱停乱放的罚单。

"是是是！不会有下次！警官放心！"两个人点头哈腰地说了大堆客套话，然后跟随着车流缓缓而去。一场有惊无险的考验，金主看到了赵文星的应变能力，微微点了点头。

晚上，赵文星刚刚点好菜，金主的电话又来了，"我在五星饭店，有几位贵客想见见你，方便马上过来吗？"

"是这样子啊，行吧，我马上过来。"赵文星开始有点烦躁了，心里暗暗痛骂，"奶奶的，算你狠！若不是为了豹丰科技，你一辈子也别想我理你。既然走到这一步了，就坚持到底吧！"于是，他把钱撂在桌子上径直赶了过去。

"很抱歉，路上有点小堵，让各位久等了！"赵文星进门就拱了拱手道歉。

"来来来！坐，坐。这位就是传说中的著名投资银行家赵文星赵总！"金主招了招手，示意赵文星到自己身旁，然后起身把赵文星介绍给大家。

"哥们！来一个！我先干为敬。"旁边一位满面春光的中年男人站起身给赵文星递上一杯白酒，自己拿着一小杯自个碰了一下，然后仰头便干了杯。赵文星还搞不清状况，一个人愣在那儿。

"大哥，真的很对不起，文星从小到大都不能喝酒，天生的酒精过敏体质。之前在豹丰科技上市庆功宴上我高兴得灌了一小杯，结果害得大票朋友都得陪着我在医院洗胃,您看这……"赵文星一脸难为情,所说也并非假话。在豹丰科技上市庆功宴上,赵文星确实因为喝了酒,结果酒精过敏性中毒,在医院躺了整整一个星期。

"靠!一个老爷们,怎么比个娘们还娇贵,喝点酒还要住院洗胃,至于嘛?"一个东北口音的大汉站了起来。

"如果大家不怕扫兴,文星再住一次院也无妨。不过哪位先帮打好120,文星对于这样的场面从来不开玩笑——"赵文星一脸诚恳看着金主,有点征询他意见的意思。

"既然赵总不能喝酒,大家就别为难了,确实有人沾酒就倒的——今天叫你来是有别的事,不是喝酒。坐坐。"金主见赵文星脸色不对,而且很难为情,估计所言非虚,于是就圆场。他看了一眼赵文星,又看了看自己的朋友,示意大家谈正事要紧。

"实在很抱歉!喝与不喝都扫了大家的兴了。"赵文星扫了一眼敬酒的男子,见对方一脸不高兴的样子,再次道歉。

"文星啊,今晚叫你来是有这么一件事情,旁边这位美女老总创办了一家TR公司,技术比VR可以说不知道高多少倍,现在正在A轮融资。你是这领域的资深投资人,你给她来点投资。"

"哦!是这件事啊。行,我回头让团队深入了解一下。如果各项指标符合我们基金的投资要求,我们一定优先投资。"赵文星心里在偷笑。

"我们这个项目是基于大数据的基础上,在VR的基础上进行了创新。我们的技术不需要带专用眼镜就能享受到VR一样的视觉效果。"美女在一旁简单介绍了自己的项目,并拿出一个设备在桌面上做了演示。

"如果我没记错的话,这应该是在4D投影技术基础上实现的类全息。"赵文星看着就觉得是全息技术。

"我们的技术是建立在大数据基础上的,会根据不同角度的光线自动调整影像的亮度和颜色。像刚才大家看到的,从每个角度看到的都不一样。"

"哦，看起来很好玩，这技术主要适用于哪些领域呢？我想说的是这技术打算怎么赚钱。"

"电影、家庭影院、KTV、户外广告、舞台……都可以，我们掌握的是核心技术，只需技术输出就可以赚钱啊。"

"目前有客户了吗？或者意向客户。"

"我们技术还在实验阶段，暂时还不能商用，我们需要融入A轮后，才能进行商品化。前提团队自己筹的钱已经烧光了。"

"团队自筹多少？"

"不多，一千万嘛。"

"你是说，研发到这一个阶段已经烧了一千万？那A轮计划融多少资金呢？"

"至少也得两个亿吧。我们的技术这么好，两个亿算少的了。前些日子，腾讯要来投资，说是给五个亿，占我们50%。你说好不好笑，我要这么多钱干吗？再说五个亿占50%，未免太过分了吧？"那位创始人聊得两眼放光，甚至泪水都飙出来了。

"哦，腾讯要投你们呀？牛！这个项目我让团队跟进一下，很高兴认识你。"赵文星心里在偷笑，笑现在的创业者吹牛不打草稿，笑现在的年轻创业者脑残却要装。腾讯作为一家全球三甲互联网公司，会做出投资五亿元占50%股份的决定？对这样的牛皮都敢吹的创业公司，连继续聊天的必要都没有。但看在金主的面子上，赵文星还是很礼貌地举起一杯白开水和对方轻轻碰了一下。

宴会结束，金主拉住赵文星到边上，"这个项目怎样？打算投资多少？"

"你是打算要投资她，还是投资她的项目？"赵文星笑眯眯地问。

"当然是项目啊！"

"那，还是让腾讯投吧。"

"腾讯都要投资的项目，跟投不是很好吗？"

"如果你另外给我一笔钱投资她们，然后不追求回报，甚至连本钱都不在乎的话，你想投资多少就投资多少。"赵文星又微微笑了笑，然后道别离去。

第五次考验考验于无形。那天金主突然到访赵文星办公室，急匆匆地来，又要急匆匆地去。跑这么一趟就是因为他在楼下钱包丢了，找赵文星借一千元急用，晚上转账还。赵文星也没多想，数了十张红牛递给金主，然后拿出一个本子，"麻烦在这儿填下刚才的数字，并签下您的名字，谢谢！"

金主接过赵文星的本子一看，乖乖，竟然是一本格式版的空白借条。借款人只需在金额和还款日期的虚线处填空，并在结尾签上自己的名字和日期即可。金主拿起笔"唰唰唰"签了名，笑了笑，"金额和还款日期你自己填吧，臭小子，真有你的！"

"真的很抱歉！做基金管理不同于拿自己的钱做公司，咱这行业必须精打细算，同时必须充分保留票据。凡事按原则办事，否则很容易出现差错。"赵文星把本子收好，送金主到电梯门口，目送对方离去。他心里总是打鼓，觉得这人很不靠谱，怎么认识没多久就做了这么多不合情理的事情，莫非遇上骗子了？因为马上要开会，也没时间多想，后来一忙起来他便忘记了这事情。

夜渐深，赵文星一个人难得有时间待在家里，于是打开家庭影院看球赛。他正在看得入兴的时候，窗外竟然飘起了雪。放房间里的手机突然响了起来，赵文星索性不去接电话，没想到手机停了又响，看来是有人有什么急事了。赵文星很不情愿地走进房间，拿起手机一看，是那位金主——"文星啊，是我，我已经回京了，你后天过来把手续给办了吧。你已经顺利通过了五次考验，只剩下最后一次了。你后天过来，如果能经得起考验，我就当天把支票开给你。"

"五次考验？哦！原来如此，非常感谢！您把地址发给我，还有要求什么的，我准时赴约。"赵文星内心在打鼓，这家伙靠不靠谱呢？不管了，反正都经历这么多了，再来一次也无妨。

赵文星赴京当天，全国多个地区都下起大雪，连很多南方城市都飘起了百年难遇的雪花。平时经常堵车堵得水泄不通的京城，因为下了两天两夜的大雪，此时此刻几乎看不见汽车的踪影。虽然环卫工人不断扫雪开路，但路上除了主干道的公共交通车辆以外，基本上找不到其他多余的车辆。赵文星只能挤地铁到达指定的位置，按金主的要求，徒步五公里，而且必须在一个小时内赶到对方办公室。

雪在下，风在刮，整座城市被皑皑大雪所笼罩。刺骨的风，透过衣着的每一个缝隙直沁赵文星的身体，临时买的长靴子虽然毛茸茸的，但是陷在雪里的脚仍然冷得发麻发辣。这是赵文星未曾有过的经历——对于这个生长在南方的男人来说，虽吃过无数的苦头，但在如此寒冷的天气下进行户外徒步，仍然是一件极其艰难的挑战。但为了豹丰科技，为了郝本翔，赵文星咬着牙终于还是按时到达了金主的办公室。

"哈哈哈！我想，你应该没有作弊。"见面的第一句话，金主竟然是这么说的。赵文星还没回过神来，金主又接着说："其实，这时候，你想作弊也很难，因为这段路上根本通不了车，哈哈哈！"

"这是我人生中第一次最具挑战的经历！感谢您给了我这么一次机会！"赵文星回过神来笑了笑，做出握手的姿态。

"来来，把外套挂这儿，屋里说话，外面冷。"金主此时异常和蔼，让赵文星感觉到一股暖流。

"很对不起年轻人，让你受苦了。其实哪怕你只募集一千万元，想得到我的投资，也是需要经历这么多考验的。这并不是我故意刁难，更不是外人传的变态行径。我是有我的道理的。值得庆祝的是，你已经做到了，谢谢你！"金主拉着赵文星进入暖气很足的室内，一面给赵文星倒水，一面解释。

赵文星愣在一旁，看着金主在那忙活，许久回不过神。金主将水送到赵文星面前接着解释道："第一次见到你，觉得你太年轻。现在的年轻人都比较浮躁，喜欢投机取巧，耍小聪明，所以那天想考考你。没想到你真的到下水道给我捞钥匙，这点很令我惊讶。找我要投资的人不计其数，能走到今天这一步的，你是第二人。很多人听到要到下水道找回钥匙，基本上就放弃了，或者半途而废，而你不但下去了，还把钥匙找到了。更让我惊讶的是，你能在不到二十分钟的时间内就调到潜水服，说明你人脉圈子很广，而且应该为人不错，否则不会有人在这么突然的情况下为你送来潜水服。"

"这些你怎么知道的？"赵文星很诧异。

"事实上，我并没有坐在咖啡厅等你，而是在辖区交通监视大厅看着闭路电视，你的一举一动我都一清二楚。"

"往常你也是这样子考验别人的吗？"赵文星惊讶不已。

"要不然呢？第二次考验虽然你处理得不是很令我满意，但是，不能不说你很聪明。因为你利用女人的私心成功离间，让四个原本一条心的女人各打各的算盘去了，解决了一时之危。从战术上讲，你干得很漂亮！"

"不知文星在哪个点上做得不到位，还望不吝赐教！"

"你虽然解决了我一时的麻烦，但后面的麻烦会更大呀。因为你欺骗了她们，而女人是最能变本加厉的动物。这点就不说了，我短信上只要求你帮我脱身，只要我能脱身，原则上就算你通过，所以这事情不怪你。"

"很抱歉，文星没做好。"赵文星虽然在道歉，内心却在偷笑，之所以采用那样的方案，其实是另有计算的。

"第三次，说真的，那纯粹是意外。下午下班时间很少有人喝酒的，尤其更少人酒后开车，因为不是吃饭的时间。恰巧我碰上了，我又不是当地人，遇到这种麻烦，就想到了你，所以就当成一次考验来处理。突发事件，你能摆平，那也算你有本事，所以让你通过考验。"

"第四次考验，我是想看看你会不会感情用事地唯命是从。事实证明你很理智，对于投资只看项目不看人面，这点很好！当时朋友介绍我认识那位创始人，就觉得项目概念重于技术，一个靠玩概念的项目虽然有可能做得很大，但死掉的概率会更高。所以我就约你，看看你会不会因为我的原因就闭着眼睛投资进去，你没有令我失望。"

"那个项目真心很烂，创始人也很烂。人虽长得漂亮，但作为创始人竟然不知道自己项目的状况，这明摆着在忽悠。甭说是你介绍的，就算是政府红头文件我也不管。"

"这点好！投资应当如此！不是好项目，无论谁的面子也不卖，这是好的。"

"第五次是什么情况？"

"哈哈！还记得我找你借钱吗？这个考验除了你以外，其他人100%通不过。很多基金管理人为了争取到我的钱，都很慷慨，没人要我打借条的。而你倒好，竟敢叫我写借条！"

"实在抱歉！多少年形成的习惯了，还与不还是一回事，但至少知道钱去哪了。"

"就因为你要我写借条，我才笃定选择你啊！作为基金管理人，如果对待钱不能做到有凭有据，就会引发很多问题。别说一千元，就算一元钱按理说也应当立字据。只有这样才能避免之后没必要的麻烦，你这点做得很好！"

"您是文星见过最难缠的金主。"

"我不是难缠，只是比较理性罢了。守着这份家业，我的担子不比你轻呐。这些钱是多少代人付出了血汗积攒下来的，尤其在过去的这百年里，要死很多人才保全得了这份家业。到我这一代，太平盛世，不能毁在我手里是不。"

"嗯嗯，有道理！"

"所以，要想获得这笔资金管理权的人，必须吃得了苦头，经得起考验，不要小聪明，一步一个脚印，为一个目标一个承诺坚持到底，这样的人才配。这两年已经有两三百人知难而退，唯独你坚持到了今天，我得谢谢你啊！终于找到了一个可以寄予托付的管理人。"

"能为您服务是我的荣幸，文星赴汤蹈火在所不辞！"

"言重啦！只要你好好用心管理，不要让我的钱打水漂，钱是有的，你的付出也会得到相应回报的。"

"那，今天咱是不是可以签订正式合同了？"

第七章 复牌大战

"哈哈哈哈！我就喜欢你这种锲而不舍紧盯目标的精神！签！当然可以签！今天我就给你支票入账。"看到赵文星没有被自己带入"歧途"，金主很满意，将赵文星发来的合同电子版打印了四份，递给赵文星一份，然后就打算在上面签字。

"您增加了约定？"赵文星快速浏览了一遍，发现合同的"双方责任和义务"的一个段落中间多了一行字——"未取得出资人同意的投资，管理人应承担因此造成的一切责任义务。"觉得很意外。

"哦嚯！忘了跟你说，那个是所有从这获得资金的人都必须接受的条款，无一例外。还望赵总能理解。"金主见赵文星竟然能在这么短的时间内看到自己插进去的约定，颇为满意。

"嗯，从你的角度而言，增加这样的约定似乎没什么错。但从客观角度而言，这条款其实并不见得有利于你。"

"哦？"

"首先，我作为管理人，原本就要承担无限责任，有没有这个条款对我而言都是一样的。其次，作为投资，就会存在盈亏。从这条款上看，要么所有决策必须由您说了算，要么只准盈不许亏。在当前法律基础上，一旦您参与了决策，你就无法继续享受有限合伙人的待遇了，也将会承担无限责任，那么只许盈不许亏的条款也不会被法院认同。所以这条款对于您而言，不见得是有利的，个人建议去掉——当然，您可以保留。"

"是吗？"金主见到赵文星说得头头是道，心里打起了鼓，将信将疑地将那一页发给一位律师看，结果律师也建议可以去掉。他看着信息，又看了看赵文星，微微地点了点头。

历尽了艰辛，赵文星终于顺利拿到六亿元投资，五十亿元的基金超额募集。

豹丰科技由于"重组事项未取得实质性进展"终于被强制复牌。开盘当天上午，大量散户无预兆涌入，股价出现大幅上扬。郝本翔正在盯着自己的股票郁闷，大海突然造访，赵文星也尾随其后。

"郝总，建议继续停牌。"寒暄过后，大海给郝本翔提出了建议。

"不会吧，上午刚刚复牌，下午就要停牌，能过吗？"郝本翔一直对资本游戏不是很理解。

"我和文星帮你事先准备了一个计划，你先看一下。如果没有问题的话，就以启动新项目需要资金而增发股票，然后让刚刚成立的反并购基金入场。"大海拿出一份方案递给坐在对面的郝本翔。

"我咨询了几位前辈，他们也同意增发方案。"赵文星在一旁补充道。

"行，我安排召开临时董事会。"郝本翔浏览了一下方案，觉得没什么大问题，便应允了大海的建议。

"把募集的资金额度翻一番。"大海见郝本翔同意了自己的计划，便提出补充。

"你意思，要增发募集二十亿元？用得着吗？"郝本翔听了大海的临时建议很是惊讶。

"还怕钱多烫手不成？"

"呵呵，钱拿得多了，股份就会变少了啊！"

"你只需保持34%以上的股票就可以稳坐钓鱼台，何况稀释后你仍然持有超过50%的股票呢。在这样的持股比例下，董事会投票还不是你说了算？另外，增发就是为了稀释某些人的持股比例呀。新成立的基金进场后，持有的股票还不是由你说了算嘛。"

"嗯，这点我明白。"郝本翔听完大海的解释，七上八下的内心终于平息下来，决定按计划执行。

豹丰科技再度停牌的消息一出，业界一片哗然。力挺郝本翔的人拍手称赞，不喜欢郝本翔的人流言四起，几大投机机构则破口大骂郝本翔奸诈。郝本翔听到手下的讲述，笑得弯了腰。就在这时，郝本翔的手机响了起来，一个陌生的号码——

第七章 复牌大战

"郝老弟吗？"一个带着很重鼻音的男人说道。

"我是郝本翔，您是……"

"怎么，才见过面没几天郝老弟就听不出我声音啦？"对方显然有点不爽。

郝本翔第一反应觉得是个骗子，说道："实在很对不起，声音是很熟悉，但一时半会真记不起兄台您名字了，何不直言相告？"

"怎么，你这次反并购真的不给兄弟我喝点汤？"

"哦，我明白了。实在很对不住，因为事务繁杂，忘记给您回话了。"郝本翔终于想起在俱乐部的一次相遇，对方是"燕郊六子"的带头人，一口京腔，重重的鼻音。

"不碍事！咱兄弟不用客气。对了，我兄弟都在俱乐部，你看下午或者明天上午什么时间比较方便，见面聊一聊。"

"呵……豹丰科技深陷多事之秋，时间确实很难把握。行吧，那明天上午小弟来一趟。"郝本翔闭上眼睛，深深叹了口气，然后挂断电话，寻思着怎样应付当下的麻烦。郝本翔刚要起身，手机又响了起来——"哪位"

"郝董事长好！我是令蓝呐，很久不见，你也不来做做客。"

"哦，令先生，有嘛关照？"

"听说豹丰科技又停牌了，有啥计划呢？咱兄弟找常兄再喝两杯如何？"

"停牌是董事会的决定，公告应该有说明原因。我这阵子忙着找钱做项目，基本上抽不出时间喝酒啊。改天，等事情忙完了请令先生上馆子。"接到令蓝的电话，郝本翔偷偷在冷笑。

"行，找时间咱哥俩再喝几杯。"

"好，等有时间联系令先生。"郝本翔猜想令蓝必定会着急。黄金市场走势低迷，他需要大量资金补仓，砸到豹丰科技盘子上的钱又被不断停牌拖住，想必此时此刻的令蓝应该像热锅上的蚂蚁，抑或无可奈何地咬牙切齿。令蓝确实在自己的别墅里砸杯子，恨不得马上将郝本翔给灭了。

然而，他毕竟是金王之后，拥有着超强的控场能力，尤其懂得控制自己的情绪。他在沙发上躺了一会儿，拿起手机给常运洪打电话："大哥，我是令蓝。"

"令老弟，听声音好像你情绪不对啊？"常运洪几十年的官场阅历，历练了他的听觉能力，能通过声音感受到对方当前的状态。

"大哥真实好本事！这都被您给说中了。"

"嗨！那是因为你的声音出卖了你——哪个不识好歹的竟敢惹得金王如此不爽啊？"常运洪笑呵呵地打趣。

"甭提了！还不是郝本翔那小子，上回和您来过这儿之后，豹丰科技就一直停牌。昨天刚刚被强制复牌，下午竟然又出了停牌公告，这不明摆着坑人吗……"令蓝借机指桑骂槐，心里的不痛快有大部分是对常运洪的不满——他拿着自己的好处，胳膊竟然往别人那里拐。但令蓝没想到的是，常运洪之所以能走到如此高的地位，有郝本翔的功劳，人家那是雪中送炭。而令蓝不过是锦上添花，这两者的情谊怎能相提并论？

"资本的事情，大哥我是看不懂的，不过按理说证监会既然同意他停牌，肯定有他必要停牌的道理吧，不可能是针对某个人啊，这样子的话也通不过监管层的审批吧？"常运洪听出了令蓝的话中有话，故意假装不明，站在中立的角度发表自己的观点。

"理是这个理，只不过他也不能老这么停牌停牌啊，他把我们这些机构当猴子耍啊！"令蓝是个暴发户，靠继承成为巨富。虽然在金市历练多年，但在资本市场他们这类型只能算是暴发户、一介莽夫，也难怪他有如此抱怨。

"怎么，今天打电话就是为了向大哥吐槽？"常运洪毕竟要保障几千万人的生计，在这种毫无意义的抱怨上不想浪费时间。

"哦，对不起！实在气不过，废话了几句，大哥切莫见怪。周末能否安排个碰面的时间，一起喝点小酒？"

"这半个月估计都不行，下个月我要上京述职。现在要做各项准备。"

"看来大哥又要高升了哈，恭喜大哥！"

"我这边来了客人，再联系。"

"再……"令蓝刚想说"再联系",话没说完,常运洪已经挂断电话,留下令蓝一个人愣在那儿。

十点整,郝本翔只身来到新富豪俱乐部,"燕郊六子"已经老早在俱乐部等着,照面就给郝本翔一个满怀——"兄弟,终于等到你啦!"

"很抱歉,让各位久等了!不过本翔应该没迟到吧?"

"哈哈哈!没有没有!来,坐!"五六个人纷纷挪动位置,让郝本翔坐在中心位置上。

"几位前辈有嘛关照?"郝本翔毫不客气地坐好,扫视了一圈在场的几个人。

"嗨!咱兄弟是生意人,见面只为生意,相互关照,相互关照!"胖个子在一边笑眯眯地迎合。

"郝兄弟,我们六兄弟是真心想成为你这次反并购计划中的'白武士',希望你能慎重考虑。"一个又矮又丑的家伙一脸凶神恶煞他直入主题。

"本翔很感谢几位前辈的抬爱,如果在合作方式上达成共识,多一个人帮忙就多一分力量,本翔当然举双手双脚欢迎。"郝本翔虽然很不乐意与臭名昭著的"燕郊六子"合作,但也不好得罪他们,于是采用了中立的口吻提出"合作方式达成共识"作为探讨合作前提。

"我们六兄弟别的能力没有,就是不差钱,在关系网上也还行。我们有信心能帮得上郝兄弟,希望你不要拒人于千里之外。"一个贼眉鼠眼的小个子瞪着郝本翔,凶巴巴地道。

"哎,老弟你这是哪里话,郝兄弟是深明大义的人,会有他的考虑的。"大个子挡住了话题,然后转头看着郝本翔。

"我们成立了一只反并购基金,首期募集已经圆满结束,第二期募集将在下个月开始。如果几位确实对豹丰科技感兴趣,可以考虑认购我们的第二期基金。第二期总募集计划大约一百亿元。"郝本翔强压着内心的不爽,笑着应答。

"我们兄弟本来就是帮别人打理资金的,我们再让你来打理这些资金,这传出去不成了笑话嘛?"大个子委婉地说明"燕郊六子"的立场。

"Fund of Funds在国际上也是通行的呀,怎能说这传出去会被笑话?"郝本翔拿出自己的理由。

"Fund of Funds?什么玩意?"贼眉鼠眼的家伙愣了一下,随后六个人面面相觑。

"你是说FOF?基金中的基金?"大个子带着疑问看着郝本翔。

"嗯,Fund of Funds简称FOF,大致意思就是'基金中的基金'。基金套基金一直都存在的,所以将你们的基金投资到我们的基金中,并没有什么不妥,也不会被人笑话。因为这是国际通行的做法,几位无须多虑。"郝本翔心中暗暗骂道:"这年头,一群暴发户,连基础常识都不懂,还玩资本!"

"哈哈哈!FOF不是不行,只是我们有个小小要求。"贼眉鼠眼的家伙漫不经心地丢出这么一句话,然后自顾着喝起刚泡好的茶。

"但说无妨!"

"我们要成为你这只基金的管理人之一。"贼眉鼠眼的家伙以斩钉截铁的态势提出自己的要求。

"这个,就有点强人所难了。"郝本翔很淡定地看了一眼胖子。

"哎!先别急,先听听郝兄弟的意见。"胖子见郝本翔将目光抛向自己,便打起圆场。

"不做管理人也行,但我们要分整只基金管理人50%的收益。"一个坐在边上从来没出过声的老头子干咳了一声,提出了自己的意见。

"对,这样也行!"几个人见老头子出声,纷纷附和。

"能否请教一下前辈,为何选择豹丰科技?"郝本翔不想在原话题上继续,因为继续也没什么意思了。

"生意人,原本就是哪里有买卖就往哪里发展,豹丰科技是我们见过的最有价值的民族企业。作为'白武士',我们不帮豹丰科技又该帮谁呢?"老头子振振有词。

"其实，本翔只想好好做一家对国家、对社会、对用户、对投资人都有价值的公司，没想到会有这么多麻烦，这真是让本翔不知所措了啊。"郝本翔没办法再做什么努力了，只能扮可怜了。

"有钱大家赚，郝兄弟也别那么小气嘛。"胖子一直在圆场，这次会面更像一场戏，邀请郝本翔来是来看戏的。

"前辈们，小弟对资本了解甚少。这么重要的事情，还得我们的顾问团队在场才行。各位的意思本翔已经懂得，不如我们再另约时间，来一次正式的会晤，可好？"郝本翔得想方设法脱身，不能与一群饥饿的土狼纠缠，否则难保不会出差错。

"也好，等郝老弟你回去好好思考思考。我们兄弟是带着诚意来的，钱都已经准备好了，只等你一句话。"老头子站起身，做出送客的姿态。

郝本翔带着沉重的心情离开了俱乐部，一路闭着眼睛，紧锁眉头久久不能释怀。

第八章　生死转机

完成青岩生物借壳上市，万小红给自己放了半年假，一个人在全世界游荡，毫无目的地，说走就走。她只身一人拖着行李到当地机场，即兴买一张陌生城市的机票，然后跟随人流一起飞——从上海飞迪拜，然后是慕尼黑、苏黎世、斯德哥尔摩、冰岛、首尔……她飞了十几个国家，二十几座城市，两三个月下来，越玩越孤独。一种蚀骨的寂寞感，无情地将万小红吞没。无论飞在天上，还是潜在海底，抑或游历在历史古迹中，孤独就像极夜，漫长而暗无天日，令人无法自拔。伴随着孤独的，是一种揪心的空寂。空荡的世界里使人蔓出各种莫名的渴望，这种渴望就像极昼，无休止地持续折磨着美若天仙的万小红。

在资本市场上，万小红叱咤风云，靠着自己的智慧和团队协作，攻城略地所向披靡。在物质方面，她拥有着无数人几辈子都无法超越的财富。开着世界上最贵的跑车，住着价值几亿元的别墅，吃着世界各地的奇珍美味，生活如帝王般。然而，她在情感世界中，却孑然一身，时刻忍受着孤独的侵蚀。唯有不分昼夜地拼命工作，让自己没有任何时间孤独，才能让自己好受一些。而将一家家上市公司掏空，是万小红唯一擅长的，她就这样一步步像恶魔般，疯狂地爱上了资本杀戮。

巴哈马的海边，风很大，吹得万小红举步艰难。所有人都躲在屋里，只有她一个人，孤独地，任凭咸咸的、腥腥的海风肆意吹打。这片浪漫迷人的粉色沙滩上，一直流传着无数的浪漫故事，而此时此刻的万小红，却揪心得疼痛难耐，一种莫名的伤感将她紧紧吞没……

"为什么？"万小红朝着大海，撕心裂肺地呐喊。然而，除了偶尔传来海鸟

第八章 生死转机

的鸣叫声，以及巨浪拍打岩石的声音，剩下的只有呼呼的海风无语的回应。

太阳西斜，大风依然，气温正在下降。万小红疲惫地遥望大海，感觉到孤独的自己就像沙滩上的一粒沙，只是沧海一粟，弱小得微不足道。在茫茫人海中，在几十亿人中，自己似乎拥有了许多。在绝大部分人眼中，自己已经无所或缺，这是多少人梦寐的人生呐，而万小红此刻宁愿放弃这一切换取一份温暖。

这些年，万小红为了证明，Mr Hong——自己深爱的启蒙老师，放弃自己是一个错误，为了让Mr Hong后悔放弃自己，她不惜放下身段，出卖灵魂。她以三年的情人关系换取土豪一千万元的投资，一步一步将自己变成一把利刃，最终成为资本市场的吸血鬼，以洗劫上市公司为乐。每每回忆起这段历史，万小红就想将自己剁成肉酱，抛于大海，任由鱼儿将自己的肉体和灵魂一并销毁。

然而，人生往往如此，你有所得就会有所失。你得到了金钱，就难免失去一些你最想要的东西，比如爱情。同时，你有所失必有所得，不经历过刻骨铭心的疼痛，就不会懂得拥有后的珍惜。万小红哭干了泪水，伤透了心，终于在沙滩上醒来。此时的巴哈马群岛一片漆黑，她好不容易才找到一个有光的地方——

郝本翔为了激励基金团队，特意安排了一次特殊的旅行。每个人都可以邀请一位自己最想一起同行的人，去一个未曾到过的地方，进行一周无拘无束的玩乐。巴哈马群岛以压倒性的票数成为此次旅游的目的地。一行十五人到达目的地后，郝本翔租下当地最豪华的邮轮，还有当地最奢侈的海景别墅，由旅行公司为每个人安排一对一的贴心美女向导。今天正是此行最后一夜，所有人围在屋后的沙滩上举行篝火派对。

万小红的出现，使得全场震惊。尤其是郝本翔，简直不敢相信自己的眼睛。而万小红，在世界另一端遇上故知，在自己最彷徨最空虚的时候，一种莫名的激动促使泪一下子就落了下来。郝本翔从恍惚中回过神，看到自己曾经的暗恋对象如此情境，忍不住扑上去抱住了她："Miss Wan！真的是你吗？"

万小红被郝本翔这么紧紧一抱，一股未曾有过的暖流从身体能接触的每一个点面暖遍每一个细胞。此时此刻，万小红竟不知该说什么，也没有任何话想说，下意识地紧紧迎着郝本翔的拥抱，两个人紧紧地贴在一起……全场都不知道发生了什么事情，只是看到一直不近女色的老板此时此刻竟如此毫无节操地抱着一个女子，顿时惊呼声、掌声打破了整个寂静的海岛。

"哦！对不起！"数分钟后，郝本翔终于从沉醉中醒来，松开万小红，真诚地道歉。

"谢谢你！"万小红的内心五味杂陈，除了感谢，她再找不到更合适的字眼了。

"你怎么……"郝本翔很惊讶地看着万小红。

"我也不知道自己为什么会在这里，不知不觉，鬼使神差……没想到，在这里能遇见你。"万小红暖暖地，很舒服地看着郝本翔。

"哇哦……老板！这是什么情况啊？"随着投行部总经理的起哄，全场再次响起惊呼声。

"我来介绍一下，Miss Wan，职业不详，我的梦中情人。我曾经立誓非她不娶，当然她不知道这一切……"郝本翔激动过后，趁着夜色和不羁气氛，将自己一直想说的说了出来。

"啊！"万小红听到郝本翔说自己是他的梦中情人，曾立誓非自己不娶，惊得嘴巴张得老大，脸莫名地红得像只苹果，许久才回过神："你在胡说什么？我们加起来才见过几次面啊？"

"哦……"所有人都诡异地摇晃着身体看着郝本翔和万小红。

"嗯，这是我们第三次见面。""一见钟情！"全场再次起哄。

"对！第一次见面就爱得不行，差点为自己的暗恋死去，认为此生无缘了，没想到冥冥中已经安排好我们今夜再聚。"郝本翔发现自己突然脸皮好厚，竟然毫不害臊。他充满爱意地盯着万小红。

"就算前世没有过约定，今生我们都曾痴痴等，茫茫人海走到一起算不算缘分？何不把往事看淡在风尘？只为相遇那一个眼神，彼此敞开那一扇心门，风雨

第八章　生死转机

走过千山万水依然那样真，只因有你陪我这一程……"一首《缘分》从屋里飘出，不知是谁，在什么时候偷偷跑进房间，把原本的海滩狂欢曲改成了无尽爱意的《缘分》。万小红似乎走进了童话世界，一位风度翩翩的白马王子正在朝她走来，伸手将她拉上马，一起狂奔在美丽的花海中。

美好的夜，总是特别短暂，每个人在这不眠的夜里尽情载歌载舞。万小红就像一只流浪猫终于找到主人一般，带着羞涩和柔情，温顺地依偎在陌生却暖暖的郝本翔身上，尽情地享受着这突如其来的关爱。

万小红决定不再浪荡，拉上行李箱，跟随郝本翔一行登上回国的专机。

神农控股再度跌破发行价，沈强正在焦头烂额地处理由于股价下滑造成的一系列连锁麻烦。电话突然响了起来，沈强一看，是那个熟悉的号码——"你好，我是沈强。"

"叔叔好，神农控股的情况我已经了解了，看来不能再沉默了。"

"唉！回天无力啊！"沈强听到大海的声音，有种特别的安全感，但很快又陷入了伤感。

"叔叔不用着急，将军发话了，不惜一切将对手灭掉。这件事情从今天起，就是小侄的事了，您现在方便来一趟吗？"

"下午嘛，几件棘手的事情需要点时间处理。"

"好，那就下午两点，你来摩天大酒店。我在那儿定了一个包厢，我们一起下午茶。"

"好的，让世侄费心了。"

沈强如约来到摩天大酒店三十八楼港式茶餐厅，大海已事先到达等候。两人见面也没太多寒暄，直接进入主题："世侄啊，叔叔的情况从来没这么糟糕过。"

"叔叔甭着急，虽然对方很狡猾，但也不是没有制约他们的办法。"

"他们到底想干吗？"沈强一直很困惑，对方偶尔拉抬，偶尔疯狂高压抛售，究竟目的是什么。

"这不是很明显嘛，对方这么干有两种可能。一种可能是，对方看上了神农控股的价值和吸金能力，想将神农控股当成摇钱树来用；一种可能是想将神农控股当成壳资源，吞并神农控股的目的就是为了借壳上市。根据小侄分析，后者的可能性较大。对方先拼命炒作，掏空神农控股，当大股东市值管理团队没了还手之力，他们再将从神农控股赚到的钱用来收购神农控股，最终借壳上市……老把戏！"

"你是说借壳？有人要把神农控股当成壳来玩？"沈强越发郁闷了，听说过借壳上市，但绝大部分借壳都是找那些已经快不行的上市公司，比如ST的公司，没见过找牛股当壳的。沈强怎么也想不通。

"没错！对方反常道而为之，确实很令人诧异。但目前很多事情已经很明显了。对方不仅仅只为了借壳，还想在借壳过程中就开始赚钱，也就是说不打算花自己的钱来买壳，看来不是一般的机构。"

"难怪！我说怎么这半年来怎么老发生一些奇怪的事情呢！"

"叔叔在说啥呢？"

"我也说不上之所以然来，但就觉得半年来发生了很多奇怪的事情。"沈强若有所思地回忆半年来的种种迹象。从巨额跨国贸易订单到股价狂飙，再到股价被疯狂抛售、连成珏的出现、银行提前偿还措施等，似乎总有千丝万缕的关联，又似乎毫不相关。但从巨额跨国贸易订单开始，神农控股就出现了完全失控。沈强越想越觉得不对劲。

"对方绝不是一般的机构，从他们的选股手法上看，要么是傻瓜，要么是有实力非常雄厚的资本做后盾。从现状上看，对方实力决不可小觑。更为关键的是，对方手法很老练，自始至终，他们都没有举牌，没有一个账号接近5%的黄线，甚至没有一个持股账户出现过个位数。现在根本无法知道他们使用了多少账户，控制了多少流通股……"大海将现状和沈强进行了一次梳理。

"怎么救？"沈强越听越发毛，对资本市场的玩法，只觉得眼花缭乱。自己

第八章 生死转机

是成功的实业家，但在资本面前只是资本菜鸟。

"孙子曰：'知己知彼百战不殆！'，在没有了解对手的情况下，我们只能以静制动。当然，不是什么事情都不做，现今我们只能先从公司章程入手，对手无论出于什么目的吞并神农控股，最终都会做一件事情，那就是重组董事会。他们只有重组董事会，获得更多的董事席位才有可能实现他们的目的。"

"修改章程？这样就能阻止并购？"沈强怎么也想不明白个中道理。

"单纯靠修改章程是没办法阻止被吞并，但可以加大他们借壳的成功难度。按照神农控股当前的章程，董事会成员是由股东会任免的，说白了是由大股东来决定的。这样子的话，对方只需争取到神农控股的控股权，就可以重组董事会。所以，我们要在他们动手之前，修改章程，将董事任免制改成轮选制，这样子的话，尽管他们获得了控股权，但公司每年只能改选很小比例的董事。也就是说，即使他们取得了多数控股权，也没办法在短时间内改组董事会和委任管理层。没办法取得公司董事会的控制，他们在后期的资产置入置出就很难实现，在这样的情况下，他们有可能就知难而退。"

"哦，看来专业的事情还真的只能让专业的人来做，世侄的这一招果然厉害。"沈强听完大海的建议，紧张的心情放松了不少。

"其实这是反并购中比较惯用的手段之一，并非小侄我创造的。很多企业之所以没有使用这个办法，有可能是不懂得，或者想操作但无法实现。"

"这点对于叔叔我来说不难实现，目前神农控股的主要股东还是很信任沈某的，通过这个方案应该不难。"对于修改一个不会伤害现有股东利益的章程，沈强信心十足。

"这件事情要快，以免节外生枝。另外，叔叔您的股票很多已经质押出去，为了避免质押标的的权利丧失，除了修改董事会任免规则以外，还需要细化反恶意并购条款，尤其对重大事项决策上做出以下规定：修改章程或重大事项决策，如公司清盘、资产租赁、重大重组等，必须取得4/5以上投票权才能生效。这么做，即使对方控制了全部流通股和其他股东的股票，只要你的股份持有量高于

20%，他们的收购目的就很难以实现。这样做可以大大增加他们的并购风险。"大海很严肃地叮嘱。

"嗯，我回到就立刻安排。除此以外，还需要做点什么？"沈强完全没辙，对于自己老领导全权委托来协助自己的大海，他基本上言听计从。

"为防不测，我们还可以做另一手准备。"

"什么准备？"

"拆分资产！"大海斩钉截铁。

"拆分资产？"沈强听不明白。

"没错！目前神农控股拥有六大核心业务板块：生态农业、观光旅游、生态养老、房地产、储运、食品加工等。这几大板块基本上都是一环扣一环，而所有业务都是围绕生态农业才得以发生，也就是说生态农业是神农控股的主业务。而储运和食品加工是生态农业链条中不可或缺的下游业务，观光旅游和生态养老则是建立在生态农业基础上延伸的副业，但这两项副业是真正给神农控股带来巨大利润的业务。那么，你的房地产则是建立在旅游观光和养老项目基础上的业务。就是这些项目成就了神农控股的价值。"

"嗯，没错。"

"把这些业务板块全部拆分成独立的项目，然后折价出售这些项目来偿还债务。"

"你疯啦？！"沈强听到要拆分出售神农控股的业务，直接跳了起来。

"叔叔少安毋躁，听世侄讲完。你联合一些同一条心的股东共同成立新的公司，逐一将将神农控股现有的盈利项目收购，收购理由就是变现偿还贷款。这些项目虽然和神农控股无关了，但还是在叔叔您的名下。"

"这么做，那些中小股东的利益怎么维护？"

"这么做就是维护中小股东利益呀。降低上市公司负债，等同于提高上市公司利润，这有什么问题呢？"大海知道全盘讲透了肯定得不到沈强的同意，因此，轻描淡写地换了个比较容易被沈强接受的角度解释。

第八章　生死转机

"嗯，这事情容我考虑考虑。"沈强总觉得这上面有哪里不对。

"叔叔是要考虑清楚，但这事情需要速战速决，否则难保不会节外生枝。"

"嗯，除此以外，还需要做些什么？"

"目前能做的，应该做的也只有这些。后面的事情要见招拆招，现在还无法预见。"大海没有一次性将所有计划告诉沈强，因为担心他不熟悉资本，而不经意将计划泄露。

"好！让世侄费心了。"两人简单吃了点东西，结束了谈话。

沈强回到办公室，逐字逐句地反复研读大海的反并购第一阶段方案，觉得每个步骤都很完美，于是按照方案有序地推进。但万小红团队已经猜出沈强的具体计划，于是及时向万小红做了汇报。这些手法老早被万小红排演过，所以有恃无恐地笑了笑，让信研部继续跟进。

"老大，从盘口的征兆看，目前这只股票至少有三股力量在角逐。有一股力量甚至压过了我们。"信研部负责人Tom将自己的发现补充汇报。

"对方的目的是什么？"

"应该不是单纯为了赚钱，有可能是看上可神农控股的壳资源。"

"哦！"

"他们目前只吃不吐，虽然动用了大约两万个账户，但他们的动作太有规律。结合我们掌握的信息，能确定他们是同一股力量的行为。"

"大约有多少资金？"

"目前能掌握的数据看，已经超过十五亿元，但势头未减，看来底子不弱。"

"很好！终于可以加菜了。原来还担心就这么结束了呢，有趣。"

"已经安排团队无隙排查，再过两三天应该就能查处背后的实际操纵人。"

"很好！要尽可能详细。"

"OK！"

万小红休假中止，回来就收到这样的消息，一下子就来了精神。自己正苦于神农控股没了新血液，要收网了，没想到竟然又有新的机构输血，看来还可以玩一段时间。结束信研部的会议，万小红打了一个电话："启动'蝴蝶风暴'。"

"收到！"

天微亮，董秘急匆匆抱着一堆报纸来到沈强办公室："董事长，出大事了！"

"什么事情让你如此惊慌失措？"

"你看——"董秘将报纸送到沈强面前。

"什么？"以爆猛料闻名的《新经报》在头版头条以《神农控股第二大跨国订单疑被买方单方面终止协议》为标题进行了一篇高达五千字的深度报道，标题占据了报纸封面二分之一版面，这是《新经报》发行以来未曾有过的现象。沈强惊呆了：在这么特殊的时期，这样一则新闻对于神农控股而言有可能会是致命一击。如果消息源确切，后果将不堪设想。

"沈总，你再看看这个。"董秘将几份海外报纸送到沈强面前。

"都写了什么？"沈强虽然简单会点英文，但还达不到能看英文报纸的程度。

"这是消息源，欧美集团在这几份国际上有着举足轻重影响力的报刊上发表声明，将单方面中止与我们的合作协议，并将启动索赔程序。他们的理由是，我们的蔬菜被检出致癌残留物，是一种刚刚被发现的叫R2的致癌物质。"董秘豁然想起，沈强的英语水平仅限于简单口语交流。于是将内容简述了一遍。

"一派胡言！我们的所有产品都经过国际权威机构的严格监测，所有指标都优于国际标准。也正因为这样，我们才顺利拿到他们的订单。现在怎么就变成含有致癌物了呢？立刻成立项目组，针对这件事情严查到底，必须以最快的速度将事情弄清楚，消除社会消极影响！"沈强被这突如其来的爆料给激怒了。

"国内报纸就是依据这两份国际权威媒体的报道展开的报道，内容之详细简直令人难以相信。"董秘见沈强脸色黑沉，吓得声音有点怯懦。

"另外，立刻组织国内的顶级专家，搞清楚R2到底是个什么鬼东西。我搞农业一辈子了,从来没听说过这名词!"

"报上说是一种刚刚被发现的物质,看来是'天外神物'。老外有一批'砖家'专门创造各种惊天神物,估计我们是躺着中枪了。"

"不管是什么鬼东西,一定要用最快的速度搞清楚,同时让公关团队处理好媒体关系。这已经不是第一次了!他们见报之前为什么不事先知会一声?公关团队每年拿着上百万的公关费干吗去了?"沈强越想越气愤。

"好,我立刻去办!"董秘伺机离开沈强办公室,然后打开电脑,查遍了所有资料,却找不到任何有关R2的资料,觉得事情非常蹊跷。

沈强阅览了一遍董秘送来的报纸,《权威猛料!神农控股产品被检出致癌成分》《注意!神农控股的蔬菜有毒?》《惊天内幕!神农控股出口致癌蔬菜被查》几份小报的标题直接激怒了沈强,内容更令沈强暴跳如雷。

然而,这只是导火索,最令沈强害怕发生的事情终究还是发生了。几大军方采购部门纷纷来电通知,暂停对神农控股的采购计划,股票更是开盘径直跌入跌停板,随后是各种小道消息谣言四起……

万小红看着神农控股股价走势,一切皆在自己的控制范围之内,心里很高兴。为了将计划执行得更透彻,她让秘书安排了公司部门负责人会议:"今天的会议主题围绕神农控股展开。这个项目我们已经跟进了大半年,是该收官的时候了。"

"老大,我有一事始终想不明白,我们为什么引爆'蝴蝶风暴'?"会上,投行部充满疑惑地问万小红。

"对呀,我也一直想不明白,这样岂不是便宜了那些企图收购神农控股的机构了吗?"公关部的人也有同样疑问。

"嗯,你们想不明白就对了。有些项目,在操作策略上,刚开始大家不用非弄明白原因,按计划执行便是。等项目结束了,大家就能一目了然,知道过程中为什么采取这些战术。所以关于为什么这个话题,待项目结束后再去讨论答案好吗?当务之急是把计划执行好。"万小红知道大家都有同样的疑问,因为此次使用的战术有点反常。如果仅仅为了掏空一家上市公司赚钱，应该是低吸高抛。也就是说，刚开始在价格较低的时候悄悄建仓，然后设法将股价推上一定高度，然后抛售股票赚取差价。而此次，明知道有人在疯狂吃进神农控股的股票，且数据表明这些吃进股票的人是想借壳上市的操盘手，万小红不去拉抬股价让自己赚更多钱，反而打压股价，这不明摆着作践自己，便宜了别人吗？所以各个部门都看不明白万小红玩的是什么花招。

"老大，'蝴蝶风暴'已经引爆成功，估计这只股票要乱一阵子了，价格已经跌破发行价。以目前的走势，还会继续下探，下一步该如何走？"投行部事先提问，在场的人都附和，说明自己也有同样疑问。之前从来没这么操作过，至于下一步该如何走大家心里都没底。

"推波助澜，让股价再跌一阵子。"万小红神秘地微微一笑。

"推波助澜？"全场惊呼。

"没错！让'蝴蝶风暴'发挥到淋漓尽致，让股价继续下跌。"万小红见所有人都张大嘴巴，便斩钉截铁地肯定了自己的决策。

"好吧。看不懂！需要吃进吗？"操盘团队吃不准万小红的计划。

"价格到二十元以下就吃进。"万小红用肯定的目光看了一会儿操盘团队负责人。

"老规矩是吗？"

"嗯。"

"明白了！"

"大家还有什么疑问？"万小红扫视了一圈在场的团队。

"我们部门要怎么配合？有什么任务？"

"我们部门也需要进一步指令。"

"我们也是。"除了操盘团队，所有团队都纷纷表示需要明确的工作指示。

"投行部深入神农控股内部，争取成为他们资产拆分的财务顾问。"

"资产拆分？难道……"

第八章 生死转机

"只是猜测。他们已经发出章程修订公告，从内容上看，说明他们有高人指点。那么下一步有可能就会启动'焦土战术'了。"

"明白了！"

"老大，我们部门是不是……"

"公关部嘛，暂时协助投行部拿下神农控股的财务顾问业务。"公关部刚想提出问题，万小红直接打断安排任务。

"好的！"

"其他部门继续手上的工作，要深耕！"

"明白！"

会议结束，万小红匆匆离开会议室，打开电脑，噼里啪啦地敲了会儿键盘，发了一封邮件，然后翻开《毛泽东1949》，津津有味地读起书来。

神农控股内部开始有点躁动，有些部门甚至要整体跳槽。因为持续的财务赤字，已经戳伤了某些要害部门的激情和信心。他们要在公司倒下之前跳槽，否则自己的身价就要大打折扣。正好又有很多猎头趁神农股价大跌、军心不稳挖墙脚，致使很多原本忠心耿耿的团队，这阵子也坐不住了。人事部看在眼里，却不好阻拦，只能悄悄将情况反映给沈强。

"唉！这些团队都是神农不可或缺的器官呐，天要下雨娘要嫁人，着实让大家为难了。"沈强已经被股市的问题搞得焦头烂额，再遇上底下团队蠢蠢欲动，内心五味杂陈。他想怒却不能怒，想留却不知怎么留。

"董事长，我坚信，您能重振神农控股。所以，就算天塌下来，我也会坚持到底。"人事部总经理唐凯燕见自己的偶像这般样子，内心如同刀割。为了让沈强赶快好起来，她此时此刻必须要给他足够的信心。

"小唐啊，知道你忠心耿耿，但是，现在情况确实有点棘手。安抚员工的事情就拜托你了，实在留不住的，还得好聚好散。他们对公司既有功劳也有苦劳，所以不论他们有什么决定，都应该善待他们。"沈强知道，这个时候自己做任何决定都有可能是错的。唐凯燕是公司不可多得的人事天才，他相信她必定有办法妥善处理好人事异动的事情，所以索性全权让她负责扭转残局。

"董事长请放心，我会设法稳定局面，不让公司内患发生，让您有足够的时间和精力打败对手。"

"好！辛苦你了。"

得到沈强的口谕后，唐凯燕开始启动团队访谈，针对不同的人采用不同策略，动之以情晓之以理，并拜会各大董事达成新的人才激励政策，将一批积极性较高的新秀列入激励对象名单，以一个极具诱惑力的期权计划稳定了重要的可替代老员工的一批新秀；对于有跳槽计划的"功臣"，制定出了一套"停薪留职"方案，最高期限是两年。经过一周的努力，很多已经铁了心跳槽的员工也被公司的"停薪留职"策略深深感动，进而打消了跳槽的决定。最终只有二十多人离开了神农控股，公司重新恢复了应有的秩序。

沈强持续忙碌了半个多月，终于平息了由于负面消息造成的大部分麻烦。在整理抽屉时，他发现一张很高档的名片，便拿出来端详了好一阵子。他苦思冥想却怎么也想不起名片上的人是谁，"郝本翔？这个名字很熟悉，是谁呢？"

"哦，对，肯定是他。"沈强自言自语，好不容易回忆起来：半年前在飞机上，他是自己的邻座，由于迟到造成起飞延误，还被自己批评了好一阵子。沈强想起当时的情景，觉得实在很可笑，摇了摇头自嘲起来。这时候，沈强意识到自己已经很久没有维护人脉了，于是拿起电话按名片上的号码拨了过去——

"郝总吗？我是神农控股的沈强，半年之前我们在回沪的飞机上偶遇过，还有印象吗？"

"啊，是沈总啊，接到您的电话实在太意外了！"郝本翔确实很意外，因为当初在飞机上自己被这位前辈批评了一通，交换名片时对方竟然只给了自己一张没有手机号码的名片，走出机场时就随手丢垃圾桶了。他早就把这件事情抛之脑后了。

"还记得啊，哈哈，实在很抱歉。当初公司遇上麻烦，心急如焚，结果因为

第八章 生死转机

你误机而错过了起飞时间,所以失态了。回来后一直想找个机会再次当面道歉,但公司的麻烦始终没有解决,直到今天才给你打个电话。"接通电话后,沈强一时间竟不知说些什么才好,只能拿往事当话题。

"沈总客气了,您批评得是,当时是本翔不对。怎样,有时间一起喝两杯?"沈强是郝本翔敬仰的几大实业家之一,接到对方电话备感意外,便主动拉近距离。

"可以,择日不如撞日,干脆就今晚如何?我来做东。"沈强实在憋得太久了,需要时间放缓一下自己的情绪。

"哎!怎能让前辈破费!您定时间地点,我来。"

"再说嘛,郝总有什么推荐吗?"说要请客吃饭,沈强突然有点迟疑了。因为大半年没有亲自请客,也不知道什么地方比较适合,毕竟人家郝本翔不是一般的年轻后辈。

"如果没有特殊要求的话,那就到国际金融大厦八十六楼吧。我来订座位,您到一楼服务台报我名字,会有人领您上去。"郝本翔很久没去俱乐部消费,想着也应该冒冒头了。

"国际金融大厦?那不是传说中的富豪俱乐部?"沈强听到郝本翔让自己到那里去,有点惊讶,因为那地方不接待会员之外的客人,莫非……

"您到一楼报我的名字即可,已经安排好座位了。"郝本翔一边和沈强聊天,另一边已经在俱乐部APP上输入了预约。

"好!回头见。"

沈强虽然也是数十亿身价的老总,但由于十多年的军旅历练,锻造出了朴实的习惯,若不是情非得已乘飞机都很少坐头等舱,高消费场所能不进则尽一切努力不进。类似新富豪俱乐部这样的场所,沈强这是第一次光顾。而这次竟有一种莫名的引力在吸引着沈强。新富豪俱乐部森严的会员管理、豪华的环境设施,以及超一流的服务水平等,无不让这位老实业家惊叹。

沈强没想到郝本翔竟然邀请自己在这么特殊的场合会面,更没想到的是,两个人竟然有着共同的话题。因为两家公司几乎在同一个时间段内被人恶意炒作。虽然豹丰科技的情况要比神农控股好许多，但机缘巧合地竟都在想方设法地进行反并购。两人见面后不约而同地聊到了一块。

"看来，资本市场已经到了靠并购发迹的特殊时代了啊，否则咱两家毫无关联的公司怎么会在同一时间段内都遇上了呢。"沈强知道豹丰科技也被人恶意收购之后，内心或多或少有了点欣慰，不自觉地生出了感叹。

"其实，自从资本市场形成以来，并购游戏就一直如影随形。所谓的资本运作就是一部并购史。只是我们比较幸运，到了这时候才遇上，并且有缘在同一时间段内发生，你我又恰巧认识罢了。"郝本翔引用了大海的一句话回应沈强的话题。

"哟，这话怎么听得这么耳熟呢？"

"哈哈，我是引用了别人的话。"

"哦，莫非郝总认识资本智多星——大海？"沈强脑海中显现出大海说这句话时的样子，像极了。

"哈哈哈！世界真是小呐！想不到你我之间还有这么一位彼此认识的人，哈哈哈哈！"郝本翔听沈强提起大海，不由惊得哈哈大笑。

"缘分！这就是缘分！"沈强也备感神奇。

"看来，大海果然不是浪得虚名，在业界的地位不低。"郝本翔对大海的了解不多，只是听赵文星简单介绍了下背景，也没怎么深入了解。毕竟人家是来帮自己的，太过于深入背景怕引起误会。如今沈强竟然也认识这号人物，看来其人应该是有一定社会地位的，否则不应该这么两家老大级别的上市公司都巧合地都由这人来提供顾问。

"郝总呀，这缘分不薄啊！即是如此，不如咱两家找个合作点，一起做点事情如何？"沈强乘兴抛出此行的真正目的。临行前，沈强研究了一番豹丰科技，大致了解了郝本翔的背景和经历，觉得两家若能共同做点项目，应该对提振神农控股的股价有一定的帮助。

"沈总有何建议？"

"你的机器人我见识过，是不是可以用到农业领域？"

"当然，不过目前技术重心在于人力密集型产业智能改造。"

"生态农业是未来的大趋势，目前已可见一斑，但生态农业有一个跨不过去的坎，那就是病虫害。虽然大家都尽可能地采用了低毒低残留的生物农药，但农药毕竟是毒药，无论再怎样低毒低残留都改变不了这个事实。神农控股也刚刚残酷遭遇了这低毒低残留生物农药的毒害，差点被推向万丈深渊……"沈强提到这件事就痛心疾首，自己就是被那些所谓的低毒低残留生物农药给害的。尽管他已经严格按照标准使用，但最终还是难逃不被国际社会认可的厄运。一次风波差点将好不容易缓过气的神农控股推向万劫不复的深渊。

"你说的是那个R2致癌残留物？"郝本翔虽然很少看报纸，但这件事情实在炒得太热。平面媒体大版面深度报道，网络世界更是到处充斥着各种关于R2的话题。郝本翔还专门在国际学术平台上查找了关于R2的研究，结果能找到的信息寥寥无几。

"可不是嘛！这个教训深刻啊！"沈强一脸痛苦。

"沈总您是怎么打算的？"

"我想，是不是可以借豹丰科技前沿的机器人智能技术，生产一些能够灭虫的设备。如果这条路行得通，之后的农副产品就能大大降低农药的使用率，那样才能生产出更多真正意义上的生态农产品。"

"理论上是行得通的，但成本或许会很高。"郝本翔脑海中浮现出一组机器人捉虫的景象，诧然微笑。

"我老沈想去探索，不知道郝总是否愿意为这项真正能造福子孙后代的工程付诸努力？"沈强一脸诚意地看着郝本翔。

"这是一件好事情啊，抽个时间，让团队做个调研，看看可行性如何。如果技术上行得通，而且又有市场支撑，那这个项目本翔必然会感兴趣。"郝本翔觉得项目是有社会意义的，但不知道在商业方面是否能支撑得起这么一个需要投入庞大资金的项目。

"好，真心期待能得到豹丰科技的技术支持。"沈强见郝本翔没有拒绝，心情好了很多，一扫近半年来的愁绪。

"嗯，合作的时代，只要项目值得去做，适合自己做，都值得去尝试。"郝本翔突然想起飞机上沈强的那个状态，忍不住觉得有点好笑，然后笑眯眯地回应沈强的话题。

"来，干一杯。"沈强拿起茶杯，两个人以茶代酒喝了一大口茶。

"沈总，其实我们还有其他可合作的空间，比如这次的反并购。我们的初衷和目的都一样，对那些以短期牟利为目的的恶意收购行为，我们应该可以形成一个反并购同盟，联合更多的上市公司一起，对抗一切以短期牟利为目的的并购。目前我这边成立了一只反并购基金，已经完成首期五十亿元的募集，马上要启动第二期募集。我想在这方面，沈总可以考虑一起合作。"郝本翔老早注意到神农控股的情况，所以这次由沈强先提出了合作意向，郝本翔趁机向他推荐自己的反并购基金。

"哦，这是好事啊！具体怎么操作？"沈强果然听到"反并购"几个字就来了精神，竖起耳朵等待郝本翔进一步的介绍。

"其实，当时成立这只基金的目的只是为了豹丰科技，因为豹丰科技被一群土豪成立的基金盯上，想通过炒作豹丰科技实现最大化牟利。不过从目前状况看，我们有更多应对策略，这只基金完全可以进一步扩展。比如联同一些认同这只基金的上市公司，形成一个反并购同盟，只要是同盟成员遇上麻烦，基金就按事先约定好的方案帮助成员逼退并购方。"

"很好！很好！这样的基金应该早点成立。那么，要怎样才能进入这个同盟呢？"沈强越听越觉得自己应该早点加入这个组织，如果这样的组织能早点成立，神农控股就不用陷入现在的危机了。

"做同盟的设想只是近期才萌发的，还没有具体的执行方案。我想可以效仿俱乐部的模式进行，或者效仿江浙一带的XXX。反并购需要的资金量会比较大，

第八章 生死转机

这个同盟成员加入门槛可以设在三至五亿元之间。除了成员之间的出资，我们可以按具体需要设立私募基金。以当前我们的试探，还是很受投资界的认可。要不我们也没办法在一个多月时间内募集到五十几亿元的资金。"郝本翔为了加固沈强的信心，拿出已经得到证实的案例作为背书，沈强果然动了心。

"这个事情我看行，尽快出具细则，这件事情沈某就这么说定了，算我一份。细则出来告知一声。"沈强伸手握住郝本翔的手，就像遇到了救星。

两人相谈甚欢，第二次见面竟然能达成两项意向合作，闲聊了一会儿便各自辞别而去。

Mini一如既往地美艳动人，在寒风中显得格外惹人。连成珏已经对这位美人不能自拔，少一天不见就会心里难受无比。而由于皇家1号年度股东会议的原因，连成珏已经一周没得见到Mini，整个人开始有点抓狂了。更令连成珏崩溃的是，Mini电话不接信息不回，连成珏简直要疯掉了。终于，在寒风刺骨的黑龙江，连成珏见到了自己日思夜想的美人。

"你这些天都怎么了，为什么电话不接信息不回啊？"连成珏忍不住要埋怨Mini。

"亲爱的，你现在打个电话给我看看？"Mini没正面回答，而是从连成珏车后座拿出他的手机递给他。

"怎么？"连成珏不知道什么意思，接过手机拨了出去，一秒钟、两秒钟、三秒钟……手机显示正在拨号中，但没有任何其他反应。

"亲爱的，如果你没有亲自过来，我是百口莫辩了啊。这阵子，因为持续下大雪，几个信号塔全部被冻坏了，信号发射交换机无法工作，已经将近十天没有信号了。幸好今天早上有了个把小时的信号，否则你找都找不到我呢。"Mini已经快闷死了，因为没有信号，完全中断了与外界的联系。更可恶的是到处冰天雪地，她想出门见个客户都举步艰难。甭说连成珏，估计回去要被其他客户堵门口了，因为她完全失联了一般。

"对不起，是我太想念你，误会了。"连成珏了解情况后，很愧疚地抱紧Mini，"话说，你跑这儿来干吗？"

"这边有两个项目想上市，市场团队已经谈妥，我过来临门一脚。"

"搞定没？"

"董事长临时出国没回来，还没有最终拍板。不过各部门都已经达成合作共识了。"

"看来不虚此行呐，走，咱好好庆祝一下。"

"没拿到首付款之前，庆祝都还为时尚早。"Mini知道连成珏所谓的庆祝是什么情况，因为从他眼神中已经看到他快喷火了，但假装不知而已。

"走啦！"连成珏亲了一口Mini，径直将她抱上车朝酒店呼啸而去。

一觉醒来，已经是晚饭时间。连成珏看了看表又亲了一口Mini，走到窗前突然想起一个问题，头也不回地问道："忘了问，借壳神农控股的事情进展得顺利吗？"

"现在几点了？"Mini没有回答连成珏的问题，伸了个懒腰，从床上爬了起来，围了条浴巾朝洗手间走去。

"什么情况啊？"连成珏见Mini没回答自己的问题，低声自言自语。

"你放心，下个月就能见分晓。"过了几分钟，Mini从洗手间一边涂着脸霜，一边回答关于借壳上市的问题。

"现在神农控股股价跌得一塌糊涂，这是最好的时机哦。"连成珏拿着遥控器倒在沙发上打开电视。

"借壳上市这点事，你还对我们不放心？"Mini有点厌倦连成珏经常追问，但转念一想，人家砸了十几亿元到这项目上了，紧张是应该的。所以她压着不爽假装微笑，倒杯水递给连成珏。

"没有没有！怕夜长梦多嘛。"连成珏看出了Mini的不爽。

"从目前的情况看，拿下神农控股是铁板钉钉的事情，除非你的资金链出了问题。"Mini很有信心地看着连成珏。

"资金链？不是已经募集了大笔资金吗？难道那么多钱还不够？"连成珏没明白Mini的意思。

"现在不缺钱呀，但万一你资金链出了问题，要抽调资金，那不是就影响项目进度了嘛。"

"哈哈，你是担心这个啊，没问题的，你忘了哥哥是干什么的了？虽然不是开印钞厂的，但好歹是做金钱买卖的勾当。咱若缺钱，那很多公司岂不是该倒闭了。"连成珏在想，老子的地下钱庄有的是钱，怕啥！

"这波神农已经见底了，二级市场可流通的股票也不多了，紧接下来是该你出手的时候了。下一步你要逼沈强做债转股，把质押给你的股票变成你的。如此一来，你的股票持有量就有了39.2%，成为神农控股的第一大股东，你便可以启动重组董事会程序，那时候神农控股就是你的了。"

"那沈强呢？"

"把他踢出董事会，免去所有职务。"

"这么操作是不是有点冒险啊？神农控股可是沈强一手做起来的，绝大部分高管都是跟着他干了十年以上的老干将，不一定全部忠心耿耿，但大部分一定会向着他沈强的。"

"你要知道，你要的不是神农控股的实体，你要的是他上市公司的这个壳。你管他们什么高管低管，你置入运达储运的资产后，人员自然是你的原班人马啦。"

"啊，是这样子啊！你是说，我们大费周章买下神农控股，最终抛弃他们的原有实业部分的资产，只要它的壳？"

"这么理解也行吧。"

"哎呀！我还以为，并购是一项双赢的游戏呢，看来是踩着别人的尸体实现自己的目的啊。"

"话不用说得这么难听嘛，资本游戏本来就是这样子，不是你死就是我亡。另外，你现在是借壳上市，不是单纯的并购，并购只是为了借壳。"

"好吧,我听不懂!"

"听不懂就对了,放心吧,我们有分寸。"Mini翘了翘嘴角。

"当初同意你的方案,一方面是冲着咱俩的感情,一方面是看上神农控股的业务。咱两家可是相辅相成的业务关系啊,绝对是一加一大于二的合作。"

"别天真了,除了行政性划拨的并购重组以外,我还没见哪家通过野蛮借壳的借壳与被借壳双方能实现一加一大于二的。"Mini心想,当时隐瞒了这一截,就是怕你这家伙感情用事,幸好隐瞒了,否则估计这个到手的生意就泡汤了。

"虽然我不是很喜欢沈强那家伙,但是,我真心希望能和他达成合作共识,让两家公司合二为一,发挥两家公司的各自优势,做到一加一大于二。"连成珏一直很欣赏沈强的业务能力,要说直接替代他,放弃神农控股的现有实体,心里总有一种说不出的不舍。

"亲爱的,你可以试试看哦。不过我们的合作仅限于完成借壳上市,别的事情得你自己去努力。"

"对了,吃点啥?外面这么冷,咱就在酒店的餐厅随意吃点,你觉得呢?"连成珏发现最近个把月Mini对自己的态度冷淡了很多,此时看到Mini不想再谈下去,便转换了话题。

"你决定。"

"OK!那就到楼下吧。"

郝本翔自从海外旅游回来,一直忙着没时间联系万小红。这时候他刚好闲了下来,心里有种莫名的想念。找了半天,郝本翔终于找到了万小红那天留给自己的名片。电话拨了又拨,一直显示拨号中。郝本翔不知是什么情况,心里很是郁闷。又拨了一次,终于拨通了,但跳到了通信小秘书服务:"嗨!很高兴接到你的来电,我现在不方便接听电话,请听到留言提示后留言或直接挂断电话,谢谢。"郝本翔叹了口气,重重地靠上大班椅,皱着眉头琢磨是怎么回事。座机突然响起,郝本翔一阵兴奋,然后又冷静下来,因为自己用手机拨打的,座机肯定不是Miss Wan的电话。

第八章 生死转机

"哪位？"郝本翔带着郁闷的心情拿起电话。

"你和谁聊天啊，手机打了半天都打不通。"是赵文星，因为郝本翔一直往外拨打电话，所以一直被占线。

"哦，文星啊，什么情况？"

"我刚好在你办公室周边办事，看你在不在，在的话去看看你。"

"在呀，你来吧。"

赵文星领着一位年轻貌美的女子，像回家一样来到郝本翔办公室。前台和很多老员工都认得赵文星，知道他是豹丰科技的元老，并且和郝本翔走得很近。两三层拒客障碍都没有挡住赵文星，相反还很热情地打招呼。随行美眉觉得赵文星好牛，不但有钱，而且认识这么有钱的大老板，进入别人的公司像回自己的公司一样受欢迎。

"来来，坐，坐。"郝本翔看到赵文星带着人，便起身走到会客区，让两人坐到茶几正中间的位置上，自己坐在一旁的客位上。

"这是我老板，郝董事长，高贵的海龟，传说中的女神杀手，白马王子，这家公司的创始人——老板。这是我女朋友，Sani。"赵文星调皮地做了简单介绍，然后动手泡起茶来。

"你这家伙，老大不小了，还这么吊儿郎当的。Sani，你好！"郝本翔见赵文星往自己身上加了很多头衔，心里美滋滋的，但有外人在就笑骂赵文星吊儿郎当。

"他呀，就这德行，不过我喜欢。"Sani说着话，竟然往赵文星肩膀依偎了过去。

"哎呀，在老板面前不能这样子。"赵文星将Sani推开，笑眯眯地亲了她一口。

"什么时候喝你们的喜酒啊？"郝本翔打趣地看着俩人。

"你来告诉老板，什么时间。"赵文星使了个眼神让Sani来说。

"咱俩吗？有没有这个可能啊？"Sani爱意浓浓地和赵文星打趣。

"可不可能由你决定，不是由我决定。"

"你呀，女人排队几公里，实在不放心把自己交给你哦。"

"怎么，你们还没决定好？"郝本翔看不下去了。

"决定是决定了，只是中间卡了壳。"赵文星诡异地笑了笑。

"此话怎讲？"郝本翔不解。

"还记得爱梦集团的艾总吗？"

"好像没什么印象……哦，哦，对，在俱乐部，你带来的，对吧？"郝本翔打从那次碰面后，再没理会那个项目，早就忘得一干二净了。

"这位就是艾总的千金，那个项目是她的嫁妆。"赵文星有点不好意思地看着郝本翔。

"那个项目内部估值是多少？"郝本翔似乎听出了赵文星话里的话。

"看怎么估咯。那个项目实际投入了6200万元，团队完整，技术已经有成果，而且今年接到了200多万的订单。"赵文星没有直面回答郝本翔的问题，因为他知道没那个必要。

"你觉得呢？"郝本翔盯着赵文星看。

"既然是嫁妆，我当然希望越多越好哦。不过若豹丰科技能够关照一下的话，好说嘛，这个数。"赵文星伸出两根手指，看着郝本翔的反应。

"这件事情我说了不算，这样子嘛，你找汤剑去看看，然后再让投行部介入做个评估。如果有一定可行性的话，那就出方案给投资委员会呗——你确定这是给你的嫁妆？"郝本翔看了看Sani又看了看赵文星，没有明确问谁。两个人面面相觑，变得忸怩起来。

"我肯定！"Sani见赵文星没出声，便接过话茬。

"文星，就这么定吧，你找汤剑商量。正好豹丰科技发了并购公告，如果可行就把这个项目列为首选吧。"赵文星从来没向郝本翔开口要任何东西，这次如果不是特殊情况，绝不会向自己重提这个项目，所以也就没太深入，直接安排自己的心腹来负责这事情。

第八章 生死转机

"感谢董事长！"赵文星起身鞠躬。

"不是说了嘛，以后叫哥。"郝本翔瞪了一眼赵文星。

"好！"赵文星知道，这一次动了这层关系，以后就不能再用了。再好的关系，一旦以情谊与交易融汇，这情分就只剩下交易了。

"虽然我们情同手足，但公众公司做任何决策，该走的流程还得走完，所以你要多费点心，让项目看起来好看点，别老给我出难题。"郝木翔索性把话说白了。

"这是当然！"

送走了赵文星，郝本翔陷入沉默。一个人看着窗外矗立的高楼大厦，楼下如蝼蚁般的车流，心情变得非常复杂。

天空飘起了细雨，寒冬的雨尤其冰冷，在微微拂面的寒风中，更显得冰寒刺骨。股市作为经济的晴雨表，似乎有灵性般与当下的天气同步，散发着阵阵寒意，逼得所有股民嗷嗷大叫，大盘就像三月的麦地一片绿油油。

78号大院的别墅内每个人都忙得不亦乐乎，万小红正在向金豹团队团队发指令："6号机发起总攻，2号机放新账户入场，4号机卖出……"

"Madam，散户已经决堤。"

"洗盘！"

"收到！"

忙碌中，一个陌生电话打了进来："万总，得饶人处且饶人，何必非弄得你死我活呢？"

"你是哪位？我听不懂你的意思。"万小红听到对方的声音中散着寒气，冷冷的，让人不禁心生寒意。更令万小红惊寒的是，对方怎么有自己的号码？万小红回国后，只给过不超过十个人自己的手机号码，此时此刻究竟是谁？

"有些话不需要挑明，彼此心里清楚就行。"还是冷得让人发抖的声音。

"如果你不自报家门，我要设黑名单了。"万小红向来讨厌陌生电话，尤其讨厌这类神秘兮兮的电话。在她的字典里，容不下这类名单。

"让你的手下收手吧，有些事情还是适可而止为好。"

"很抱歉，我听不明白你在说什么。"

"你会明白的！"

电话挂了，但万小红却陷入了困顿，到底谁出卖了自己？一种不祥的预感正在紧紧将她包围。她退到自己的座位上坐下，快速将有自己号码的十个人过了一遍："究竟是谁呢？难道是他？"

此时，从窗的缝隙间透进丝丝寒风。万小红正站在窗前，被寒意惊醒。她咬咬牙："是时候了结了！"

华灯初上，一辆红色的跑车，迎着寒风在水泥路上飞驰，在夜幕下显得格外迷人。放在副驾驶座上的包内，突然飘出手机铃声。万小红放慢速度，拿过电话一看，又是一个陌生的电话："哪位？"

"Miss Wan？"

"Hello？"万小红听到对方呼唤自己在国外常用的称谓，先是一怔，然后若有所思地应和了一声。

"我是豹丰科技的郝本翔，现在方便通话吗？"又惊又喜的声音从电话那端传来。

"是你呀，怎么突然想起给我打电话啦？"听到是郝本翔，万小红沉重的心情一下子舒缓了很多。

"什么叫突然想起给你打电话，我经常给你打电话，但一直都是'正在拨号中'然后没有任何反应，我还认为你留了一个假号码给我呢。"郝本翔有点埋怨。

"哦哈，怎么可能给你留假号码，估计你打电话的时候我正在忙住，手机自动进入无服务区状态了。"万小红轻描淡写地一语带过。

"哦，原来这样子呀？"

"要不然呢？找我是不是想约我啊？"万小红不知不觉竟然学会了打趣。

"一语中的，如何？赏个脸呗，到俱乐部吃晚饭。"郝本翔没想到万小红竟

第八章　生死转机

然这样主动，于是顺势发出邀请。

"好啊，那待会儿见。"挂断电话，万小红的小心脏跳得厉害，就像一只野鹿不受控制地在里面乱撞。万小红不知道为何，每每与郝本翔相遇，抑或看到"郝本翔"这几个字，内心就泛起一种莫名的兴奋，兴奋中还带着一种莫名的不安。

郝本翔得到万小红的应约，立马放下手中的所有事务，兴奋地奔向停车场。他一边开车，一边打开俱乐部的APP订包厢。一路上郝本翔都哼着小曲，一种少有的喜悦和躁动，使得他如在虚幻的外太空，因为失重而到处飘荡。

"Nice to see you again."郝本翔见到万小红，满心欢喜地伸出右手，做出握手的姿势。

"Nice to see you！"万小红也很大方地迎上去，右手和郝本翔紧紧地握在了一起。

"自从那次旅游回来，我就天天打你电话，只有这次打通了。"郝本翔带着刺探的眼神看着万小红，很想弄明白到底是怎么回事，但又不好直接问。

"哦，很抱歉，我在工作状态时，手机就会自动屏蔽所有来电，对方手机会显示'正在拨号中'而没有任何其他反应。"万小红笑眯眯地，显得很神秘。

"呀，干了近十年的IT了，没想到还有这样一项技术不知道呢。"郝本翔带着怀疑看着万小红。

"你哪是干IT的，上次你不是说自己做机器人的吗？"万小红没有直面回答。

"机器人只是外在的东西，内在的东西其实是IT技术，当然包含了DT技术。"

"我这手机是私人定制的，所以增添了一些市场上还没普及的技术。"万小红见郝本翔一脸真诚，便针对郝本翔的问题做了简单解释。

"原来是这样子，来，吃点啥？"郝本翔见万小红并没有深入话题的打算，便将菜谱送到万小红面前。

"今天我把自己交给你了，你来做主。"万小红还是笑眯眯地，停顿了下，似乎觉得话说得有点欠妥，又补充道，"把我的晚餐交给你做主。"

"哈哈哈，好！Very honored！"郝本翔拿过另外一本菜谱，看了看，询问道，"习惯中餐还是西餐？"

"都OK啊。"万小红想看看这个看起来帅得令人梦游的男人，有没有办法选出一些能让一个不熟悉的女孩喜欢的菜。这需要很细心很考究，而这样的男人是值得女人托付的。

"香煎鹅肝、芝士焗龙虾、下火混搭，再来一杯Agave Matador如何？"郝本翔再次把菜谱送到万小红面前。

"很棒耶，你怎么知道我喜欢Matador？"万小红有点惊喜。

"不知道啊，随性点的。"郝本翔一脸诚恳。

"好吧！上次谢谢你哈，好久不见，最近可好？"万小红把菜谱放一边，看着郝本翔帅帅的脸，有点迷醉地随意拉家常。

"嗨，老爷们，还不就那样，孤独走来，孤独地等待……"郝本翔哑然一笑，有点伤感。

"怎么了？"万小红关切地问。

"没，没啥事——如果说，想你了，你信吗？"郝本翔话锋一转，直直地看着万小红。

"哈哈，不许开这种玩笑，咱才见过几次面啊，你就想我。"万小红内心突然涌起一种冲动，却不得不强压下去。

"有一种爱叫作一见钟情！"郝本翔并没有说谎，他确实是对万小红一见钟情。但郝本翔至今尚不知道，自己的梦中情人竟然是资本市场上的大魔头，是一位让上市公司老总想食其肉喝其血的恶魔。郝本翔更不会知道，自从第一次见到万小红之后，万小红经历了什么，也无从知道她现在的处境。他只有一种隐隐的预感，现在的Miss Wan已经不再是以前的Miss Wan，抑或自己从来都没有真

第八章 生死转机

正了解过万小红。这次万小红重回自己的世界,郝本翔暗暗立誓,一定要好好把握上天赐予的机会,不能再糊里糊涂地让自己的爱灰飞烟灭于莫名之中。

"你真逗!你身边的女人都知道吗?"万小红呵呵地笑了起来。此时此刻,她就像处于某种幻觉中,美美的,很舒适。之前托Ansha帮忙调查郝本翔的底细,但迟迟没有得到任何信息。也许是工作太忙Ansha无暇顾及,或者已经忘记了这件事情,也可能是没有调查到任何信息。总之学长没有回复,必定有没回复的原因,所以万小红也没追问。

"啥?"郝本翔没听明白万小红的意思。

"不说这个,你是上市公司董事长,最近大盘不振,你的公司受到影响了吗?"万小红故意岔开话题,不能再深入了,因为太深入怕自己不能自拔。

"还好!豹丰科技已经申请停牌,所以没怎么理会大盘走势。"郝本翔确实没有花任何时间去理会大盘,甚至连听都懒得听身边的人讨论股市。

"哟吼,你倒是清闲嘛!"万小红听说"停牌",不由一惊,发现眼前的男人不简单,能在这乱世中独善其身。

"公司被一些苍蝇盯上了,长了个瘤,近期在筹备削瘤行动,为了以防不测,申请停牌一段时间。"郝本翔不知道眼前的这位美人就是他嘴中的苍蝇之一,所以毫不顾忌地畅所欲言。而此时,万小红心中暗暗不爽,她最讨厌别人将自己这类型的投行人比喻成苍蝇,因为自己也是在投资,只是战略和战术不一样罢了。所谓投资就是掏自己的钱装到别人的口袋,然后再从别人的口袋掏更多的钱。而所谓赚钱,就是直接将别人口袋里的钱往自己口袋装,天下商业皆如此。所谓交易,无非是将一件进价十元的商品,加上自己想要的利润,以更高的价格卖给别人,美其名曰"物超所值"。说白了,所谓的生意,就是忽悠别人花比自己进货价更多的钱买下自己的东西。自己所做的业务和这些传统商业又区别到哪去?似乎没有任何差别。既然如此,凭什么视这样的人为坏人?万小红始终觉得很不公平。

"什么情况？"万小红不想多说一句话了，随意抛出问题，看看郝本翔的口德如何。

"一群土豪，在黄金市场玩腻了，把钱转到股市，第一个项目竟然搞到了豹丰科技。"郝本翔不想太谈论令蓝，所以轻描淡写介绍。

"看样子你已经做好应对措施了？"

"完整的方案还在策划，目前先停牌，顺便成立了一只百亿规模的反并购基金。古人云'兵来将挡水来土掩'，让他们有来无回。"郝本翔谈到狙击令蓝的基金就忍不住发狠。

"哇，如果每位上市公司老总都像你这样，别人还混不混啊？"万小红咂了咂舌。

"如果每个人都靠资本运作发家，都通过掏空实业来实现资本盈利，那将是社会之悲哀！世界上可以没有资本，但不能没有实业！合理合法地赚钱，赚该赚的利润，这样的行为没人有意见。但是作为野蛮人以谋其短期利益为目的，将实业作为他们赚钱的玩物，这就有人不高兴了！"

"你成立了基金，打算干吗？"万小红没有接过郝本翔的话茬，反倒刺探郝本翔的想法。

"具体的没想好，不过增发点股票，收购点项目，设法抬高价格等等是必须要做的了。至于细节，目前在规划中。"

"嗬嗬嗬！我怎么看你越来越像资本家了啊？"万小红笑着看郝本翔。

"嗨！虽然没实操过，但好歹做过你半天的学生嘛！如果基础知识都不懂，那岂不是辜负了老师您的教诲？不如——咱师徒俩来一次亲密合作呗？"郝本翔带着打趣的口吻微微一笑。

"哦，我差点忘记，你还是我学生哦。咱俩合作？怎么合作？"

"对了，你现在做什么生意呀？"

"你猜猜？"

第八章 生死转机

"让我猜啊，职业杀手？"

"哈哈哈哈！你真逗！"

"自己做了一家财务公司，做点小本买卖。"万小红还不想让郝本翔太了解自己。因为从这次的交流中，得知郝本翔对于量子基金不是很感冒，担心两人的关系就此结束。

"财务公司？做高利贷呀？"郝本翔意识中，打着财务公司旗号的十有八九是做高利贷的，所以带有打趣的口吻微笑地看着万小红。

"哈哈！我一个纤纤弱女子，怎么可能做高利贷哟。不聊这个，说说你这次反并购，如果咱俩合作，我有什么好处？"

"你想要什么，钱？股份？还是我的人？随便你选。"郝本翔笑呵呵地看着万小红。

"此话当真？"万小红诡异地笑了起来。

"徒儿一言既出如白染皂！"郝本翔不知道万小红打什么算盘，所以表现得有点萌。

"如果我都想要呢？"万小红还是诡异地笑。

"呀，想不到你这么贪心啊，成！话说回来，钱，股票，人，你到底在乎什么？"郝本翔有点像回到初恋时的状态。

"尊敬的郝大老板，你把我给整懵啦！钱，股票，人，这三者之间有本质区别吗？有钱就可以买到股票，有股票就可以变钱。那你人等于钱和股票都一起了，哦，是有点区别哈。"万小红也变得可爱起来。

"可不是嘛，那你选择人了？"郝本翔已经开始出现幻觉。

"嘀嘀嘀嘀，你觉得呢？"万小红还是笑得很诡异。就在俩人聊得很投入时，郝本翔接到一通电话："郝董事长，你眼前的美女就是你的死敌。"

"喂，喂，你是谁？"

"我是谁不重要，重要的是，我在帮你。"

"到底是怎么一回事？"

"你面前的美女叫万小红！也就是你口中的'苍蝇'。"

"Hello！喂……"陌生的号码，神秘的声音，似乎在注视着自己，甚至能听到自己的谈话，这通电话完全打破了两个人的宁静。听到"万小红"三个字，郝本翔倒吸了一口冷气，莫名的火熊熊燃烧起来。

第九章　血战神农

"怎么了？"万小红见郝本翔的神情不对，关切地问。郝本翔看了一眼万小红，沉默许久，等待胸中的火慢慢消退。他看了看表，又看了看万小红，面无表情地站了起来——"今天有要紧的事情，我必须走了，有机会再见。"

郝本翔在没弄明白事情原委之前，不想做任何决定，遂拿起外套匆匆离去，丢下万小红一个人愣在那里久久不知所措。

室外，寒风刺骨。郝本翔任凭寒风裹挟，在路上漫无目的地迈着沉重的步子，思绪很凌乱，心很疼痛。如果真如电话中的人所说，心爱的女人是自己的死敌，她就是传说中红的"股市吸血鬼"万小红，自己该如何是好？如果，万小红真的已经对豹丰科技下手，她才是豹丰科技最大的威胁，那自己又将如何应对？郝本翔不知道，想都没想过这样的情景，也不愿意去想——但是，他必须去想。此时此刻，他好想来一杯冰冻的咖啡，让自己的脑子清醒清醒。迎面竟然真的出现一家咖啡厅，于是他走了进去。

"郝董事长！这么巧呀，来来，一起如何？"郝本翔刚跨入咖啡厅大门，旁边一个胖子迎了过来，热情地和郝本翔打招呼。

"你好！幸会！"郝本翔被突如其来的招呼唤醒，定神一看，竟然是"燕郊六子"的人。他心里暗骂：这群人怎么像幽灵一样阴魂不散啊，到哪儿都能撞上！

"你好！真巧，能在这儿相遇。"郝本翔礼貌地打了个招呼。

"郝董事长，你坐，想喝点啥，我帮你点。"一个陌生的年轻小伙子站起身，往点餐台走去。

"不用客气，我……"郝本翔刚想拒绝，电话突然响了起来。他心中暗喜，看都不看就径直接通电话，然后做了个到外面接电话的动作。他一边接电话一边往外走。正好　辆的士经过，郝本翔拦住的士随风而去。

郝本翔接到的只是一个广告骚扰电话，走出咖啡厅就已经挂断了。但他还是假装有紧急事情，目的就是不失礼地避开"燕郊六子"的人。郝本翔在没有想出如何拒绝他们的"支持"之前，只能尽一切努力避开与他们正面接触。

寒风呼啸，天空突然飘起雪花，这是几十年不遇的大雪。郝本翔乘坐的士远离咖啡厅后，在一个十字街头下了车。他矗立在雪花纷飞的大街上，感受着雪片滑落脸庞慢慢溶化的冰冷，任凭杂乱的思绪慢慢变成空白。

万小红回到办公室，一直在琢磨，文质彬彬的郝本翔，为什么会突然如此失礼地离去。秘书带着一个人敲门走了进来，看到来人，万小红的心情一下子从凌乱滑向崩溃。这个人一直是万小红的痛，他即是万小红的贵人，也是万小红的噩梦。

来人不是别人，正是亚洲金王继承人令蓝。他曾经出资一千万资助万小红创业，从中获得了近千倍的回报，并企图永远占有万小红——万小红当年被华尔街"资本巨子"知遇，由于万小红聪慧过人，对资本运作有很高的天赋，因此深得"资本巨子"的垂爱。两人也从上司和下属的关系发展成为师徒关系，后来，两人如胶似漆，师傅被徒弟深深迷恋而无法自拔。

然而，就在两人走到不分你我的时候，哈佛《毕业前的最后一堂课》的演讲邀请，改写了这一切。当年"资本巨子"正在国外集中精力做一个很重要的并购项目，不得已只能派自己的爱徒Shehong Wan（社会人士统一尊称其为Miss Wan）代师出征。结果可能是因为万小红的表现太出彩，胜过了师傅；也许是因为媒体故意，事后竟然很夸张地使用了大版面对万小红进行报道，有媒体还将其师傅贴出来对比。为了彰显万小红的本事，媒体特意引用了多个项目，都说成是万小红的功劳。正因为如此，万小红被师傅误解，最终放弃万小红。经过一再解释和争取无果，万小红陷入无尽迷茫和痛苦，终日消沉于酒吧。在一个飘雨的夜晚，万小红喝得烂醉，一个人跟跄在雨中，美丽动人的身体在雨中显得尤为惹人

第九章 血战神农

爱怜。一群小流氓看见艳丽的东方醉美人，纷纷围了上去，硬拽着她欲拖向偏僻小巷非礼。万小红拼命挣扎却无济于事，想大声呼喊救命，却因为喝了太多，怎么喊也喊不出大的声音。就在万小红开始绝望时，一辆越野悍马停了下来，三个男人将七八个小流氓打得满地找牙……

万小红醒来时，发现自己躺在一张巨大的床上。她下意识地摸了一下自己的衣服，发现已经换成了柔软的睡衣。万小红艰难地爬起来，发现头痛欲裂。她捂着头好不容易坐了起来，脑海里出现一些昨晚被小流氓拽着走，自己无论怎么挣扎都无济于事的情景。万小红吓得缩到墙头："我这是在哪儿呀？"

"你醒啦？"两个女孩走进房间，看到万小红已经醒来，走向前关切地问。

"这是哪儿呀？"万小红见进来的两人像是大户人家的侍女，放轻松了很多，但还是一脸疑惑。

"这是老板的庄园，昨晚你喝了很多酒，是老板和司机把你抬回来的，而且为你请了医生。"其中年纪较大的女孩看见万小红的表情，觉得很不解。

"你们老板是谁啊？"万小红还是很疑惑，不知道此前究竟发生了什么。

"姑娘，你醒了？"一位风流倜傥的男人走了进来。

"老板！"两位姑娘见男人进来，便退出了房间。

"我这是在哪儿啊？"万小红无力地问道。

"林肯大街99号！"

"啊！我是说我怎么在这儿啊？"万小红惊疑万分。

"你真的什么都记不起来了？"

"呼……"万小红想说话，却有一股气顶了上来，于是用嘴呼了出来。

"你昨晚一个人在华尔街附近醉得不像话，而且还淋着雨。一群流氓拖拽着你，明显你们互不认识。看在你是东方人的份上，就帮你解围。没想到你竟然醉得不省人事了，在不知道你家人联系方式的情况下，只好勉为其难把你带了回来。"

"啊，谢谢你！"万小红见眼前的男人相貌堂堂，貌似很有钱和社会地位的模样，又说得一脸诚恳，觉得不像是假话。她一边努力地要站起来，一边道了声谢。

"你还有哪里不舒服吗？"男子见万小红很痛苦的样子，很关切地问。

"还好，头有点疼。"

"你别动，我让医生过来看看。"男子示意万小红不要起来，然后便走到门口，"Doctor！"

不一会儿，一位家庭医生模样的女子带着药箱走了进来："老板！"

"帮这位小姐检查一下，是不是酒精中毒了。"

"好的。"

"我没事的，习惯了一喝酒就会头疼得要命。"万小红坚持不用麻烦医生。

"你不要命啦！喝酒就会头疼你还喝得烂醉！帮她看看。"

"小姐，我帮你量一下血压。你喝酒就头疼有可能和血压有关。"女医生拿出仪器不等万小红答应就抓起她的手，熟练地做起了血压测量。

"怎么样？"万小红见女医生眉头越皱越紧，很疑惑地问。

"你血压偏高，以后少喝点。"女医生毫无感情地应和。

"嗯。"

"把这喝了就好了。"女医生从药箱中拿出一瓶药液递给万小红。

"谢谢！"万小红接过药瓶，放在床头柜，努力地起身走向门口。

"洗手间在左手边。"女医生见万小红从床上起身往外走，估计是上厕所，于是冲她背影喊道。

"好了，先出去吧。"男子示意女医生先离开，自己留在房间等万小红回来，简单交代了一下，便离开了房间。

救下万小红的正是亚洲金王继承人令蓝，特殊的相遇方式，注定了不一般的开始。万小红因为连续半个多月天天喝太多酒，身体已经受到很严重的伤害，而且自身原本就有先天性高血压，这一次万小红倒下了。疼痛困扰了万小红整整一

第九章 血战神农

个星期。这一周内，令蓝一再挽留，在举目无亲的国度里，万小红留了下来。

一个星期的相处，令蓝大致了解了万小红的情况。正巧令蓝需要找一位熟悉资本市场的人，帮助自己转型。万小红正好符合令蓝的要求，于是决定资助万小红创业，条件是帮组自己组建一支资本运作的精英团队，并且在关键的时候帮助自己，从黄金市场上成功转到资本市场。两人一拍即合，令蓝很慷慨地给万小红开了一张一千万元的人民币支票，并让手下协助万小红回国创业。

万小红不负令蓝的厚望，回国后迅速为令蓝组建了一支技艺精湛的投资银行队伍，帮助令蓝在大陆市场打下了扎实的基础，巧妙金蝉脱壳，从黄金市场上套出数十亿元的资金。更为关键的是，整个团队还帮助令蓝在几乎没花钱的情况下拿下了大陆十座黄金矿山，为令蓝打开大陆黄金流通市场奠定了根基。

仅此，万小红相当于帮助令蓝赚到了资助自己一千万元百倍的回报。而在一次庆功宴结束后，令蓝亲自送万小红回公寓，那晚大家都喝了不少酒。令蓝提出留下的请求，万小红乘着酒兴，带着报恩之心，默许了令蓝的要求。

那夜，万小红决心与令蓝断绝关系，满足令蓝的要求是为了无愧的终结。然而，对于令蓝来说，拥有只代表一切刚刚开始。两个相悖的意识，注定了油水相煎的开始。第二天，万小红便消失于令蓝能找到的任何角落。令蓝则满世界寻找万小红，以至于发生很多血腥的事情。

自从万小红获得令蓝一千万元资助，除了帮助令蓝组建队伍，持续不断帮助令蓝赚钱，同时还凭借自己在华尔街学到的本领，从一个散户开始，在股市上默默深耕了四五年，积攒了近十亿元的资本，并秘密在78号别墅大院建立自己的作战基地，组建了数支不同业务功能的精英队伍。面对令蓝得寸进尺的要求，万小红一直无声地满足，因为令蓝是自己的恩人，救过自己，还给了自己创业本金，这一切的一切，万小红愿意无怨无悔地帮助他赚取更多的钱。然而，一切只能限于赚钱，仅限于身外之物。除此之外，万小红无论如何也难以接受。那晚，令蓝要占有自己的身体，万小红终于下定决心，最后一次报答眼前的恩人。

离开令蓝，万小红将78号大院当成了自己的家。好长一段时间，她几乎全天都待在78号大院内,这一方面是为了躲避令蓝的视线,一方面她需要更快积蓄力量,以防某年某月某日令蓝无情地朝她扑过来——万小红以雷厉风行的个性,以狠！准！快！大手笔等控盘风格,一反常态地,专注洗劫优质股。在短短一年内,她将数只牛股逼向破产,成为令上市公司老总们闻风丧胆的妖魔化人物,瞬间在业内名声大噪。

多年的相处使万小红深知,令蓝是一个亦黑亦白的狠角儿。他不会轻易放过任何对自己有价值的人,尤其不会轻易放过曾受恩于自己的人,离开他等同于背叛。所以,要想完全摆脱令蓝,必须快速积蓄到足以抵御乃至对抗他的力量,否则下场会很惨。而要想在资本市场上快速发迹,就得走不寻常的路线,洗劫上市公司是最有可能实现的路线,这点也正是自己所擅长的事情。为此,万小红从第一个项目得手后,便一发不可收拾。一两只股票被同样的手法洗劫可以被理解成巧合,但如果五六只股票所遇到的情况都一样,那么就很难让人相信那是巧合。一旦有了蛛丝马迹,再隐秘的组织也是纸包不住火,万小红之名很快便传遍坊间。

"人怕出名猪怕壮"这是古训,万小红也深知其中厉害。所以,她一向低调行事,将自己隐藏起来,在热闹的地方永远见不到她的身影。在国内,万小红从来不在大庭广众之下露面,那些女孩子们乐此不疲的购物体验,在万小红眼里是极其奢侈的生活。她除了偶尔出国可以毫无忌惮地购物以外,在国内为了预防万一,从来没有享受过这样的生活。

尽管,万小红小心翼翼地将自己隐藏起来,最后还是被令蓝找上了门。得到万小红的消息后,令蓝便带着他的打手,直接闯入78号大院,控制了前台和所有能见到的人,径直让秘书带着来到万小红办公室。

"亲爱的！你让哥哥找得好苦啊！"令蓝闯进万小红办公室,看到万小红正在座位上发呆,杀气腾腾地就要过来拥抱万小红。

"这是怎么回事？"万小红被不速之客吓了一跳,见秘书也在,便瞪着秘书问。

第九章 血战神农

"董事长……"秘书转头看着令蓝。

"怎么，你就这么对待我这个曾经有恩于你的人？"万小红已经明白了。结合最近发生的多个奇怪事情，万小红终于想通了，原来自己身边曾经最信任的人已经倒戈令蓝，甚至称呼其为董事长。这样的事情确实是万小红始料未及的。

"令大恩人，你这是在干吗？"万小红知道类似的情景迟早会到来，晚来早来始终都得去面对，既然如此，索性就此了结了吧。

"哎呀呀！你突然就像人间蒸发一般，哥哥想你了啊。"令蓝冷冷地瞪着万小红。

"那么，今天大恩人你这是要做什么？怎么带着十几号人冲进来，也不提前招呼一声，外人看了还认为你这是在打家劫舍呢。"万小红在买下这个院子之后，做了全方位的改造，方圆一公里之内，万小红都能了如指掌。尤其整栋别墅，都是按照德国反恐工程师专业设计，防震级别高达十级以上，防暴级别可以达到Ⅰ级，里面构造也用了极其复杂的多维安保系统，所有门窗可以通过万小红的特殊指令声控，各房间之间按照迷宫结构布局，墙壁和通道之间可以移动改变。整栋别墅内有多少人，除了万小红，没有任何人知道。里面的多个部门之间是完全被隐秘间隔开的，彼此间几乎没有任何交叉的机会。令蓝的闯入完全是因为自己分神，才可能发生这样的事情。就在令蓝跨进大门的那刻，万小红已经完全掌握了别墅内的情况，并且在和令蓝交谈的过程中，启动了多个声控按钮，令蓝的手下已经被分散困在几个房间内。此时此刻的令蓝也正在一个隐藏起来的房间内，万小红只需一句话，令蓝和背叛自己的秘书马上就会被困起来。然后无论是报警还是做别的事情，令蓝也只是瓮中之鳖，无能为力。

"怎么，我来了几个人你都知道了？"令蓝听万小红这么一说，不由吃了一惊。

"令大恩人，你说，你带着十二个人带着刀枪私闯民宅，这样的事情交给派出所来处理，结局会怎样呢？"万小红冷冷地看着令蓝。

"哈哈哈！误会，绝对是误会！我怎么可能带着十二个人拿着刀枪私闯民宅呢？"令蓝隐约觉得哪里不对劲，便由杀气腾腾变得柔和了许多。

"这么说吧，现在我咳两声，你门口的四个人就会立马被警察拿下。其中两人身上带有枪支，在这个国度，带枪应该可以判刑，我没记错吧？"万小红还是冷冷地盯着令蓝。

"小红啊，玩笑要适可而止哈。"令蓝虽然身经百战，但对于被对方了如指掌，内心深处还是有点发慌。

"另外，你六个手下拿枪顶着我两个手下的头，这样的画面，我想应该可以惊动中央了。你纵使是天王老子，在光天化日之下玩黑社会的这一手，不觉得有点过分吗？尤其对于我这么一个帮助你赚了几十亿元的功臣而言。"万小红心中的怒火压抑了多年，终于爆发了。

"哈哈哈！就算你说的都是事实，那又能怎样？难不成我还给你跪地求饶？"令蓝见万小红不吃自己的套路，干脆想来横的，三步并作两步冲上来想控制她。但没想到，他竟然重重地撞上了一扇玻璃墙，疼得捂着伤口嗷嗷大叫。万小红发现令蓝的脸色发白，经验告诉她令蓝要动粗了，便悄悄启动第一道屏障，将房间内的水晶玻璃墙关了起来。令蓝认为自己已经控制了万小红的公司上下，把住了出口，但傲慢使得他竟然没有发现徐徐关闭的水晶玻璃墙。

令蓝回过神来，知道自己太草率了，说不定会被自负和冲动毁了，于是转身想要离去。此时他发现自己已经置身于一座玻璃房之中。紧接着，玻璃墙上出现了红外线扫描仪扫描自己身体的画像，身上藏着的枪支也在扫描映像中出现，然后关于令蓝手下的视频也在玻璃墙上投射了出来……令蓝面如死色，一阵青，一阵白，一阵红交替着。

"你想怎么样？"令蓝发现自己的呼吸越来越困难，察觉到玻璃房内没有任何可以通风透气的地方，心里终于慌了。搞不好自己可能会被万小红活活闷死，想到这一点，令蓝觉得必须先保住命要紧。

"我原本对你感恩有加，无怨无悔地帮助你赚钱。但是你得寸进尺，做了不该做的事情，要占有本不该属于你的东西。你竟然还不知足，对我步步紧逼。

第九章 血战神农

既然你不想给我活路，你觉得我该怎么办？我想怎么样？"万小红冷冷地笑了起来。

十分钟过去了，万小红就坐在那儿，什么事情也不做。秘书已经趴在地上打滚，濒临窒息的难受使得她生不如死。令蓝也渐渐地瘫坐在地上，痛苦得浑身发抖，脸色渐渐涨红……

"你现在所处的空间是一百六十立方，如果只有一个人，三十分钟内氧气还勉强够用；两个人则要减半，甚至可维持的时间更短。也就是说，你剩下的时间已经不超过五分钟。如果你能够在五分钟内坦白自己所有罪行，兴许你死不了。但是，如果你不珍惜机会，浪费了时间，那么我只能替天行道了。"万小红看到时间差不多了，便使出了招数。她知道，要对付令蓝这样的魔鬼，必须使用非常之道，否则无济于事。没想到令蓝会自己送上门来，给了万小红一个这么好的机会。自从安保系统完全记录下令蓝一伙人带着刀枪闯入别墅，万小红已经知道，令蓝的大限将至，因为掌握了他的犯罪证据。而转念又发现，仅凭这点罪行，可能扳不倒令蓝。虽然国家对黑恶势力一直严打，但是有钱能使鬼推磨，令蓝作为亚洲金王继承人，摆平这点小事应该不难。为此万小红决定采取更冒险的方案，让令蓝自己招供这些年做过的坏事。实在行不通，就让这群人人间蒸发。当然，后者是万小红不希望发生的。

终于，令蓝扛不住了，要窒息的感觉实在令人抓狂。令蓝始终有个信念，只要活着就有办法处理所有的麻烦。就算被万小红得到了什么证据，自己只要活着离开，把这地方夷为平地，所有问题就都不是问题了。所以，当务之急，必须设法先活着离开，再慢慢收拾万小红。玻璃房内的氧气越来越稀薄，令蓝的气息越来越微弱。在极度痛苦中，令蓝一五一十地回忆着自己过去十年做过的一些坏事，包括杀人灭口、强占矿山、绑架勒索等。七八项足以让令蓝被枪毙一百次都不够的罪行一一从令蓝的嘴里吐出来。

接到匿名报案后，警察很快到来。看到现场的情景，警察都惊呆了。十三个人荷枪实弹，每人还有一把钢刀，被困在一间间小屋里，屋里还有人质。这么大的排场，平时只能在警匪大片中看到。没想到在这座表面上风平浪静的国际大都市中，竟然上演了真实的一幕。警方控制了现场，调取监控录像后，带上所有涉案人员，离开78号大院。

经调查取证，令蓝涉嫌非法买卖和持有枪支、领导和组织黑社会组织、故意伤害他人、故意剥夺他人生命等多项犯罪行为，已经触犯《中华人民共和国刑法》第二百九十四条、第一百二十五条、第二百三十二条、第三百一十四条等法律。如多项罪名成立，将被判处死刑。警方和法院考虑到令蓝是外籍人士，涉案面太广，需要掌握其更多犯罪事实和证据，特别成立了重案组，联和国际刑警展开调查取证，暂缓送检方控诉。万小红私自安装非常规安保系统，没有报备，被行政警告一次，并处罚十万元罚款，责令进行相应整改和完成申报手续。

这个冬天，终于迎来一个难得风和日丽的好天气。万小红与令蓝的恩怨情仇，因令蓝被警方控制而暂告一段落。万小红知道，这只能是一个段落，正面与令蓝闹翻仅是两人间恩怨情仇的开始，而非终结。万小红知道，以亚洲金王继承人的身份和实力，当前的这点罪行根本不可能扳倒令蓝。而当下比令蓝更要紧的事情是尽快处理神农控股的手尾。神农控股在最近的一个多月里，频繁使出杀招，手段之高可见一斑。为了尽快结束神农控股的项目，万小红召开项目组紧急高层会议："今天会议主要探讨神农控股，这个项目必须在一个月内结束，大家先做工作汇报！"

"我先来吧！"万小红话音刚落，信研部负责人站了起来，打开手机投影在墙上将报告大纲投了出来。

"好，开始吧！"万小红点头示意。

"根据我们的调研数据显示，神农控股目前有四股力量在角逐。其中劲头最强的是一波以十二个企业账户为代表的势力。从他们的行动轨迹看，旗下应该有两万左右自然人账户，资金量大约十四亿元；从他们的动作上看，应该不仅仅是为了赚钱，有可能是一群壳资源的玩家。具体的操盘队伍我们已经掌握，随后单独汇报。另外一股力量大约由五万个账户组成，从交易轨迹上看，这股力量调度有方，进退有序，应该是一支训练有素的队伍，操盘风格与我们很接近，资金量大约五亿元。还有一股力量大约有七八千个账户，资金量不大，应该在两亿元以内。从他们的手法上看，应该是由一群散户组成的临时组织，不像是机构行为。"信研部负责人一边介绍，一边投影交易轨迹图。

"还有一股力量呢？"投行部的人见说到四股力量，结果只介绍了三股，觉得很奇怪。

"还用问嘛，剩下那股力量当然是我们啦。"公关部的人坐在一旁笑着看投行部发言人。

"继续！"万小红扫了一眼全场，大家又都安静了下来。

"还有两个重要消息。神农控股最近做了章程修订，增加了大量细则条款。这些条款很不利于并购，尤其不利于有借壳目的的并购方。同时，神农控股已经将其六大业务板块全部拆分，并且频繁出售刚被拆分的资产。从手法上看，应该是有高人在背后指点，不像是神农控股内部团队干的，因为他们内部没有这样智慧的人。"

"具体做了哪些修订？"万小红听到神农控股突然变得聪明了，不禁一惊。

"新章程中，严格制定了董事会成员被撤换的详细约定，仅仅此项细则条款就多达九十条之多。若不在九十条以内，只能通过向法院请求行政干预。同时，对于公司高管的撤换，新章程中也做出了六十五条详细约定。如果不在六十五条以内，必须先征得董事会批准，再由股东大会复核。股东会复核通过后，被撤换高管至少需要再留用察看九十天以上。此外，还增加了关于受到恶意收购的诸多自动成立的条款。很明显，这份新修订的章程是为反并购准备的，对于任何投机性并购行为和有借壳目的的并购方来说，简直是致命的。"

"看来神农控股是遇上高人了，这些条款对于并购方而言确实是致命的打击。"法务部负责人听了信研部的汇报，觉得很不可思议。

"你说神农控股拆分出售资产又是怎么回事？"万小红心里大概有数了。

"神农控股召开的临时股东大会,除了通过新章程的修订方案,还同时通过了重大重组方案,神农控股的八大业务板块被拆分成六家拥有独立法人资格的公司;并且以偿还债务为由,先后出售了养老地产板块的业务、旅游观光板块业务、进出口贸易板块业务、冷链物流板块业务……最后只留下新农业板块的业务。"

"哦!买家都是什么人?"

"从公告上看,都是一些与神农控股之前没有来往的公司。具体的数据正在分析中,需要两天时间才能得出结果。"

"要尽快弄清楚买家背后的真实控制人!"

"明白!"

"坊间有三种传言,这三种传言也得到了股票分析界的认同。市场普遍认为,神农控股持续抛售资产,无外乎三种可能:第一种可能是,神农控股在刮骨疗毒,壮士断腕。另一种可能是,神农控股已经陷入严重的财务困境,之所以不断抛售资产是因为入不敷出,需要杀鸡取卵弥补财务赤字。再者就是,沈强和创始股东在转移资产,变相中饱私囊……"投行部见信研部已经做完汇报,便将坊间的观点做了简单反馈。

"嗯,这三种可能性最大。不管神农控股近期的动作欲意为何,我们继续赚钱,是时候收官了。"万小红听完汇报,大致明白神农控股这些动作的结果是什么,所以更加坚定了尽快结束这个项目。项目组会议结束,万小红叫来秘书——"安排下去,十分钟内紧急召开金豹团队会议。"

"老板,我们接下来追涨还是追跌?"十二位操盘手接到会议通知,迅速来到高机密会议专用会议室,金豹团队负责人路丰率先讲话。

"神农控股已经做了充分的反并购措施,我们需要调整策略,做空!"万小红斩钉截铁地回答。

"之前我们已经启动'蝴蝶风暴',神农控股已经跌破发行价,似乎没有再下探的可能了。而且他们经过一系列的资产拆分重组,神农控股的负债率从

86.1%降低到42%，偿还债务十六亿元整。年终的账面利润虽比往年有所下滑，但仍然在三亿元之上。上周复牌当天，神农控股股价上扬了七个百分点，第二天差点跳入涨停板，第三天直接跳入涨停板，上涨势头一天比一天强烈，是不是可以考虑先追涨后做空？"路丰发觉万小红近期的决策有点反常，有点担心。

"是时候出王牌了！"

"你是说翻'王牌计划'的牌？"

"具体方案你下午给我！"万小红点点头。

"OK！"

连成珏要疯掉了，因为神农控股持续地变卖资产，仅剩下新农业板块的业务了。继续这样下去，自己的如意算盘就要落空了。更令人着急的是，Mini这阵子总躲着，郁闷得连成珏直抓狂。

"董事长，你要找的人找到了。她现在韩国做整容，据说要一个月时间不能离开护理室。"连成珏接到分派出去寻找Mini下落的手下打来电话。

"给我想办法搞到下午飞韩国的机票，我要亲自过去。"连成珏需要一个合理的解释。这都什么时候了？作为这次借壳上市的重要对接人，竟然躲起来做整容，连成珏搞不清这是什么情况。

连成珏出现在整容医院，Mini吓出了一身冷汗。她没想到自己这么隐秘的行踪竟然没有逃过连成珏的掌控。

"哥，你怎么来啦？"Mini虽然惊出了一身冷汗，但连成珏已经在面前，不得不直接面对。

"你怎么躲这儿来整容？神农控股出大事啦！我们借壳上市的事情究竟怎样了？"连成珏开始对这位对自己若即若离的美人动气了。

"放心啦，一切都进展得很顺利。"Mini嗲嗲地依偎到连成珏怀里，不敢直视他的眼睛。

"一切顺利？这个月神农控股持续做出反并购对策，你知道这件事吧？"连成珏推开Mini，怒目瞪着Mini。

"嗨！沈强有几斤几两你又不是不懂，他能折腾出什么动静。"Mini不屑一顾，又偎到连成珏怀里。

"也就是说你根本不知道神农控股目前的情况咯？"连成珏真的怒了。

"我又不直接操盘，盘口的变动公司有专人负责。"Mini有点害怕了。

"我们交往了这么久，你应该了解我的脾气。同时，你应该知道这次并购的钱都来自哪里。如果出了什么差错，到时候你不要怪我没有提醒你，别玩火自焚！"连成珏摔门而去，Mini愣了好久，终于缓过神，一种不曾有过的恐惧感，将Mini紧紧包围。她颤抖着手打开随身带的平板电脑，看了看自己的账户余额，数字显示为$50,700,900。她又打开神农控股的消息盒子，浏览了一下近期的消息，拿起电话拨了出去："神农控股发生了那么多事情为什么没人向我报告？"

"老板下令，封锁对你的消息，你以后别来电话了。"对面传来极其微弱的声音。

"封锁对我的消息？什么意思啊！"Mini大怒，然而对方已经挂断了电话。Mini感觉到事情有点不妙，却怎么也想不明白问题出在哪个环节。她拿起电话往公司拨，拨了五六个部门都没人接电话。Mini打给四五个公司股东，全部无法接通——Mini彻底懵了。她爬起来，撤掉缠在脸上的绷带，发现还有一个小小的伤口没有完全愈合。她拿出抽屉中的一瓶药膏往伤口上抹了一些，然后拿着平板电脑和外套鬼鬼祟祟就往外跑。没想到她刚出门便被四个大汉架了起来，拽着往回走重重地往床上摔。

"Mini小姐，你这是要去哪儿啊？"一个大汉怒目相对。

"你们是谁？我，我要上厕所。"Mini吓得不行。

"上厕所？房间里不是有厕所吗？"大汉扫了一眼整个房间，吼道。

"你们是连成珏派来的？"Mini想，八成是连成珏那个蠢猪的手下，便故作镇定地问。

第九章 血战神农

"Mini小姐,很抱歉,从现在开始,你不能离开房间半步,否则不要怪我们兄弟四人不客气。"大汉没有正面回答Mini的问题,而是怒目圆瞪地警告Mini。

"好吧,那本小姐的衣食住行就全交给哥哥了。"Mini扯过被子,闭上眼睛,假装什么事情都不管了,继续睡觉。

"公司发生什么事了?"Mini见几个大汉退出了房间,便迫不及待地给要好的闺蜜发了一条微信。

"老板可能卷款跑路了!办公室进不去,我们都在公司门口等钥匙。"闺蜜给Mini回了条信息。

"什么?老板卷款跑路了?什么时候的事情啊?"Mini待不住了,从床上跳了起来。Mini打死也不敢相信,一家在全国拥有几十家分公司,人员高达万人,业务涉及融资租赁、投资银行、私募基金、P2P,每天几亿元现金流的公司,老板会卷款跑路?

"亲爱的,究竟什么情况啊?"Mini忍不住又发了条信息给闺蜜。

"听说公司涉嫌非法集资,几个高管都被警方控制了,老板已经逃到国外去了。你在哪儿?没事的话,你还是待着吧。我们刚刚接到警方通知,马上要到派出所录口供。"

"知道了。"Mini的天塌了,知道马上要大祸临头,哪怕警方不找自己麻烦,连成珏的股东也不会放过自己。Mini拿出平板电脑登录网上银行,想把全部资金转到安全的账户上,没想到手机银行提示"功能限制"她又尝试了几遍,都是一样的提示。

"难道被冻结了?"一种不祥的预感笼罩了Mini。她想了想,拿出手机打电话给银行,询问自己的账户为什么不能转账。银行的答复是系统升级,二十四小时内无法使用大额转账功能,但一千元以内可以正常使用。Mini又登录手机银行,尝试了一下,果然,一千以内的小额资金可以转账;但只转了三笔,"功能限制"的提示又跳了出来。Mini认为银行系统只是受升级影响,过阵子就好了,所以没想太多。

"砰！"Mini正在盘算着怎样逃出去，门突然被打开，连成珏和五六个大汉涌了进来。

"哥，你到底在做什么？"Mini装得很无辜。

"我在做什么？说！你们全国的公司怎么一夜之间全部人去楼空了？而你却躲在这里整容？"连成珏熊熊怒火正在燃烧。

"你是说全国分公司都人去楼空？不可能吧！"Mini显得非常震惊，随后抽泣起来，"干吗对我这么凶吗，人家也是受害者嘛，你不来我还不知道公司出事了呢。"

"你不知道？"连成珏见Mini显得很无辜，感觉她可能真的毫不知情，语气也就放软了很多。

"我都来这边一个星期了，昨天下午我还参加了电视会议，公司一切正常运转。没想到一大早你就闯了进来，搞得我一头雾水，人家真的冤死啦。"Mini不敢强硬，只能以撒娇来缓和连成珏的情绪，争取自由的机会。她能想象出来，如果公司真的出事了，自己难辞其咎，免不了要背黑锅。因为她分享了公司业务中很大比例的提成，就连成珏这单业务，Mini得到了公司2.5亿元的提成。这在业界是罕见的。一般情况下，作为业务前锋，并购项目的业务提成不会超过万分之五。因为还有多个部门参与分成，而Mini所得到的提成高达百分之二十五。Mini加入这家公司，一方面是看重公司的规模和全国知名度，一方面看提成。这家公司的提成简直让Mini无法拒绝。公司拿出这么大比例作为提成，Mini当初就隐约觉得迟早会出事，只是没想到这么快。而公司方面对高提成的质疑的回答是，投行业务的回报最高可达到几十倍，尤其是类似连成珏这类包干式的项目，无论如何都能赚三至五倍。这么高的回报，拿出本金基数的百分之二三十作为业务提成有何不可？别的公司之所以不愿意给高提成，是因为老板贪心独食。Mini觉得很有道理，对于这个疑虑也就不深究了，拼命接业务就好，大把的钱不赚那才叫傻。就这样，Mini在两年内就为公司引进了三个高达十亿元的项目，从此由

第九章 血战神农

灰姑娘摇身一变成了投行富姐。

"为什么整容?"连成珏没有接Mini的话茬,就是觉得她有问题。

"爱美之心人皆有之,我只不过修了一下颧骨,这也算整容吗?再说了,难道哥哥不希望你女朋友变得漂亮一点吗?"Mini很委屈地抽泣着。

"好了,别哭了,我这不是经常找不到你着急嘛。而且神农控股做出了一系列的反并购措施,也没见你给我消息。我又接到消息说你公司关门了,换作是你,你投了十几个亿,突然遇到这样的情况会怎样?"连成珏见Mini哭成这样,心疼得忍不住紧紧地将Mini抱在怀里。

"哥,我们都两年多了,难道你还不了解我吗?"Mini止住了抽泣,娇滴滴地偎在连成珏怀里,还在一阵阵地发抖。

"你们去,把e投集团的几个大股东给我揪出来!"连成珏被Mini这么一撒娇撩惹得欲火焚身。他给几个手下安排了任务后,迫不及待地将Mini的衣服除掉,按捺不住扑了上去。

连成珏在睡梦中被一串手机铃声吵醒,睁开眼,Mini没在身边,找遍整个房间也没看到人影。电话响了又响,他拿过来一看,是自己手下打来的电话——"董事长,警方已经对e投集团的股东和所有员工发出自首通告,股东层涉嫌非法集资、金融诈骗、涉案金额近千亿元。"

"什么!"连成珏傻眼了,没想到自己竟然落入这样的骗局,成为几大受害人之一。他一时又怒又好笑,冷笑了几声,突然想起更重要的事情——Mini跑了。连成珏抓起衣服一边穿一边冲向房门,门把手上贴着一张字条:"亲爱的,对不起,我必须走了,回去自首。公司出了这么大的事情,我作为公司业务骨干,免不了要受牵连。我回去自首争取从宽处理,真的很爱你,这辈子无缘,下辈子要做哥哥的妻子。"

Mini享受了最后的欢乐,翻来覆去,最终做出了自首的决定。她权衡了利害关系后,摆在眼前的只有两条路。一条是天下逃亡,但是天网恢恢,要想逃一辈子,谈何容易?她就算逃了出去,也将提心吊胆过一生,那样的日子想都不敢想。再说，逃得过法律制裁，却有可能逃不过连成珏背后势力的追杀。自己导致他们损失了十几亿元，这样的损失就算连成珏站出来力保自己，也难保自己万全，很明显逃跑是死路一条。她唯一的出路是自首，自己对于公司高层的行为事先并不知情，自己只不过是公司的一个业务员，最有能力的业务员，自首顶多是吐出全部所得，然后接受不超过三年的刑期。三年之后，凭自己的容貌，仍然可以重新开始。Mini觉得自首是最好的出路。为了不节外生枝，Mini选择在连成珏醒来之前偷偷离去，径直赶往大使馆提出自首意愿。工作人员与国内警方联系后，确认Mini确实在自首通告名单中，便安排专人押送她回国。

连成珏对Mini这样的举措感到很吃惊，但又颇感安慰。在这种情况下，要想保住这个令自己疯狂的女人几乎不可能，放弃的话他又于心不忍。没想到Mini能做出自首的决定，这样至少可以让他向股东层有个交代。

e投集团出事后，以e投集团为代表的几万个账户突然停止了所有的交易行为。这使得万小红很是意外，因为她手上还握着神农控股十几万手的股票。原本有人不断吃进，套现计划很顺利；这么突然地停了下来，整个交易活跃度犹如过山车，一下子陷入了疲软，股价紧随着又开始回落。

"做空时机已出现，立刻执行'翻牌'计划。"万小红不能再等了，必须通过做空来对冲自己的损失。

"收到。"

"记住，只能走融券，目前这只股票已经被监管盯上了，不能冒险。"

"明白！"

可怜的神农控股经过三四天的上涨后，又迎来了跌跌不休。融券市场上不断有资金涌入卖出，交易盘上又出现大量抛售，股价从15元一元一元地跌……

夜色很美，美得令人陶醉，城市的天空出现难得一见的火烧天景象，全城为之迷醉。高楼、广场、大街之上，到处是驻足拍照的男女老少，整座城市的交通几乎因此陷入瘫痪。这景色实在太美，所有人都忍不住停下车，拿出手机拍上两

第九章　血战神农

张照片。

这是一个特殊的夜晚,不仅仅因为火烧天,还因为上市公司反并购联盟正式挂牌成立。以豹丰科技为代表的二十家上市公司发起人和来自全国一百六十家联盟单位,三百多位亿万富豪齐聚新富豪俱乐部宴会厅,共谋上市公司发展大计。郝本翔作为核心发起人被推举为反并购联盟第一届主席,赵文星被推选为联盟秘书长,大海被推选为反并购联盟智囊委员会主任,二十位发起人分别出任反并购联盟各大委员会的成员。当晚,由反并购联盟发起的反并购基金同步成立,二百亿元基金规模现场被认购一空。

神农控股、豹丰科技、青橙股份等五家面临恶意并购的上市公司,成为反并购基金首批拯救对象,新一轮的资本角逐将由此开始。

新的一周,伴随着神农控股的反并购大战拉开——

反并购联盟执行委员会针对神农控股做了详细分析。大家一致认为,神农控股目前面临的最大问题是,有人在打压神农控股的股价,企图通过做空机制牟取暴利。而绝大部分股民,尤其是散户,他们习惯了通过买涨赚钱,他们认为股价只有上涨才能盈利,下跌意味着亏钱。对方正是掌握了股民的心思,才通过高压抛售来制造股价狂跌的假象。越跌散户们越害怕,越是跟风抛售;股民越抛售,股价跌得越快、越低,进而形成"沼泽效应"。而这些机构早早就通过融券市场卖出做空,股价越跌他们就能大把大把地赚钱。可怜的散户们不知其中道理,糊里糊涂地被别人卖了还帮别人数钞票。

经过细致分析后,联盟由大海担任神农控股反并购项目组组长。

大海提出:"要想拯救神农控股,第一步要先去高压,先提振散户信心,让股民减少抛售。同时设法掌握做空机构的资金充裕情况和做空临界点,做两手准备。如果对方资金量充裕,就通过题材分化提振股民信心,减少卖出量,稳定价格。如果这一步没办法实现既定目标,就在对方还券上做文章,让他们从融券做空上赚的钱,在买券还券时吐出来。如果对方资金量不足,我们就直接注入资金吃掉他们。

"第二步要做的事情是，采用法律手段。我们要安排一个小组深入调取对方的行为轨迹，随时掌握他们的非法证据。一旦证据确凿，就要挥动法律武器，火掉他们，让他们赔了夫人又折兵。"

"那第三步呢？"沈强听完大海的方案，觉得很有道理，迫切地问。

"第三步要做的事情是，完善内部治理结构，扩大员工持股规模，联合内部一切力量，同仇敌忾，将入侵者消灭于无形。目前先集中精力将这三个步骤走好，对手不会坐以待毙，肯定会做出一系列应对措施。我们只能见招拆招，随机应变。"

"好！"沈强心领神会地点点头。

当天下午，神农控股发布消息称，公司已成功培植出一种"抗雾霾水果"。这种水果具有生津润燥的功能，经胃酸分解后，可产生一种叫VOR的物质；这种物质能与进入人体内的粉尘和有害金属微粒起生化反应，然后通过排泄将这些有害物带出体外，堪称人体污物的"清道夫"。这种水果富含十七种人体必需的微量元素，维生素含量超越目前所有水果品种，可谓是水果之王。当天，全国十四个省市正在遭遇重雾霾困扰。消息一出，迅速被全国一千多家报纸和网络媒体争相报道。很多网友自称吃过这种抗雾霾水果，味道酸甜可口，吃下之后感觉到全身很舒服。有网友表示，吃了几次抗雾霾水果后，自己多年的顽咳减轻了很多，很明显该水果确实有润肺护肺的作用。还有网友称，自己吃了之后，大便先是黑不溜秋的，慢慢变淡，一周左右就变成了健康人应有的金黄色，看来体内的污染物被清理干净了……

在雾霾肆虐的大环境下，神农控股的消息一出，在各大媒体的集中报道和大量网友亦真亦假的附和下，抗雾霾水果变成了奇货可居的神物。话题持续发酵，股价一路稳中微涨。

第二周开市的第二天，神农控股又放出消息，公司已经与世界上最大的食物纤维公司签订合作框架协议，即将投入十亿元建立国内最大的食物纤维生产基地，预计总产值高达百亿元以上。股价随着多个消息的放出，迎来空前涨势。随

第九章 血战神农

后，神农控股迎来多只公募基金增持，多头资金持续涌入，股价从12元反弹一路涨到27元。

万小红盯着神农控股的盘口，皱了好久眉头，拿起电话拨了出去："翻牌！"

"收到！"那边轻快地答应。

"做好清仓准备，马上翻王牌的牌。"万小红挂断电话后又拨出第二通。

"明白！"

夜渐深，沈强躺在沙发上收看国际新闻，一则来自中东的报道将他吓出了一头冷汗："以下是一则来自中东的消息，中东十五位皇室成员发生疑似氰化物食物中毒，目前正在紧张抢救。警方和食品安全部门已经介入调查，中东方面认为，该起中毒事件或与大陆最大的农业集团神农控股有关。据称该皇室成员当晚所有食物主要采购于神农控股，具体事因有待进一步调查取证。"

短暂几十秒的新闻，对于沈强却像五雷轰顶。第一大出口贸易订单，如果产品真被检出问题，那神农控股真要完蛋了。沈强一骨碌从沙发上蹦起来，拿起电话拨给秘书："马上通知公司总监以上的人员赶回办公室，召开紧急会议！出席会议按加班三倍补贴，缺席会议按旷工一天论处。"

"需要董秘出席吗？"秘书半夜接到老板的紧急电话，不知道发生了什么大事情，着实震惊了。

"叫上，你也要到场，一个小时后准时开会！"沈强一边打电话，一边穿戴，迅速冲向停车场，朝神农控股办公大楼飞驰而去。

"这个时候，这么紧急地召集大家开会，是不曾有过的。大家应该知道事情的特殊性和紧张程度！"沈强走进会议室，扫了一眼会场，所有应到人员全部到场。

"董事长，我们可以做点什么？"坐在一旁的董秘不知道出了什么事，但心里清楚，一定很严重。

"刚刚，中东订单遇到麻烦了！这件事情我们必须在明天新闻出来之前，做好充分准备，否则对于神农控股将是致命的打击。"沈强铁青着脸严肃地讲道。

"董事长，中东方面出了什么事情？"全场惊愕。

"刚刚的晚间新闻有没有人在看？"沈强环视了一圈，发现大家一脸迷茫，心里有数了，"央视整点新闻刚刚爆出，中东皇室出现集体食物中毒事件，已经有十五人住院。对方称晚餐的主要食物原材料来自神农控股……"

"也就是说，只是怀疑与我们有关，并没有确切的证据表明中毒事件是我们的产品引起的？"国际贸易部总经理听完放宽了心。

"虽然还没有证据证明，但是这件事情一旦被居心不良的人利用，就会变成类似《神农控股出口产品疑含剧毒，已经导致中东皇室十五人集体中毒》这样的头条新闻。那时候股价和市场必定大乱，要想消除这样的以讹传讹，简直难如登天！"投行部总经理接过话茬，表达了自己的疑虑。

"我正是担心这样的事情发生。就算之后证实了神农控股的产品没有问题，但在漫长的取证过程中，也许神农控股已经破产了。所以，大家一定要想出可行的办法，杜绝这件事情传开发酵！"沈强的脸色还是铁青得像阎王一般。

"我刚用手机看了，这则新闻的报道时间是二十三点零九分。这个时候大部分明天的报纸已经进入印刷厂，要报道也是后天的事情了。但是网络则不一样，往往会在清晨六点前更新，所以，要想避免消息蔓延，必须马上采取媒体公关措施。"公关部经理顿了顿，接着说，"问题是，这个点，只有值班编辑做事，见到大新闻他们不敢不上。除非能得到上层发话，否则这新闻遏止不了。"

"嗯，你倒是提醒了我，我先打个电话。"沈强突然想到，应该从政府层面去求助，然后走回办公室，关上门，拨通了电话——"老领导！我是阿强啊！有十万火急的事情需要麻烦一下您。"

"强子啊，发生什么事了？"

"还记得上半年，我们接了第一单海外贸易订单吗？中东那边十五位皇室成员食物中毒，我们的产品肯定不会有问题。但是，国际新闻已经报道称'可能与神农控股的原材料药物残留有关'，这样的新闻一旦被大面积传播，假的也会被传成真的……"沈强紧张得直冒汗。

"不着急,说说我能帮忙做点什么?"

"这件事情需要时间等待中东方面的鉴定结果,我们这边也会连夜成立工作组去积极配合调查和消除影响……老领导,如果这件事情在这两天内被媒体传开,神农控股就完了……所以,所以,老领导您,无论如何,帮忙与宣传部打个招呼,看能不能先压一压这则新闻的传出,给我两天时间弄清楚事情的前因后果,并且做好负面信息可能造成各种影响的应对措施。"

"这件事情着实有点为难啊!一方面我已经退居二线,大家已经不太听话了;另一方面,宣传口刚刚换了新人,不好对接——这样子吧,我先试试,只能尽力而为啦!"

"给老领导添麻烦了!实在对不住了!"沈强知道事情确实很让老领导难为情,因为老领导所讲的都是实情。

"我们之间就不用讲究这些啦。强子啊,无论结果如何,你要做好充分准备啊。"话筒中的声音显得有点力不从心。

"我正在召开紧急会议,寻找更多的应对预案,政府层面就全拜托老领导您了!"沈强已经感到老领导传达出的力不从心的信号。

会议室热闹得像快炸开的锅。见沈强走回来,大家戛然而止,纷纷将目光投向他,等待他的发言。

"现在下达三个任务:第一个,发动一切力量,与媒体取得联系,尤其是带有互动的媒体,暂缓两天转载或者报道中东方面的这个事件。责任落实在公关部,大家要发动全员力量,联系全部资源,将负面影响降低到最小。还没报道的想办法不让报道,已经报道的设法删除,包括论坛、博客、微博等。第二个任务,天亮之前,由国际贸易部牵头,组织得力工作人员搭乘最快起飞的班机第一时间飞中东现场,尽一切努力消除中东方面的误会。第三个任务,由科研部挑头,组织国际国内专家和相关部门,立刻对神农控股相关产品和技术进行权威的自我审查,以应对之后不可预估的负面影响。"沈强走进会议室之前,就一路思考如何应对当前危机，坐下后便将刚刚想到的应对措施吩咐下去。

这一夜，神农控股管理层全员不眠。为解救公司于危难，人人绞尽脑汁，出谋献策。时间在探讨中分秒流逝，会议还在紧张讨论中，朝阳已冉冉升起。经过一夜的头脑风暴，每个人的工作方向都已经很明确，并充满信心，如同刚刚升起的太阳，朝气四射。随着基层员工的纷纷到岗，各个部门又开始紧张的小组会议，经过紧密的布置，应对措施有序推进。

股市如期开市，关于神农控股食物有毒的传言还是不胫而走。正规媒体都对该事件避而不谈，但大量的个人网站和自媒体纷纷转摘央视的新闻短片，还是对神农控股造成了巨大的影响。神农控股的股民议论纷纷："不久前刚检出一个什么残留，现在又出现食物中毒，这公司看来问题不少啊！"

"可不是嘛！真实傻掉了！黑心商家啊！我们不能支持这样的黑心商家，我们要割肉……"

"会不会是空穴来风？"

"人家都说了，无风不起浪，哪有这样的空穴来风？这已经不是第一次了！"

"之前的事情不是澄清了吗？说是误检还是什么来的。"

"现在都快闹出人命了，误检，我看确实是误检，把有毒的误检成合格的产品！"

"唉！这个神农控股到底怎么回事，一年内出了这么多问题，股价又跌得这么厉害，是不是快不行了，我们还是跑路吧。"各种不利于神农控股的质疑和议论成为股民们的热点话题。大家只要在交易所碰面，不论熟悉不熟悉，打招呼几乎如出一辙地问："你没买神农控股吧？"

短短一周的交易，神农控股价格已经下挫到十元以内，反并购基金投入了十亿元还是没有托住股价的一路下滑。

78号大院此时正在忙碌得不亦乐乎，万小红眯着眼靠在大班椅上，咬着粉唇，内心涌着一种莫名的爽快。

第九章 血战神农

"老大,做空计划已经圆满结束。下一步工作内容请指示!"路丰走到万小红办公室门口汇报。

"再添把火,让股价再跌一会儿。"

"好!"

"按计划吸筹,达到融券的既定量,还回去远离这只股票。"

"明白了!"

神农控股海外行动组在大使馆的支持下积极配合中东方面调查,对整件事情进行科学梳理。经过十天的努力,终于找出了食物中毒的原因。罪魁祸首是四季豆,这种豆在中东比较少见,厨师为了追求四季豆的爽脆口感,没有将豆煮熟。半熟的四季豆含有大量的皂素、植物凝血素、胰蛋白酶抑制物,食用后会引起恶心、呕吐、腹泻、腹痛、头痛等,同时伴有出冷汗等神经系统症状。这类中毒,整个症状与氰化物中毒极其相似,一般四五个小时便可自动缓解。因此,十几位中毒人员经过医院医治,留院观察了两天便全部出院。根据中东方面法律,食材原材料供应方对所供应的食材,负有该注意事项告知义务,神农控股在本次事故中负完全责任,经双方协商由神农控股做出了适当的补偿,此时暂告一段落。

然而,神农控股消除了法律风险,却无法避免由负面信息给股票造成的伤害。反并购基金投入20亿元,虽然缓解了抛售高压,却没有托住股价。中东事件消除当天,神农控股收盘价8.63元。万小红团队在此次食物中毒风波中成为最大受益者,融券卖出价格27元至19.4元不等,还券买入价格最高价仅12.15元,交易量56410手,合计套利10.8亿元。

年关渐近,第一看守所一片萧瑟。在这个寒冷的季节里,显得尤为阴森。美艳动人的Mini在刑事拘留关押室里,格外显眼。也正因为太扎眼,她在里面没少吃苦头。龙板前方码着两垛整整齐齐的被子,Mini等人整齐划一地坐龙板上学习。突然大铁门被打开,狱警大声喊道:"米尼,收拾东西,取保候审!"

"取保候审!"所有人都带着羡慕的目光,直勾勾地看着Mini抱着自己的用品，跟随狱警消失在阴森的走廊尽头。Mini由于主动自首，积极协助警方提供在逃人员的详细信息，将收受公司的超常规巨额提成都退了回来；并且在从业过程中没有参与非法集资业务，所负责的三笔投资银行业务手续及流程规范，警方暂时没有掌握其犯罪证据，允许取保候审。

连成珏对Mini又爱又恨，爱她的美，爱她的似水柔情，爱她娇滴滴的黏人感觉；但又恨这个女人，因为她毁了自己一世英名，让自己在股东间抬不起头。钱财虽是身外之物，但十几亿元不是小数目，对金钱再无所谓的人也接受不了这么多钱被坑。怎样对待Mini，连成珏很矛盾。知道Mini没有被定罪，而且马上可以取保候审，连成珏早早开着幻影在看守所门口等候。

大铁门终于打开，原来自信高挑的Mini，现如今显得无比的纤弱和无助。连成珏看到她心里一阵酸楚，远远就朝Mini挥手。见连成珏竟然在这个时候能来接自己，极少流泪的她，此时此刻心中五味杂陈，泪水就像喷泉般止不住地喷涌而出。她二话不说，飞一般扑向连成珏，紧紧拥抱他，久久不舍得放开。

"我以为这辈子永远都见不到你了。"Mini哭得像个泪人，打湿了连成珏的大衣，在冰冷的风中很快变成了冰片。

"你还好吗？"连成珏的心碎了，忍不住紧紧地将Mini再度拥入怀抱。许久，许久，他突然才想起，自己准备了全新的衣服在车上——"先把衣服给换了，我们找个温泉洗洗，把晦气全部洗掉。"

"嗯。"Mini此时就像听话的绵羊，在连成珏的搀扶下钻上车。她把从看守所穿出来的衣服往窗外丢了一地，穿上连成珏为她准备的新衣。

汽车在路上飞驰，Mini把头钻进连成珏的怀抱，闭上眼睛，尽情地享受着如同重获新生的感觉。连成珏将车子开进一座山谷，停在温泉谷度假山庄的酒店门口，把会员卡交给大堂经理，把车钥匙交给侍应生，拥抱着Mini径直走向温泉。

寒冬中的温泉，冒着升腾的热气，远远就能感受到一股暖流。Mini一路小跑，剥光衣服，一头扎入水池，久违的舒服让她好不享受。连成珏看到Mini没入水中，荡漾的水波下迷人的胴体时隐时现，全身的血液瞬间沸腾。熊熊欲火让他

第九章　血战神农

迫不及待地也剥光衣服，一头扎入水中，直扑Mini而去……

Mini很享受连成珏此时的粗暴。两人的身体完全交融在一起，Mini很快就陷入忘我境地，在水中肆意地宣泄着一个多月来的隐忍。

有些经历，短暂，却能让人刻骨铭心。Mini在看守所里体验了天堂与地狱的巨差。出狱那刻，她明白了人生最需要的是什么，不是账户上十几位数的金额，不是衣柜中琳琅满目的世界名牌，也不是居住在大得有点多余的房子里，更不是过着别人高攀不起的生活。真正需要的，仅仅是一个真正在乎自己的人，在自己最需要的时候，能够站出来，在自己孤独无助的时候能够陪伴身旁。Mini紧紧地抱着连成珏，不愿意放开，生怕松开手他会溜走。

经过多渠道联系，Mini帮助连成珏找到了负责运达储运借壳项目的操盘团队。因为公司突然出事，所有高管一夜之间失去了联系，原来的所有证券账户资料还掌握在这几个人的手中。在引诱威逼下，连成珏成功拿到所有账户密码，趁神农控股股价低迷之机启动新一轮角逐。

神农控股的股价走势还是一路低迷，沈强经历了多次的大起大落之后，终于明白一个道理：股价，看起来与公司经营状况的好坏息息相关，但事实上，股价的涨跌与公司的经营状况可以毫无关系。一个好消息，可以让股价一路飙升，一个坏消息，可以让股价跌入谷底，无关消息的真假。股民在乎的不是真相，而在乎消息的来源和受众面。如同刚刚发生的中东皇室成员中毒事件，中毒的真相与神农控股的食材无关，而是厨师的错误烹饪导致。然而，"十五位皇室成员食物中毒……中毒事件或与大陆最大的农业集团神农控股有关"的消息一出，股价已经直线下滑，等到查明真相，整只股票已经掉进万丈深渊。

"通知各部门负责人下午三点开会。"沈强想明白股价运行规律后，心中有了主意。

"好！"秘书接到临时会议通知后，逐一给每个部门负责人发邮件、短信，和电话通知。接到通知的人从来不敢缺席沈强的会议，除非身在外地，否则缺席会议等于旷工，一年内有两次旷工则无条件辞退。因此，大家纷纷赶回办公室。

会议如约召开，因为是临时会议，沈强跳过工作汇报环节直入主题："今天召开会议就是要制定出应对股价的方案，大家先根据自己部门的情况发表意见。"

"我觉得，利润是支撑企业发展的关键，也是所有股东关心的焦点。所以，要想提振股价，把利润做上去很重要。"CFO坐在沈强旁边，接过话茬，先发表自己的观点。

"没错，利润确实是股东关注的焦点，问题是，怎样才能将利润搞上去呢？"投行部点点头表示赞同。

"我个人觉得，降低生产成本可以提高利润。但以目前的情况看，我们的成本居高不下，而且根本下不来。"生产部总监见没人发言，便顺着财务部的话题，发表了自己的意见。

"我们的生产成本有没有办法降低5%？"沈强听完生产部的话，灵光一现，终于有了第一个故事。

"几乎不可能！不过一个点应该可以。"

"很好！加点难度，给我一个具体方案，今年将成本降低1.5个百分点。"

"好，给我一个星期时间，到时候给您可行性方案。"

"好！下一个。"

"削减成本确实很重要，我们的销售量每年都有新的突破，但利润却在下滑。这应该是成本下不来的原因。"销售部总经理见忍了很久的话题，终于有人主动提出，顺势发表了自己的观点。

"下一年度销售部能提高多大的增长量？"沈强盯着问。

"我们三年来的增长分别是5%、6.3%、7.5%，下一年度销售量同比增长9%不是问题。"销售部总经理很自信地回敬了沈强一个眼神。

"好，我要求，必须超额完成！我要提前看到年度计划。"

"公司一直靠自己向市场去要销量和利润，这么做很好！但是，我个人觉得，公司还可以换个方式追求增长。"投行部觉得神农控股之所以落下现在的状

第九章 血战神农

况，主要是因为轻视了投行部的力量和价值。

"哦？说点具体的！"沈强没听明白投行部深层次的意思。

"我们完全可以通过资本运作的方式实现快速增长。没有利润，我们可以收购一家利润很高的公司来进行互补，这样的做法是全世界上市公司的通行玩法。"

"你是说，通过兼并来粉饰自己的财务状况？"CFO见投行部提出了资本运作的观点，比较认同，但自己之所以没有提出，是担心沈强思想固化，搞不好会让他认为自己不老实而丢了饭碗。没想到，沈强竟然竖着耳朵，大为赞同。

"很好！我要看到实施方案。"

"公司要出大事啦！"会议刚开到一半，市值管理团队的成员气喘吁吁地闯进会议室，在场的各部门负责人见状大为吃惊。

"什么事情？怎么冒冒失失的？"市值管理团队归投行部管理，见部下冒失地闯进会议室大呼小叫，投行部总经理阴沉着脸小声责问。

"你看！"小伙子将手机伸到上司面前，打开视频。

"是什么事情？"沈强被突被搞得一头雾水，看到投行部在看手机视频，便转头盯着两人问。

"有人在电视台专访上宣布正式收购神农控股！"投行部总经理一边说，一边将手机递给沈强。

"是他？"沈强接过手机一看，大吃一惊。

第十章 收官之战

视频上宣布收购神农控股的人竟然是连成珏。沈强不由得大吃一惊，随后嘿嘿地冷笑起来："有胆识！干得漂亮！"

全场面面相觑，不知道沈强所言何意。

"这件事情不用理会，继续开会！"沈强见大家一脸惊疑，笑了笑，没有正面做任何解释。

"董事长，是谁要收购神农控股啊？"法务部经理忍不住问。

"管他是谁，我们已经做好充分的反并购准备，我们欢迎任何有实力的人一起来创造神农神话——这不是今天会议要探讨的主题，会议结束后大家再慢慢了解。"沈强示意会议继续。

"关于利润的话题，我同意投行部的观点，通过兼并的方式来创造利润，在无数的实践中都证实了其可行性，所以我们可以重点考虑。"CFO见沈强不愿意讨论视频的话题，便顺着沈强的意，回归到会议主题上。

"资本运作我不懂，但我深信，任何运作都离不开实体的支撑，也就是说离不开销售量。下一年度，我们会加大海外贸易力量，帮助公司创造更大的增长点。"海外贸易部经理听完CFO和投行部的话，顺势发表了自己的意见。

"还有没有一种可能，没有利润也能提振股价？我看到很多公司，亏得一塌糊涂，但他们的股价却很坚挺，为什么？"沈强看着投行部。

"有！"投行部总经理不假思索就做出了应答。

"说点具体的。"沈强期待地看着投行部总经理。

"造梦！换句话，创造概念！"

第十章 收官之战

"人家科技型公司能创造概念,咱做农业的,实实在在的实业,怎么创造?"生产部经理听到"创造概念"这话,忍不住笑了起来。

"圣人说,如果你现在很痛苦,那一定是你以前做错了什么。我想,我们无论业绩还是利润,在几千家上市公司中,都不差,但我们的股价却完全脱离这些基础,要么狂涨,要么狂跌,估计还真的和我们没有造梦有关系,所以尝试尝试也无妨。"CFO一直苦于无法一展身手,学了一身的本事。到了神农控股,他却只做着融资专员兼会计、人事专员的工作,根本没有任何机会用得上CFO的本领。现在终于有人提出要重点发展资本运作功能,他内心暗暗窃喜,对投行部的观点很是支持。

"没错,我们不能逆市而为,既然概念有利于股价,那我们随随大流也无妨。"沈强一改愁容,微笑着扫视了一眼所有参会人员,接着安排工作,"今天会议探讨的主题是提振股价,大致得出两个方向,一方面是务实的观点,创造利润,用实力提振股民信心。这点很好,也是我们一向的主张,所以要坚持下去。一方面是务虚的观点,创造概念,画未来的饼,这样可以让股民看到更有希望的未来。这确实能够提振股民信心,聪明的公司都这么干了,所以我们不应该忽略它的重要性,也值得去探索。那么,接下来各司其职,把自己的本领发挥到极致,在保持利润增长的同时,把概念牌用好,让公司股价涨一会儿。"

"好!"在场十几人面面相觑后,如雷的掌声顿时响起,觉得董事长变了,变得好有时代感。

"加油!伙计们,我们不能再任人宰割。我们的公司我们做主,凭什么任人摆布,对吗?"沈强没说错,自从实施扩大员工持股计划后,所有入职满一年以上的员工都获得了期权,公司已然成为大家的。所以,只要能提振股价,所有人都拍手称赞。

沈强回到办公室,第一时间约见了大海,打开连成珏的讲话视频。大海看完笑呵呵地看着沈强:"叔叔,这是好事啊!有人要收购神农控股,意味着神农控股有价值。这也是有利于提振股价的一种手段呐，很好，很及时。"

"这不是我们的策略，对方是没经过我们的同意就私自公开采访的。"沈强觉得大海有误解，认为是自己安排的一出戏，于是做了解释。

"嗯，无论是自己布的道，还是别人自己干的，这都是一个提振股价的大好时机，应该好好利用。"大海已经有了主意。

"世侄有何见教？"沈强在大海面前一直很虚心，就像一个小学生，只听老师的话。

"这么大一件事，肯定有媒体找上门，您就顺势推一把，不说赞同也不说反对，只强调两家公司之间具有极大的互补性。如果真的能走到一起，对于股民而言是一个很好的消息。让媒体去猜，让股民自己去猜。"

"这主意好。不过，会不会有什么风险？"沈强突然有些忧虑。

"叔叔是否已经完成章程修订？"大海担心沈强没有去做新章程报备。

"已经办妥。员工持股计划也已经实施，这事情落实在工会头上。"沈强用肯定的眼光看着大海。

"那就不用担心了，看来对方是只菜鸟，有戏！"大海点点头，微微偷笑。

"下一步计划是什么？"

"诱敌深入，打好概念牌。"大海回敬沈强一个坚定的眼神。

"明白了！"沈强心领神会地点点头。

两人正聊到关键处，大海的电话突然响起。他从包里拿出来一看，是郝本翔。大海按下接听键："郝董事长好！"

"晚饭一起吃，你在哪儿，我来接你。"郝本翔和大海最近因为反并购联盟的事情走得很近，已经熟到称兄道弟的地步，所以郝本翔对大海渐渐地就随便了起来。

"我在神农控股这边，正在和沈总聊点事情。"

"成，我现在就过去，叫上沈总一起。"郝本翔挂断电话，径直往神农大厦方向飞驰而去。

第十章　收官之战

"豹丰科技的郝本翔,他说要请咱俩下馆子。"大海挂断电话,看着沈强。

"成,很久没和本翔老弟在一起,正好有个事情聊聊。"沈强确实正想着要约上郝本翔,好好聊一下合作研发农业板块机器人的事情。

郝本翔很快到达神农控股办公大楼停车场,拿出电话拨给大海——"我到停车场了,上楼手续太烦琐,不如你们下来,我在车上等。"

"成,那我们马上下楼。"大海看了一眼沈强,示意车子已经在楼下。

"今天我带大家去一个很有特色的地方,隐蔽、古香古色。那里的所有东西都是原生态的,连服务员都是原生态的。"郝本翔神秘兮兮地笑了笑。

"哦,人也是原生态的?不会是非洲野人吧?她们不穿衣服为咱提供服务?"大海呵呵一笑。

"到了你就知道了!"郝本翔平稳地驾驶车子,在一些小巷里七拐八拐,不知道钻了多少胡同,终于在一个很隐秘的角落将车子停了下来。

"哪有什么馆子啊?明显是一个死胡同,你想打劫我们呀?"大海将周边环境环视了一圈,没看到任何餐馆的标志,好奇地打趣。

"我可没说下馆子,我是说请两位一起吃饭,吃饭不一定要下馆子啊,是这道理吧?"郝本翔笑眯眯地走到一幅巨大的壁画边上,画中有一扇门,门边上画有几朵争芳斗艳的花。其中一朵花蕊微凸,不注意看根本不会发现。郝本翔轻轻摸了一下凸出的小点,门竟然开了。

"呀!这主人还真有创意哈,我还认为那只是一幅画呢,没想到画着门的地方竟然真的是一扇门。难不成画窗户的地方也是一扇窗户?"大海好奇地问。

"待会儿你就知道了。"郝本翔还是保持着神秘。

门是一扇铁门,安装有监控录像。迎面就是一座逼仄的楼梯,共101个阶梯直通三楼。三人爬了好一阵子才到楼上。

"欢迎来到寒舍,几位辛苦了!"一位银发老者操着低沉沙哑的声音很恭敬地在楼梯口迎接。

"祥叔,让您久等了。"郝本翔见到银发老人,很客气地打招呼。

"贵客临门，寒舍蓬荜生辉，里边请。"被郝本翔称为祥叔的银发老者很恭敬地做出一个服务生标准的"请"势。

楼梯口是一间三十平米左右的茶室。正面墙上是一幅黄宾虹的《春香万里图》；画的下方摆放着一围棋盘；侧面是一尊用海南黄花梨树根雕塑成的弥勒佛像；边上是一组红豆杉树根雕刻成的茶台；墙边是两个鸡翅木博古架，上面放着几把名家紫砂壶。整间房子布置得古香古色，文化味十足。

顺着房间往里走，左边通往正堂，右边出门是通往楼下的楼梯通道。正堂完全根据古代贵族人家的格局摆放家私，每一件都是精挑细选的老古董，没有富丽堂皇，却显得无比奢华，有着书香门第的味道。正堂有两扇边门，一扇通往书房，内部摆放的全是古籍，入门正面是四书五经，左边是历代名医名典，右边是历史传记和诸子百家；一把清中期的酸枝躺椅，一张小叶紫檀书桌和两张海南黄花梨官帽椅，侧面有一越南黄花梨写字台；文房四宝摆放在桌子上，还有一幅墨迹未干的"天道无为"书法。

正堂的另一扇门通往餐厅，一张金丝楠八仙桌，围着四张金丝楠圈椅，正面墙上是一幅郑板桥的《兰香》，侧面博古架上摆放着十几只宋明清时期的花瓶。

"来来，先喝口茶润润喉。"祥叔一边招呼大家入座，一边吩咐下人沏茶。

"祥叔，这简直堪比博物馆呐！"沈强一路参观过来，不由惊叹。

"过奖！过奖了！个人小爱好，随便玩玩。想必你就是神农控股的当家——沈强，沈董事长吧？这位则是才智过人的资本市场智多星——大海！我没猜错吧？"祥叔很谦虚，满面红光，笑起来让人感受到一股暖暖的亲切。

"对对，我是沈强。"沈强一向都是死板着脸，对任何人都是一副威严架势，但在祥叔面前竟然不自觉地变得像个学生。

"能让前辈念叨得起名字，学生倍感荣幸！"大海见祥叔能准确说出自己的名字，便作了个揖，笑得很灿烂。

"祥叔是我的启蒙老师，在这地方隐居四十多年了，平时要么纵情于山水，要么在这儿读书写字——祥叔是建国初期的大义商，曾为部队贡献过大量财物，

第十章 收官之战

'文革'发生前,被祥叔预料到,于是提前归隐。世人都认为他已身故,所以知道的人不多。"郝本翔简单介绍了一下银发老者的背景。

"向前辈致敬!"大海听完郝本翔的介绍,径直起立,行了一个很标准的军礼。

"嗨!小老头我又不是军人,你行此大礼,我怎么受得起啊。"祥叔挡住大海,爽朗一笑。

说话间,饭菜已由两位书童模样的小伙子捧上来,一碟脆溜鹿脑、一碟蟹黄豆腐、一碟浇汁蹄筋、一碟八宝无骨鱼、一碟上汤八素、一碗生滚鸭汤,五菜一汤,都不是什么名贵的食材,但做法堪称一绝,造型装盘都极其考究。

"几个小菜,比不上星级酒店,还望三位贵客不要介意。"祥叔招呼完,打开一扇隐藏在墙上的门,走了进去,捧出一只土陶坛子。他坐在空位置上,很文雅地行了注目礼,目光到达郝本翔的时候,停了下来,"本翔,今天祥叔高兴,喝点小酒可好?待会让司机送你们回去便是。"

"学生听您的!"郝本翔扫视了两眼大海和沈强,见他们微微点头,便很客气地起身把杯子分给每个人。

"来,先喝点汤。"祥叔示意大家动筷子。

"哇!"大海没喝汤,而是先夹了一块脆溜鹿脑,入口便瞪大眼睛大声惊呼。所有人都被这一惊吓了一跳,伸出筷子的手都僵在菜盘上空。

"怎么了?"祥叔不知道发生了什么事情,也被这种惊叫给镇住了。

"绝色佳肴!绝色佳肴呐!这是怎么做出来的?我在迪拜帆船酒店吃过这道菜。不过那里的厨师和祥叔相比,连小学生都算不上,今天有口福了!"大海惊呼过后,伸出大拇指,眼睛瞪得圆圆的,又快速地夹了第二块,小心翼翼地送进嘴里,很享受地细心咀嚼。

"哈哈哈!还以为小老头我做的菜不合口味呢。"祥叔被大海这夸张的表情逗乐了。

"了不得!"沈强轻轻喝了一小口汤,发现肉香扑鼻,汤汁浓稠适度。汤水入口即化成清流，迫使吞咽神经不自觉地就吞了下去，味道弥漫整个口腔。沈强没想到鸭汤能做出这样的境界，在酒店里不可能吃到这样的美味，也伸出大拇指很夸张地喊了起来。

"祥叔的先辈是清代食神，宫廷御厨，所以他亲手做的饭菜，就算在Burj Al Arab这样的七星级酒店里，也不可能吃上这样的美味。"郝本翔笑眯眯地介绍。

"过奖，过奖了！小老头我闲人一个，平时没事就琢磨着自己瞎折腾点吃的，工多手熟而已。"祥叔始终很谦虚，但内心乐开了花，因为空有一手好厨艺，遇不上懂品尝的人，就好比千年人参被猪拱，穷糟蹋。如今算是遇上好嘴了，都懂品味。

"说真的，小生我毫不夸张地说，虽然还没尝遍天下美食，但全国美食肯定是尝了个遍。有点名堂的我都吃过了，没想到高手在民间啊！祥叔这样的厨艺，如果说自己排第二，绝没人敢争第一。"大海每个菜尝过一遍后，赞不绝口。

"来，尝尝这酒。"祥叔给每个人满上一小杯。

"唔，这是什么酒？怎么没接触过这个香味呢？"郝本翔对香味向来很敏感，虽然喝不了酒，但熟悉各种香型，而这种酒却是第一次喝。

"觉得这酒怎样？"祥叔没直接回答，看着大海和沈强问。

"好酒！地道！入口即化，自然，甘醇，从来没喝过这么地道的酒。"沈强是酒中豪杰，在部队练就了一身喝酒的本领，无论是酱香型、浓香型、清香型、米香型、馥郁香型、芝麻香型，还是兼香型、凤香型，沈强都能酒到嘴边就如数家珍。而现如今，这款酒是自己喝过的最好的，却从来没接触过这香型，忍不住再三称赞。

"确实是好酒，酒入喉咙就能沁向全身，就算飞天在这酒面前也要逊色几分，不过我也尝不出是什么酒。"大海呷了一口又一口，不断啧啧地赞叹。

"哈哈哈哈！没喝过就对啦。这是根据北魏时期酿酒大师刘大成的秘传酿酒技术酿的——我的一位忘年之交创业失败后回归祖业，严格按祖传技术酿造的原浆酒。这酒的香味是大米发酵时的原味。我们现在喝的所谓八大香型，其实都是

第十章 收官之战

香精勾兑的，真正的原浆酒是不会有那些味道的。"

"今天约大海和沈总来，一方面是请两位品尝祥叔的厨艺，一方面介绍两位认识一下祥叔。祥叔虽是大隐士，但是桃李满天下，生意也遍地开花，在资本市场方面的资源很广。目前神农控股陷于困境，我想祥叔兴许能帮上忙。"酒过三巡，郝本翔道出了此行的目的，然后将目光落在沈强身上。

"哎呀，实在太感谢本翔老弟啦！唉！我老沈戎马半生，又扎在农业二十多年，着实落后啦，对这个资本市场啊真心搞不懂。公司经营得好好的，股价就是止不住，要么刹不住车地往上涨，要么要命地往下跌，这都什么事啊？"沈强一提到股票，就一肚子气。听到有人可能会帮助自己，他眼圈一红，热泪盈眶地看着祥叔，似乎充满了期待。

"大家甭客气。前些天，本翔来我这里，提起神农控股的处境。神农控股可是一家了不起的公司啊，有社会担当，而且对社会有如此大的贡献，这样的公司怎么可以出事？一定不能出事！沈董事长你说说具体情况，看看小老头我能不能帮上忙。"

"非常感谢祥叔！事情至今我还是没看透。总之啊，股票上半年涨得离谱，二百多元一股，下半年则跌得不像话，前阵子竟然跌破十元关口，业务上还频频出现乌龙事件。唉！看来是时运不济啊！"沈强确实说不上这个股票是怎么一回事，整个涨跌毫无征兆。

"哈哈哈哈！看得出来，沈董事长是位地道的实业家，不懂资本市场是正常的。资本市场和商品市场确实有着本质的不同，两者看似息息相关，但又似乎毫无关联。很多干实业干得很好的，到了资本市场上往往都是要吃亏的。所以呀，我经常奉劝一些做实业的朋友，不是万不得已，别凑热闹去上市。公司没上市之前，要平衡的只是股东之间的利益关系、客户之间的关系和员工内部关系就够了。而一旦上市呐，除了要应对非上市公司该应对的，还得花费大量时间和精力来满足长期股东、短线投资者、激进投资人和投机分子的需求。尤其是那些股价下跌的上市公司，还要应付那些对赌公司股票、希望股价进一步下跌的卖空者。

这可是一门大学问啊！"祥叔看着沈强语重心长地道。

"谁说不是呢，资本市场上的那些人简直没法伺候。"沈强触动极深。

"资本运作是一门大学问，沈董事长可要学好。"祥叔笑眯眯地看着沈强。

"在这儿也没外人，我老沈也就没什么好隐藏的。说真心话，都这把年纪了，我从来没向任何困难低过头。但资本这玩意，我着实服了。还望祥叔不吝赐教！"沈强显得有点沮丧。

"叔叔不用着急，您大半生都在为人民服务，尤其这十年来，几乎把所有个人财产都用于公益事业。正所谓'吉人自有天相'，您一定能得到贵人相助的！"大海从来没见过沈强如此消极，在一旁拼命打气。

"我一直在想，神农控股上市也好几年了，前面几年一直风平浪静，为何所有事情都在今年发生，这都什么事啊？"沈强仰望着祥叔，希望能从眼前的老者处得到答案。

"之前呢，我国的股市是单边市，投资者只能买涨，不能买跌，大家都只能通过股价上涨赚钱。在这种情况下，如果公司业绩没有问题，股价自然会一路往上走。但是现在不同了，现在是双边市，买涨能赚钱，买跌也能赚钱。在这样的情况下，要想不让股价往下走，不是单靠业绩就能实现的了，还需要很强的市值管理能力。"祥叔像教小孩一样很耐心地给沈强讲解。

"哦，原来如此。不过，还是有一事不明，这个双边市场应该与融资融券有关吧？这玩意不是老早就已经推出了嘛，怎么这两年才起到作用呢？"在沈强印象中，双边市场老早就实施了，似乎并非这两年的事情。

"没错，融资融券确实于2011年就试行了。但一种全新的机制，在一个没有完善的市场上，需要一个成长周期。在政策方面需要时间去验证和修正，在市场方面需要时间去尝试、摸索。很多上市公司根本不懂得使用这两个工具，很多时候股民更是无法企及。这两年市场机制逐渐完善，融资融券的作用逐渐被广泛熟知，不断有人去尝试，慢慢地才得以形成规模。另外，大量的投资者还是停留在追涨的惯性思维上，融券只被作为规避风险的一个对冲工具，专门通过做空实现

第十章　收官之战

盈利的投资者比较少。还有就是，这几年的私募政策放宽，做空机构数量陆续增加，所以做空这门生意在这三两年内才比较活跃。"

"嗯，听明白了。"沈强也听过很多类似的说法，但一直没有听明白，被祥叔这么耐心地点化，竟然有种醍醐灌顶的感觉。

"目前神农控股遇到的问题主要是什么？"祥叔饮了一小口酒，顺着沈强的话问。

"公司业绩在增长，利润也不错，就是股价跌得不像话。"沈强不知应该回答什么，只能轻描淡写。

"就这样？"祥叔满脸疑惑。

"目前我们几大股东已经投入全部能调度的资金，也没能稳住股价，不知道是怎么一回事。"见祥叔似乎还没听明白，沈强简单做了补充。

"那，沈董事长你是怎么打算的？"

"近期我们成立了一只反并购基金，联合了一百多家上市公司，共进退。目前已经对遇到麻烦的几家会员公司进行援助。"大海在一旁接过话茬介绍。

"我老沈是个粗人，对资本市场连一知半解都算不上，实在想不出什么对策。目前主要靠大海兄弟帮忙张罗，同时得到本翔兄弟的帮助。至于未来，还望祥叔能给予关照。"沈强本想将自己的想法一股脑全说出来，但十几年的军人生涯使得他本能地留了一半，然后谦虚地将皮球踢给了祥叔。

"如果没记错的话，本翔好像说过，神农控股此前曾大规模地置出资产，这是为何？"祥叔似乎察觉到沈强没有将话说实，便岔开话题。

"哦，那是我的主意。我在想，反正股价都在跌，与其让大好的资产贬值，不如趁资产被低估的档口，将部分优良资产剥离，以防万一。同时，通过置出资产，可以为神农控股创造利润，美化财务报表。"大海见沈强有点犹豫，便接过祥叔的话茬。

"哦，原来是这么一回事。好像还听说神农控股修订了反并购章程，股东大会通过了董事会轮选制、超级多数条款、公平价格条款？"祥叔见大海接过话题，便看着大海问。

"嗯。"大海不知道祥叔问这些事情的目的是什么，看着祥叔点了点头。

"这是为何？"

"我们从盘口的动向看，发现有人恶意打压神农控股的股价，并且大规模吃进神农控股的股票，怀疑有人想并购神农控股。了解沈总的人都知道，神农控股是他的全部，比他生命还重要。他怎么能眼睁睁看着自己的公司被外人收购？所以我们制订了一系列的反并购措施。"大海见沈强坐在一旁没有说话的打算，又做了进一步补充。

"哦……原来如此。沈董事长是希望小老头我在反并购方面提供些帮助，是这样子吗？"祥叔一直很平和，从谈话中已经听出了沈强的真实需要。

"果然是老前辈！寥寥几句就能一语中的。我老沈作为这家公司的董事长，有责任和义务让每一位股东赚到钱。但从目前来看，股价跌破了发行价，股东们怨声载道，公司很多业务也受此影响。如果有任何方法能挽回局面，那我老沈赴汤蹈火在所不辞。"沈强内心深处也想不出希望能得到祥叔这样的社会人士给予什么帮助，所以说得很含糊。没想到祥叔直点要害，他舒了一口气。

"如果沈董事长不想再为此焦头烂额，可以选择私有化，申请退市。"祥叔想试探沈强更深层的想法，所以提出了私有化的建议。

"退市？我又何尝不想啊，只是目前的情况看，十大股东已经失去了私有化的能力了。"

"是啊，沈董事长是个慈善家，自己每年的收入几乎都用于公益和慈善事业了。要想私有化，确实有点够呛。"经过半年的来往，大海基本了解了沈强的情况，对于私有化这样的方案，觉得不大适合。

"那么，既然你已经剥离了大部分资产，将公司卖掉又何妨？"

"我老沈是个三无农夫，虽然置出了部分资产，但置出的这些资产要想产生更大的价值，还得依托神农控股的主业。如果再将公司卖掉，那岂不是要了我的老命。"神农控股就是沈强的命。他已经把自己的下半生卖给神农控股，要他卖掉公司，那跟要他命是一样的。沈强一听到"卖掉"的建议，心情就有点堵。

"嗯，我终于看明白了，看来沈董事长只有一条路可选择了。"祥叔笑呵呵地看着沈强。

"愿闻其详！"沈强听祥叔那么一说，来了精神。

"不是很明显了嘛，和神农控股共进退。"祥叔笑眯眯地看着沈强。

"没错！神农控股是我老沈一手创办，也是我唯一的寄托，我誓与神农控股共存亡。"从沈强的目光中能看得出，他意志的坚定。

"哈哈哈！这样的韧劲我喜欢！"祥叔用异样的目光看着沈强，哈哈大笑起来。

"相传，江湖中有一位年近百岁的隐形富豪，富可敌国，商业智慧天下无敌，为人低调无名，各行各业都有他的产业，关系可到中南海，网络遍及五湖四海，足不出户却坐拥全球百家企业，掌握着万亿财富，此人莫非就是……"大海说话间，突然想起一个民间传说，结合观察祥叔的一举一动，除了年龄有点出入之外，越看祥叔越像传说中的那位神秘人物，忍不住看着祥叔问。

"哦！江湖中有这号人物？"祥叔听大海这么一问，一脸惊疑。

"除了年近百岁这一点与前辈您有所出入之外，那位传说中的尚先生几乎与祥叔您如出一辙。"大海所说的"尚先生"传言有很多，据说电子商务之王巴巴国际的冯云、即时通讯之王腾商科技创始人冯化、搜索之王度度股份的吕远河等顶级富豪都是尚先生的受益者。据传500强企业中有一半尚先生参股，这些企业家只不过是尚先生资本帝国的代理人，真正的幕后老板其实是尚先生。

据传，尚先生生于民国，成于建国。因为有着超人的胆识和商业智慧，在动荡时期帮助百余个商界巨贾打理资产，由此积攒了常人无法估计的巨额财富。新政府建立初期，尚先生积极帮助政府解决金融难题，建立金融系统。新政府立稳脚跟，尚先生在大家毫无察觉的情况下人间蒸发，从此天下便无尚先生的踪迹。有人说他已经被秘密软禁，也有人说他被反动派暗杀，还有人说他知道的秘密太多害怕引火自焚，因此急流勇退隐姓埋名于百姓之中。尚先生就在各种各样的留言中成为传说，没有任何历史证据证明他曾经存在过，也没有任何证据能证明他不曾存在过。关于尚先生的传说慢慢地在后来的十年'文化大革命'中烟消云散，后人听说的也只能是民间传说。对于亦真亦假的民间故事，绝大部分人只当茶余饭后话柄，而大海始终觉得这不应该仅仅是个传言，正所谓没有"空穴来风"。如今眼前的老者，诸多事迹中都与尚先生有着完全契合的地方，唯独从长相上看年龄明显不符。按理说，尚先生时至今日应该是一位百岁老人，而不应该是一位七十出头的阿叔。

"哎呀，没想到这位小兄弟竟然听信民间传言，失敬失敬，哈哈哈！"祥叔像听故事一样望着很认真的大海，哈哈大笑起来。

"怎么，你们都没听说过尚先生的故事吗？"大海突然觉得自己好二，便很好奇地看了看郝本翔，又看了看沈强、祥叔，可是没人出声。他又自言自语地呢喃："好吧，看来是我想多了。"

"跑题啦！不聊这个，我们还是给沈董事长出点辙吧，别让他太着急。"郝本翔见祥叔目光有点闪烁，意识到祥叔似乎对"尚先生"的话题有点避讳，便把话题拉回主题上。

"其实，神农控股在反并购这件事情上已经做得很好了，小老头的建议估计不太合适。"祥叔给郝本翔一个欣赏的眼神，又环视了在座的诸位。

"虽然我们没停着，但是，以目前的情况看，所做的事情也只是加大了并购的难度和制造了并购后的麻烦，始终没能真正阻止并购方。"大海看出祥叔有中止话题的意思，补充说明希望祥叔能进一步深入反并购话题。

"谁说不是呢，目前还需要不断投入资金去维护股价。几个亿，甚至上十亿元说蒸发就蒸发了，痛心呐！"沈强做出一脸苦瓜相望着祥叔。

"嗯，治标不治本，的确比较辛苦。"祥叔还是保持着微笑，让人琢磨不透他内心世界究竟装着什么。

"还望前辈不吝赐教！"沈强见祥叔又回到了话题，心中一悦，很真诚地作了个揖。

第十章 收官之战

"对了,刚才好像听小兄弟你说,有人在流通市场收购神农控股股票,是否已经查出是谁干的?"郝本翔一直很少说话,见整个话题有点要搁浅的样子,便抛出了一个新的话题。

"对方都做新闻发布会了,还能不知道嘛。唉!怪我大意,做了错误的决策。"沈强接过郝本翔的话懊恼地叹了口气。

"运达储运!连续多次举牌了。"大海坐在一旁见沈强没将答案说具体,一脸狐疑,觉得运达储运举牌是个公开的事情,觉得说出来也无妨,便帮沈强补充答案。

"运达储运?"郝本翔脑子咯噔响了一下。

"怎么,本翔老弟你认识?"见郝本翔的表情,沈强似乎察觉到了什么,便追问。

"运达储运收购神农控股?这哪出跟哪出呀,我怎么被搞糊涂了呢?"郝本翔没接过沈强的话茬,似乎在自言自语。

"确实是这么回事,运达储运董事长连成珏在一次电视节目中提出收购神农控股,之后多次举牌,目前已经掌握了相当比例的股票。"大海很肯定地盯着郝本翔,好像要在他身上找到一些什么。

"有意思!"郝本翔嘴上说得很随意,心里却纠结不已。连成珏可算是自己的恩人,曾无数次地帮助自己。从某个角度讲,没有连成珏就没有今天的豹丰科技。虽然两人的人生观和事业观完全不一样,慢慢地来往得有点少,但要让他对连成珏下手,是无论如何也不可能的。而由他主导的反并购基金偏偏不得不帮着神农控股,当下不管帮着谁都不好办。

"关于神农控股的状况,我还需要进一步了解情况才知道能不能帮上忙。如果有什么好的想法,我会第一时间和本翔讲,希望有生之年我能再为社会出点力。来,干一杯!"祥叔看出郝本翔有隐情,便以一杯酒结束了神农控股的话题,转头向郝本翔问,"那件事情进展得怎样?"

"一切顺利!"郝本翔很感激地回应。

"不能掉以轻心，现在小鬼很多。"

"明白！"

"'燕郊六子'的事情我已经听说了，你老这么躲着也不是办法。这几个痞子仗着背后的关系，要从你身上捞油水，你不给点好处还真不好处理。"提到燕郊六子，祥叔表现得心神凝重。

"他们从来都不是为了一点好处而来，他们就是一群强盗，被他们关照过的企业都得脱层皮，处理起来确实很棘手。"郝本翔最伤神的就是"燕郊六子"，接受他们的"好意"嘛，不死也得脱层皮；拒绝他们嘛，又难免得罪他们背后的势力，那结果可能会更惨。在没找到合适的解决方案之前，只能使用"缓兵之计"，拖延，能拖延多久就拖多久。

"唉！有件事情，看来你还不了解啊。"祥叔又长叹了口气。

"对他们的了解确实不多。"郝本翔被他们缠上一直觉得很无辜。

"三年前我的一位老伙计，拒绝了他们的'援助'，竟然招来杀身之祸啊！唉！有句话说得好，'大神易躲，小鬼难缠'啊！"谈及"燕郊六子"祥叔始终在叹气。

"看来祥叔对这几个人有所了解，是否方便透露一二？"郝本翔一直想深入了解"燕郊六子"的底细，却苦于没有了解的渠道。从祥叔的语气上看，他似乎很了解这几个人。

"要说很了解，也是不可能的。因为做正当生意的没有几个人愿意和这几个人走近，他们很多行为令人敬而远之。从掌握的信息看，他们背后应该是'十公子'的人，之前专门帮助处理到京上访的钉子。后来做起资产管理业务。据说他们打理了一只近百亿元的私募基金，利用背后势力强行入股准备上市的公司，从中捞取巨额的回报。后来好像出了什么事情，他们消停了一阵子。最近两年又开始活跃起来，号称要做中国的'白武士'，其实所做的事情和过去没啥两样，都是巧取豪夺。"聊及"燕郊六子"，祥叔有所忌讳。

"据我所知，'燕郊六子'几年前被一老和尚点化，已经不再做以前的业务

第十章 收官之战

了,对,改行做'白武士'了。"大海对"燕郊六子"也有所了解,听两人一直聊他们,便插嘴道。

"莫非小兄弟与他们有过接触?"祥叔感觉大海应该与这几个人有交往。

"我认识点化他们的那位老和尚。在和尚面前,他们像孙子一样听话。"大海想起之前的一次偶遇,心里还在暗暗偷笑。

"哦!难道真的应验了一物降一物的说法?"祥叔见大海一脸笑意,也似笑非笑地问。

"确实如此,我亲眼所见。据了解,他们几个曾经出过一次大事。估计就是您说的那件事情,差点要了他们的命。而出事之前老和尚已经提醒过他们,可他们没当回事。大难不死之后,他们发现老和尚很神,后来对老和尚变得服服帖帖的。"

"哦,是这么回事啊。"

"如果两位有兴趣,老和尚我倒是可以引荐。"

"小老头我只有三个爱好,读书、煮菜、交朋友。若能与高僧结缘,自然是求之不得。"

"成,我明天专程过去,约好时间给祥叔您信息。对了,老和尚也很喜欢读书写字,两位见面应该有很多可聊的话题。"

"好,这件事情就有劳小兄弟了。"祥叔很客气地行了个拱手礼,转过头看着郝本翔,"小赵是我唯一承认的弟子,我已经嘱咐,让他全力以赴扶持你,有什么事情你要及时跟我说。"祥叔嘴里的小赵便是赵文星,如果说郝本翔对赵文星有知遇之恩,祥叔就对赵文星有再造之恩。赵文星通过豹丰科技获得了一个跳台,机缘巧合认识了King;在追随King的过程中,结缘祥叔,最后成为祥叔的关门弟子,深得祥叔真传。祥叔异常喜欢赵文星,在资本运作方面的知识,祥叔几乎毫无保留地传授给了赵文星,同时将自己的资源都给了他。正因为祥叔,赵文星才从一个半文盲的初中生,脱胎换骨变成名噪一方的风险投资基金管理人。郝本翔与祥叔的相遇,也正因为赵文星的牵线。祥叔虽经常足不出户,却对很多事情了如指掌。郝本翔不认得祥叔，祥叔却对郝本翔相当了解。他喜欢郝本翔身上的朝气和正气，郝本翔敬仰祥叔的智慧和定力。两人一见如故，很快便成了莫逆之交。

由于祥叔还约了人，所以几人又聊了一会儿便告辞而去。祥叔送三人到楼梯口，拉过沈强耳语道："沈董事长，有时间给我打电话，你的事情兴许我能帮上忙。"

"好！非常感谢！"沈强会意地点了点头。

告别了祥叔，沈强已经安排司机在楼下等待接送。郝本翔顾不上自己喝过酒，自己开着车子朝公寓飞驰而去。

这一夜，一切如初，但郝本翔却辗转反侧无法入眠。他心里纠结着如何处理神农控股与连成珏间的牵扯，怎么想都觉得不好。他看了看表，已经凌晨两点，索性不睡了，拿起手机翻看一天下来的通话记录和信息。突然一通电话打了进来——"本翔啊，我是祥叔，没打扰到你休息吧？"

"没有！我很少这么早睡的。"话刚说完，郝本翔突然感到自己不应该撒谎，明明是很少这么晚睡，却说成很少这么早睡，脸竟然自己发烫起来。

"今晚有外人在，我不好直说。这次处理神农控股的危机，你其实不应该插手。你和连成珏的关系我很清楚，无论帮那一边都会得罪另一边——要不这样子，这件事你就甭管了，我来安排人出面帮助沈董事长。"祥叔的语气很平和。

"这敢情好啊！不过还真难为情啊！无论我是否参与，都应该告知连大哥。而一旦帮助连大哥，沈总这边也很难说得过去。"郝本翔正苦恼着。

"这样子，你让沈强明天上午八点来我这儿喝早茶。让他一个人来，这件事情你就甭管了。至于连成珏那边，你和他谈谈，看看能不能让他收手？"

"好的。"

夜，死一般的寂静，让郝本翔快要窒息了。他躺在床上翻来覆去，怎么努力都无法入眠。连成珏如亲人般的笑容不断在郝本翔脑海中浮现，曾经的恩惠，始

第十章 收官之战

终如一的关照,现在自己却要为了一个相识不久的沈强而去伤害他?矛盾纠结之痛,如蝼蚁撕咬,如钝器钻心……

"不行!我要和连大哥通个气!"郝本翔抓起手机,拨了出去。

"本翔啊,你平时不是睡得很早吗,怎么这时候给我打电话啊?"连成珏刚刚从皇家1号邮轮乘私家游艇返回岸边,接到郝本翔电话,心里异常高兴。

"甭说了,这段时间老是遇上一些奇怪的事情。这不,刚刚知道有件事情竟然还牵扯到你,睡不着啊。"郝本翔没有准备好组织语言,想到什么就说什么,这时候心里忐忑不安。

"哟!稀罕啊!是好事还是坏事?"连成珏听到郝本翔因为自己的事儿睡不着,心里不禁万分好奇。

"像你老弟的定力这么好,是好事情我还能睡不着?当然是坏事啦!"

"得得,既然你睡不着就来我家里吧——新买的别墅,你还没来过呢。"

"你还没睡吗?"

"我外出刚回来,你过来吧,我把地址用短信发给你。"连成珏一边打电话,一边拉开车门,说完便挂断通话将地址发给了郝本翔。

"OK!"郝本翔翻身起床,抓起衣服随意穿了一下,直奔车库而去。

因为三代单传,连成珏一直渴望自己能像别人一样,既有兄妹,又有姐弟。他总觉得自己一个人很孤单,所以很珍惜儿时一起长大的每一个人。在连成珏心目中,郝本翔就像自己的亲弟弟。他愿意像呵护弟弟一样呵护郝本翔,无论他做错任何事情,都可以原谅。连成珏接到郝本翔的电话什么也没想,径直回到新买的别墅。他从酒窖中拿出一瓶九〇年的木桐堡葡萄酒,熟练地取出木塞,将酒倒在醒酒器里。一股浓郁的香气扑鼻而来。连成珏眯着眼享受美酒带来的悦人芬芳,忍不住吐了口口水,倒了一大口酒到水晶品酒杯里。他看着深红浓厚的酒体,闻了闻酒的芳香,轻抿一口,忍不住赞不绝口:"唔……好酒!酒体浑厚,单宁充足,有黑醋栗、橡木、鲜花的甜香,还有刚烈的辛辣!给力!"

连成珏不知不觉已将醒酒器中的葡萄酒喝了一大半。这时候郝本翔风尘仆仆地冲了进来——"你怎么几扇门都没上锁啊？你这亿万富豪就不怕别人打劫？"

"开什么玩笑？要不是我事先和门卫报备了你的车牌号和头像，你能进得来？"连成珏见郝本翔惊讶的样子，微微一笑，"来，喝酒！你甭担心，这个小区啊，只有20个业主。每个业主都比我有钱，在这里面啊，是真正的现代版'道不拾遗，夜不闭户'——我说你啊，也该找个这样的地儿啦！你这几十亿身价的人，怎能住在公寓楼里面呢？"

"你还好意思，偷偷买了新别墅也不知会一声！"郝本翔故意骂道。

"老哥我有啥不好意思的？你说你，作为晚辈，你有主动打过我一个电话吗？"连成珏趁着酒兴，也批评起郝本翔，内心泛起一种说不出的不爽。

"哎呀，这不刚刚挂了电话不久嘛，怎么说我没给你主动打电话呢？"郝本翔虽贫嘴，但内心确也愧疚——于情于理，自己都不应该这样对待连成珏。要说志向不谋，人家连成珏不也觉得自己与他志向不谋？凭什么自己就能这样对待一个对自己既有恩又无限关照自己的长辈？

"得，我说不过你双博士。咋地，是什么事情惊动了郝董事长啊？"连成珏只是一时不快，很快就回归了平常心。他想起郝本翔找自己是有事情要谈的，于是将话题引入了正题。

"嗨！甭提了。还不是神农控股嘛，我哪知道背后操纵的是老哥您啊？我前阵子不是发起了一只反并购基金嘛，沈强是这只基金的十大出资人之一。他自己的公司遇到了麻烦，自然就优先帮助他咯。我今天下午才知道，你就是想收购神农控股的人。哦，应该说是昨天下午，现在都凌晨了都。"郝本翔事先确实没有料到背后是连成珏，知道这事情自己也被震惊了。

"哦，我说啥事儿呢。就这事？"连成珏听郝本翔提到神农控股，而不是别的事情，压在胸口的大石头也就放下了。

"老哥，实在搞不懂，你干吗要收购神农控股呢？"郝本翔见连成珏毫不在意的样子，知道这件事情已经是他势在必行的事，就换个角度延伸话题。

"怎么，就准你的豹丰科技上市，你老哥我的运达储运就不能上市？"连成珏笑呵呵地看着郝本翔。

"你是要借壳？"郝本翔被震住了。

"既然IPO走不通，那就借壳呗。"

"大哥，你糊涂啊！你怎么能找一只百亿市值的公司做壳呢？你这是数钱数傻啦？"确认了连成珏的想法，郝本翔彻底傻眼了。在他概念中，借壳要找的都是ST之类的股票，最好找小盘股，因为船小好调头，而且也容易控制。用神农控股这样的巨无霸型企业当作壳，还真闻所未闻。

"这你就不懂了吧！神农控股的大量业务和运达储运的业务是高度互补的，我借壳上市只是其一目的，更为关键的是，我看重的是神农控股的资产。谁不知道找只垃圾股做壳容易操作，但那不是我要的。再说了，现在垃圾股里面脏得一塌糊涂，弄得一身骚还好，搞不好我得陪葬，这事情不值当。"连成珏这番话让郝本翔大开眼界，没想到在自己心目中的大老粗，竟然能有如此深的领悟，心底下暗暗佩服不已。

"大哥，我的好大哥！神农控股没你想象的那么简单，放手吧，趁现在还来得及。"郝本翔转念一想，发现连成珏只知其表，似乎并没有关注到神农控股的反并购措施，于是又担心了起来。

"收购神农控股是势在必行的事情，谁也挡不住！"连成珏见郝本翔说出让自己放弃的话，在酒精的作用下，拗了起来。

"实话说，谁给你出的主意？大哥，这件事情真的没这么简单，就算你拿到了神农控股的控股权，也未必能成功借壳啊！"郝本翔见连成珏似乎来气了，不由着急起来。

"哦！此话怎讲？"连成珏对资本市场了解并不多，若不是Mini的原因，自己才不会折腾什么借壳上市。但事已至此，无论是为了给股东们一个交代，还是为了赌一口气，自己也要把这件事情坐实了，才有了后来的亲自操盘。

"借壳上市的前提条件是什么？看起来是获得控股权，但实际上不是，是得到壳公司控股股东的许可。如果事先没有得到壳公司控股股东的许可，你私下进行强行收购,那样会激起对方的反抗。这样子不但要加大你的收购成本,还可能会搞得两败俱伤!"郝本翔深知连成珏在资本市场上有几斤几两,总觉得他突然做出借壳神农控股的决策是不理智的行为。看到他势在必行的势头,更让郝本翔担心了。

"笑话!我拿下控股权,董事会还不是由我说了算?那时候,我想做什么不成?"连成珏一直认为,得到了公司控股权,就能掌控公司的一切。他完全没弄明白有限责任公司和股份有限公司有本质的区别,尤其没弄明白上市公司和自己正在掌管的公司有什么本质区别。

"唉!我非常明白,大哥您的实力,要拿下控股权对您而言根本不算难事。你肯定有办法做到,但这不意味着你就能控制那家上市公司,更不意味着你能借壳上市。在很多领域,大哥您是最棒的,但是,人不是万能的。不可能是全才,所以必须承认有些东西咱不一定会做,您同意吗?"郝本翔发现说重了,连成珏会赌气,只能软着来。

"你今晚来就是为了劝我放弃?"连成珏觉得郝本翔的话是有几分道理,但总觉得他突然跑来折腾这事情,有点不地道。

"是,也不全是。"

"这话又是怎么回事?咱哥俩还用这样子拐弯抹角吗?"

"哥,这么说吧,神农控股已经修改了章程,而且拆分了很多资产,这点你知道吗?"郝本翔此刻必须设法让连成珏放弃借壳计划,否则他必定会吃大亏,因为从谈话中看得出来,连成珏根本没有高人指点,纯粹的蛮来。

"知道啊,那怎么了?"连成珏压根没看明白沈强做那些动作是为了什么。

"新修订的章程你看了吗?"郝本翔怀疑连成珏根本没看新修订的章程内容,便着急地问。

"章程嘛,又不是法律,修改又算怎么一回事嘛?"郝本翔见连成珏对神农控股这举措竟然毫不在意,觉得他没救了。沉思了很久,他才缓缓说道:"哥,章程不是法律条文,但法律是保护章程的。在任何公司,只要章程条款不违背法

第十章 收官之战

律条文，就会以章程的约定为先。神农控股公告的新章程，增加了数百条细则。有了这些细则，就算你拿下控股权，在三年内你也无法重组董事会，就连公司高管都不能轻易撤换。你想想，在这样的情况下，你花费了九牛二虎之力拿下神农控股又有什么意义？"

"你说什么？"听完郝本翔的话，连成珏懵了。

"我是说，你借壳神农控股计划行不通！"郝本翔义正词严地逐字逐句瞪着连成珏说。

"靠！"连成珏拿起酒杯自个闷了一大口。

沈强醒来打开手机一看，发现有一条来自郝本翔的信息，让他一个人八点钟到祥叔府邸喝早茶。他心里泛起嘀咕，"昨晚不是刚从那儿吃饭回来吗，怎么又要去那儿喝早茶？"

嘀咕归嘀咕，但如此突然的信息必定有其深意，沈强不敢怠慢。到了办公室加快速度将平时需要处理的文件全部处理，天微亮便开车直奔祥叔府邸。到了楼下，沈强看了看表，才七点二十，索性趴在方向盘上眯了一会。迷糊中听到有人敲车窗，沈强抬头一看，是一位满身脏乱的老乞丐，拿着碗正在车门前点头哈腰地行乞。沈强看了看表，已经八点整了，不由得惊呼："糟了！差点迟到了！"

"行行好，给点钱吃早餐吧！行行好……"沈强推开车门，老乞丐正在可怜巴巴地向他行乞。沈强因为赶时间，本打算不理会那乞丐。但他转念一想，幸好他敲门，否则自己还真睡过了，心中又泛起了感激，于是掏了掏口袋摸出一张十元的零钱。想了想，他又放回口袋，从钱包内取出一张百元大钞递给了老乞丐，带着关切和感激向老乞丐说了声："谢谢！"

"谢谢！好人一定有好报！"老乞丐事先见沈强将十元钱放回口袋，内心还想着开这么好的车的大老板竟然这么小气，连十元钱也不舍得给。他正想骂人，不曾想沈强竟然给了自己一百元，还对自己说了谢谢！此时他心情异常奇怪，望着沈强的背影，不断向他的背影鞠躬说好话。

因为赶着时间上楼，沈强并没有察觉到后面的事情。但这一幕却被祥叔看在了眼里，很欣慰地自个点了点头。

"对不起，在车上眯了一会儿，迟到了！"沈强进了门，径直向祥叔道歉。

"嗨！老弟你太客气了。我闲云野鹤一个，啥没有，就是有闲工夫——来，坐！"祥叔一如既往地笑眯眯地看着沈强，一边示意沈强入座。

"原本打算过两天再私下拜会前辈，心里还担心约不到时间，实在太感谢祥叔了！"沈强在祥叔面前显得异常不自在，只好随意找个话来说。

"昨晚，因为有几位年轻人在，所以有些话不好直说。所以，我突兀地约你来喝早茶，就是想深入聊一聊。"祥叔还是保持着最初的笑容。

"哈，太谢谢了！神农控股已经到了极其危急的时候了，若能得到祥叔的援助，那实在太感谢了！"听了祥叔的话，沈强感觉到眼前的老人或许能解除神农控股当前的危机，眼睛不由一亮，迫切地等待祥叔进一步的计划。

"据了解，运达储运背后的关系很复杂。连成珏这个人我虽然没有接触过，但早有耳闻。他的关系网主要围绕着博彩业，要知道这样的关系可以做出很多常人做不出的事情。所以，今天单独约你来，就是不想让大海和本翔这样的年轻人蹚这趟浑水——"祥叔欲言又止，观察沈强的神情变化。

"看来我还是低估了事情的复杂程度啊！祥叔可否帮晚辈渡过这个难关？"沈强早有耳闻，或多或少了解一些关于连成珏的事情，也对其有所顾虑，所以一直不愿意直面对抗。本翔让大海挑头来处理，没想到中途来了个祥叔，沈强心想，索性让这老者来，说不定会有不一样的收场。于是对祥叔进行试探。

"我小老头是没办法直接帮上忙，但有些关系能够帮上忙。如果老弟你信得过，这件事情我帮你张罗张罗——这件事情一定要让大海和本翔不要插手！"祥叔似乎没理会沈强的思想，直入主题，将自己的意思表达出来。

"太感谢了！一切听前辈的。"沈强没看懂祥叔打的是什么算盘，但听到他愿意帮助自己，便竖着耳朵等待祥叔的计划。

"昨晚我大致了解了一下，神农控股的反并购计划中，虽然做对了，但是只做了表层的工作。咱中国有句老话叫'斩草除根',如果找不出根源,没有把根拔掉,最终还得应验了'野火烧不尽,春风吹又生'的诗意了。"祥叔淡淡地一笑,转而看着沈强。

"前辈说的是!我就一'三无农夫',戎马半生,然后又务农十几二十年,对这个资本市场真心看不懂。所以,在这方面,还望祥叔能不吝赐教!"

"处理问题就像治病,中医讲究的是根治,哪里痛治哪里,那是西医的治法。痛症只是病的表,就像眼疾,问题绝不是在眼睛上,而是在肝胆。如果你一味地在眼睛上治疗,好一时,很快又要痼疾复发。就像人得了肿瘤,西医的做法是把肿瘤切除就算治好了,其实不然。如果没有找出肿瘤是因什么而生,没有从根上去治疗——你今天切了这个肿瘤,明后天在某个地方还会再长出一个新的肿瘤!"

"有道理!深刻啊!"沈强知道这道理,但为了深入了解祥叔的想法,便假装很受益似的大竖拇指。

"一壶沸腾的水,要想让它不沸腾,有两种办法。西医的方法是从中加入一些冷水,温度降下来了,水自然不再沸腾,但过一会温度上去了,水还会再次沸腾……而中医的主张是,停掉火,'釜底抽薪',没了火,水自然就不再沸腾……"祥叔看出沈强的心思,但故意绕个大圈子,故意说些大道理,试探沈强的耐性。

"听君一席话,胜读十年书!祥叔不愧是前辈,每句话都在情在理,而且将复杂的道理解释得通俗易懂,受益匪浅啊!对于晚辈这档事,前辈能否帮剖析剖析?处理这件事情的根在哪儿?"沈强觉得祥叔这番话的目的是让自己明白"根"的重要性,但自己已经听得很明白了,所以有意把话题拉了回来。

"哈哈哈!不好意思!来喝茶!"祥叔拿起茶杯,看着沈强,还是那副笑眯眯的面容。

"谢谢!"沈强会意地举起茶杯碰了一下祥叔的杯子,然后一饮而尽。

"首先,一家公司收购另一家公司,最主要的是钱,尤其是一家非上市公司收购上市公司，必须得有钱。"祥叔缓缓放下茶杯，一边说一边给沈强匀上茶。

"前辈的意思是，设法断掉运达储运的资金来源？"沈强似乎有所领悟。

"非也！"祥叔匀完茶水，又往茶壶里冲入开水，出了一泡水。

"那是……"沈强这下有点丈二和尚摸不着头脑，认为祥叔的意思是让自己设法断掉连成珏的资金链条，可祥叔竟然否定了这观点。

"运达储运的资金链，不论是你还是我，都是断不掉的！如果往这方向去想，会吃大亏！"祥叔慢悠悠地，沈强却有点坐不住了，很迫切地想知道祥叔的高招。见祥叔的话还是没有进入关键状态，忍不住追问："解决这件事情的'根'是什么？"

"运达储运每年的主要业务是安达贸易的进口分销物流，这项业务几乎占据了运达储运70%的业务量。只要把安达贸易给收购了，运达储运是不是就……"祥叔故意顿了顿。

"哦……！有道理！一语惊醒梦中人啊！前辈高见！不过，安达贸易的体量至少七八十亿元，对方并非上市公司，要想收购也并非易事啊！"沈强彻底被眼前的老者折服，被祥叔那么一点，眼前一亮，转瞬间却又多了几丝忧虑。因为就神农控股的现况，要想拿出几十亿元去做收购，那是一件几乎不可能的事情。再说了，神农控股从上至下，没人拥有这样的经验。

"一切复杂的事情，只要抽丝剥茧，最终你会发现其实事情并没有想象的困难。"祥叔胸有成竹地拿起茶杯，轻轻呷了一口。

"不瞒您说，神农控股现在是要钱没钱，要人才没人才，当然我说的是资本运作的人才。这件事情在沈某眼中比登天还难！"沈强说的是实话，虽然找到了解决办法的其中办法，却陷入了更痛苦之中。

"孙子曰：'善用兵者，役不再籍，粮不三载，取用于国，因粮于敌，故军食可足也。'"祥叔笑眯眯地看着沈强。

"您是说，借力？"沈强若有所悟。

"沈董事长，你是聪明人，应该懂得这些道理吧？"祥叔侧着眼笑呵呵地看

第十章 收官之战

着沈强。

"借力打力的道理是懂得,只不过没有资源可撬动啊!"沈强察觉到自己的假装可能被祥叔看穿了,内心一下子羞愧不已。

"本翔一直深得我喜欢,同时是我徒儿的至交,他一再恳请我帮你过这次关。如果老弟你信得过,这件事情就交由我来安排,保你满意。只不过……"祥叔欲言又止。

"前辈有话直说!晚辈必当从命!"沈强隐约感觉到祥叔没有直言的深意,便主动表态。

"那我就直说了——这件事情小老头我是有资源可以处理好的。不过,要做好这件事情,没有十个亿也得七八个亿。这么大一笔资金,是有成本的。"祥叔话说得很慢,确保沈强听得明白。

"哦,那是当然!那是当然!不知大约需要多少?"沈强是个明事理的人,谈钱了就好办,既然是买卖,那情面就可以放下了。

"这个我说不准,毕竟是拜托别人来做,我估摸着嘛,至少得三个亿。而且是先收钱后做事。"祥叔看着沈强,还是慢悠悠地吐出每一个字。

"这个数字确实不小,但如果真能彻底解决这次的麻烦,断了运达储运的念想,好控制了他的上游,这点成本确实不算什么。"沈强得到了一个准数,淡淡笑了笑。

"这个钱并不是全部,只是基础成本。神农控股要收购安达贸易,还得增发一定量的股份,否则七八十亿元的公司怎么可能就被你控股呢?你明白这个道理吧?"祥叔发现沈强似乎把事情想得太简单了。

"哦,只要不用再掏钱,增发点股票不算什么事情,那这事情就拜托前辈张罗了!"沈强抬了抬手,做了个拱手礼。

"我也是'受人之托,忠人之事!'罢了!你要感谢就感谢本翔吧,这件事情完全受他之托——你尽快安排专案小组,这事情要速战速决。万一丧失了先机,我也无能为力了!"祥叔说完,站了起来,回到里屋,拿出一张名片交给沈强：“你回到办公室马上和他联系一下，就说是我让你联系的，他会帮助你。"

"非常感谢！"沈强知道早茶是该结束了，于是站起身，接过名片，恭敬地向祥叔鞠了个躬，匆匆离去。

话说令蓝被收监后，万小红和令蓝的恩怨暂时被搁置。万小红采纳了信研部的意见：神农控股已经完成新章程修订，对重组董事会和高管层撤换有巨大的阻碍，神农控股已经失去做"壳"的价值，没有进一步深入的必要；建议顺着这只股票走势不稳的情况下，继续做空神农控股，让"王牌计划"翻牌，加一把火，让股价再跌一会，捞一把后彻底和神农控股说拜拜。

数据显示，神农控股的盘口上同时有三股力量，万小红撤离后，仍然有两股力量在角逐。其中最强势的力量应该是以运达储运为代表的并购方。自从e投集团崩盘，因Mini而起的神农控股收购计划戛然而止。项目操盘手最终将所有持有神农控股的账户密码交给连成珏，连成珏索性自己组建团队，继续推进借壳神农控股的进程，并且连续数次举牌。

运达储运要收购神农控股的采访视频很快被广泛传播，很多股民开始停下抛售的动作，驻足观望。沈强则在一次采访中表示："神农控股作为一家公众公司，欢迎一切以双赢发展为目的的投资，神农控股的业务和运达储运的业务高度互补，而且在此前已经达成多项合作。如果能再进一步加深合作，无论对神农控股还是运达储运都是双赢的结果。"

沈强一言既出，整个圈内圈外都炸开了锅，有人认为沈强不可能拱手将神农控股让给连成珏。也有人认为，运达储运入主神农控股是顺势而为，是水到渠成的事情。因为在过去的一年里，运达储运就通过股权和债权投资相结合成为神农控股很重要的合作伙伴。目前神农控股陷在泥潭里，运达储运伸出援手值得歌颂。各种各样的猜想和评论充斥着神农控股贴吧，尽管言论有褒有贬，但并不影响神农控股的股价持续上涨。

持续两三天时间，关于运达储运收购神农控股的议论成为股民圈最热门的话题，很多传统媒体也开始对这个话题展开报道。

"据说，神农控股去年净利润高达四亿元，三年来一直持续增长，下一年度有望再上一台阶。"神农控股的年度财务状况提前被媒体爆出。

"神农控股一直都不错，目前市值严重被低估了，这将是抄底的最好时机。"有的媒体经过大量调查数据分析，对神农控股做出了很具有说服力的报道。

由于运达储运的强势收购，神农控股的流通股越来越少，股价也随之日渐上涨。连成珏以为，沈强已经默许自己的收购行为，因为那番话很暧昧。而沈强则暗暗发誓，要给连成珏一次狠狠的打击。

沈强在大海的悉心指导下，明白了一件事，股价涨或跌，不是受公司的经营状况影响，而是受消息所左右。经营状况再好，一个负面的消息也能让股价一落千丈；经营状况再差，一个利好的消息也能让股价随之上涨。既然消息能让一只股票涨跌，那么，对连成珏的阻击就从消息开始。打定主意后，沈强召开三天三夜的闭门高管会议。会议内容主要围绕制定未来一年的发展战略和战术，以周为单位，制定出一个具有极高可行性的细分执行方案，方案中每一个阶段都会被设定为一个单元目标。沈强将各部门制定出来的计划转化成为消息内容和消息的投放时间表，然后加强媒体公关力度，按部就班地，适时抛出利好消息。几乎隔个十天半个月，神农控股就会有一则利好消息爆出。一个接连一个利好消息，神农控股在股民心目中又回归到了上市初期的状态，股价随之不断上涨。

由于股价的持续上涨，连成珏的收购成本越来越大。从举牌之刻起，股价从9.51元涨到了79.2元。连成珏发现自己似乎掉进了一个泥潭，想抽身却抽身不出来，想继续又越来越痛苦。连成珏统计发现，自己已经在神农控股上投入了25亿元，目前手上的股票总量大约是总股本的21.92%，加上沈强质押的股票，自己已经获得一票否决权。但是，距离借壳上市需要的权利还相差甚远，连成珏的心开始发慌。而就在这关键的时刻，郝本翔站了出来。他好说歹说目的是希望自己放弃收购神农控股。非常时刻，连成珏内心发生了动摇。

万小红靠在窗台上，翻看着投行部的《神农控股收官计划》，觉得神农控股越来越有趣了，而且还有一次赚钱的好机会——神农控股即将迎来新一年度的除息日。

"我们对神农控股投入了大量的人力物力，结果因为章程的修订，我们不得不撤离，目前有人举牌，又马上迎来除息日。我们还有机会，借助这次难得的机会，再好好赚一把！"看完投行部的计划，万小红紧急召开团队会议，将自己的想法抛了出来。

"买涨还是做空？"操盘手路丰率先发问。

"我觉得做空比较靠谱。"投行部看了一眼万小红，发表了自己意见。

"对，应该做空，我们还有有利于做空的王牌没使。"操盘组的得力干将路丰若有所思。

"嗯，做空！翻王牌！"万小红斩钉截铁，扫视了几位部门负责人。

"明白！"

"老大，您的电话。"秘书从门外拿着嗡嗡直响的手机快步走了进来。

"谢谢！喂——"万小红接过手机，站了起来，示意大家散会。

"我又帮你接了一笔业务，很紧急，你现在能来会所吗？"是新富豪俱乐部的Ansha，声音显得很兴奋且很急。

"好的，我马上过来！"万小红挂断电话，径直往车库走去。

"可算把你盼来了！"Ansha刚见万小红的影子到达门口，便迫不及待地从位置上冲上来拉着她的手，走到电脑旁。

"这是……"万小红看了一眼电脑，看到Ansha电脑上打开的是神农控股的股票趋势图，心中不由一惊，莫非他知道是我在运作这只股票？

"这只股票，原来是一只很厉害的股票……"Ansha说了一半，吞了一大口口水，话竟然卡住了。

"我知道，然后呢？"万小红定了定神，看着Ansha。

第十章 收官之战

"哦,对,你肯定知道……最近一年不知道怎么回事跌得一塌糊涂。他们现在想收购一家贸易公司,报酬2.5亿元。我觉得这事情你是行家里手,让你来做肯定能万无一失。"Ansha简略地介绍。

"哦!莫非这公司老总也是你这边的会员?"万小红侧着眼看Ansha。

"那到不是,是我们的一位老会员接的业务,让我帮安排。"Ansha向来都很老练,面对任何事情都能无比镇静,面对万小红却莫名地紧张。说起话来慌慌张张的样子,他自己都觉得很奇怪。

"具体点,收购什么公司,怎么收购,出价2.5亿元是什么意思?"万小红走到一组黄花梨套件前,一边坐一边抛出好几个问题。

"你看,把我紧张得,都忘记说重点的了。这家公司没多余的钱了,只有2.5亿元,这钱算是运作的报酬。至于收购,他们意思是不是有办法不用花钱,或者通过别的途径找钱……"

"等等,你是说,他们只拿出2.5亿元,然后我自己想办法帮她收购别人的公司?"万小红瞪大着眼,像看外星人一样看着Ansha。

"相当于收购报酬和资金成本什么的吧。哦,哦,对了,说什么可以增发他们的股票做对价收购……那家公司叫安达贸易。"

"Stop!我听明白了!"万小红站了起来。

"你,你,你是什么意思啊?"Ansha被搞懵了。

"让他们做白日梦去吧!这生意做不了!"万小红拿起手提包,做出要走的样子。Ansha不知道究竟是怎么回事。

"价格不满意可以谈嘛,你今天是怎么了?"Ansha见万小红神情不对,关切地问。

"本小姐心情不爽!区区两三个亿,要收购别人七八十亿元的公司?这点钱还包括酬劳运作成本?让他做梦去吧!"万小红狠狠地丢下几句话,便走出了Ansha办公室。

"喂!你等等我啊!"Ansha追了出去,拉住万小红的手喊道,"生意总是有讨价还价的嘛！事情还没弄明白就甩手走人，你这人怎么能这样子啊？"

"哥，我只是上厕所，没走！"万小红冲Ansha使了个鬼脸。

"你刚才真把我吓坏了！你怎么了？很少见你这么生气啊？"Ansha见万小红走出来，很可爱的走过去拉手。

"没什么，最近烦心事多，没控制住，对不起啊！"万小红很抱歉地冲着Ansha勉强笑了笑。走了两步，她停下来，娇滴滴地看着Ansha，"我饿了！你请客。"

"No problem.My pleasure."Ansha走向前一步，像皇室管家一样做出一个很夸张的"请"势。两人有说有笑来到餐厅，每人点了份牛排，一边吃饭一边闲扯。万小红偷偷给信研部负责人发了条短信："帮我调取安达贸易的资料。"

不一会，万小红就收到信研部发来的邮件。万小红若无其事地一边聊天，一边瞄着手机。她大致看完关于安达贸易的资料后，舒了口气，然后埋头切起牛排来。

"我说师妹啊，神农控股这个生意你真的不接啊？"Ansha闲聊了一会儿，又把话题拉到正事上。

"不是不接，价格得合理！"万小红白了Ansha一眼。

"哎呀！这我就放心了！你刚才那神情，真的把我给吓坏了！"Ansha拍着胸，装出还心有余悸的样子。

"2.5亿元作为首付款，钱到账后开始做事。事成之后再收5亿元，不讨价还价。"万小红将刀叉放下，拿了张餐巾纸轻轻擦了擦嘴。

"啊……"Ansha听完万小红开的价，刚张开的嘴好久都合不回去。

"怎么了？"

"没，没！这价也忒高了！人家能接受吗？"Ansha简直不敢相信自己的耳朵。

"找别人会更贵。"

"人家真没钱啦！"

第十章 收官之战

"没钱也行，拿股票也成，不过按五折计算。"万小红说完，塞了块牛排，津津有味地嚼了起来。看到Ansha没说话，她吞了牛排，又补充道："这个项目至少需要动用30亿元的现金，纯股票对价人家不会接受的。钱和股票对半还差不多，否则人家卖掉公司图啥？30亿元资金就算行业间拆借，年化利率也不会少于10%；而且这项目很急，没有12%根本拿不到钱。你自己算一下，这成本是多少？"

"哦，这么算起来2.5亿元确实不够哈！"Ansha憨憨地计算了一番，很不好意思地看了看万小红。

"收购非上市公司不比收购上市公司容易，需要投入大量的人力。这么大一单业务，仅仅律师费和会计师费用就是一笔巨大的开销，干活的人得吃饭吧？"万小红如数家珍地罗列了大堆费用，Ansha坐在对面两眼直发愣。

"哇！这么复杂？"

"要不然呢？我吃饱了，谢谢你的午餐——两天内没有消息，这项目就别做了。"万小红向Ansha挑了个媚眼，留下一股香风飘然离去。

神农控股距离除息日还剩最后一天，融券市场上突然活跃了起来，不断有资金涌入卖出神农控股。截止除息日头一天收盘，神农控股的融券交易量高达17万手，数量之巨大空前仅有。沈强没看明白，连成珏也没看明白。然而，可怕的事情就沈强和连成珏还糊里糊涂中发生了。

除息日当天，中东方面曝出新闻，介于此前神农控股的不尽义务，导致多名皇室成员食物中毒，对皇室的安危造成巨大威胁，为了避免类似风险再度发生，中东皇室物资采购公司决定单方面中止与神农控股签订的采购合同，并保留追究因中毒事件造成皇室成员身心伤害的权利。

一份超级跨国贸易订单，只进行第一次交易，完成百余万的小额订单就流产了，而且是因为神农控股方面的原因造成！在这非常时期，无论对于神农控股而言，还是对于股民而言，无异于发生十二级大地震。对于媒体而言，这是一个天大的新闻，所有网络媒体第一时间都转载了这则新闻。股民被这个大新闻惊得疯狂抛售神农控股的股票，当天神农控股收盘价21.42元，股价整整跌了七成……

神农控股的股价持续下跌，此时此刻，沈强已经无力还击，连成珏也因此受到重创。而万小红团队在此次狙击中大获成功，短暂的三天时间狂赚近9亿元。

经历再次重创，沈强已经没有资金可以投入收购安达贸易。连成珏经郝本翔提议，找了专业的并购律师，针对神农控股新修订的章程进行分析评估，律师建议连成珏放弃借壳神农控股，理由和郝本翔的意见如出一辙：神农控股新修订的章程限制了董事会成员撤换程序，等于限制了神农控股的资产重组，借壳方如果不能对标的公司进行资产重组，不能置出和置入资产，那借壳上市则无从谈起。同时，新章程还对高管团队的撤换明确了条款，就算获得了控股权，董事会无法重组，高管团队不能撤换，尽管掌握了上市公司大部分股份，也只获得一个分红股东的身份，对于连成珏而言毫无意义。神农控股新章程增加的300条款完全架空了新股东的权力，若想将神农控股作为壳资源，除非掌握该公司总股本80%以上，才能获得修改章程的权力。换句话说，只有掌握神农控股80%以上的股份，才有可能实现借壳上市目的。而要想掌控神农控股80%以上的股权，是一件很难完成的事情，就算能做到，其代价也是得不偿失。连成珏被这样的结论惊得目瞪口呆，他没想到上市公司如此复杂，复杂到自己完全陌生的程度。

中午时分，阳光明媚，春天的气息渐强，万物复苏的感觉让人心旷神怡。连成珏离开律师事务所，沐浴在明媚的阳光中，心情却怎么样努力也好不起来。此时，丢在车上的手机不断响起，打开车窗将手机拿出来一看，是郝本翔的来电——"大哥，你在哪儿？"

"有事吗？"连成珏心情很不好，因为借壳神农控股这件事情，运达储运投入了25亿元。以当前的股价计算，整个资产已经缩水近半！更可恶的是，借壳计划不得不就此暂时搁置。现在的神农控股股票，卖则巨亏，不卖有可能更亏，犹如烫手山芋，而这些损失是由自己一意孤行造成的。

"喝两杯！有要事商量。"郝本翔听出连成珏的情绪不对，也大致能猜出怎么回事,所以没有说明约见事由。郝本翔之所以约见连成珏,是因为他知道连成珏此前没有放弃借壳神农控股,所以在这轮暴跌中必定损失惨重。而神农控股是沈强的心头肉,就算和神农控股同归于尽,他也不会将神农控股拱手让给别人。明显,在这样的状况下,运达储运借壳的事情根本无法进展;放弃嘛,已持有的股票割肉又会损失惨重。对于郝本翔,一边是曾经有恩于自己的连成珏,另一边是反并购联盟的成员沈强,这两个人,郝本翔都不想让他因此受伤,更不希望这两个人成为宿敌。所以他一直寻找让两人都能接受的解决方案,这时候正是最好的时机。

"成,不过这次由我点单,你买单!"连成珏正好心情郁闷,难得郝本翔主动找喝酒,便爽快地答应。

"OK!来俱乐部吧,我人就在这里。"

"成,我马上过去,我让你小子好好出点血。"

这天,郝本翔破例喝了很多酒,因为要想让连成珏放下神农控股,只有用酒量能让他回心转意。两瓶伏特加喝光后,连成珏锤了郝本翔一拳,"臭小子!别拐弯抹角,我知道你找我是说神农控股的事情,有什么话你直说!哥哥不怪你!"

"什么事情都瞒不过大哥,来,喝完这一杯小弟再慢慢道来。"郝本翔将仅剩的半杯酒举起,一饮而尽。

"说吧!"连成珏把酒咽了下去,打了个饱嗝,瞪着郝本翔。

"我找到沈强聊过了,如果您同意,他愿意以股转债的方式接受你手上的股票,按约定的交割日收盘价为基准作价。至于你的损失,他是无能为力了。但是,为了让大哥您能够和股东们有个交代,他愿将神农控股的外运业务给运达储运负责。小弟我粗略计算了一下,外运业务占整个神农控股业务的三成,每年近8亿元的业务。如果能争取到长期合作,虽然股权收购上受到了损失,但业务上也能很快补回来。这应该算得上比较完美的结局,您的意见呢?"郝本翔慢条斯理地将沈强的意思转达出来,以期待的目光看着连成珏。

"臭小子！你翅膀硬了！"连成珏瞪着郝本翔。

"大哥，你这…是……"郝本翔不知连成珏是什么意思，总觉得怪怪的。

"也难为你了！你去和沈强说，我欠他一个人情！"连成珏面无表情地看着郝本翔。

"大哥，你…这是……我当你同意了哈？"郝本翔觉得连成珏表情很难琢磨。

"去吧！"连成珏看着郝本翔，内心虽然很难受，但对于郝本翔还是满怀感激。他觉得自己没白交这个兄弟，之前的付出也没白付出。两个人对视了许久，突然哈哈大笑起来。